Pakt mit dem Teufel
von Don Both
Romanze
Deutsche Erstausgabe September 2017

Kontakt: bethy86@hotmail.de
https://www.facebook.com/pages/DonBoth/248891035138778
http://donboth.weebly.com/
Lektorat: Isabella Kaden
Korrektorat: Anke Neuhäußer
Cover: Babels Art
Erschienen im A.P.P.-Verlag
Peter Neuhäußer
Gemeindegässle 05
89150 Laichingen
ISBN – mobi: 978-3-96115-168-4
ISBN – E-pub: 978-3-96115-169-1
ISBN – Print: 978-3-96115-170-7

Don Both

Pakt mit dem Teufel

A.P.P.

Kurzbeschreibung

Charline ist 18 Jahre jung und lebt mit ihrer alleinerziehenden, leicht verrückten Mutter zusammen. Sie will mit dem männlichen Geschlecht rein aus Prinzip nichts zu tun haben. Eines Tages wird sie von Obdachlosen überfallen und von einem fremden, ziemlich selbstverliebten Schönling gerettet, mit dem sie sich sogleich ein aufbrausendes Wortgefecht liefert. Am nächsten Morgen findet sie sich gekidnappt in einem Keller wieder. Warum und wieso? Charline hat keine Ahnung, nur, dass er kein normaler Mann ist. Er ist schön, stark und seine Nähe unsagbar verwirrend.

Wieso zum Teufel, fühlt sie sich mit der Zeit so zu ihm hingezogen, obwohl sie ihn doch eigentlich nur hassen möchte?

Aber kann man überhaupt anders, als sich zu Lucas Black hingezogen zu fühlen?

Kannst du vor deinem Tod fliehen, wenn die Liebe dich zum Bleiben zwingt?

Dies ist ein in sich abgeschlossener Roman.

Für alle, die Bücher lieben –

die Tore zu anderen Welten

Prolog

Kann man sich aussuchen, wen man liebt?
Kann man überhaupt die wahre Liebe finden, wenn man sie gar nicht sucht?
Und wie kann es sein, dass man sie nie wiederhergeben möchte, wenn man sie dann unfreiwillig gefunden hat, obwohl sie für einen den sicheren Tod bedeutet?
Kannst du vor deinem Tod fliehen, wenn die Liebe dich zum Bleiben zwingt?

Komisch

»Charli, du kommst zu spät zur Schule. Steh auf und zieh dich an. Sofort!«

Ich drehte mich in meinem warmen, gemütlichen Bett auf die Seite und versuchte zwanghaft, meine Mutter zu ignorieren, die wie eine Monsterwelle durch die Wohnung wütete. Doch sie kam, dem Lärm nach zu urteilen, den sie dabei veranstaltete, geradewegs auf mich zu. Die schwarze Decke wurde von meinem Gesicht gezogen und die kalte Morgenluft prallte unbarmherzig auf meinen müden Körper. Ich hatte ihr nicht abgewöhnen können, morgens mein Fenster aufzureißen.

Böse Mama!

»Mum«, grollte ich dumpf und schnappte nach meiner Decke, aber sie hielt sie mit ihrer kleinen, aber trotzdem sehr starken Hand fest. Keine Chance.

»Oh Mann, kannst du dir nicht mal wen anders zum Quälen suchen?«, fragte ich genervt, während ich mich streckte und letztendlich doch aufsetzte.

»Mit dir ist es am lustigsten«, entgegnete sie vergnügt und nahm einen Zug von ihrem Joint, den sie in der anderen Hand hielt. In diesem Haushalt war es normal, dass bereits morgens illegale Substanzen konsumiert wurden, und das nicht etwa von der Tochter. Oh nein!

Ich streckte ihr, ganz nach Teenager-Art, die Zunge raus und huschte ins Bad, das sich direkt neben meinem Chaoszimmer befand, bevor sie mir für meine Frechheiten eine mitgeben konnte.

In Sicherheit stellte ich das Radio an – Elton John konnte die Liebe fühlen – und sprang unter die Dusche. Ich wusch ausgiebig meine Haare und duschgelte meinen Körper ein, während ich meine Gedanken schweifen ließ.

Die Schule nervte nicht nur, sie war auch noch saulangweilig! Überforderte Lehrer, die versuchten, uns etwas beizubringen, was sowieso kein Mensch in seinem Leben jemals benötigt. Darauf hatte ich einfach keine Lust. Aber noch weniger hatte ich Lust, danach in das kleine Café zu gehen, das sich ein Stockwerk tiefer in diesem Haus befand, und dort die nette, tolle Bedienung zu spielen.

So wie jeden Tag. Immer dasselbe!

Meine Mutter hatte ihm auch noch einen wahnsinnig einfallsreichen Namen gegeben. *DAS CAFE*. Wow!

Am liebsten hätte ich mich wieder im Bett verkrochen, meine Rockmusik ganz laut aufgedreht und den Tag mit Mitsingen verbracht. Doch das war unmöglich. Allein schon, weil ich meiner Mutter nicht noch mehr Kummer bereiten wollte, als sie ohnehin schon hatte. Sie versuchte natürlich, es vor mir zu verbergen, aber es misslang ihr kläglich.

Mein Vater hatte uns verlassen, als ich acht Jahre alt gewesen war. Das hatte sie nie verkraftet. Obwohl ich jetzt bereits achtzehn war, konnte und wollte ich es ihm nicht verzeihen, daher weigerte ich mich nach wie vor, ihn zu treffen.

Seinetwegen musste meine Mutter uns allein über die Runden bringen. Dabei hatte sie ihren Platz im Leben selbst nie gefunden oder besser gesagt verloren, als mein Vater eines Nachts ging und sie ohne ein Wort mit mir allein ließ. Wegen ihm hatte sie allen Männern abgeschworen und ich zwangsläufig auch.

Denn sie waren unnütz. Sie rülpsten, furzten, stanken (das eine bedingt ja oftmals das andere) meist zum Himmel und wollten ständig knutschen oder fummeln oder sonst was. Nägel in die Wand hämmern konnte ich alleine. Sogar den Müll rausbringen oder Regale zusammenbauen! Jaaaa, so gewitzt war ich!

Ich dachte genervt an die unreifen Typen in meiner Schule, die mich permanent umschwärmten wie eine Schar lästiger Mücken – oder Fliegen einen Haufen, wenn wir schon beim Stinken sind. Wahrscheinlich, weil sie genau wussten, dass sie niemals eine Chance hatten. Aber offensichtlich spornte sie das nur noch mehr an.

Lasst mich alle in Ruhe! Das war meine Devise.

Deswegen trug ich grundsätzlich schwarz und auch nichts anderes als schwarzes Make-up. Es gab keine tief ausgeschnitten Dekolletés oder Miniröcke, sondern nur meinen Mittelfinger für jeden, der mir auf den Geist ging.

Nachdem ich geduscht und meine Haare nur angeföhnt hatte, schminkte ich mich wie immer. Schwarzer Kajal und Mascara auf meinen langen Wimpern machten meinen Look perfekt. Ich mochte den Kontrast zwischen meinen knallroten langen, glatten Haaren, meinen dunkel geschminkten Augen, meiner hellgrünen Iris und meiner blassen Haut, fand mich selbst ganz akzeptabel, nichts Besonderes, aber auch kein Krapfengesicht.

Tief seufzte ich, als ich daran dachte, dass ich mich gleich der Realität stellen musste. Raus aus dem kleinen, roten, knalligen Badezimmer, raus aus unserer kleinen, knalligen Wohnung, und ab in die Wirklichkeit … Um mich unter andere Menschen zu mischen.

Meine Freude hätte nicht größer sein können.

Ein Blick auf die Uhr, die am mit Zahnpastaspritzern bekleckerten Spiegel klebte, machte es mir klar: Ich würde wieder zu spät zur Schule kommen. Aber die Standpauke des Lehrers, der mich hasste – was auf Gegenseitigkeit beruhte, denn ich legte viel Wert auf Ausgeglichenheit –, war mir egal.

»Charline! Kannst du dich nicht mal etwas farbiger anziehen? Immer dieses Schwarz! Du siehst aus, als würdest du zu einer Beerdigung gehen!«, motzte meine Mutter, als ich aus dem Bad kam, und ich verdrehte die Augen.

»Es kann ja wohl nicht jeder so ein Papagei sein wie du!«

Ich packte meine schwarze Schultasche, steckte die Stöpsel meines MP3-Players in die Ohren und bedeutete ihr, dass sie vorgehen sollte. Beschwingt schnürte sie sich eine gelbe Schürze um ihre schmalen Hüften und verließ die Wohnung. Sie war heute ganz in Gelb gekleidet. Wie ein durchgeknallter, fröhlicher Kanarienvogel mit hochgesteckten blonden Haaren und perfekt geschminktem, wunderschönem Gesicht stapfte sie vor mir die Treppen runter. Sie liebte ihr Café, liebte die Arbeit dort. Das war alles, was sie – außer mir – ausmachte und was sie sich mit viel Schweiß aufgebaut hatte.

Das Café sah aus wie sie: bunt und fröhlich. Selbst die Gerichte auf der Speisekarte trugen ihre Handschrift: ungewöhnlich und peppig. *Salate mit vier wahnsinnigen Überraschungen, Burger aus ein wenig Muh und Oink oink mit ein bisschen Grün und Rot. Kuss-Kuss-Salat, Schokoladenhimmel, Vanilletraum* … Es war ein gut besuchter Insider, weshalb wir uns über Geldprobleme nicht beklagen konnten. Aber auch, weil sie sich die Kohle für eine dritte Bedienung sparte, da sie mich dafür einspannte – zumindest nach der Schule und an den Wochenenden. Es war für mich in Ordnung, denn ich hatte meine Freizeit nie anders verbracht.

»Okay, mein Schatz, wir sehen uns dann heute um zwei, ja?«

»Ja, Mum.« Mir war vollkommen klar, dass ich nicht drum herum kam, weil sie jede Gelegenheit schamlos ausnutzte, um mich irgendwie zu küssen oder zu knuddeln. So wie jetzt auch. Sie gab mir einen Kuss auf den Mund UND zwickte mir zu allem Überfluss noch in die Wange.

»Sei brav, ja? Und beeil dich! Sonst kommst du schon wieder zu spät!«

»Immer diese Hektik«, entgegnete ich gelangweilt. Meine Mum wusste genauso gut wie ich, dass ich grundsätzlich *immer* zu spät kam. Zuspätkommen war mein zweiter Vorname.

Wir trennten uns in dem engen braunen Hausflur, nachdem wir uns verabschiedet hatten. Sie nahm die Tür rechts in ihr Café, ich die Tür geradeaus, die nach draußen führte.

Es war schon jetzt schwül, aber ich schwor mir, meinen dünnen schwarzen Pullover anzulassen, auch wenn es mitten im Sommer war! Auch wenn ich schwitzen würde! Ich hatte ein gutes Deo aufgelegt, nicht so wie die meisten anderen, deren Auftrag es wohl war, die Umwelt zu verpesten.

Wir wohnten im Zentrum Berlins, der Trubel auf den Straßen war laut und ablenkend wie immer. Doch ich blendete all den Lärm einfach aus, indem ich die Musik lauter stellte, und ging mit den Händen in den Taschen meiner Jeans erst mal zum Bäcker, um mir ein Schokocroissant zu holen – so wie jeden Morgen.

Dann schlenderte ich in Richtung Schule, während ich die hektischen Menschen um mich herum beobachtete und versuchte, dem Dreck auf dem grauen Gehweg auszuweichen. Besonders den schönen Hundehaufen, die überall wie Tretminen darauf warteten, dass jemand unaufmerksam genug war, um direkt hinein zu latschen und sich damit den Rest des Tages zu versauen.

Meine Schule befand sich nur drei Blocks entfernt, aber ich würde es so oder so nicht rechtzeitig schaffen, weil ich diesen Stress am Morgen verabscheute. Jetzt war es auch schon wieder fünf vor Acht. Also kein Grund zur Eile. Auf fünf Minuten kam es nun wirklich nicht an.

Ich biss noch ein letztes Mal von meinem Croissant ab, bevor ich es wegpackte. Gleich würde ich zu meiner geliebten Unterführung mit dem ungeliebten Urinaroma kommen. Da war essen einfach nicht drin. Ich war an die Penner mit ihren Hunden schon gewöhnt, die hier hausten, weil ihnen das Schicksal übel mitgespielt hatte, aber dieser Gestank am frühen Morgen war ganz schön viel für meinen Magen. Deswegen beschleunigte ich meine Schritte, nachdem ich die Treppen in die schummrige Unterführung hinabgerannt war. Über mir leuchtete lediglich eine blasse Lampe, die flackernd ihr baldiges Ableben ankündigte. Obwohl sie das bereits seit einer Woche tat, machte sich leichte Beklemmung in meinem Bauch breit.

Ab und zu schmiss ich den Obdachlosen einen Euro in die Hüte, aber diesmal stank es besonders und ich wollte keine Pause einlegen. Anscheinend gefiel ihnen das nicht, denn als ich gerade an einer dieser armen Gestalten vorbeiging, wurde ich hart am Fuß gepackt.

»Hey!« Ich wollte mich losreißen und schaute nach unten in das dreckige Gesicht eines Mannes, der neben einer anderen verwahrlosten Gestalt auf dem Boden saß. Beide lachten und zeigten faulige gelbe Zähne.

Ein Geschäftsmann im grauen Anzug, der sich uns näherte, blickte mich kurz an, machte aber keine Anstalten, mir zu helfen. Stattdessen beeilte er sich, wegzukommen. Das war so typisch!

»Ja, du Arschloch! Hau nur ab! Nicht, dass du aus Versehen irgendjemandem hilfst!«, schrie ich ihm hinterher, dann wandte ich mich wieder an den netten Herren zu meinen Füßen. »Lass mich los! Ich muss in die verdammte Schule!«

»Kannst du ja gleich.« Mit einem Ruck zog er mir den Fuß weg und ich verlor das Gleichgewicht. Mit einem unästhetischen Plumpsen und einem Keuchen landete ich auf meinem Allerwertesten, direkt auf dem kalten Boden.

»Aua!«, beschwerte ich mich und starrte die zwei wütend an. »Was soll das?« Gerade so konnte ich die Tränen unterdrücken, mein Steißbein schmerzte einfach wie die Hölle und ich rieb es ein wenig. Ich schluckte laut, als mein Blick auf die Hände des Mannes fiel, der mich nicht festhielt, denn er drehte ein Messer hin und her, ziemlich gekonnt und spielerisch, aber es war eine eindeutige Drohung. Natürlich war mein Mund wieder schneller als mein Verstand. Eine zweite herausragende Eigenschaft von mir. »Darf ich dich darauf hinweisen, dass ich dir die Nase breche, falls du vorhast, mich auch nur schief anzusehen?«, fragte ich sachlich.

Die beiden lachten erneut – lauter diesmal – und verteilten damit einen lieblichen Hauch von billigem Fusel und Mundgeruch in der Luft.

Ich schaute zu den Eingängen der Unterführung, aber *natürlich* war sie menschenleer. Der Typ, dessen Zähne echt nicht mehr ganz so fit waren, lehnte sich mit einem Grinsen zu mir vor und ich drehte angewidert mein Gesicht weg. »So, Kleine, gib uns einfach deinen Geldbeutel, dann darfst du verschwinden!« Während er diese Worte krächzte, beging er einen gewaltigen Fehler: Er strich mir mit seinen stinkenden, dreckigen Männerfingern über meine frischgewaschene Wange, und ich sah rot.

Kurzerhand hob ich meinen Fuß, trat ihm mit voller Wucht gegen die Brust und kurz darauf ins Gesicht. Ich hatte Stiefel an, was sich als sehr praktisch herausstellte. Als Antwort darauf hörte ich ein Keuchen, dann ein Knurren und dann …

»DU MISTSTÜCK!« Der andere Typ mit dem Messer machte einen Satz auf mich zu, genau wie der, der sich die Nase hielt und mich wütend anstarrte, während Blut aus dieser schoss.

Bevor sie wieder nach mir greifen, mich abstechen oder was weiß ich tun konnten, wurde ich von hinten am Oberarm gepackt und mit einem Ruck auf die Beine gezogen. Ich wollte gerade zum Fausthieb ausholen, denn ich hätte wenigstens einen von den Pennern allegemacht, dessen war ich mir sicher, da wurde ich bereits aus der Unterführung geschleift. Die Finger, die mich festhielten, schnürten mir das Blut ab.

»Hey, lass mich los!« Ich starrte immer noch die beiden Männer an und bemerkte, dass ich in dem Gewusel meinen MP3-Player verloren hatte. »Ich hab was vergessen!« Als ich mich endlich zu dem Individuum umdrehte, das dachte, es hätte mich gerettet, wurde ich noch wütender. Es war auch ein Mann. Ein großer Mann. Eindeutig kein Penner, der Art seiner Kleidung, seines ungewohnt geschmeidigen Ganges und Auftretens zu urteilen. Er trug einen schwarzen langen Mantel und dunkelbraune, mittelkurze perfekt frisierte Haare. Mehr konnte ich nicht erkennen, weil er mich nicht ansah, während er mich mit sich zog, als wäre ich ein kleines, bockiges Kind.

»Kannst du mal warten?«, schrie ich und riss mich mit einem Ruck los.

Bevor er mich daran hindern konnte, stapfte ich wieder in Richtung der zwei Typen, die uns komischerweise nicht gefolgt waren. Die zwei Penner starrten mich zwar mit leeren Augen an, als ich mich ihnen näherte, allerdings sagten sie kein Wort mehr und rührten sich auch nicht. Es war, als wären sie in Trance, was echt ein bisschen creepy aussah. Sicher konnten sie es genauso wenig wie der Fremde glauben, dass ich freiwillig zu ihnen zurückkehrte und meinen MP3-Player aufhob. Aber Frau musste Prioritäten setzen.

Als ich zufrieden meine Musik in den Händen hielt, drehte ich mich um und sah die Person an, die mich durch die Unterführung gezerrt hatte.

Er stand vier Meter entfernt und betrachtete mich mit einem Gesichtsausdruck, als würde er stark an meiner geistigen Zurechnungsfähigkeit zweifeln. Seine Augen waren sehr hell und er hatte ein typisches Modelgesicht, so weit ich das ausmachen konnte. Mir war sofort klar, dass er sich für ausgesprochen gut aussehend hielt, in seinem kleinen Designermantel, dem blauen Designerhemdchen und seinen weißen Designerjeans an dem Designerkörper. Wahrscheinlich war der Kerl tatsächlich Model – bei seiner Größe und dem Körperbau hätte das schon zutreffen können. Er grinste mich leicht an, legte den Kopf schief und schaute mich von oben bis unten an, als ich ihn genauer musterte. Dann zwinkerte er mir zu – der Penner – und schmunzelte ziemlich frech und dreckig. Meine Annahme von seiner Selbstverliebtheit wurde bestärkt, als ihm völlig fassungslos Mund aufklappte, weil ich einfach an ihm vorbeiging, ohne ihn noch eines weiteren Blickes zu würdigen.

Ich hatte jetzt wirklich keine Zeit mehr.

Als ich die Hälfte der Treppen erreicht hatte, wurde ich erneut am Arm gepackt. Böse funkelnd drehte ich mich um und wurde genauso zurück angefunkelt.

»Was ist denn noch?«, fragte ich genervt. Wollte mich denn heute wirklich keiner in die Schule lassen? Nicht, dass ich etwas dagegen gehabt hätte.

Einen Moment war er verwirrt, dann verengte er die hellblauen, strahlenden Augen. Sein Funkeln war um einiges furchteinflößender als meins.

»Du könntest dich wenigstens bedanken«, stieß er schließlich mit ziemlich melodischer, wenn auch gepresster Stimme hervor. Ich riss mich energisch los und ging weiter.

»Für was? Dafür, dass du mir fast den Arm gebrochen hast?«

Nach einigen Sekunden war er erneut an meiner Seite und konnte mit meinem schnellen Trotzschritt locker mithalten. Dieses Mal fasste er mich aber nicht mehr an.

»Vielleicht dafür, dass ich dir … das Leben gerettet habe?«, meinte er in einem bitteren Tonfall.

Ich lachte auf.

Er starrte noch entgeisterter. Was lief denn nur falsch bei dem? Warum schaute er mich so an, als wäre ich die Päpstin Johanna persönlich?

»*Das Leben gerettet?* Ich wäre schon alleine mit denen fertig geworden!«, erwiderte ich und gluckste. Schließlich war ich in Berlin-Kreuzberg aufgewachsen. Ich hob einen Arm, spannte meine Oberarmmuskeln an und hielt sie ihm unter die Nase. »Da siehst du Muskeln aus Stahl. Dazu noch der schwarze Gürtel und jede Menge Erfahrung mit solchen Idioten!«

Einen Moment sah er auf mein dünnes Ärmchen, dann in mein Gesicht, dann auf mein dünnes Ärmchen, dann erneut in mein Gesicht – und sein Mundwinkel zuckte. Schließlich schaute er von mir weg und schüttelte ungläubig den Kopf. Anscheinend fand er keine passenden Worte.

Gut so, also stapfte ich weiter, er hinterher. Den ganzen Weg bis zur Schule.

Als wir endlich angekommen waren, wandte ich mich an ihn, um ihm mit piepsiger Stimme theatralisch meinen Dank auszusprechen, während ich feierlich die Hand auf meine Brust legte – also dort, wo mein Herz war.

»Okay, mein toller strahlender Retter in Hellblau und Weiß, *danke*, dass du mich vor einem grausigen, vorzeitigen Ableben gerettet hast. Ich werde ewig in deiner Schuld stehen und jeden Abend an dich – und zwar nur an dich – denken, wenn ich im Bett liege. Vielleicht zünde ich auch `ne Kerze an, aber jetzt muss ich los und kann dir leider keinen Orden für außerordentliche Zivilcourage verleihen. Also geh nur – oh, holder Held. Geh dir die Haare gelen, deinen Modeljob machen, irgendwelche Tussis begatten oder was du sonst den lieben langen Tag treibst. Geh, ohne zurückzublicken und lass mich jetzt endlich meinen Scheiß machen! Dankesrede Ende!«

Er schaute mich amüsiert mit hochgezogener Augenbraue an, als hätte er etwas ganz anderes aus meinem Mund erwartet.

»Soll ich mit dir anfangen?«, entgegnete er schließlich schelmisch und ließ seinen Blick erneut offensichtlich über mich wandern. Dabei legte er leicht seinen Kopf schief, schon wieder. Vielleicht konnte er nur denken, wenn sich sein Gehirn auf der linken Seite liegend befand, man weiß es ja nicht. Aber ich hatte keine Ahnung, wovon er sprach, und so machte ich nur »HÄÄÄ?«

»Na, mit dem Begatten, soll ich mit dir anfangen?«, murmelte er wie hypnotisiert, als er an meinen Brüsten hängen blieb. Ein kleines bisschen stockte der Atem in meiner Kehle, natürlich vor Entrüstung über diese Frechheit, aber ich schluckte und ließ mir nichts anmerken.

»Ganz sicher nicht!«, zischte ich hasserfüllt, drehte mich um und marschierte davon – im Stechschritt.

Ich konnte seinen glühenden Blick regelrecht zwischen meinen Schulterblättern spüren, während ich über den Schulhof zu den Türen des blauen Gebäudes ging. Das Prickeln in meinem Nacken brachte mich dazu, schneller zu laufen.

Im falschen Film

Der Unterricht war wie immer todlangweilig gewesen. Am liebsten hätte ich geschlafen, aber meine Mitschüler deckten mich nicht mehr dabei. Also musste ich hellwach dasitzen und dem endlosen und unnützen Gelaber des Lehrers zuhören, bis das schrille Klingeln der Schulglocke mich erlöste.

Ich war eine der Letzten, die in die Schule kamen und eine der Ersten, die sie wieder verließen.

Schnell ging ich nach Hause und mied absichtlich nicht die Unterführung, auch wenn ich sehen konnte, dass die Penner nicht mehr da waren. Nur eine kleine getrocknete Blutlache erinnerte daran, was heute Morgen passiert war.

Daheim angekommen machte ich mir eine Fünf-Minuten-Terrine und einen Teil meiner Hausaufgaben. Der Rest konnte mich gern haben. Meine Mutter war schon daran gewöhnt, immer wieder Mitteilungen der Schule zu unterschreiben.

Pünktlich um Viertel nach zwei ging ich schließlich in das Café, das mich mit seinen Farben wie immer förmlich erschlug. Edith, neben mir die einzige Bedienung, wartete schon genervt auf mich in der kleinen Küche.

»Musst du immer zu spät kommen, Mädchen?«, fragte mich die leicht übergewichtige, freundliche Frau, die bei uns arbeitete, seitdem meine Mutter das Café vor sechs Jahren eröffnet hatte.

»Wenn ich pünktlich wäre, würde das nur darauf hinweisen, dass ich ernsthaft krank bin, willst du das?« Darauf verdrehte sie nur ihre braunen Augen und reichte mir meine schwarze Schürze mit ihrer sommersprossigen Hand. »Heute ist verdammt viel los, also halt dich ran«, ermahnte sie mich noch.

Ich verdrehte die Augen meinerseits und ging durch die Schwenktür nach vorn – während ich mir die Schürze umband – direkt hinter den schwarzen glänzenden Tresen.

Ja. Heute war wirklich viel los. Jede gemütliche Sitzecke war besetzt. Es gab sechs davon an der verglasten Fensterfront, durch die man direkt auf das bunte Treiben Berlins blicken konnte, vier weitere kleine Tische aus dunklem Holz und noch sechs Barhocker am Tresen. Das Café war wirklich klein, aber wegen des verrückten Stils meiner Mutter immer gut besucht. Besagte Mutter kam gerade mit zwei Tabletts leerer Gläser auf mich zu und küsste mich im Vorbeigehen auf die Wange.

»Tisch eins hat noch nicht bestellt.«

Ich schnappte mir einen kleinen Block von der Anrichte und steckte ihn in meine hintere Hosentasche.

»Wie wär's erst mal mit ›Hallo, wie war dein Tag? Sind dir die Lehrer auf den Sack gegangen? Was war so los? Geht's dir gut? Willst du was zu essen oder zu trinken oder eine Massage?‹«

Kichernd entschwand sie in die Küche, wie immer ohne mir zu antworten.

Ich ging zu der Gruppe Mädchen, die mich missbilligend beäugte, um die Bestellung aufzunehmen. Im Vorbeigehen fiel mir sofort eine Frau auf, die ganz rechts am Tresen saß, dort, wo man zu den Toiletten gelangte. Sie erregte meine Aufmerksamkeit, weil sie unglaublich schön war. Ich war nicht lesbisch oder so was; an Liebe und so einem Kram hatte ich überhaupt kein Interesse. Trotzdem faszinierte sie mich. Ihre Katzenaugen waren von einem fast unnatürlich hellen Blau, dabei sehr groß und aussagekräftig, ganz ohne Make-up, die Wangenknochen hoch, und die Lippen schimmerten appetitlich rot, luden zum Küssen ein. Ihre tiefbraunen glänzenden Haare fielen in wilden Wellen über ihren Rücken – sie hätte damit Werbung für Haarshampoo machen können. Ihr perfekter Körper steckte in einem dunkelblauen Minikleid und schwarzen blickdichten Strumpfhosen. Kniehohe Stiefel rundeten das Gesamtbild ab. Sie sah aus wie eine Frau, der kein Mann widerstehen konnte, wie das Topmodel unter den Topmodeln. Allein die Art, wie sie sich die Haare hinters Ohr strich, hatte etwas unsagbar Anziehendes an sich.

Mit Sicherheit war hier jede Frau im Raum neidisch auf sie – bis auf mich.

Erstens, weil ich mich rein aus Prinzip nicht mit anderen verglich, und zweitens, weil mir jegliches Konkurrenzdenken zuwider war. Dabei drehte es sich doch sowieso meist um Männer. Und da diese mir schnurzpiepegal waren, fand ich sie einfach nur supersexy und superhübsch. Schließlich stand ich auf Ästhetik und konnte neidlos zugeben, wenn jemand einfach wunderschön war.

Nebenbei nahm ich die Bestellung der Mädchen auf und bemerkte zuerst gar nicht, dass das Topmodel mich auch beobachtete. Ihr glänzender Mund verzog sich zu einem kleinen Lächeln, als sich unsere Blicke trafen. Ich erwiderte das Lächeln breit und begab mich wieder hinter den Tresen, um die georderten Kaffees zuzubereiten.

Der Tag verging recht schnell; es war viel zu tun. Ich war nur am Rumrennen und hoffte, dass meine Mutter bald schließen würde. Aber es kamen immer wieder neue Gäste. Also blieb ich trotz schmerzender Füße standhaft und ließ mir nichts anmerken. Ich konnte ein Miststück sein, aber bei der Arbeit war ich immer korrekt und höflich, egal wie ich mich fühlte. Schließlich ging es hier um unsere Existenz.

Die schöne Frau verließ schon nach kurzer Zeit das Café, und ich hatte nichts mehr zum Schmachten. Erst um halb elf verabschiedeten sich auch die letzten Gäste, obwohl wir unter der Woche nur bis zehn geöffnet hatten.

Meine Füße trugen mich kaum noch und ich lehnte mich ausgelaugt an den Tresen, als meine Mutter mir noch einen Müllsack in die Hände drückte.

»Schatz, ich weiß, du bist müde, aber willst du den bitte noch flugs wegbringen?«, fragte sie pseudomitfühlend und strich mir die Haare hinters Ohr. Ich wich vor ihr zurück und hievte den Müllsack über meine Schulter.

»Von wollen kann hier nicht die Rede sein«, nuschelte ich gähnend, schlurfte aber trotzdem durch den hinteren Ausgang in den dunklen Hof.

Der Mond schien bereits hell und rund auf den kleinen Hinterhof herab. Ansonsten gab es nur noch das beleuchtete Küchenfenster, dessen Licht auf die Mülltonnen fiel. Ein normaler Mensch hätte es hier gruslig gefunden, aber ich war nicht normal. Außerdem gehörte dieser Hof nur uns, und mal ernsthaft? Sollte mich eine Grille anspringen und zerfleischen? Oder eine Mülltonne?

Weil ich mir so sicher war, allein zu sein, war ich auch über alle Maßen irritiert, als ich im Schatten der Hauswand eine Bewegung wahrnahm. Erstarrt blieb ich stehen, den Mülldeckel bereits geöffnet, und spähte in die Dunkelheit unter der Feuertreppe. Da bewegte sich erneut etwas, etwas Großes – schemenhaft und sehr schnell –, sodass mein Herzschlag kurz stockte.

Aus der Dunkelheit trat die hübsche Frau von heute Nachmittag. Sie hatte die Hände hinter dem Rücken verschränkt und tänzelte eher, als dass sie normal ging. Okay, keine Riesengrille. Puh, noch mal Glück gehabt.

Mit leicht klopfendem Herzen warf ich den Sack in die Tonne und ließ sie mit einem Knall zufallen. Dann drehte ich mich zu der Frau und schaute sie fragend an.

»Ähm … hat was nicht mit dem Wechselgeld gestimmt? Oder haben Sie die Toilette nicht gefunden?«, fragte ich verwirrt und bewegte mich in Richtung Eingangstür. Ihre Zähne blitzten in der Nacht, als sie mich anlächelte und den Kopf schief legte. Sie erinnerte mich an jemanden … »Ist irgendwas?«, wollte ich schon etwas bissiger wissen, da sie nicht antwortete.

»Mein Bruder hat Geburtstag.« Als sie sprach, verschlug es mir kurz den Atem. Sie besaß eine bezaubernde, melodische Stimme.

»Und das interessiert mich, weil …?« Ich war verwirrt. Was hatte das denn mit mir zu tun? Das Bild meines vermeintlichen Retters von heute Morgen schob sich in meine Gedanken. Verärgert verdrängte ich es wieder. Was hatte diese Situation und diese Frau mit ihm zu tun? Warum dachte ich überhaupt an einen Mann?

»Ich möchte, dass du mir ohne Umschweife und ohne Theater folgst!«

Allmählich bekam ich Kopfschmerzen von dem anstrengenden Tag und sie hielt mich hier auch noch mit irgendwelchem Irrsinn auf! Wie war sie überhaupt in diesen Hof gelangt? Langsam machte sie mich echt wütend, aber gleichzeitig wollte ich laufen – schnell und fort von ihr.

Vorsorgehalber ging ich noch einen Schritt auf die Tür zu. »Äh, sorry, aber ich folge Ihnen sicher nicht. Ich gehe nur noch ins Bett und sonst nirgendwohin!«

Einen Moment weiteten sich ihre Augen und im nächsten stand sie plötzlich vor mir. Wie hatte sie sich so schnell bewegen können? Sie war gut fünf Schritte entfernt gewesen!

Ich erstarrte, als sie mit den Fingerspitzen über meine Schläfe strich.

»Schlaf!«, säuselte sie mit samtweicher Stimme, und ohne mein Dazutun schlossen sich meine Lider. Ich wollte mich noch wehren, sie wieder aufreißen, aber es wurde alles schwarz und ich fühlte, wie mein Körper in sich zusammensackte.

Na super!

***

Als ich aufwachte, hatte ich Kopfschmerzen und wollte mich tiefer in mein Kissen vergraben, aber das war nicht mein Bett. Was kuschelweich sein sollte, war steinhart.

Ich schlug die Augen auf und starrte erst mal an die Decke. Rauputz mit einer nackten Glühbirne, die herunterhing. Ich war eindeutig nicht in meinem Zimmer. Als Nächstes erfasste ich, dass ich auf einer harten Liege lag. So wie man sie auch von Arztzimmern her kannte.

Behutsam setzte ich mich auf und schaute mich um. Ich befand mich in einem einfachen weißen Raum, in dem nur diese

Liege, auf der ich bis eben noch geschlafen hatte, und ein Stuhl stand. Es gab keine Fenster, durch die ich hätte sehen können, ob es Tag oder Nacht war, nur eine Tür, und die war geschlossen.

Ich schluckte beklommen, dann zwickte ich mich mit zitternden Fingern in den Oberarm. Meine Hoffnung, dass ich träumte, war lächerlich und doch vorhanden, obwohl sich alles zu real anfühlte. Die Kälte in diesem Raum war real, genau wie die Angst, die mich nach und nach übermannte und in jede meiner Zellen kroch. Mein Magen zog sich schmerzhaft zusammen und ich begann zu zittern, als ich wacklig aufstand und die Situation erfasste. Dabei rieb ich mir die Arme, um mich ein wenig aufzuwärmen.

»Hallo?«, fragte ich und kam mir sehr dämlich dabei vor, mit der Wand zu reden. Natürlich antwortete keiner. Ich war allein. Eingesperrt. Irgendwo in Timbuktu oder sonst wo.

Alles, woran ich mich noch erinnern konnte, war, dass die schöne Frau mir gesagt hatte, ich solle schlafen, und dass ich tatsächlich eingeschlafen war – nur, um dann hier wieder aufzuwachen. Chloroform? Hatte sie mich entführt? Wenn ja, warum? Meine Mutter war nicht reich oder dergleichen. Für mich konnte man keine Unmengen Lösegeld verlangen.

Ich drückte ohne Hoffnung die Klinke der Tür herunter und keuchte auf, weil diese tatsächlich aufsprang. Wenn ich gekidnappt worden wäre, dann hätten sie wohl kaum vergessen, mein Verlies zuzusperren, oder?

Wie ein Dieb schlich ich hinaus in den dunklen Gang. Ich befand mich eindeutig in einem Keller, der sich über mehrere Meter undurchschaubar erstreckte, versehen mit diversen Türen, eingelassen in den Rauputz. Insgesamt zählte ich zehn. Kein Geräusch war zu vernehmen, außer meines Atems. Ich beschloss, nach rechts zu gehen. Einzig der Mond, der durch ein vereinzeltes Fenster weit oben hereinschien, half mir, schemenhaft zu sehen.

Um nicht zu stolpern, schob ich mich dennoch an der langen Wand entlang und war erleichtert, als ich am Ende des dunklen Flures eine Treppe ausmachen konnte. Weil sie komplett im Dunkeln lag, musste ich mich Stück für Stück entlangtasten. So leise wie möglich schlich ich die Steinstufen nach oben, die kein Ende zu nehmen schienen. Es war so still, dass ich, abgesehen von meinen zaghaften Schritten sogar mein Blut in meinem Kopf rauschen und meinen Herzschlag hörte. Es war furchteinflößend.

Oben angekommen war es immer noch stockdunkel und ich schlug mit dem Knie versehentlich gegen eine Holztür. Es hallte dumpf, weshalb ich erstarrte, hoffte, dass es draußen niemand vernommen hatte. Lauschend wartete ich auf ein Geräusch, das verriet, dass sich mir jemand näherte, aber bis auf meinen keuchenden Atem war da nichts.

Mit einer Hand an der Brust holte ich tief Luft. *Beruhige dich! Wenn du hier rauskommen willst, dann musst du einen klaren Kopf bewahren,* dachte ich und versuchte, langsamer und bewusst tief zu atmen und vor allem meinen Herzschlag zu beruhigen.

Dann suchte ich mit einer Hand nach einer Klinke, bei der anderen verschränkte ich die Finger und betete, dass hier auch nicht zugeschlossen war. Schnell hatte ich sie gefunden und drückte sie vorsichtig nach unten. Die Tür sprang sofort einen Spalt breit auf und ich spähte hindurch. Ein Lichtstrahl fiel auf mein Gesicht und gab den Blick auf einen hellen Flur frei, der eindeutig nichts mit dem Keller zu tun hatte.

Der dunkle Holzboden sah sehr teuer aus. Genauso wie die modernen Gemälde an der Wand. Ob das wohl ein Original Dali war? Ich hatte das Gefühl, dass es einer sein könnte.

Sehr langsam öffnete ich die Tür noch ein Stück weiter. Der Flur war leer, nur ein Raum ging von ihm ab, dessen Tür offen war. Ich lauschte angestrengt und hörte nichts, außer einem Fernseher, der sehr leise lief, und ein kaum wahrnehmbaren Brutzeln.

Erneut atmete ich tief durch, dann schlüpfte ich aus der sicheren Dunkelheit ins verräterische Licht und presste mich dort an die Wand. Ich schob mich wieder an der kühlen Mauer entlang und linste vorsichtig um die Ecke, während der Schweiß auf meiner Stirn ausbrach. Dort erblickte ich ein imposantes Wohnzimmer mit drei schwarzen Ledersofas und einem Sessel vor einem sehr, sehr, sehr – also ich meine phänomenal großen – Fernseher und einem Kamin, der fast eine komplette Wand des edlen Raumes einnahm. Hinter der einen Couch befand sich ein Tresen mit einigen Barhockern davor. Er bildete den Übergang in eine moderne schwarz glänzende Küche, in der eine kleine, schlanke Frau stand und kochte.

Sie hatte kurze blonde Haare und gemütliche rosa Sportsachen an. Mit dem Rücken zu mir briet sie, dem Geruch und den Geräuschen nach zu urteilen, Eier.

Mein Blick glitt weiter und ich bemerkte eine Tür, die uneinsehbar verglast war. Womöglich mein Fluchtweg in die Freiheit, denn davor reihten sich ordentlich diverse Schuhe und eine Garderobe. Ich musste unbemerkt an ihr vorbei, um die Tür zu erreichen, was ein klitzekleines Problem darstellen dürfte, denn ich war in der Regel ein ziemliches Trampeltier.

Und so bekreuzigte ich mich hastig, was ich normalerweise nie tat, atmete noch einmal durch, wischte meine verschwitzten Hände an meiner Hose ab und lief los. Ich versuchte, leise zu sein, und doch sah ich im Augenwinkel, wie sie sich nach mir umdrehte, als ich an den dunklen Sofas vorbeilief.

»Nein, STOPP!«, rief sie, und obwohl mein Kopf vor Angst platzen wollte, rannte ich weiter. Fast hatte ich mein Ziel erreicht. »Pierre! Luc!«, schrie sie schrill und stürzte auf mich zu.

Allerdings hatte ich die Eingangstür schon weit aufgerissen. Mein Herz schlug bis zum Hals, als ich meine zittrigen Beine dazu zwang, weiter zu stürmen – bis ich gegen etwas Hartes prallte. Dort, wo eigentlich die Freiheit auf mich warten sollte, war eine männliche Brust aufgetaucht. Ich wurde zurückgeschleudert und an den Armen gepackt.

»Verdammte SCHEISSE! WAS WILL SIE HIER?«, donnerte eine Stimme, und ich blinzelte zwei Mal, bis ich erkannte, in wen ich reingelaufen war.

»*Du*?«, fragte ich empört, als ich in das wutverzerrte Gesicht des Mannes blickte, der mich in der Unterführung pseudo-gerettet hatte. Obwohl er gerade am Durchdrehen war, sah er immer noch wunderschön aus, oder gerade deswegen?

Was dachte ich da eigentlich?

Neben ihm bemerkte ich einen weiteren Kerl, der mich so entgeistert anstarrte, als hätte er eine Leiche vor sich, die auferstanden war, um ihm den Thriller zu tanzen.

»Was soll das?«, zischte der bekannte Schönling jetzt denjenigen an und sah dabei wirklich zum Fürchten aus. Seine hellen Augen glänzten und sein kantiger Kiefer war verhärtet. Ich beobachtete das Spiel seiner Kiefermuskeln und fragte mich, wie sie wohl wirkten, wenn er etwas aß. Er schleuderte mich herum und präsentierte mich dem anderen Mann.

»Was soll sie hier? Warum habt ihr sie hergebracht?«, zischte er den Typen neben sich erneut an, der nur den Kopf schüttelte, als würde er nicht richtig hören oder verstehen. Vielleicht auch beides.

Ich duckte mich angespannt, weil er so dämonisch aussah in seiner Wut.

Statt mich endlich loszulassen, zog er mich zurück ins Haus und schlug die Tür so lautstark hinter sich zu, dass dieses Geräusch mit einer Endgültigkeit in meinem Kopf widerhallte.

Ich konnte seine unbändige Wut nicht verstehen. Ehrlich gesagt verstand ich gerade überhaupt nichts. Nada. Niente. Null.

»Nicole!«, knurrte er, und wie aus dem Nichts tauchte die schöne Frau aus dem Café neben ihm auf. Ich erschrak mich fast zu Tode und fasste an mein Herz. Sie grinste ihn breit an, als würde sie erwarten, dass der schöne Irre ihr gleich einen Orden ansteckte. Wieder riss er mich mit sich herum, als er sie anfuhr. »Hast du sie hergebracht?«

Meine Güte! Ich fühlte mich wie eine Puppe, die bei Belieben gebadet, gewickelt oder eben herumgeschleudert wurde, hoffentlich würde er nicht auch noch versuchen, mich auf den Topf zu setzen!

Sie nickte höchst erfreut, doch er verzog nur das Gesicht, als hätte er in eine Zitrone gebissen. Wortlos packte er mich fester und zerrte mich wieder in Richtung Keller.

»Ich will da nicht wieder runter!«, stieß ich panisch hervor und versuchte, mich endlich von ihm zu lösen. Tränen stiegen in meine Augen, aber ich schluckte sie tapfer hinunter. *Nur keine Schwäche zeigen.* Stattdessen setzte ich nun meine ganze Kraft ein, um mich loszureißen, aber er stöhnte nur genervt und intensivierte seinen Griff. Ich hatte keine Chance. Die Demütigung wurde perfekt, als ich die anderen hinter uns belustigt flüstern und kichern hörte.

»Lass mich sofort los!«, schrie ich ihn an.

Er dachte nicht mal daran und eine Antwort bekam ich auch nicht. Ruppig schleifte er mich hinter sich her, die Treppen nach unten. Ich versuchte nicht zu stolpern. Obwohl er kein Licht angemacht hatte, schien er perfekt zu sehen, während ich immer mehr zitterte. Nach wie vor wortlos und wütend riss er die Tür zu meinem Verlies auf und stieß mich auf die Liege. Unkomfortabel landete ich und konnte mich gerade noch mit den Händen abfangen. Ich drehte mich um und funkelte ihn wütend an. »Was ist dein verdammtes Problem?«, schrie ich ihn an.

Doch er knallte nur die Tür zu, lehnte sich angespannt dagegen und schaute mich an. Keine Ahnung wie lange, es könnten Minuten, Stunden oder Tage gewesen sein. Schließlich stöhnte er erneut frustriert auf, schüttelte den Kopf, fuhr sich mit der Hand durch die zerzausten Haare, funkelte mich absolut wütend an, zischte »Du!« und verließ ohne ein Wort der Erklärung das Zimmer.

Diesmal hörte ich einen Schlüssel, der sich im Schloss umdrehte, und seine Schritte, die sich schnell entfernten. Und jetzt war es so weit. Es ging nicht mehr anders. Ich ließ mich von meiner Trauer überschwemmen und fühlte, wie die Tränen über meine Wangen liefen. Denn eines war inzwischen wohl glasklar: Ich saß hier fest.

Meine Mutter wartete daheim garantiert schon panisch auf mich und verstand nicht, wo ich blieb. Sie machte sicher gerade die Hölle durch.

Genau wie ich.

Der fremde Bekannte

Als sich die Tür wieder öffnete, war ich darauf vorbereitet und hatte mich einigermaßen mit meiner Lage arrangiert – so weit das möglich war.

Mir war klar, dass ich hier eingesperrt war. Nur aus welchen Gründen noch nicht. Das hieß, ich musste es dringend rausfinden.

Ich saß auf meiner Liege, die Hände nach hinten abgestützt, und schaute ihn einfach nur an, während *Mister Supermodel* mit unmenschlicher Eleganz durch die Tür schlüpfte und sie hinter sich schloss. Dann betrachtete er mich mit hochgezogener Augenbraue, lehnte sich an die Tür und verschränkte die Arme vor der breiten Brust.

Auch jetzt trug er ein hellblaues Hemd und eine einfache, ziemlich edle weiße Hose, einen braunen Ledergürtel und gleichfarbige Schuhe – eindeutig unbezahlbarer Schickimickikram, was durch die Rolex an seinem Handgelenk noch unterstrichen wurde. Im Gegensatz zu mir war er ziemlich groß und sportlich gebaut. Unter dem Hemd konnte ich genau seine Oberarmmuskeln erkennen, die durch das Verschränken der Arme betont wurden. Außerdem besaß er recht breite Schultern. Doch bevor ich mich darüber aufregte, wohin meine Gedanken schon wieder gingen, sah ich von ihm weg und zuckte mit den

Schultern, denn er hatte anscheinend nicht vor, ein Gespräch anzufangen.

»Und? Was ist jetzt? Wann werde ich vergewaltigt? Oder getötet? Oder zerstückelt oder was auch immer du mit mir vorhast?« Aus dem Augenwinkel beobachtete ich ihn unauffällig. Zum zweiten Mal, seitdem ich ihn getroffen hatte, verzogen sich seine Lippen zu einem kleinen Lächeln. Es machte ihn fast unerträglich schön. *Stopp!* Seit wann dachte ich über so etwas bei einem Mann überhaupt nach? Jetzt sah sein Lächeln fast zufrieden aus.

»Ich habe weder vor, dich zu vergewaltigen, zu zerstückeln, noch dich umzubringen«, antwortete er förmlich, aber mit sanfter, melodischer Stimme, die eher als Honig auf ein Butterbrot gehörte als in diesen abgefuckten kalten Keller. Einen Moment fühlte ich, wie sich mein Herzschlag beschleunigte, als er mit mir sprach. Hastig löste ich meinen Blick wieder von ihm und schaute nach unten.

»Okaaaay«, meinte ich langsam. »Na gut, andere Theorie: Du bist vom Staat. Irgendein abgefahrener Geheimdienst? Ich weiß von nichts, von gar nichts – auch nichts von illegalem Marihuana-Konsum. Ich schwöre …«, versicherte ich ihm schnell.

»Nein«, antwortete er knapp, aber belustigt. Dass ich ihn jetzt auch noch amüsierte, machte mich echt ziemlich wütend. Hallo!? Ging der immer so mit seinen Opfern um?

»Mafia?«, wollte ich genauso knapp wissen und linste nach oben. Er irritierte mich, indem er den Kopf schüttelte und frustriert seufzte. Dabei strich er sich erneut durch die Haare. Irgendwie wirkte er etwas *ungläubig*. Wieso auch immer.

»Was?«, fragte ich durch zusammengebissene Zähne. »Warum bist *du* denn jetzt genervt, bitte? ICH bin das Opfer! Ich müsste eigentlich am Boden liegen und heulen und du müsstest irgendwelche schrecklichen Sachen mit mir tun. Also bring es doch einfach hinter dich, egal was es ist. Mir war schon bei unserer ersten Begegnung klar, dass du nicht mehr alle Tassen im Schrank hast und eine absolut idiotische Ausgabe eines Menschen bist!« In meiner Rage hatte ich ihn wieder angesehen, aber als er mich jetzt wütend anfunkelte, blickte ich schnell weg. Seine Augen blitzten viel zu aufregend für meinen Geschmack.

»Ich bin ganz sicher kein …«, er stockte und sprach das letzte Wort fast würgend aus, »*Mensch*«.

»Gut«, erwiderte ich zufrieden und sprang auf die Beine. »Dann lass mich doch einfach gehen. Meine Mutter wartet schon auf mich, und ich muss echt dringend auf die Toilette.« Einen Moment schaute er mich nachdenklich an. Vermutlich wirkte ich immer hoffnungsvoller unter seinem intensiven Blick. Aber dann verzog sich sein Gesicht und er sah schnaufend weg.

»Ich kann dich nicht gehen lassen«, gab er schließlich gequält zurück.

Ich atmete tief durch. Okay, ich würde hier nicht mehr rauskommen. Wie sollte ich mich damit abfinden? Und wie meine Mutter? Sicherlich saß sie daheim auf der Couch mit einem Kissen vor dem Bauch, hochgezogenen Beinen und hoffte auf das befreiende Geräusch meines Schlüssels, der sich im Schloss drehte. Ich hatte ihr so etwas noch nie angetan. Einfach nicht nach Hause zu kommen. Jetzt würde ich nie wieder heimkehren! Dabei war sie schon einmal verlassen worden. Ich würde sie nie wiedersehen!

Erst, als er plötzlich vor mir stand, bemerkte ich, dass ich nasse Wangen hatte. Schnell wischte ich die verräterischen Tränen weg.

»Hey«, hauchte er sanft. »Wenn du willst, kannst du aufs Klo gehen, okay?«

»Wow! Wie freundlich von dir! Das macht natürlich alles wieder gut!« Es war mir peinlich, dass ich jetzt vor ihm weinte. »Hau einfach ab und lass mich in Ruhe!«, schrie ich, um nicht komplett in Tränen auszubrechen. Dann legte ich mich mit dem Rücken zu ihm auf die Liege und unterdrückte den Kloß in meinem Hals.

Ich hörte nichts weiter als die Tür, die mit einem leisen Klick hinter ihm schloss, bevor ein Schluchzen sich aus meiner Brust kämpfte.

Super. Was wollten sie nur von mir? Warum war ich hier eingesperrt? Und wozu war er überhaupt zu mir runtergekommen? Um sich an meinem Kummer zu weiden? Da hatte er ja jetzt seinen Spaß gehabt.

***

Irgendwann beruhigte ich mich wieder und starrte auf der Liege vor mich hin.

Ich hatte keine Ahnung, wie lange ich schon hier unten war. Es hätten Stunden, aber auch Tage sein können. Dabei fragte ich mich immer wieder, was meine Mutter wohl gerade machte, wie es ihr wohl ging.

Die Tür ging leise knarzend auf, und ich schreckte hoch, denn es war nicht *er*, der mich grüßte.

»Hallo!« Ich drehte mich nach der tiefen, unbekannten, wenn auch wohlklingenden Stimme um und blickte in das Gesicht jenes Mannes, der vorhin auch an der Eingangstür gestanden hatte.

»Hi«, antwortete ich gelangweilt und beobachtete, wie er so elegant wie ein Raubtier auf mich zukam und sich neben mich setzte. Er lächelte mich an, was sein ohnehin schon schönes Gesicht noch attraktiver machte. War das hier Germanys next Schwerverbrecher oder wo war ich hineingeraten? Bestimmt tauchte auch gleich Heidi Klum auf, um mir irgendetwas vorzunäseln. Der Kerl hatte kurze schwarze Haare, dunkelbraune Augen und markante Gesichtszüge. Nicht so weich und fließend wie die des anderen, aber nicht minder perfekt. Sein Kleidungsstil war allerdings genauso protzig, und schrie mit jeder Faser: *Mir hängt das Geld aus dem Arsch und ich finde es toll!*

Und obwohl er seinem Freund anhand der Äußerlichkeiten in nichts nachstand, fühlte ich mich bei ihm keineswegs so mutig. Ich schluckte, während er langsam den Kopf schief legte.

»Du wirst mit mir schlafen«, verkündete der Mann. *Was zum Teufel?* Das satte Braun wurde einen Tick dunkler. Oder bildete ich mir das nur ein? Ich hoffte es!

»Was?«, fragte ich empört und wich zurück, als sich seine Hand in Richtung meiner Wange hob. Mein Kopf begann zu schmerzen. Ein leichtes Ziehen an den Schläfen ließ mich nicht klar denken.

»Also doch Vergewaltiger«, stieß ich hervor und versuchte, nicht in Panik zu geraten. Er grinste böse und offenbarte damit seine kerzengeraden, strahlend weißen Zähne.

»Kein Vergewaltiger. Ich bin Pierre Grand und ich werde nichts tun, was du nicht auch willst. Glaube mir«, hauchte er. Als er seine Hand auf meinen Oberschenkel legte, schluckte ich und biss die Zähne aufeinander. Sofort durchzuckte mich an der Stelle, wo er mich berührte, ein Schmerz. Wie von einer Biene gestochen, sprang ich auf die Beine. Der Mann starrte mich verwundert an, während ich vor ihm zurückwich.

»Mann … bitte …«, flehte ich jetzt. Ich hatte keine Ahnung, was ich sonst noch tun sollte. »Kannst du mich bitte erst bewusstlos schlagen, oder so was?«, fragte ich nach. »Hast du keine Spritze, die du mir in den Hals jagen kannst, so wie in den Filmen?«

Er schüttelte nur amüsiert den Kopf. »Das ist normalerweise nicht nötig, Kleines.«

»Schön«, entgegnete ich sarkastisch und war am anderen Ende des kleinen Raumes angekommen. War es hier schon die ganze Zeit so stickig gewesen? Ich wedelte mit meinem Oberteil, um mir Kühlung zu verschaffen. Den Pulli hatte ich nämlich immer noch nicht ausgezogen, von dem ich mir geschworen hatte, dass er an bleiben würde, egal was geschah.

Dieser Pierre lachte und stand mit einem Mal neben mir, ohne sich offensichtlich bewegt zu haben. Was ging hier eigentlich ab? War ich hier in irgendeinem Geisterhaus gelandet, oder wie? Germanys next Gruselgeist?

»Hör auf, dich zu wehren, dann wird es das Beste sein, was dir in deinem kleinen Leben jemals passieren wird«, befahl er und strich mit dem Handrücken über meinen Oberarm. Ich wollte ihn wegschieben, aber er presste mich mit einem harten Ruck an die Wand hinter mir. Seine Nase fuhr über meine Wange und er atmete tief ein.

BITTE, NEIN!

»Pierre.«

Das war jetzt die Stimme, mit der ich ursprünglich gerechnet hatte. Sie klang ganz ruhig und leise. Der Mann, der Pierre hieß und mich gerade vergewaltigen wollte, stöhnte auf und ließ mich los. Erst jetzt realisierte ich, dass ich am ganzen Körper zitterte und dabei hektisch atmete. Ich schloss kurz die Augen, weil sich alles um mich herum drehte. Das und die stechenden Kopfschmerzen waren zu viel für mich.

»Ich … Ich muss mich mal hinlegen«, stammelte ich und stakste unbeholfen geradeaus, ohne zu wissen, ob die Liege wirklich dort stand. Die Kacheln am Boden verschwammen vor meinen Augen, während ich mühsam versuchte, mich auf den Beinen zu halten. Panik machte sich in mir breit, als ich keine Luft mehr bekam, mein Hals war wie zugeschnürt. Gerade, als ich drohte, zu Boden zu gehen, wurde ich hochgehoben und konnte plötzlich wieder ungehindert atmen. Der Duft, den ich wahrnahm, versetzte mich augenblicklich in Ruhe, wenn nicht sogar in Verzückung. Es roch nach einem satten Sommertag mit einer Note des süßesten Parfums. Die Hände, die mich, als wöge ich nichts, auf die Liege legten, waren stark und sicher.

»Schlaf jetzt«, bestimmte er weich, und genau wie das erste Mal, als die schöne Frau es mir befohlen hatte, schlossen sich meine Augen automatisch, als seine Fingerspitzen zart über meine Schläfe strichen.

Ich nickte noch selig, bevor ich in die sichere Welt der Träume abdriftete.

Die Entführung meiner Wenigkeit

Wie so oft merkte ich erst, dass ich eingeschlafen war, als ich wieder aufwachte.

Diesmal, weil ich etwas Weiches, Warmes auf meinem Mund fühlte. Es war eine Hand – groß, eindeutig männlich und stark. Ich riss die Augen auf und wollte losschreien, sah nichts in der Dunkelheit, aber ich erkannte die Stimme sofort.

»Nein, schrei jetzt nicht. Hör mir nur zu: Wenn du das hier überleben willst, dann musst jetzt genau das tun, was ich dir sage!« Ich schüttelte automatisch den Kopf. Diese sanfte Stimme, sie brachte mich um den Verstand.

»Bitte«, sagte er. »Vertrau mir!« Er klang so dringend, noch weicher. So flehend, als ginge es um sein Leben. Ohne zu wissen warum, wollte ich seiner Bitte nachkommen. Echt liebend gern. Bevor ich mich versah, nickte ich knapp. Er zog die Hand zurück und half mir auf die Beine. Dann fühlte ich seine Lippen an meinem Ohr und erschauerte heftig.

»Versuche nichts zu denken!«, flüsterte er und sein warmer Atem streifte meinen Nacken. Und wie sollte ich das bitte anstellen? Nicht denken? Aber ich nickte und unterdrückte einen erneuten Schauer, der meinen Rücken herablaufen wollte. Er zog mich in Richtung der Tür – zur Abwechslung behutsam und nicht so hektisch.

Ich wollte hysterisch auflachen. *An nichts denken?*

Ich konnte nur an EINS denken. An seine Finger, die meine Handfläche fest umschlossen hielten und an die Tatsache, dass ich ihm freiwillig folgte.

War ich total wahnsinnig geworden?

Ich hörte, wie er die Tür öffnete und seufzte.

»Bitte, es ist wichtig, dass du an nichts denkst. Zumindest nicht an das, was gerade passiert. Denk an etwas anderes! Irgendwas! Katzenbabys oder so!«, erinnerte er mich, und ich fragte mich wozu. Und vor allem, ob er wirklich total durchgeknallt war. Aber er hatte sehr ernst geklungen, also spielte ich bei diesem verrückten Spiel mit. Ich dachte an meinen letzten Urlaub mit meiner Mutter in Ungarn, während er mich mit sicheren Schritten durch die Dunkelheit führte. Ich dachte daran, wie wir am Balaton in der prallen Sonne gelegen und Ungarische Salami mit Brot gegessen hatten.

Als ich hörte, wie er die Eingangstür öffnete, hielt ich die Luft an.

Wollte er mich etwa freilassen?

Katzenbabys lalala ... Oh wie süß, sie spielen miteinander, hüpften umeinander herum, die rosa Pfötchen ... ohhhhh.

Es war anscheinend mitten in der Nacht und alles war in dichten Nebel gehüllt.

Jetzt beschleunigte sich sein Schritt und ich versuchte, nicht zu stolpern und gleichzeitig nicht daran zu denken, nicht zu stolpern. Ich fühlte und hörte, wie Kies unter meinen Füßen knirschte. Als Nächstes öffnete er eine Autotür und schob mich in den Wagen. Die Tür ging zu.

Schneller als ich erwartet hatte, saß er an meiner Seite und startete den schnurrenden Motor. Der Sitz war aus Leder, die Armaturen aus Mahagoni, die Ausstattung exquisit.

Das bläuliche Licht über uns war noch an und ich schaute in sein Gesicht, als er das Gas durchdrückte, nach hinten fuhr, wobei er sich an meiner Kopfstütze festhielt und den Wagen mit einer fließenden Bewegung herum schwang, die aus einem Film hätte stammen können. Sein Gesichtsausdruck war hoch konzentriert. Dann fuhren wir geradeaus. Ich wurde in den Sitz gedrückt und merkte, dass er immer weiter beschleunigte. Er sagte kein Wort, schaute mich nicht an, schien sich nur auf die Straße zu konzentrieren. Als ich mich umsah, bemerkte ich, dass wir auf einem engen Kiesweg zwischen hohen Maisfeldern dahin rasten.

Schließlich wagte ich, meinen Gedanken wieder freien Lauf zu lassen und fragte das Erste, was mir in den Sinn kam.

»Bringst du mich jetzt nach Hause?«

Es konnte nur so sein. Wohin wollte er denn sonst? Ich freute mich darauf, meine kleine Mutter in die Arme zu schließen und ihren vertrauten Duft einzuatmen. Wohl wissend, dass ich wieder daheim war.

Aber er verzog das Gesicht und es verhärtete sich. »Nein«, antwortete er knapp. Weder schien er weiter darauf eingehen zu wollen noch sah er mich an.

»Nein?«, fragte ich mit brechender Stimme.

Er seufzte und ich sah rot.

Wenn er mich nicht nach Hause brachte, dann wollte ich lieber sterben!

Ich spürte seinen unsicheren Blick auf mir und biss die Zähne aufeinander. »Ich möchte, dass du mich sofort aussteigen lässt«, presste ich zwischen ihnen hervor.

Er schüttelte nur den Kopf und konzentrierte sich wieder auf die Straße.

Na gut. Nicht nach Hause. Dann eben sterben!

Ohne vorher darüber nachzudenken, fasste ich ihm ins Lenkrad und riss es mit aller Kraft, die ich besaß, herum. Das Auto brach nach rechts aus und ich sah nur noch Maispflanzen über unsere Köpfe hinweg fliegen, während ich mich kaum auf dem Sitz halten konnte.

»Fuck!«, stieß er hervor, packte das Lenkrad fester und drückte auf die Bremse. Ich stützte mich mit den Händen am Armaturenbrett ab, als wir abrupt zum Stehen kamen, um nicht mit dem Kopf dagegen zu knallen oder durch die Windschutzscheibe zu fliegen.

»Bist du total bescheuert?«, schrie er mich an, das Auto über und über mit Pflanzen und Erde bedeckt. In der Enge der Fahrerkabine wollten mir die Ohren platzen.

Obwohl er eben noch neben mir gesessen hatte, zog er mich im nächsten Moment an den Oberarmen aus dem Auto, schleppte mich zur Hintertür und schleuderte mich wie eine Puppe auf den Rücksitz. Aber bevor er die Tür schloss, beugte er sich über mich.

Sein makelloses Gesicht wirkte beängstigend in dem blauen unheimlichen Licht, und seine Augen funkelten aufgebracht. Er fasste mir mit der Hand grob ans Kinn und zwang mich ihn anzusehen. Sein Duft vernebelte mir die Sinne. Genauso wie die Tatsache, dass sein allzu perfektes wütendes Gesicht von meinem nur Zentimeter entfernt war.

»Noch einmal so eine Aktion und ich sorge eigenhändig dafür, dass du nie wieder nach Hause kommst, verstanden?«, fragte er mit schrecklich leiser Stimme. Hätte er geschrien, wäre diese Ansage nicht halb so beängstigend gewesen. Ich fühlte mich bedrohter als jemals zuvor in meinem Leben. Seine Augen machten mir Angst und das Adrenalin rauschte wild durch meine Blutbahn. Er meinte es ernst. Dieser Typ würde nicht davor zurückschrecken, mich umzubringen. Das wusste ich sofort, instinktiv.

Ich schluckte und nickte.

Er ließ mein Gesicht los und setzte sich mit einer für meine Augen zu schnellen Bewegung auf dem Fahrersitz, überfuhr rückwärts noch ein paar unschuldige Maispflanzen und beschleunigte, sobald wir den Kiesweg erreicht hatten. Ich verschränkte die Arme vor der Brust und versuchte, meine Atmung zu beruhigen, genauso wie meinen Herzschlag. Das Licht war nach ein paar Sekunden wieder ausgegangen und ich konnte nur seinen Umriss erkennen.

Der Mond war von dichten Wolken bedeckt. Ich hätte Angst haben sollen. Zumindest hatte ich sie bis eben gehabt. Aber mein Puls schlug mittlerweile wieder etwas langsamer sowie gleichmäßiger und ich fragte mich, ob er tatsächlich nur aus Angst so gerast war oder aus anderen Gründen. Nach ein paar Minuten, die er mir gab, hatte ich mich komplett gefasst, und ich war mir sicher, dass meine Stimme wieder fest klang.

»Wenn du mich nicht nach Hause bringst, wohin bringst du mich dann?«, fragte ich kühl. Dann fiel mir etwas auf. »Ich kenne nicht mal deinen Namen.«

Ich hörte das Grinsen, als er mir antwortete »Ja und? Ich kenne deinen auch nicht.«

»Ich kann dich einfach Arschloch nennen, wenn du willst«, entgegnete ich mit einschmeichelnder Stimme. Hörte ich ihn leise glucksen oder bildete ich mir das nur ein?

»Okay, dann nenne ich dich Pippi!«

»Pippi?«, fragte ich empört.

»Ja, du bist das Frechste, was ich je gesehen hab, und auch das Waghalsigste – fehlen gerade noch die Sommersprossen und die zwei Zöpfe!« Er grinste immer noch, als hätte er gerade einen echt guten Insiderwitz gemacht.

»Tja ich glaube, kein Mensch hat es gern, wenn er entführt wird, oder? Da reagiert man nun mal etwas… waghalsig … und frech?«

»Nicht die anderen«, murmelte er leise, aber ich hörte ihn sehr gut.

»Wie viele Menschen hast du denn schon entführt?«, fragte ich, ohne zu zögern. Wie komisch dieses Gespräch doch war.

»Das willst du gar nicht wissen«, erwiderte er hart. Offenbar war ihm das Grinsen vergangen und das Gespräch beendet. Ich hatte gar nicht gemerkt, dass wir den lauten und holprigen Kiesweg verlassen hatten und jetzt auf einer Autobahn fuhren.

Das sanfte Schaukeln des Wagens schläferte mich langsam aber sicher ein, auch wenn meine nach wie vor volle Blase mich vom Tiefschlaf abhielt. Er fuhr an einer Tankstelle raus, die bunt beleuchtet gekennzeichnet war. Und dieses Mal bewegte er sich in normaler Geschwindigkeit, als er mir die Tür öffnete.

»Wie freundlich«, verkündete ich sarkastisch.

»Du bist aber auch mit nichts zufrieden«, war seine trockene Antwort, während ich ausstieg.

»Und jetzt?«, fragte ich und blieb neben ihm stehen. Mir fiel erneut auf, wie groß er war. Ich reichte ihm gerade mal zu den Schultern. Er verdrehte die Augen, legte mir leicht die Hand auf den Rücken, und ich setzte mich automatisch in Bewegung.

»Du wolltest doch auf die Toilette«, erinnerte er mich, während mir seine Hand unmissverständlich zu verstehen gab, dass jeder Fluchtversuch zwecklos war.

»Hast du denn keine Angst, dass ich mich aus dem Staub mache?«, fragte ich provozierend und gleichzeitig verblüfft, dass er sich an meine volle Blase erinnerte.

Als einzige Antwort bekam ich eine arrogant hochgezogene Augenbraue. Keine Chance! Im Klartext. Als ich seufzte, lachte er leise, weswegen ich – von dem melodischen Klang abgelenkt – über meine eigenen Füße stolperte. Er hob mich einfach über die Drehkreuze vor den Toiletten und schwang sich elegant darüber. Und dann begleitete mich dieser Irre tatsächlich bis *in* die Damentoiletten.

»Willst du vielleicht noch mit in die Kabine kommen?«, fragte ich und hielt ihm die Tür auf. Er steckte die Hände in die Hosentaschen und lehnte sich demonstrativ an die Waschbecken. Mit einem herrischen Nicken bedeutete er mir, in die Kabine zu gehen. Schwungvoll sperrte ich zu, sprühte ein wenig Desinfektion auf etwas Klopapier und rieb damit über die eigentlich schon ziemlich saubere Brille. Dann setzte ich mich und sah mich um. Es war sehr sauber für eine Tankstellen-Toilette.

»Ich könnte auch einfach nicht mehr aufmachen und für immer hierbleiben«, stichelte ich ein bisschen.

»Das würde dir nicht viel bringen.« Ich hörte wieder das Lächeln in seiner Stimme und versuchte, mein Geschäft zu erledigen, aber mit ihm vor der Tür, einem vollkommen fremden Mann, ging das einfach nicht.

Nach einer Minute seufzte er ungeduldig und fragte auch noch ungehalten: »Könntest du dich beeilen?«

»Dann geh raus! Ich kann so nicht! Ich weiß noch nicht mal,

wie du heißt und soll mein Geschäft vor dir erledigen? Stell dich vor die Tür wie jeder normale Mann!«, forderte ich barsch. Seine Antwort war ein erneutes Seufzen. In meinem Bauch sammelte sich eine Masse aus warmem kribbelndem Glibber. Bei jedem Seufzer breitete sie sich weiter in meinem Körper aus und mir wurde immer heißer.

»Ich laufe nicht weg. *Nicht jetzt*«, setzte ich murmelnd hinzu.

»Eine Minute«, befahl er. Ich hörte nicht, wie sich seine Schritte entfernten, nur die Tür, die ins Schloss fiel.

Ob ich aus dem Fenster klettern könnte?, überlegte ich sofort. *Wie in den Filmen?* Da entkamen Geiseln grundsätzlich auch immer aus dem Fenster. Hoffentlich war es ein großes Fenster, das schön niedrig angebracht war, damit ich nicht auf die Waschbecken steigen musste. Ich war noch nie besonders geschickt gewesen.

Als ich fertig war, beschloss ich, es auf einen Versuch ankommen zu lassen. Ich war bisher gut unter einer Minute, hatte also noch ein paar Sekunden Zeit, bis er reinschauen würde – und bis dahin wäre ich schon über alle Berge.

Aber meine Gewissheit wurde zerstört, als ich leise die Tür öffnete und geradewegs in sein reserviertes Gesicht blickte.

»Hab ich dich nicht rausgehen hören?«, beschwerte ich mich und fing mir einen wütenden Blick ein.

»Hören und Sehen ist ein großer Unterschied«, antwortete er, und diesmal packte er mich wieder am Oberarm, an dem er mich erneut hinterherzog. Als ob er gewusst hätte, was ich vorhatte, ließ er mir nicht mal mehr meinen Stolz und behandelte mich wie ein unartiges Kleinkind.

»Warum musst du mich immer durch die Gegend zerren?«, fragte ich aufgebracht und versuchte, mich loszumachen.

»Würdest du sonst tun, was ich von dir verlange?« Arrogant schaute er auf mich herab und ließ sich von meiner Wehrhaftigkeit nicht beirren.

»Ganz sicher nicht!« Trotzdem gab ich vorläufig auf, mich aus seinem Griff befreien zu wollen und überlegte stattdessen, ob ich meinen Karatekick anwenden könnte.

Leider war er verdammt groß und kräftig, sodass ich ihm damit nicht mal ein Haar krümmen würde. Vielleicht schreien? Natürlich, warum war ich nicht eher darauf gekommen? Wenn ich schrie wie eine Verrückte, dass er mich entführt hatte? Was ja auch irgendwie der Wahrheit entsprach …

»Ich heiße Lucas. Lucas Black und komme ursprünglich aus England. Mein Name wird deswegen englisch ausgesprochen. Wage nicht, es anders zu tun.«

Ich blinzelte. »Äh, dafür kannst du aber ganz schön gut deutsch.«

Er schmunzelte. »Ich kann viele Sprachen.«

»Ach ja? So gebildet schaust du aber nicht aus! Oder lernt man das im Supermodelcamp?«

Er ignorierte mein beleidigendes Gemurmel und runzelte die Augenbrauen.

Wir waren an seinem Wagen angekommen, einem pechschwarzen Mercedes der Luxusklasse, der sehr, sehr schnell aussah. Direkt dahinter blieb er mit mir stehen.

»Wirst du dich benehmen?«, fragte er und sein Blick huschte zum Vordersitz.

Ich grinste breit. »Nein!«

»Gut!« Somit hielt er mir die hintere Tür auf.

»Die hinteren Sitze sind sowieso viel bequemer!« Ich streckte ihm die Zunge raus und schlüpfte schnell ins Auto. »Das ist ja wie mit einem Chauffeur«, scherzte ich, als er eingestiegen war.

»Sag mal, wohin fahren wir eigentlich? Ich würde es jetzt echt mal gerne wissen. Ich weiß, es ist nicht üblich für die Geiseln, zu erfahren, wohin sie verschleppt werden, aber ich weiß ja nicht mal den Grund. Die anderen Geiseln wissen ja wenigstens, *warum* sie verschleppt werden. Finde das ganz schön ungerecht von …«

»Kannst du mal die Klappe halten?«, unterbrach er meinen Redeschwall genervt und hatte innerhalb von Sekunden von Null auf gefühlte 250 beschleunigt.

»Nein. Ich rede immer so viel. Normalerweise würde ich jetzt bei meiner Mutter daheim sitzen und mich mit ihr unterhalten, aber ich bin ja nicht bei ihr …«

»Würdest du sicher nicht. Normalerweise würdest du jetzt schlafen und deine Klappe halten.«

»Na gut!« Ich verschränkte die Arme wieder vor der Brust und versuchte, es mir irgendwie gemütlich zu machen. »Dann tu ich das. Mit dir zu reden, ist sowieso nur verschwendeter Sauerstoff.« Obwohl ich seine Stimme gern hörte. Das Leder war viel zu hart und kalt zum Schlafen und er zündete sich auch noch eine Zigarette an. Gegen Zigarettenrauch war ich allergisch. Er stank ekelhaft. Viel ekelhafter als der von Joints. Ich verzog die Nase, hustete und suchte nach Fensterheber. Er legte seine Finger auf die Mittelkonsole und mein Fenster surrte runter.

»Jetzt ist mir kalt!«, beschwerte ich mich nach einigen Sekunden.

»Früher hat man Entführungsopfer geknebelt. Was ist nur aus den guten alten Zeiten geworden?« Hatte er das gerade wirklich vor sich hin gemurmelt? Er schmiss seine Zigarette aus dem Fenster und ließ meins wieder hochsurren. »Ich weiß gar nicht, warum ich mir das antue.«

»Tja, dann sind wir ja schon zwei! Vorschlag: Bleib doch einfach stehen und lass mich aussteigen«, bot ich wieder an. »Glaubst du etwa, ich bin freiwillig eine Geisel?«

»Du bist *keine* Geisel!« Seine Augen visierten mich unheilvoll und sehr ablenkend im Rückspiegel an.

»Ach ja? Was wäre denn deine Definition meiner Lage?«

»Du bist wirklich eine Nervensäge. Du musst doch sicher müde sein.«

»Weißt du, ich kann nicht gut schlafen, wenn ich Angst haben muss, beim Schlafen abgestochen zu werden.«

»Wirst du nicht!«, zischte er und schaute wieder stur nach vorn. »Und jetzt Ruhe! Oder ich überlege es mir anders!«

»Ich lasse mir doch von dir nicht meinen Mund verbieten! Weißt du eigentlich, dass die meisten Menschen mit leeren Morddrohungen nicht sehr weit kommen?«, zischte ich zurück und lehnte mich unbewusst in seine Richtung.

»Wie kann man nur so falsch liegen und so überzeugt von sich sein?«, fragte er ironisch.

»Wie kann man nur so ein Arschloch sein und so überzeugt von sich sein?«, fragte ich zurück.

»Schlaf jetzt, *wirklich*!«

Ich verdrehte die Augen, aber in dem Moment fühlte ich, wie meine Lider wieder schwer wurden und ich tiefer auf die Rückbank sank.

»Es wäre besser für dich, mich nicht so zu reizen!«, knurrte er leise vor sich hin.

»Ja, ja … du mich auch …« Im nächsten Moment fühlte ich das Leder unter meiner Wange, als ich mich auf dem Rücksitz zusammenrollte. Schon schlief ich, ohne mich dagegen wehren zu können!

Der Fremde in meinem Bett, oder ich in seinem?

Als ich wieder aufwachte, merkte ich, dass ich mich nicht mehr in unbequemer Haltung im Auto befand. Stattdessen war es warm und angenehm, obwohl mein Gesicht auf etwas Härterem lag als auf einem weichen Kissen. Auch mein Arm war eindeutig nicht um ein Kissen geschlungen.

Oh mein Gott. Es fühlte sich gut an. Sehr gut! Besser als alles andere, was ich jemals zuvor gefühlt hatte. Es war einerseits hart und doch weich. Ziemlich glatt und doch waren leichte handflächengroße Wölbungen zu ertasten. Mit den Fingern fuhr ich nach unten über die lustigen Huckel, bis das glatte Gesamtbild durch etwas Raues, Kratziges getrübt wurde.

Ich riss die Augen auf, als mein Gehirn sich wieder einschaltete.

Unter meiner Wange befand sich eine Brust; meine Hand war gerade an einem Bauch hinabgestrichen und am Rande einer Shorts angekommen. Und ob ich es glauben wollte oder nicht: Unter meinem Ohr schlug ein Herz!

Ich schluckte und setzte mich auf, als die Realität komplett und erbarmungslos in mein Bewusstsein sickerte.

Mit einem schnellen Blick versicherte ich mich, dass er noch schlief, auch wenn es nichts daran änderte, dass ich mit ihm in einem Bett lag. Mit meinem Entführer!

Ich war nicht zu Hause bei meiner Mutter. Sondern gekidnappt worden.

Eilig sah ich mich im Raum um. Es war eindeutig ein Hotelzimmer, aufgeräumt und sehr nobel. Ich warf nur einen ganz kurzen Blick auf ihn, und zwar *nur* auf sein Gesicht, um mich noch einmal zu vergewissern, dass er tatsächlich schlief. Dann schlüpfte ich aus dem Bett und sprang auf die Beine.

Er bewegte sich keinen Millimeter.

Gott sei Dank hatte er mir noch ein schwarzes Top angelassen. Nur meine Hose lag auf einem Stuhl ordentlich zusammengefaltet. Ich unterdrückte meine Scham und Wut darüber, dass er mich anscheinend ausgezogen hatte, während ich geschlafen hatte, und schlüpfte schnell in die Hose. *Das* hier war meine Chance zu entkommen.

Normalerweise ging ich so, wie ich jetzt aussah, nie aus dem Haus, aber wenn man auf der Flucht war, dann spielte es keine Rolle, ob man Schminke drauf hatte.

Ich schlich an einer antiken Kommode vorbei und war erleichtert, auf eine Tür zu treffen, vor der ich unsere Schuhe entdeckte, als ich um die Ecke linste. Er besaß schwarze saubere Designerschuhe aus Leder, die penibel neben meinen dreckigen Stiefeln standen. Ich beschloss, sie nicht anzuziehen, sondern so mitzunehmen, weil das sonst zu lange gedauert hätte. Nur kurz beugte ich mich nach meinem Paar, doch als ich wieder hochkam, stand er vor mir. Mit zerzausten Haaren und immer noch nur in Shorts bekleidet grinste er mich an.

»Wieder ein kleiner Ausbruchsversuch?«, fragte er amüsiert und mit verschränkten Armen.

Ich konnte nicht antworten. Weder meine Augen noch mein Mund, der etwas aufklappte. Es war ein kleiner Schock, seinen fast nackten Körper in all seiner überwältigenden Pracht vor mir zu haben. Seine geschmeidigen Muskeln, die genauso gut aussahen, wie sie sich unter seiner goldbraunen Haut angefühlt hatten. Er besaß eine athletische Figur, die an einen starken jungen Sportler erinnerte, an dem jedes Gramm durchtrainiert, aber doch nicht zu viel des Guten war. Kein einziges Haar am Oberkörper störte diesen vollkommenen Anblick.

Wenn ich mich für Männer interessiert *hätte*, dann hätte ich mein Glück kaum fassen können, vor so einem wunderschönen Wesen zu stehen und erst recht, mit ihm in einem Bett geschlafen zu haben – *an ihn gekuschelt*! Allerdings interessierte ich mich nicht für Männer, also konzentrierte ich mich auf sein Gesicht, anstatt den Rest von ihm anzuschmachten, und schmiss wütend die Stiefel in die Ecke.

»Ja, sollte es eigentlich werden. Hast du mich gestern auch vergewaltigt, als du mich ausgezogen hast, oder hebst du dir das dafür auf, wenn ich bei Bewusstsein bin? Ach ja, und wie machst du das immer?«

»Was? Dich ausziehen oder vergewaltigen?«, erwiderte er mit einem Schmunzeln.

»PAH!«, machte ich, weil ich aus irgendeinem Grund wusste, dass er mich nie anfassen würde. Ob mit oder gegen meinen Willen. Weil ich Mister Supermodel nicht interessierte. Zumindest nicht körperlich.

»Du hast es dir zum Hobby gemacht, ständig aus dem Nichts vor mir aufzutauchen, nur um mich zu schocken? Oder? Das ist es!« Als ich ihn ansah, blieben mir meine weiteren Ausführungen im Halse stecken. Denn er lächelte. Er lächelte sanft und offen.

Das traf mich aus heiterem Himmel wie ein Blitz. Zwei Grübchen bildeten sich auf seinen Wangen, und die waren schlichtweg bezaubernd.

»Ich bin eben sehr schnell und gut!«

Ich schluckte, als seine Augen geradezu glühten und bemerkte, wie sich seine Stimme veränderte. Sie wurde noch eine Stufe weicher, noch eine Stufe verlockender.

»Ich bin der Beste, wenn du es genau wissen willst – egal in welcher Hinsicht.« Und dann fühlte ich, wie seine Finger mich zur Abwechslung mal nicht festhielten oder irgendwohin schleuderten. Sie strichen mir über den Arm – hauchzart. Meine Haut kribbelte unter seiner leichten Berührung. Mein Gesicht kribbelte unter seinem Blick. Ich war nicht mehr fähig zu reden. Aber gleichzeitig stellten sich meine Haare im Nacken auf und ich trat einen Schritt zurück. Mich dem hinzugeben, was ich fühlte, wenn ich in seine Augen sah und er mich auch noch berührte, war gefährlich, das wusste ich tief in meinem Inneren. Meine körperlichen Signale machten mich darauf aufmerksam und ich befolgte sie.

»Okay«, sagte er nur und ging an mir vorbei zurück zu dem großen Bett, wo wir anscheinend den Rest der Nacht zusammen verbracht hatten. Ich verdrängte den Gedanken daran und doch wurde ich knallrot. Er warf mir meinen Pullover zu und stieg in eine Jeans. Während er sich den Reißverschluss hochzog und ich zwanghaft vermied, seinen Körper anzusehen, knurrte mein Magen. Laut und aussagekräftig.

»Ich wollte sowieso mit dir einkaufen gehen.«

»Ich will nichts, was von dir gekauft und bezahlt wurde!«, grummelte ich und streifte mir den Pullover über. Er verdrehte die Augen und knöpfte sich sein graues Hemd zu.

»Jetzt stell dich nicht so an. Wenn du dich dann besser fühlst, kann ich es auch klauen!« Wieder mal meinte er es ernst.

Ich schnaufte auf. »Ich will gar nichts von dir! Checks doch endlich mal! Ich will nur, dass du mich gehen lässt!«

»Meine Freunde nennen mich übrigens Luc«, entgegnete er locker und sehr zusammenhangslos.

»Ich bin *nicht* dein Freund! Ich hasse dich! Oder glaubst du, ich falle vor dir auf die Knie und danke dir für meine Entführung? Ich will nach Hause!«, versuchte ich ihm klarzumachen. Vielleicht verstand er mich auch einfach nicht, oder er wollte mich nicht verstehen.

»Du *kannst* aber nicht nach Hause! Check *du* es! Ich bin auch nicht gerade glücklich über die Umstände, das kannst du mir glauben!« Wir waren beide etwas lauter geworden und senkten unsere Stimmen und Gemüter automatisch, als wir das Hotelzimmer verließen und merkten, dass wir auf dem Flur nicht allein waren. Ein älteres Paar schaute uns kopfschüttelnd an.

Ich erstarrte, als er mir den Arm um die Schulter schlang. »Was soll das?«, fragte ich verkniffen.

»Wir sind verheiratet, Schatz«, verkündete er locker.

»Dafür bin ich zu jung«, brummte ich. Er stolperte, fing sich aber gleich wieder und blieb stehen.

»Wie alt bist du?«, fragte er entrüstet. Gerade, als ich ihn raten lassen wollte, stieß er hervor: »Nein, ich rate nicht!«

Ich schmollte »Achtzehn!« und schaute weg. Für ihn war ich sowieso nur ein kleines dummes Mädchen.

»Jung, frech und süß!«, murmelte er. Er schlang den Arm etwas fester um meine Schulter und ich entschied mich in dem Moment, ihn in meinem Kopf Luc zu nennen. So ein schöner starker Name für so einen schönen, starken… *Stopp!*

Luc lachte leise.

»Was?« Ich fühlte mich gedanklich ertappt und das Blut stieg mir erneut in die Wangen. Irgendetwas war anders zwischen uns, und es machte mich verlegen.

»Ich weiß immer noch nicht, wie du heißt«, beschwerte er sich. Ja! Irgendwas war anders. Er!

»Ich heiße Charline alias Charli für dich! Mein Nachname hat dich nicht zu interessieren«, antwortete ich trocken.

»Ich werde dich Charline nennen«, verkündete er sinnierend. »Das gefällt mir besser.«

»So nennen mich nur meine Freunde!« Also eigentlich nur meine Mutter. *Ich hab keine Freunde,* dachte ich. Aber dass musste er ja nicht wissen.

»Also Charline. Wenn ich dich höflich darum bitte, keinen Aufstand zu machen, wirst du sowieso dagegen sein, also befehle ich es dir einfach. Du wirst keinen Aufstand machen. Du wirst nicht im Geringsten auf dich aufmerksam machen. Du wirst dich nicht nackt ausziehen und deinen Namen im Kreis tanzen, genauso wenig, wie du irgendwelche Botschaften irgendwelchen Leuten zuflüsterst oder ihnen Zettelchen zusteckst. Du brauchst auch nicht versuchen, wegzulaufen. Genauso wenig wie irgendwelche Karatekicks! Das wird alles nicht klappen. Find dich damit ab. Du bist in meiner Gewalt und das wird sich erst ändern, wenn *ich* das ändern will, klar?«

»Lass mich in Ruhe!«

Er grinste in sich hinein, während ich zugeben musste, dass ich die Hälfte seiner Worte nicht mitbekommen hatte, weil mein Herz so laut pochte. So fühlte sich das also an, wenn man einen Freund hatte und Arm in Arm mit ihm irgendwo entlang spazierte. Ach stimmt, wir waren ja sogar verheiratet. Ich und mein Entführer …

Entwickelte ich allmählich Sympathien für ihn, eine Art Zusammengehörigkeitsgefühl mit dem Feind, wie es einige Geiseln taten?

Stockholmsyndrom?

Ja, anscheinend, denn ich löste mich nicht von ihm, selbst dann nicht, als wir das Hotel längst verlassen hatten.

***

Wir betraten den großen Supermarkt und er ließ mich erst los, als wir durch das Drehkreuz gingen. Dabei schaute er mir aber warnend in die Augen. Ich verdrehte darauf die meinen und tat so als würde ich losstürmen. Nach drei Schritten blieb ich stehen und musste lachen, weil er mich fassungslos anstarrte. Sein Mund stand sogar offen, was ich mich noch lauter lachen ließ. Er fand das alles andere als witzig, seinem sich verhärtenden Kiefer nach zu urteilen.

Mir war klar, dass ich ihm einfach so durch Weglaufen sicher nicht entkommen konnte. Luc – sein Name hörte sich so schön an, selbst in meinen Gedanken – fing sich wieder und kam zu mir.

»Also, was willst du essen?«, fragte er kalt. Er war immer noch wütend.

»Nichts«, entgegnete ich locker, obwohl mein Magen sich schon vor Krämpfen zusammenzog.

Wir bogen zu den Backwaren ein und er nahm eine Packung Brötchen. Dann führte er mich, mit seinem Blick, ohne mich zu berühren, zur Kühlung und holte Wurst und Käse.

Eine junge Frau mit blonden Haaren und großen Brüsten

wollte nach derselben Wurstpackung greifen und er grinste sie frech an, als er sie ihr vor der Nase wegschnappte. Einen Moment starrte sie ihn an, als würde sie nicht glauben, was sie sah. Okay, das geschah bei seinem Äußeren wahrscheinlich öfter. Dann lächelte sie ihn an – wie ein Schaf. Mit einem kurzen Blick auf mich entschied sie, dass ich – klein, kurvig, ungestylt, in abgetragenen Klamotten – auf keinem Fall seine Freundin sein konnte und lachte leise.

»Oh Entschuldigung«, schnurrte sie förmlich, obwohl sie gar nichts falsch gemacht hatte. Wofür entschuldigte sich das Schaf also? Dafür, dass sie ihn so billig anmachte?

»Passt schon«, verkündete er, als würde er ihr vergeben, und warf mir einen Seitenblick zu.

Ich drehte mich um und ging.

»Du kannst ruhig mit ihr in den Sonnenuntergang reiten. Dann könnte ich wenigstens endlich nach Hause!«, rief ich ihm im Weggehen zu. Obwohl mit normalen Schritten, war er sofort an meiner Seite, und die Freude darüber ließ mein Herz schneller schlagen.

»Was willst du hier?«, fragte er jetzt amüsiert, als ich zwischen der Tiernahrung stehen blieb. »Soll ich dir eine Dose Katzenfutter kaufen, Kitty?«, stichelte er.

Ich musste grinsen und ballte die Hände zu Fäusten, denn verdammt, ich wollte ihn nicht lustig finden!

»Hast du es jetzt endlich? Können wir dann los? Wo auch immer du hin willst, um deinen Tötungsakt zu vollführen?«

Er lachte. Ich stolperte. *Verdammt!*

Dann führte er mich zu den Getränken. Ich überlegte, was ich haben wollte, als ich regelrecht spürte, wie er von hinten an mich herantrat.

»Tut mir leid, dass ich dich enttäuschen muss«, sagte er leise, während er an mir vorbei nach einem Orangensaft und einem Sechserpack Mineralwasser griff, und ich wirbelte herum »Aber ich werde dich leider nicht umbringen. So gern du das anscheinend auch möchtest.« Für einen Moment strahlten seine Augen und brannten sich in meine. Seine Worte klangen wie ein Versprechen – und er war so nah, dass sein wunderbarer Duft mir die Sinne zusätzlich zu seiner Nähe vernebelte. Ich schaute schnell das Mineralwasser an, dann fiel mir sein sehniger, muskulöser Unterarm auf, was das ganze Chaos in meinem Inneren noch verschlimmerte, denn in meinem Bauch schien eine heiße, klebrige Bombe zu explodieren, die meinen Magen erwärmte.

Er gluckste vor sich hin. »Gehen wir?«

Ich nickte nur und blickte beschämt auf den Boden, den ganzen Weg zur Kasse.

Die Schlange war lang und die Menschen genervt. Luc hielt das Mineralwasser, als würde es nichts wiegen. Fasziniert beobachtete ich seine Muskeln und verglich ihn mit den anderen Männern seines Alters – er musste Mitte 20 sein. Der Supermarkt war gut besucht. Der Typ vor uns kam optisch am ehesten an ihn ran. Er war hübsch, hatte schwarze Haare, blaue Augen und einen durchtrainierten Körper. Aber niemals hätte ich ihn als wunderschön bezeichnet, weder ihn noch irgendeinen anderen. Mit Ausnahme von Lucas Black. Sein Aussehen war geradezu herausragend, auf eine fast übermenschliche Art.

»Scheiße. Ich hab was vergessen«, fiel ihm ein, als wir die Sachen schon aufs Band gelegt hatten. Der Mann vor uns hatte einige Sachen, die er kaufen wollte. Bier, Rasierklingen und viel Fleisch. Trotzdem würden wir gleich drankommen. Er schaute mich einen Moment hin- und hergerissen an.

»Bitte«, sagte er schließlich nur sehr leise und beugte sich ein Stück zu mir runter.

Dann drückte er mir seinen Geldbeutel in die Hand. Ich starrte ihn an. Wollte er, dass ich abhaute, jetzt auch noch mit jeder Menge Kohle?

Nein! Er wollte wirklich, dass ich ihm vertraute, und gab mir dafür seins! Aus irgendeinem Grund schossen mir die Tränen in die Augen und ich löste mich von seinem Blick.

»Okay«, flüsterte ich mit zitternder Stimme und er schlängelte sich schnell zwischen den Leuten davon, auf seine unsagbar elegante Art und Weise.

Ich starrte auf den schwarzen prallen Ledergeldbeutel in meiner Hand. Mein Gefühl war schlecht, als ich ihn öffnete, aber die Neugier war stärker. Geschockt keuchte ich auf, als ich etliche Fünfhundert-Euro-Scheine entdeckte. So viel verdiente meine Mutter vielleicht im ganzen Jahr. Hastig klappte ich ihn wieder zusammen und bemerkte errötend, dass der Mann, der vor mir stand, mich angrinste.

»Du hast wohl keine Ahnung, wie viel dein Freund verdient, oder? Würdest dir wohl nur Schuhe davon kaufen«, meinte er dämlich grinsend und ich schaute ihn wütend an.

»Er ist nicht mein Freund!«, murmelte ich, verstört von der Tatsache, dass andere dachten, wir wären zusammen. Damit war das Gespräch für mich beendet, aber der Mann mit den blauen Augen und dem Pickel auf der Nase, wie ich jetzt erkannte, schaute mich immer noch an. Also Luc hatte keine Pickel, keinen einzigen, was echt unfair war!

»Willst du mir vielleicht mal deine Telefonnummer geben, wenn der Kerl nicht dein Freund ist?«, fragte er hoffnungsvoll, und ich war sofort genervt.

»Nein, ich will dir vielleicht nicht meine Telefonnummer geben!«, antwortete ich und schaute wieder zu ihm auf. Mein Verhalten schien ihn nur anzustacheln, er glotzte nun auf meine Brüste, als ich die Arme davor verschränkte.

Typisch MANN!

»Ach komm schon. Wir könnten uns ja einfach mal treffen, nur auf einen Kaffee.«

»Nur auf einen Kaffee?«, keifte ich ätzend. »Du meinst wohl eher auf einen für mich unbefriedigenden Quickie!« Er lachte. Offensichtlich fand er mich süß – selbst, wenn ich ihn beleidigte. So wie alle anderen Jungs auch, die ich kannte. Aber ich wollte nicht süß sein! Ich versuchte sie doch nur anzuzicken und besonders eklig zu sein, damit sie mich in Ruhe ließen, doch ich erreichte nur das Gegenteil damit. Toll!

»Hey, das wär's doch, aber ich verspreche, dass *unbefriedigt* nicht der richtige Ausdruck ist, Süße«, erwiderte er, und dann fasste er mich tatsächlich an! Waren denn alle verrückt geworden? War es normal, dass man einem Fremden zuerst ins Gesicht fasste? Ich wollte gerade seine Finger wegschlagen, da schoss Luc an mir vorbei und im nächsten Moment hatte er dem anderen die Hand auf den Rücken gedreht.

»Aua, spinnst…« Die Worte endeten in einem Ächzen und er krümmte sich unter Schmerzen zusammen. Die Leute um uns murmelten empört, aber keiner griff ein – so viel zur Zivilcourage.

»Lass deine Finger von ihr!« Ich starrte Luc an, der sehr leise sprach, was nie ein gutes Zeichen bei ihm zu sein schien. »Oder ich hacke sie dir ab und stecke sie in deinen Arsch!« Ein Kichern entkam mir bei dem Gedanken daran. Sorry, die Vorstellung war witzig!

»Ja, ja, ist okay! Sorry, Mann!«, lenkte der andere schnell ein, und ich bemerkte, dass ihm der Schweiß auf der Stirn stand. Luc ließ ihn los, schaute ihm aber unentwegt in die Augen, während er sich wieder an meine Seite stellte. »Sorry, echt«, wiederholte der Typ kleinlaut und rieb sich den Arm. Luc drehte sich zu mir und sah besorgt auf mich herab, während er mein Kinn mit dem Zeigefinger hob, damit er mein Gesicht wie etwas wahnsinnig Kostbares von allen Seiten begutachten konnte. Mein Herzschlag setzte einen Moment aus – bei ihm widerte es mich nicht an, wenn er mich berührte, ganz im Gegenteil.

»Alles okay?«, fragte er, als hätte der andere mir schändlicherweise das Oberteil zerrissen, mir an die Brust gegriffen und mich dann verprügelt oder so was.

Ich lachte leise. »Ja!« Dann schaute ich in sein angespanntes Gesicht. »Und mit dir?«, erkundigte ich mich leiser. Er ließ von mir ab und trat einen Schritt zurück – sein Ausdruck war unlesbar.

»Ich hab Unterwäsche für dich gekauft.« Er hielt zwei Fünfer Packungen Tangas nach oben. Anscheinend hatte er vor, länger mit mir unterwegs zu sein. Ich seufzte und gab ihm kopfschüttelnd seinen Geldbeutel zurück. »Wir werden noch andere Sachen kaufen, aber erst beim nächsten Halt, denn jetzt müssen wir sofort losfahren«, flüsterte er, und ich seufzte erneut.

»Hab ich denn eine Wahl?«, fragte ich – mehr mich als ihn.

***

Luc verwirrte kurz die Kassiererin allein mit seinem Auftreten und führte mich dann wortlos zum Auto, das er auf dem Behindertenparkplatz abgestellt hatte. Dieses Mal öffnete er mir die Beifahrertür und öffnete das Handschuhfach, sobald wir saßen. Ich starrte auf seinen Arm, den er über mich streckte, auf die geschickte Bewegung seiner langen Finger, wie er die Klappe aufspringen ließ und auf seine Muskeln an seinem leicht behaarten Unterarm, die sich dabei anspannten. Konnte ein Mensch auf so viele geniale Details gleichzeitig achten? Offensichtlich, denn wenn es um ihn ging, gelang es mir problemlos.

»Und jetzt ...«, verkündete er tonlos, zwischen den Fingern ein Jagdmesser mit verziertem Elfenbeingriff, was er aus dem Handschuhfach geholt hatte. Meine Augen weiteten sich, ich konnte den Blick nicht von der scharfen Klinge nehmen und fühlte, wie mir das Blut aus dem Gesicht wich. Hier auf dem Parkplatz wollte er es tun, einfach so? Am helllichten Tag? Er schmunzelte. »Schmier mir ein paar Brote, Pippi«, vervollständigte er den Satz und lachte über mich.

Ich konnte wieder atmen und riss es ihm aus der Hand. »Haha, wie witzig! Darüber macht man keine Scherze mit seiner wehrlosen Geisel!« Er fuhr immer noch vor sich hin grinsend los und hatte überhaupt kein schlechtes Gewissen.

»Ich will zwei Scheiben Wurst und eine Scheibe Käse«, verkündete er nur und bog auf die Hauptstraße ab, während er mir beim Zubereiten seiner Mahlzeit zuschaute. Wahrscheinlich, damit ich nicht draufspuckte oder so was.

»Könntest du vielleicht mal auf die Straße achten!«, befahl ich, von seinem Blick verunsichert, und weil ich alles vollkrümelte.

»Nicht, dass du dich schneidest …« erwiderte er grinsend.

»Das wäre im Moment das Beste, was mir passieren könnte«, antwortete ich und grinste ihn auch kurz und vor allem ironisch an. Seines verebbte daraufhin sofort und er umklammerte das Lenkrad etwas fester.

»Dann tu´s doch«, forderte er mich kalt auf.

»Weißt du eigentlich, dass unsere Gespräche total irre sind?«, fragte ich. Darüber musste er schon wieder glucksen. Seine Launen waren mir echt ein Rätsel.

»Du bist der irre Part, ich passe mich nur an.«

»Nein, du! *Du* hast *mich* entführt!«, erinnerte ich ihn, musste aber auch lachen. Es war ansteckend, wenn er etwas komisch fand. Man könnte natürlich auch sagen, wir besaßen beide den gleich kranken Humor, aber ich wollte mit ihm gar nichts gemeinsam haben! Als er seine Verpflegung hatte, drehte er das Radio lauter, lehnte sich in seinem Sitz zurück und lenkte lässig mit einer Hand. Einen Moment befürchtete ich, dass er auch noch seine Augen schließen würde, so wenig, wie er auf den Verkehr achtete. Aber er tat es nicht, und ich versuchte, mich auf alles andere zu konzentrieren als auf sein Gesicht im Profil. Oder seinen Geruch, der mir ab und zu in die Nase stieg – wie bei so einem Duftsprüher mit Zeitschaltuhr. Jedes Mal wollte ich mich zu ihm rüberbeugen und tief einatmen, um ihn voll und ganz zu riechen.

Stattdessen schaute ich mir lieber die Landschaft an, die in sengender Hitze vor sich hin flimmerte, und lehnte meine Stirn gegen die Scheibe, während ich den Kindern, an denen wir vorbeirasten, die Zunge rausstreckte, so wie ich es, als ich klein gewesen war, immer getan hatte.

Würde er mich jemals wieder gehen lassen?

Komplikationen für ihn, Glück für mich

Wir fuhren den ganzen Tag durch und wechselten kaum ein Wort.

Nach einiger Zeit hatte er mich die Musikmappe hingehalten und gesagt, ich solle was aussuchen. Darin befanden sich überwiegend meine Lieblings-CDs und Songs, die ich auf dem MP3-Player hatte, also fiel mir die Auswahl nicht schwer. Mich regte es allerdings schon wieder auf, dass wir anscheinend noch eine Gemeinsamkeit mehr hatten. Ich entschied mich erst mal für *Muse*, weil ich die Band geradezu vergötterte.

Wir machten keine Pause, er hatte Glück, dass meine Blase so standhaft war. Nur einmal hielten wir an einem McDonald's Drive-in und er bestellte unter lautem Protest meinerseits zwei Menüs. Als sich die Dämmerung langsam über die Landschaft legte, waren wir schon an hohen Bergen angekommen. Kein einziges Mal verringerte er seine Geschwindigkeit, als wären wir vor irgendwas auf der Flucht, was natürlich lächerlich war. Ich konnte mir nichts vorstellen, vor dem er fliehen müsste.

Irgendwann schlossen sich meine Augen und ich wachte wieder auf, als er mich vorsichtig aus dem Auto hob.

»Sorry«, murmelte er in der Dunkelheit, als ich ihn verschlafen anblinzelte.

Ich nahm die Hände von seinem Nacken – was machten die Verräter da überhaupt? – und wollte runter.

»Ich kann auch selber gehen!«

Aber er lächelte nur. »Du bist müde und rennst sicher gegen den nächsten Pfosten.«

»Gegen dich oder wie?«, murmelte ich gähnend, doch gleichzeitig schlang ich die Hände wieder um seinen Hals und versuchte, ruhig zu atmen. Eigentlich hatte ich nichts dagegen, von ihm getragen zu werden. Es war ziemlich bequem. Zwar war es ungewohnt und verwirrend, ihm so nahe zu sein, aber andererseits fühlte ich mich auch auf komische Art und Weise in seinen Armen geborgen.

Wir kamen in einer großen Empfangshalle an, und ich erkannte, dass wir wieder in einem Nobelschuppen eingecheckt hatten. Er war anscheinend schon einmal oben gewesen, denn der Rezeptionist nickte ihm höflich zu und grüßte ihn mit einem Namen, den ich nie zuvor nicht gehört hatte.

»Herr Spinner?«, fragte ich kichernd mit hochgezogener Augenbraue. Er lachte nur.

»Stimmt sogar«, setzte ich hinzu, als er mich vor einer Tür in einem langen Gang, mit rotem Teppich und Bildern an der Wand, absetzte. Eine Hand ließ er beiläufig an meiner Hüfte liegen, mit der anderen zog er die Karte durch den Scanner.

Wir traten in eine helle Suite. Im antik und teuer wirkendem Wohnzimmer sah ich Plastiktüten auf dem Boden liegen und schaute ihn fragend an.

»Ich war schnell einkaufen, während du geschlafen hast.«

»Aha!« Ich setzte mich auf einen Sessel und er schaltete den Fernseher an.

»Du möchtest sicher duschen.« Damit warf er mir eine Tüte zu.

Ich fing sie natürlich nicht auf, und sie fiel zu Boden. »Soll das ein subtiler Hinweis darauf sein, dass ich stinke?« Als Antwort verdrehte er lediglich die Augen. Als ich reinschaute, konnte ich irgendwelche Kleidung, Duschgel, eine Zahnbürste und noch andere Badartikel erkennen. Ich seufzte.

»Was ist? Magst du Pfirsich nicht?« Ich wollte nicht zugeben, dass ich das gleiche Duschgel daheim auch benutzte.

»Ich mag *gar nichts*, was von dir ist!«

»Und ich mag nicht, dass du stinkst«, entgegnete er trocken und kramte in einer anderen Tüte rum.

»Boah!«, stieß ich hervor und ging zu der Tür, von der ich annahm, dass sie ins Bad führte, fand mich aber nur in einem überdimensionalen Schlafzimmer wieder.

»Mann, dieses Zimmer ist ja größer als unsere Wohnung«, schimpfte ich, während ich eine andere Tür öffnete und mich tatsächlich in einem Mamorbad wiederfand. Ich hörte ihn leise lachen und schloss hinter mir zu, auch wenn ihn das wohl kaum aufhalten würde. Mir kam es so vor, als könnte er durch Wände gehen, was natürlich absolut bescheuert war.

Im Bad streckte ich meine steifen Gelenke und zog mich aus. Die warme Brause der Dusche tat gut auf meiner Haut und lockerte meine verspannten Muskeln. Aber jetzt, da ich allein war, überkamen mich wieder die schmerzhaftesten Gefühle. Ich dachte daran, was meine Mutter jetzt wohl machte? Mit Sicherheit malte sie sich inzwischen die schlimmsten Situationen aus, schließlich war ich schon seit über zwei Tagen verschwunden. Womöglich sah sie mich tot in irgendwelchen Mülltonnen liegen oder in Flüssen rumschwimmen. Es tat mir nicht leid um mich, dass ich gekidnappt worden war. Für mich war es ehrlich gesagt nicht annähernd so schlimm, wie ich es mir vorgestellt hatte, zumindest nicht, wenn man von einer Person wie Lucas Black festgehalten wurde. Aber wegen meiner Mutter tat es mir schrecklich leid. Zuerst war sie von meinem Vater verlassen worden und jetzt auch noch von mir. Der einzigen Person, die ihr noch geblieben war.

Das Wasser wusch meine Tränen von den Wangen, aber die Qual nicht von meiner Seele.

Er hatte mir einen gemütlichen Daheim-Anzug aus dunkelrotem festem Stoff gekauft und dicke Norweger Socken. Wusste er etwa, dass ich immer kalte Füße hatte? Ich putzte mir die Zähne und kämmte meine Haare. Danach fühlte ich mich um so vieles besser und frischer.

Als ich ins Wohnzimmer kam, hatte er uns anscheinend was beim Zimmerservice bestellt, denn dampfende Spaghetti warteten auf mich. Mein Bauch knurrte bei dem verlockenden Anblick, und ohne einen dummen Kommentar stürzte ich mich auf das Essen. Seinen Teller hatte er bereits geleert und ging nun ins Bad.

»Ich höre dich«, verkündete er nur, während er die Tür schloss. »Und es ist zugesperrt«, rief er mir noch zu.

Ich seufzte und legte mich auf die Couch – viel zu vollgefressen, um einen Ausbruchversuch zu starten.

Fast döste ich ein, als ich durch die Kanäle zappte, aber bevor ich endgültig in der Traumwelt versank, ging die Badtür schon wieder auf. Er war ziemlich schnell. Kurz schaute ich auf und der Atem stockte in meiner Kehle. Luc hatte nur ein Handtuch um seine perfekten Hüften geschlungen. Die nassen Haare standen in alle Richtungen ab. Vereinzelt schimmerten noch ein paar Wasserperlen auf seiner goldbraunen Haut.

Oh Gott im Himmel!

Ich schluckte und lenkte meine volle Konzentration auf den Fernseher, denn dort kamen gerade die Nachrichten. Fest entschlossen versuchte ich, ihm nicht zuzuschauen, als ich hörte, wie er das Handtuch einfach auf einen Sessel warf und sich Shorts anzog.

In meinem Bauch war schon wieder alles voller heißer, kribbelnder Masse.

Schließlich setzte er sich auf das Sofa rechts von mir und legte die Füße auf den Couchtisch, während er sich die Haare mit einem Handtuch trocken rubbelte.

»Breaking News«, kam der Einblender in den Nachrichten und dann eine blonde Moderatorin mit bestürztem Gesicht.

»Es wird um Mithilfe gebeten. Dieses Mädchen ...« Ich schrie leise auf, als sie ein Foto von mir zeigten. Es war nicht gerade vorteilhaft, aber eindeutig ich. Schockiert schlug ich die Hand vor den Mund. Wie konnten sie nur so ein schreckliches Bild verwenden? Luc erstarrte. »Wird seit vorgestern Abend vermisst. Sie ist gerade 18 Jahre alt, 1,65 m groß, hat knallrote Haare und hellgrüne Augen. Sie wurde zuletzt im Café ihrer Mutter in Berlin-Kreuzberg gesichtet und verschwand spurlos, als sie den Müll rausbringen wollte. Zu diesem Zeitpunkt trug sie einen schwarzen Pullover und eine schwarze lange Stoffhose. Die alleinerziehende Mutter ist am Boden zerstört und bittet um Hinweise zur Auffindung von Charline.« Und dann setzte mein Herz vollkommen aus.

Sie zeigten meine Mutter, während ihr sicher zehn Mikrofone hingehalten wurden. Ihre Gesichtszüge wirkten fahl und sie hatte dunkle Ringe unter den sonst strahlend grünen Augen. Sie weinte nicht, war aber kurz davor. Mein Magen verkrampfte sich und mir kamen die Tränen.

»Wer auch immer meine Tochter hat, den bitte ich aus tiefstem Herzen, sie mir zurückzubringen. Charline ist das Beste, was mir in meinem Leben widerfahren ist. Sie hat so einen guten Charakter, ist so ein liebes fleißiges Mädchen. Sie hilft überall und jedem. Das hat sie nicht verdient.« Kurz schluckte sie und schaute flüchtig zu Boden, dann wieder in die Kamera. »Was auch immer derjenige mit ihr vorhat … Bitte gebt sie mir zurück. Bitte gebt mir mein Baby zurück. Bitte …« Dann musste sie abbrechen, weil sie doch zu weinen anfing, und drehte sich von den Fernsehkameras weg, während ihre schmalen Schultern zuckten.

Die Moderatorin erschien wieder, aber ich verstand sie nicht mehr.

Ich wollte meine Mutter in die Arme schließen und trösten, und weil das einfach nicht möglich war, fing ich an zu schluchzen. Vermutlich konnte ich mich nie wieder an sie schmiegen, ihren Geruch einatmen, mit ihr Witze reißen oder ihre Gesellschaft genießen. Sie hatte so fertig ausgesehen und hatte sicher keine einzige Minute geschlafen, seitdem ich weg war. Mit den Händen davor vergrub ich mein Gesicht in einem der Couchkissen.

»Hör auf damit!« Pah, er befahl es mir, als könnte er die Flut so stoppen. Ich fühlte, wie er sich neben mich auf die Couch setzte und mit sanften Bewegungen meine Haare aus dem Gesicht strich, als es nichts half.

»Lass mich in Ruhe!«, schrie ich ihn an und schlug nach seinen Fingern.

Er nahm mich an den Schultern und drehte mich sanft auf den Rücken, sodass ich ihn anschauen musste. Vorwurfsvoll blickte ich zu ihm hoch, während er wütend auf mich herabsah. Dann stöhnte er und stand auf. Bevor ich einmal durchatmen konnte, war er wieder da und hielt mir ein Wegwerf-Handy hin.

»Da, ruf sie an. Sag ihr, dass du nicht tot bist und auch nicht sobald sterben wirst!«, knurrte er knapp, und ich riss meinen Mund auf.

»Echt?« Schnell wischte ich mir die Tränen weg und setzte mich auf.

Luc nickte knapp. »Aber keine Angaben zu unserem Aufenthaltsort oder zu mir! Nicht länger als 30 Sekunden. Ich stoppe die Zeit.«

»Ich weiß ja nicht mal, wo wir sind«, sagte ich, als ich mit zitternden Fingern das Handy nahm. Er setzte sich wieder auf die andere Couch und verschränkte die Arme vor der breiten Brust. Ich drehte mich von ihm und seinem bohrenden Blick weg und wählte mit zitternden Fingern. Schon nach dem ersten Klingeln hörte ich die schwache Stimme meiner Mutter.

»Weiss«, meldete sie sich, als hätte sie keine Hoffnung mehr auf irgendwas.

»Mama«, hauchte ich und versuchte, bei dem Klang ihrer vertrauten Stimme nicht zu weinen.

»CHARLINE!«, schrie sie. »Wo bist du? Was machst du?« Ihre Stimme war nun alles andere als schwach, eher einige Oktaven zu hoch.

»Mama, das kann ich dir nicht sagen.« Meine Stimme zitterte. Es tat mir so leid.

»Warum nicht? Schatz, bitte! Ich komme und hole dich. Egal, wo du bist«, flehte sie, und ich sah schon, wie sie sich in ihr winziges Auto stürzen wollte, das wahrscheinlich nicht einmal 50 Meter schaffte, ohne das etwas abfiel.

»Das geht aber nicht. Ich bin gesund. Mir geht es gut. Bitte mach dir keine Sorgen!«

»Ich verstehe das nicht. Wann kommst du wieder? Warum bist du weg? Hab ich was falsch gemacht?«, fragte sie, und ich merkte, dass sie jetzt weinte – von Selbstzweifeln gequält, ob sie mich genauso vertrieben hatte wie meinen Vater. Ich warf Luc einen kleinen Blick zu, der nun stur zum Fernseher schaute.

»Ich weiß nicht, ob ich … überhaupt wiederkomme«, antwortete ich ehrlich. Meine Stimme brach.

Stille.

»Mama?«

Sie sagte nichts mehr und ich hatte Angst, dass sie einen Herzinfarkt hatte.

»Die Zeit ist um«, sagte er leise.

»Mama!« Jetzt wurde ich lauter und panischer, aber sie sagte immer noch nichts. Er wollte das Telefon nehmen, aber ich sprang auf die Beine und wich vor ihm zurück.

»Schatz, bitte … Komm zu mir zu…«, hörte ich ihre flehende Stimme. Er schnappte sich mit einer unsichtbaren Bewegung das Telefon aus meinen steifen Fingern und legte auf.

»Warum tust du das?«, schrie ich und stürzte mich auf ihn. Er wich meinen Schlägen aus, umfasste meine Handgelenke und drückte sie nach unten.

»Beruhige dich!«, befahl er barsch, weil ich schon wieder weinte.

Im nächsten Moment drückte er mich an seine warme Brust und schlang die Arme um mich. Ich konnte nichts mehr dagegen tun. Sein Geruch und seine Nähe beruhigten mich sofort.

»Lass mich doch bitte gehen«, flehte ich schwach und hoffnungslos, vergrub aber mein Gesicht in seiner duftenden Haut. Gleichzeitig ertappte ich mich dabei, dass meine Bitte nicht mehr so ernst gemeint war. Ja, ich wollte immer noch zurück nach Hause, eben weil meine Mutter vor Sorgen umkam, aber nicht um meinetwillen.

Er strich mir leicht über die Haare. »Ich habe dir schon einmal gesagt, dass ich dich nicht gehen lassen *kann*, auch wenn ich gerne *würde*«, murmelte er sanft.

»Das verstehe ich einfach nicht. Du sprichst immer in

Rätseln«, beschwerte ich mich trotzig.

Er atmete tief durch. »Ich weiß!« Dann hob er mein Kinn an, damit ich ihn ansehen musste. Sein Gesicht war so unerträglich schön, besonders in dem sanftem Licht der kleinen Lampe. Besonders mit dem tiefen Ausdruck in seinen hypnotischen Augen.

»Die anderen wollen dich töten … aber nicht ich«, wisperte er heiser.

»Wer sind die anderen?«

»Es sind Personen, von denen ich annahm, ich könnte ihr Verhalten ertragen, weil ich dachte, ich wäre im Grunde genommen genauso wie sie. Jetzt bin ich mir da nicht mehr so sicher.«

»Wie bist du denn?« Ich kannte ihn gar nicht und das machte mich traurig.

»Ich bin …« Er stockte und schaute forschend in mein Gesicht, während er weitersprach. »Nicht … *gut*!« Es missfiel ihm, das zuzugeben. »Zumindest, wenn man die Dinge mit deinen Augen betrachtet.«

»Ja, gute Menschen entführen keine anderen Menschen«, flüsterte ich.

»Es gefällt mir nicht, dass ich dich gegen deinen Willen festhalte. Aber ich muss.«

»Wegen ihnen?«, fragte ich.

Er nickte.

»Aber warum gehen wir nicht zur Polizei?«

Hart lachte er auf. »Die Polizei kann da nichts ausrichten, Charline!«

»Aber du«, stieß ich hoffnungsvoll hervor. Es schien nichts zu geben, was er nicht konnte, so kam es mir zumindest vor. »Du kannst was ausrichten. Stimmt's?«

»Nein, ich allein kann das nicht. Auch wenn ich wollen würde.«

Ich riss mich los. »Du hast gesagt, *wenn ich wollen würde.* Also willst du gar nichts ausrichten, hab ich recht?« Darauf antwortete er nicht. Eine stumme Bestätigung.

»Das ist alles nicht so einfach!« Allmählich wurde er auch wütend.

»Ach ja? Ich bitte dich! Was ist denn schon für dich schwer?«

Er seufzte und fuhr sich durch die nassen Haare. »Du solltest jetzt schlafen gehen, denn, glaube mir, im Moment fällt mir einiges schwer«, befahl er und schob mich ins Schlafzimmer.

»Ja, toll, willst du mich wieder einschläfern?«, fragte ich bissig, während er mich hochhob und aufs Bett warf. Ich landete in den weichen Kissen. Einen Moment blieb er stehen und schaute mich unergründlich an.

»*WAS IST*?«, zischte ich ihn an.

»Ich schlafe besser auf der Couch«, sagte er etwas heiser, drehte sich um und ging davon.

Die Tür ließ er angelehnt.

»Ja, renn nur weg!«, schrie ich ihm hinterher und schlug auf das unschuldige Kissen ein.

Das Zimmer wirkte ohne ihn lieblos und kalt, und ich hatte wieder starke Probleme einzuschlafen, aber irgendwann schaffte ich es.

Änderungen

Es war verdammt kalt, als ich aufwachte, und verdammt früh. Die Vögel zwitscherten vor meinem Fenster rum, aber für mich klang es wie ein nervtötendes Schreien.

Ich drehte mich auf die Seite und hielt mir die Ohren zu. Es half nichts, also öffnete ich die Augen und setzte mich auf. Vielleicht schlief er noch und ich könnte denselben Fluchtversuch wie gestern wagen, denn ich würde es immer wieder probieren, wegen meiner Mutter. Egal wie sehr ich ihn damit verärgerte, seine Wut machte das Ganze irgendwie nur anziehender.

Und tatsächlich. Als ich in den Wohnraum kam, war die Couch leer.

»Hey? Bist du da?«, fragte ich leise und ich erhielt keine Antwort.

Ich schielte ins Bad. Leer. Flur: leer.

Es musste alles ganz schnell gehen.

Da ich wusste, dass die Tür zugesperrt war, rief ich über das hoteleigene Telefon die Rezeption an. Kurz kam mir der Gedanke, die Polizei zu kontaktieren oder meine Mutter, aber dafür hatte ich keine Zeit. Ich wollte einfach nur hier raus. Nach einem kurzen Tuten erklang eine weibliche nasale Stimme.

»Guten Morgen, Sie wünschen?«

»Hallo. Mein Mann ist schnell Frühstück holen gegangen und hat mich aus Versehen im Zimmer eingesperrt. Dabei gehe ich doch jeden Morgen eine Runde schwimmen. Wären Sie so freundlich, mir aufzuschließen?«

Die Frau schwieg eine Sekunde. Dann antwortete sie seltsam abwesend: »Entschuldigen Sie bitte, aber das ist nicht möglich.«

Ich stockte. »Wie meinen Sie das?«

»Das kann ich nicht machen«, entgegnete sie mit derselben tonlosen Stimme. Ich runzelte die Stirn und überlegte, wie viel Geld er ihr wohl dafür gezahlt hatte, oder wie oft sie die Nacht Sex gehabt hatten.

»Es brennt aber«, versuchte ich es verzweifelt.

»Haben Sie noch einen schönen Tag.« Sie legte auf. Ich schaute einen Moment auf den Hörer in meiner Hand, dann schmiss ich ihn auf den Boden.

»*Verdammte Scheiße*!«, schrie ich und schleuderte ein Kissen von der Couch gegen den Fernseher. Und dann nahm ich noch die leere Plastikflasche und schleuderte sie auf den Boden. Es war zum Haare raufen. Er schien mir immer einen Schritt voraus zu sein, als könnte er meine Gedanken lesen.

»Na, am Randalieren?«, fragte er amüsiert. Ich zuckte zusammen, denn ich hatte seine Ankunft wie immer nicht bemerkt.

»Ja«, zischte ich und funkelte ihn wütend an. »Wie viel hast du ihr gezahlt?«, fragte ich trotz zusammengebissener Zähne.

Er lachte und stellte eine Tüte mit frischen Schokocroissants vor mir auf dem Tisch ab. Ich hatte ihm nie gesagt, dass ich sie liebte.

»Gar nichts«, antwortete er locker, während er herzhaft von einem abbiss.

»Aha, klar. *Gar nichts*. Hm«, erwiderte ich und ließ die duftenden Croissants schweren Herzens liegen.

»Schau mal, was ich da Tolles habe?« Sein Ton machte mich misstrauisch, als würde er gleich einem Hund ein Leckerli geben und seine Vorfreude noch genießen wollen. Er holte eine quadratische rötliche Packung hinter seinem Rücken hervor und wedelte damit vor meinem Gesicht herum. Mein Misstrauen war offensichtlich berechtigt.

»Haarfarbe? Schwarz?« Ich klang etwas erstickt. »Das kannst du gleich vergessen! Niemals! Ich färbe meine Haare nicht schwarz!« Sein Lächeln blieb engelsgleich, als hätte er diese Reaktion erwartet.

»Du musst sie dir auch nicht färben. *Ich* färbe sie dir, Dummerchen.«

»Ach! Das kannst du doch gar nicht!«

»Ich kann viele Dinge, zufällig auch Haare färben. Und überhaupt, das ist nicht schwer, also komm schon, wir müssen los!« Er wollte mich am Arm nehmen und wieder irgendwohin schleifen, aber ich versteifte mich und wich vor ihm zurück. Mit trotzig vorgeschobener Unterlippe schaute ich zu ihm auf und schüttelte langsam meinen Kopf.

»Du kannst mir mein Zuhause nehmen und meine Würde, aber du kannst mir nicht meine Haarfarbe nehmen!«, sagte ich kalt. Damit war das Thema für mich beendet.

»Charline«, knurrte er warnend. Ich schob meine Lippe noch ein Stück vor und verschränkte die Arme vor der Brust. »Na gut!« Und schon packte er mich und warf mich wie einen Sack Kartoffeln über seine Schulter.

»Hey, lass mich runter, sofort!«, schrie ich und schlug auf seinen Rücken ein. Er stellte mich unter der Dusche ab.

»Was wird das hier?«, fragte ich schon etwas panisch.

Lässig stand er vor mir und grinste böse. »Entweder nur deine Haare oder dein ganzer Körper werden nass!«, stellte er mich vor die Wahl.

»Das wagst du nicht!«, zischte ich und merkte, wie mir Tränen in die Augen stiegen. Ich fühlte mich gedemütigt. Schon jetzt. Er seufzte. Dann nahm er ohne Vorwarnung meine Hand.

»Lass mich los«, sagte ich, aber es klang so, wie: *Halt mich fester*. Er schien meinen Subtext zu verstehen, denn er drückte sie leicht – und lächelte bittend. »Bitte darf ich dir die Haare färben?«, flüsterte er und strich mir vorsichtig eine Strähne hinters Ohr. Seine hellen Augen nahmen wieder diesen hypnotischen, glühenden Ausdruck an, der unmenschlich aussah und mich nicht mehr klar denken ließ.

Ich schluckte und wich seinem Blick aus.

»Wenn das vorbei ist, dann färbe ich sie dir wieder rot, okay? Ich verspreche es dir.« Seine Stimme war schmeichelnd, unsagbar verführerisch und übernahm genau dieselbe Aufgabe wie sein Blick. Ich schmolz dahin und konnte mich nicht dagegen wehren.

»Warum denn?« Ich versuchte, mich noch aufzubäumen, obwohl ich wusste, dass ich schon verloren hatte.

»Weil sie dich suchen und dich sonst gleich erkennen, wenn du als Boje durch die Gegend spazierst«, sagte er nicht weniger sanft.

»Aber ich will ja, dass sie mich finden!« Ich wurde immer kleinlauter.

Er immer selbstsicherer. »Aber *ich* will das nicht.«

Ich atmete durch und sah ihn wieder an.

»Na gut …«

Jetzt lächelte er voll und mein Herz blieb stehen, so schön war er.

Er ließ meine Hand los und half mir, mich vorzubeugen, um nur meine Haare nass zu machen.

Luc blieb hinter mir stehen. Als er fertig war, legte er mir ein Handtuch um die Schultern, führte mich ins Wohnzimmer und rührte die Farbe zusammen. Wie immer war er dabei geschickt und schnell, als hätte er das schon tausendmal getan, obwohl ich mir das nicht vorstellen konnte. Seine Haarfarbe war mit Sicherheit echt, so intensiv und glänzend, wie sie wirkte. Ich schaute derweil fern und mied sämtliche Nachrichtensendungen. Noch bevor er anfing, die Farbe mit einem Pinsel auf meinem Kopf zu verteilen, stank das gesamte Zimmer nach Ammoniak.

Dabei pfiff er perfekt die Melodie von Kings of Leon. »Sex is on fire«.

Beim Refrain stimmte ich leise mit ein und sah in der Spiegelung des Fernsehers, wie er lächelte. Ich verkniff mir, es ihm gleichzutun, und versuchte, mein schmollendes Gesicht beizubehalten.

Schließlich hatte er mit wahnsinnig sanften Fingern die Farbe in meine Haare einmassiert, wobei mir sogar ein wohliger Seufzer entwichen war. Es war mir so peinlich, dass ich knallrot anlief und ihn nie wieder ansehen wollte.

Das war besser als jeder Friseurbesuch.

Zum Schluss waren meine Haare kohlrabenschwarz und ich betrachtete skeptisch mein blasses Gesicht im Spiegel. Schon mit zwölf hatte ich angefangen, meine Haare rot zu färben, nur rot, nichts anderes. Jetzt war ich schwarz wie ein Gruftie.

Luc lehnte mit verschränkten Armen am Türrahmen und beobachtete, wie ich mich beäugte. »Es steht dir«, stellt er fest.

Ich verdrehte die Augen. »Hm. Mir ist schon klar, warum du das hier«, ich zeigte angeekelt auf meinen Kopf, »schönreden willst! Aber es *ist* nicht schön! Und es steht mir nicht! Ich hasse es!«

Er lachte. »Gibt es eigentlich irgendwas, was du nicht hasst?«, fragte er schmunzelnd.

»Ja! Meine Freiheit«, antwortete ich sarkastisch und folgte ihm in den Flur.

Das hatte gesessen, denn er sagte nichts mehr. Sehr lange.

Beinahe bekam ich deswegen ein schlechtes Gewissen, weswegen ich mir am liebsten in den Arsch beißen wollte. Seit wann fühlte ich mich schlecht, wenn ich seine Gefühle verletzte? Er hatte doch überhaupt keine! Ich war nur ein Spielzeug für ihn, dessen er sich entledigen würde, wenn er es satt hatte. Das Schlimme an der ganzen Sache war, dass ich ihm mittlerweile auf gewisse Weise vertraute. Wie konnte man nur so dermaßen dumm sein?

Nein, es war sogar noch schlimmer. Es war mehr als Vertrauen.

Das allein reichte ja nicht. Oder war es etwa normal, dass einem heiß wurde, nur wenn man an eine Person dachte? Schlug das Herz etwa immer schneller, nur weil man mit einer Person redete, der man vertraute? Hätte man die Person am liebsten nicht mehr aus den Augen gelassen, nur weil man ihr vertraute? Stellte man sich ständig vor, was sie sagen würde, wenn man ihr vertraute? Stellte man sich vor, wie sie einen angefasst hatte, nur weil man ihr vertraute – immer und immer wieder, bis man kaum atmen konnte, weil man sich so nach dieser Person sehnte? Konnte das lediglich Vertrauen sein?

Gestern Abend vor dem Einschlafen hatte ich an nichts anderes mehr denken können, als an das Gefühl in seinen Armen zu sein. Wie er mir über die Haare gestrichen hatte. Hoffentlich hatte er nicht gemerkt, dass mein Atem stoßweise aus meinem Mund gegen seine duftende Brust entwichen war. Ich konnte nicht vergessen, wie er meine Hand gehalten hatte, wie unsere Blicke ineinander versunken waren; wie ich tief in mir ein einziges Wort gespürt hatte: *MEHR*.

***

»Charline«, stieß er plötzlich laut hervor und riss mich aus meinen Träumereien. Ich verschüttete meine Fanta über die Jeans, die er mir gekauft hatte. Er hatte nicht mal nach der Größe gefragt und doch saß sie wie angegossen. Er schien ein gutes Augenmaß zu besitzen, ob es nun das Autofahren, die Kleidung oder sonst was betraf.

»Was ist?«, fragte ich hektisch und schaute mich nach allen Seiten um. Aber es war nichts, wir fuhren immer noch auf der Autobahn. Mittlerweile hatten wir Deutschland verlassen. Ich sah ihn an und merkte, dass sein Gesicht schmerzverzerrt war. Außerdem hielt er das Lenkrad so fest umklammert, dass seine Adern und Sehnen hervortraten.

»Was ist mit dir? Hast du Schmerzen?«, fragte ich und fühlte es in meinem Bauch flattern. War er krank?

»Nein, ich bin nicht krank!« Er betonte jedes Wort für mich und warf mir einen äußerst wütenden Blick zu. Hä? Hatte ich ihn das gerade laut gefragt?

»Warum schreist du denn so, obwohl gar nichts ist? Willst du mich zu Tode erschrecken? Und jetzt schau doch mal, meine ganze Hose ist nass!«, schimpfte ich und fing an, sie aufzuknöpfen. Sie fühlte sich ekelhaft an auf meiner Haut.

Er packte meine Finger mit einer Hand und blickte mich panisch an.

»Was machst du da?«, fragte er so panisch, als wollte ich mir in den Kopf schießen oder vor ihm masturbieren. Ich lachte auf und löste meine Finger aus seinen.

»Mich ausziehen! Du hast mich ja schon in Unterhose gesehen, und wenn du Sex mit mir wollen würdest, hättest du es schon probiert.« *Und ich hätte nichts dagegen gehabt.* Oh Mann! Hatte ich das gerade gedacht? Wir beide stöhnten genervt auf. »*Was*? Ich weiß, dass ich nicht deinem Typ Frau entspreche, aber du musst mich ja nicht ansehen und dein Augenlicht mit meinem Anblick zerstören!«, zischte ich bissig und kämpfte mich aus der Hose.

Jetzt lachte er grimmig. »Was denkst du denn, auf was für Frauen ich stehe?« Dabei vermied er es doch tatsächlich, mich anzusehen.

»Leck mich da, wo nie die Sonne scheint!« Es fühlte sich wie eine Zurückweisung an, dass er mir nicht mal einen bewundernden Blick zuwarf. Ich drückte mich aus dem Sitz und kletterte umständlich nach hinten. Mein Hintern war von seinem Gesicht nur Zentimeter entfernt und ich trug lediglich einen Tanga. Das Auto brach kurz nach links aus und ich fiel auf die Rückbank.

»Kannst du jetzt nicht mehr Autofahren oder hast du was gesoffen?«, fragte ich und rappelte mich im Sitz auf.

»Du kannst mir doch nicht, während ich 200 fahre, deinen Arsch ins Gesicht strecken!« So. Jetzt war er außer sich! *Ha!*

»Aber ich hab dich doch gar nicht berührt!«, verteidigte ich mich und wühlte nach meiner gemütlichen Hose. »Zuerst schreist du mich ohne Grund an und dann machst du auch noch aus einer

Mücke einen Elefanten! Was ist denn heute mit dir los? Hast du deine Tage oder wie?«

»Scheiße!« Dieses Mal sah ich auch, warum er die Zähne aufeinanderbiss und sein Tempo deutlich drosselte. Vor uns hatte man eine Polizeisperre aufgebaut; jedes Auto wurde aufgehalten und bei Verdacht auf einen großen Parkplatz umgeleitet.

»Zieh dich an!«, befahl er barsch, und ich tat es mit trockenem Mund. So! Jetzt war der Zeitpunkt also gekommen. Wir mussten uns trennen und man würde ihn verhaften. Ich versuchte, die heftigen protestierenden Krämpfe in meinem Magen bei dem Gedanken zu verdrängen und kletterte zurück auf den Vordersitz. Er ließ seinen Kopf nach hinten fallen und fuhr an die Seite, als wüsste er schon ganz genau, was passieren würde.

Zwei Polizisten kamen auf uns zu.

»Charline …« Ich spürte, wie er mich mit seinem intensiven Hypnose-Blick anstarrte, aber ich vermied es, ihn anzusehen. Denn ich bekam jetzt schon keine Luft, weil ich ihn gleich verlassen würde. »Tu es nicht«, flüsterte er.

Ich antwortete ihm nicht und stieg aus. Er hielt es nicht für nötig, mich aufzuhalten, was mir noch einen größeren Stich versetzte.

Der eine Polizist schaute mich verwundert an, als ich auf ihn zuging.

Währenddessen fühlte ich Lucs Blick in meinem Rücken und hoffte insgeheim, dass er davonrasen würde. Sein Auto war sicher schneller als die der Polizei. Ich würde erzählen, dass ich mich nicht erinnern konnte, dass er eine Maske aufgehabt oder ich ihn nie angesehen hatte. Irgendwas.

»Ich bin Charline Weiss«, sagte ich zu dem Polizeibeamten. »Und ich wurde entführt.« Dabei zeigte ich weder auf ihn noch beschuldigte ich ihn. Das konnte ich einfach nicht. Ich fühlte seinen Blick immer noch im Rücken, der Motor blieb aus. *Fahr doch! Bitte!*, dachte ich drängend.

Die Augen des Polizisten weiteten sich. Sofort murmelte er etwas in sein Walkie-Talkie und zog eine Waffe, die er auf Luc richtete. Ein weiterer Beamter packte mich am Oberarm und ich taumelte benommen neben ihm her.

Sechs Polizisten kamen angelaufen. Mit gezogenen Waffen umrundeten sie kurz darauf den schwarzen Mercedes wie in den Filmen.

»Steigen Sie mit erhobenen Händen aus«, schrie der älteste Polizist, obwohl er direkt neben dem Wagen stand.

Luc blieb im Auto und schaute weiter zu mir.

»Fahr!«, formte ich mit meinen Lippen und fühlte, wie eine Träne über meine Wange rann.

Aber er fuhr nicht, stattdessen strich er sich durch die Haare, seufzte und stieg dann aus! Wobei sein Haar schier episch im leichten Sommerwind wehte, genauso wie sein schwarzes Hemd.

»Legen Sie die Hände auf das Autodach!«, brüllte der eine Polizist wieder und hob seine Waffe ein Stück an. Luc verdrehte die Augen und schlenderte einfach auf mich zu! Ich wollte vor Entsetzten schreien. War er lebensmüde? Das Herz schlug in meiner Brust wie ein Presslufthammer. Er hob nicht die Hände wie befohlen, sondern steckte sie auch noch in die Hosentaschen.

»Meine Herren. Wir wollen hier doch keinen Ärger. Sie alle haben noch nie jemanden erschossen und werden das auch jetzt natürlich nicht tun. Was würde dies ihrer kleinen zerbrechlichen Seele nur antun?« Er redete mit einer allumfassenden

Selbstverständlichkeit, und tatsächlich betätigte keiner den Abzug, als er selbstsicher auf sie zukam.

»Bleiben Sie stehen!« Der Polizist klang nicht mehr ganz so sicher. Seine Aussprache wurde schleppend, als wäre er kurz davor einzuschlafen.

Luc blieb nicht stehen, sondern schlenderte lächelnd weiter.

War er verrückt? Wollte er sich umbringen? Noch ein Schritt und sie würden ihn GANZ SICHER erschießen.

»Nimm die Hände aus den Hosentaschen!« Mein Herz schlug bis zum Hals. »Tu, was sie dir sagen. Sie erschießen dich sonst!«, schrie ich ihn an.

Er zwinkerte mir zu und ging weiter.

Und tatsächlich, sie taten es nicht, waren wie versteinert. Sogar der Polizist neben mir. Ich hob eine Hand und wischte vor seinen Augen hin und her, aber er reagierte nicht. Dann schaute ich wieder zu Luc und erneut zu den Polizisten. Blinzelnd, ungläubig. Sie alle blickten weiterhin starr nach vorne, als würden sie in Wirklichkeit gar nichts sehen oder hören oder mitbekommen.

Elegant bahnte sich Luc seinen Weg durch die auf ihn gerichteten Waffen – eine schob er sogar mit spitzen Fingern aus dem Weg. Als er vor mir stand, merkte ich erst, wie dunkel seine Augen waren. So dunkel hatte ich sie noch nie gesehen, so dunkel wie meine Haare und auch so glänzend.

Ich wich einen Schritt vor ihm zurück, als er mir die Hand hinhielt. Mit zusammengebissenen Zähnen und diesen dunklen Gruselaugen starrte er mich wütend an. Dann packte er mich einfach am Arm und zog mich ruckartig an seine Brust. *Versuch es gar nicht!*, sagte sein Blick. Nun fühlte ich mich auch hypnotisiert, denn ich konnte mich nicht wehren, aber nur, weil ich es auch nicht wollte und viel zu schockiert war. Er grinste mich an, was wirklich unsagbar gruslig und schön in einem war, dann ging er rückwärts zu seinem Auto zurück, mit mir in seiner Gewalt, wobei er die Polizisten nicht aus den Augen ließ.

Dabei wankte ich noch mehr als vorhin, als der Polizist mich aus der Schusslinie gebracht hatte, während ich nicht aufhören konnte, Luc fassungslos anzustarren. Das, was da gerade passierte, ging weit über meinen Horizont hinaus. Ohne Widerrede setzte ich mich auf den Beifahrersitz.

Er startete den Motor mit immer noch unheimlich dunkel leuchtenden Augen und schlängelte sich durch die Absperrung.

»Schönen Tag noch, meine Herren. Sie dürfen sich wieder bewegen und selbstständig denken! Ach, und Sie haben uns nie gesehen!«, erlaubte er ihnen gnädigerweise und drückte im selben Moment das Gas durch. Wir schossen mit quietschenden Reifen davon, und die Polizisten verschwanden in dem Staub, den der Wagen aufwirbelte.

Luc würdigte mich keines Blickes, keine Gefühlsregung war auf seinem kalten Gesicht zu erkennen.

Wie hatte er das gerade gemacht?

Was hatte er da gerade gemacht?

Warum hatten sie nicht geschossen? Warum hatten sie einfach gar nichts getan, um ihn aufzuhalten?

Aber ich war viel zu schockiert, um meine Fragen laut zu stellen. Es klang zu abwegig, egal, wie ich sie in meinem Kopf formulierte. Egal, wie ich versuchte, mir die Situation zu erklären, es lief alles auf dasselbe hinaus.

Irgendwas Verrücktes war gerade passiert.

Ich zitterte.

Wer war er? Eine Art Hypnotiseur vielleicht? Das war zumindest die logischste Erklärung, die ich finden konnte, obwohl ich instinktiv wusste, dass sie nicht stimmte.

Ich vermied es, ihn anzusehen. Aus Angst vor ihm, seinem Blick und seiner allumfassenden Macht, die er gerade präsentiert hatte. Wenn ihn etliche Polizisten mit gezogenen, schussbereiten Waffen nicht aufhalten konnten, dann konnte das keiner. *Niemand.*

Ich war so hilflos wie nie zuvor in meinem Leben.

»Du wolltest es nicht anders«, sagte er, und seine Stimme durchbrach das spannungsgeladene Schweigen. Sie klang etwas vorsichtig, aber ich konnte mich auch täuschen, denn ich war immer noch nicht in der Lage, ihn ansehen.

»Ich habe dir schon einmal gesagt, dass du erst dann gehen wirst, wenn *ich* das entscheide! Du hättest es gar nicht versuchen sollen«, redete er trocken weiter. Nun spürte ich, dass er mir einen Blick zuwarf – ich starrte nach vorn, während jedes einzelne Härchen an meinem Körper stramm stand.

»Sag was!«, forderte er mich schließlich etwas ungeduldig auf, ich schwieg. »Sonst redest du auch ohne Punkt und Komma und nervst mich damit fast zu Tode.« Er versuchte auf unsere spielerische Ebene zurückzukommen, als ob er wüsste, dass ich mich selbstsicherer fühlte, wenn wir uns gegenseitig anstichelten. Doch ich schwieg weiterhin und schluckte.

»Hast du etwa Angst vor mir?« Das klang ungläubig.

Jetzt schaute ich zu ihm auf. Sein Blick war tatsächlich vorsichtig, nicht mehr, als wollte er mich damit zerstückeln, und seine Augenfarbe war wieder von einem fast durchsichtig wirkendem Hellblau. Gott sei Dank! Er sah ganz normal aus! Wie Luc eben!

»Wie hast du das gemacht?«, fragte ich und war froh, dass meine Stimme nicht so zitterte wie meine Hände, die ich in meinem Schoß verwoben hatte. Allerdings wurde das Zittern immer schwächer, je länger er mich ansah.

»Shhh …« Er strich über meine Hände, bis ich mich komplett entspannte und das Beben aufhörte. Dann wollte er seinen Arm zurückziehen, aber ich nahm meinen Mut zusammen, griff seine Hand und umfing sie fest mit meiner. Sie war warm und real und gab mir Sicherheit. Und in diesem Moment wurde es mir klar, egal, wie er das angestellt hatte, egal, was er war …

Ich hatte keine Angst vor ihm!

»Bitte sag es mir, Luc, ich … ich kann es verkraften!«

Er schaute kurz zum Himmel, dann wieder in mein Gesicht. Sein Ausdruck war forschend, als er leise sprach. »Ich habe ihre Gedanken manipuliert.« Abwartend sah er auf mich herab.

»Okay … Wie?«, fragte ich noch leiser als er. Seine Worte schockten mich. Es war etwas anderes, seine eigenen verrückten Überlegungen anzustellen, als es aus seinem Mund bestätigt zu bekommen. Und doch … doch hatte ich mit so etwas irgendwie schon gerechnet.

»Ich kann …« Er stockte, zog seine Hand von mir weg, strich sich durch die Haare, räusperte sich und sprach dann lauter weiter. Seine Selbstsicherheit kehrte zurück – ein Teil von dem, was er wirklich war. »In die Köpfe von Menschen eindringen. Ich kann ihre Gedanken hören und manipulieren. Normalerweise.«

Ich schluckte und zwang mich, auch lauter zu reden. »Warum normalerweise?«

Jetzt lächelte er plötzlich. »Ja. Normalerweise. Bei dir kann ich das nicht. Ich höre dich zwar. Aber ich kann dich nicht manipulieren, nur ganz selten und mit enormer Anstrengung. Das ist sehr ungewohnt für mich. Obwohl es mir bei deinem Sturkopf hätte klar sein müssen.«

»Wie machst du das?«

»Mein Geist ist so stark und deinem so überlegen, dass ich in jeden Winkel deines Kopfes eindringen kann.« Jetzt schaute er mit grüblerischem Ausdruck auf die Straße, während die Laternen abwechselnd über sein perfektes Gesicht Licht und Schatten warfen. »Du musst es dir vorstellen wie ein überdimensionales Labyrinth, das ich innerhalb von Millisekunden durchquere. Hinter jeder Biegung steckt ein anderer Gedanke, der zu dem nächsten führt, eine Erfahrung oder angesammeltes Wissen. Dein Geist ist voll davon. Jeder Geist ist grundverschieden. Mancher sehr verwinkelt und kompliziert, ein anderer geradlinig und einfach zu durchschauen.« Schmunzelnd warf er mir einen kurzen Blick zu. »Aber so etwas Kompliziertes und Verwinkeltes wie dich habe ich noch nie gesehen.«

Ich ging nicht auf seine Stichelei ein, mit der er mich sowieso nur ablenken wollte.

»Warum ist dein Gehirn stärker?«

»Weil ich zu einer Überart der Menschen gehöre.« Er zögerte immer mehr und beantwortete meine Fragen nur noch widerwillig.

»Eine Überart?« Er nickte nur mit aufeinandergepressten Lippen. Mir war klar, dass er darauf nicht weiter eingehen würde, dabei wollte ich noch so viel wissen. Zum Beispiel das Rätsel des plötzlichen Auftauchens. »Kannst du auch mit deinem Geist über deinen Körper bestimmen?« Er sah mich verwundert an. Dann verzog sich sein Gesicht zu einem Lächeln.

»Ja, mein Geist ist so stark, stärker als alles Materielle, sodass ich die Gesetze der Physik und dieser Welt übergehen kann.

Deswegen kann ich mich auch sehr schnell bewegen und… Autos hochheben und … Kugeln ausweichen und … dich stundenlang tragen, wenn ich will.« Mir wurde warm, weil er dieses Beispiel gewählt hatte, und ich fühlte das Blut in meine Wangen steigen. Apropos Blut.

»Aber du bist aus Fleisch und Blut?« Konnte er denn auch sterben? Das gefiel mir nicht.

»Ja und noch mal ja. Ich kann sterben. Wenn es jemand schafft, mich zu verletzen, dann sterbe ich. Mein Körper besteht aus denselben Stoffen wie deiner.«

»Wow«, wisperte ich kaum hörbar.

Ich war froh, dass er so offen zu mir war, und auch verwundert, wie selbstverständlich er auf meine Gedanken antwortete. Obwohl ich spätestens jetzt Angst vor ihm haben müsste, verspürte ich keinerlei Unbehagen in seiner Gegenwart. Schließlich war er genauso aus Fleisch und Blut und auch noch so ehrlich zu mir. Okay … leichtes Unbehagen kam auf, wenn ich daran dachte, wie oft ich in seiner Gegenwart schon gedacht hatte, dass ich echt dringend kacken müsste oder dass ich ihn irgendwie unheimlich süß fand … Verdammt! Ich fühlte, wie ich knallrot wurde …

Er hatte seine Hand locker auf der Gangschaltung liegen.

»Darf ich?«, fragte ich und fuhr mit den Fingern über die langen Sehnen seines Unterarms.

»Ausnahmsweise«, erlaubte er mir spöttisch. Er lächelte, ließ aber seinen Blick auf der Straße. Seine Haare stellten sich trotzdem zwischen meinen Fingerspitzen auf. Es war schwer, weiter zusammenhängend zu denken, während ich ihn berührte und doch versuchte ich es.

»Befielst du ihnen im Kopf: *Hey, bleibt mal alle ganz locker stehen und schaut blöd aus der Wäsche*, oder wie?«

Er lachte auf.

»So was in der Art. Ich suche mir ihr Sehvermögen oder ihr Denkvermögen aus und kappe es. Dann sind sie so gut wie blind oder eben wie eine leere Hülle. Danach können sie sich an nichts mehr erinnern. Stell dir vor, du würdest schlafen. Du kannst dich anschließend nicht erinnern, was du währenddessen getan hast. Ich könnte ihnen zum Beispiel befehlen: *Zieht euch die Hosen aus und tanzt Ballett.* Sie würden es tun. Ehrlich gesagt hab ich das sogar schon mal gemacht.« Er gluckste vor sich hin, genau wie ich. »Mit vier Polizisten. Du hättest sie mal sehen sollen, als sie wieder voll bei Sinnen waren und sich mit heruntergelassenen Hosen beim Balletttanzen vorfanden.« Ich brach in schallendes Gelächter aus.

Mit meinem Finger war ich am Rand seines kurzärmligen Hemdes angelangt und fuhr daran entlang, bewunderte die Beschaffenheit seiner perfekten Muskeln. Warum sah er so perfekt, so unmenschlich schön aus? Hatte das auch damit zu tun?

»Und …« Ich errötete, als mir einfiel, dass er meine Frage bereits in meinen Gedanken hörte. Er lächelte mich mit funkelnden Augen an. Ich schaute beschämt nach unten. Dann fühlte ich seine Finger über meine heiße Wange streichen. Von meiner Schläfe bis zum Kinn – und seine Berührung ging mir durch Haut und Knochen.

»Und was?«, forderte er mich auf. Ich atmete genervt durch und starrte stur vor mich hin. Es war sowieso schon schwer, in seiner Gegenwart zusammenhängend zu denken. Noch schlimmer war es, wenn er mich mit seinen sanften Berührungen durcheinanderbrachte. Geduldig wartete er, bis ich es fertig brachte, die Worte zu sagen.

»Und warum bist du so schön?« Seine Finger strichen an meinem Kiefer entlang und hinterließen ein angenehmes Kribbeln.

»Hm, ich sagte doch, ich bin eine Art Übermensch und in allem besser als normale Menschen. Auch mein Aussehen ist besser, dazu gemacht, euch anzulocken und zu verführen …« Offensichtlich zählte er sich nicht zu den Menschen. Was war er dann?

Er zog seine Finger zurück und umklammerte das Lenkrad. »Okay, ich habe dir für heute genug Denkstoff gegeben. Das ist doch jetzt schon zu viel für dein Gehirn. Du wirst erst heute Abend im Bett richtig realisieren, was ich dir erzählt habe und das wird in einem hysterischen Anfall enden. Aber das kennen wir ja schon von dir.« Ich presste die Lippen aufeinander und funkelte ihn an.

»Ich habe sehr wohl verstanden und realisiert, was du mir gerade erzählt hast. Ich wusste schon immer, dass du nicht normal bist im Kopf! Und du hast mich noch nie bei einem wirklich hysterischen Anfall erlebt. Sei froh!«

»Ach, und was war damit?« Er verwurschtelte mir die Haare – und wir lachten zusammen, ehe mir einfiel, dass sie mittlerweile schwarz waren. Mit verengten Augen verschränkte ich die Arme vor der Brust.

»Weißt du was. Du bist ein noch größeres Arschloch, als es ein Mensch je sein könnte. Warum gibst du mir nicht einfach eine Erklärung, warum ich mit dir zehn Stunden täglich im Auto sitze?«

»Weil du es nicht wissen willst! Glaube mir«, antwortete er hart. »Wenn ich es vermeiden kann, werde ich es dir nie verraten. Das ist das Ehrlichste, was ich zu diesem Thema zu sagen habe. Natürlich kannst du gern versuchen, weiter mit mir zu diskutieren. Aber dann schläfere ich dich ein!« Er grinste frech. »Oder du suchst dir eine CD aus und jaulst mir was vor, so wie in den letzten Tagen.« Die CD Mappe lag plötzlich auf meinem Schoß; seine Hand allerdings befand sich immer noch oder besser gesagt schon wieder, am Lenkrad.

»Ab jetzt nenne ich dich Mister Creepy!«

»Mister Supermodel ist mir lieber!« Ich wurde knallrot! Verdammt, wie oft hatte ich ihn in Gedanken schon so genannt?

»Ich kann super singen«, murmelte ich vor mich hin, während ich ein Album von Placebo rauszog.

»Und dieses Lied ist nur für dich!« Dann steckte ich die CD in die Anlage und schaltete »Battle for the Sun« ein. Ich jaulte extra für ihn und er lachte laut und ausgelassen über meine schreckliche musikalische Einlage.

Irgendwie wirkte er jetzt anders auf mich. Wie befreit. Obwohl ich noch nicht alles wusste, konnte ich ihn verstehen. Ein bisschen zumindest. Aber noch viel wichtiger: Ich konnte verstehen, warum die Penner mich nicht weiter angegriffen hatten, warum die Rezeptionistin nicht aufgeschlossen hatte, warum er so viel von mir wusste, ohne dass ich es ihm erzählt hatte, und er mir immer einen Schritt voraus war. Vor allem aber hatte ich gemerkt, dass ich ihm tatsächlich etwas bedeutete, weil er mir die Wahrheit gesagt hatte. Und als ob es nicht schon schlimm genug wäre, dass ich ihm vertraute und nichts dagegen tun konnte, sah es so aus, als ob er mir auch vertraute – und das freute mich! Zutiefst!

Ich merkte mit jeder Minute, die ich ihm nahe war, dass ich tatsächlich mehr wollte, als nur neben ihm zu sitzen und ihn zu hassen. So viel MEHR! Auch wenn es höchst gefährlich war.

Der Ausbruch

Luc hatte mich auf dieser Etappe ausgequetscht wie eine Orange und wollte alles über mich wissen, was er noch nicht in meinem Geist gehört hatte.

Ich konnte ihm nur erzählen, dass ich in Berlin-Kreuzberg aufgewachsen war und schon seit meinem 13. Lebensjahr in dem Café meiner Mutter aushalf. Dass mein Vater weg war, hatte ich nur kurz angeschnitten, aber er hatte den Schmerz natürlich genau in meinen Gedanken wahrgenommen. Ich hatte mir verboten, mir meinen Vater vorzustellen, nie dachte ich konkret an ihn. Keine Ahnung, ob ich überhaupt noch hätte zusammenbringen können, wie er aussah oder wie er gewesen war. Denn auch als er noch da gewesen war, war er als Arzt ohne Grenzen sehr viel unterwegs gewesen. Ich erzählte Luc, dass wir schon immer Katzen gehabt hatten, dass meine Omi erst letztes Jahr gestorben war und dass ich Tiere lieber mochte als Menschen. Dass ich meine Mutter über alles liebte und sie meine einzige und beste Freundin war.

Als Nächstes erklärte ich ihm, wie unsere Wohnung aussah.

Der bunt gestrichene Flur und das rote Bad. Dann das gelbe kleine Wohnzimmer mit der separierten gelben Kochnische, die als Küche diente. Ich erzählte ihm von den unendlich vielen Pflanzen in den bunten Töpfen, die überall in der Wohnung verteilt standen, weil meine Mutter ziemlich naturverbunden war. Wenn ich sie ärgern wollte, nannte ich sie Hippie. Die Ausnahme bildete mein Zimmer. Es war weder sonderlich farbenfroh noch voller Grünzeug. Das ging ohnehin immer ein. Aber es gehörte mir. Zwar gab es lediglich Platz für ein Bett, einen Schreibtisch und einen Kleiderschrank, den ich mir mit meiner Mutter teilte, aber ich besaß einen Rückzugsort. Vor einiger Zeit hatte ich ein Batiktuch vors Fenster gehängt, wodurch es dort immer dunkel war, weshalb mein Zimmer auch die Gruft hieß.

Tja, jetzt passte es wohl zu meinen Haaren.

Wir lachten über den Ausdruck und mir kam es vor, als würde ich das alles einem Freund erzählen. Ich hatte keine Freunde, und erst recht freundete ich mich nicht mit Männern an. Doch ich musste zugeben, dass er richtig nett sein konnte, wenn nicht sogar charmant, vorausgesetzt er ließ nicht gerade das Arschloch raushängen. Er war auch wirklich witzig. Immer hatte er einen passenden Kommentar parat, verlor aber niemals die Geduld durch meine aufbrausende Art. Immer schien er zu wissen, was zu tun war, er gab mir Halt, so blöd es sich auch anhörte. Mittlerweile genoss ich sogar meine Zeit mit ihm und unsere Gespräche über Gott – den mochte er echt nicht – und die Welt.

Trotzdem!

Ich konnte meine Mutter einfach nicht im Stich lassen. Auch wenn ich es nicht mehr so schlimm fand, eine Geisel zu sein. Ganz im Gegenteil.

Man könnte sagen, Lucas Black war so eine Art Traummann – und zwar von jeder Frau auf diesem Planeten – mich eingeschlossen. Das musste ich mir eingestehen.

***

Dieses Mal war ich wach, als er mich aufs Bett legte und mir die Schuhe auszog.

Ich drehte mich auf die Seite und hob den Fuß an, damit er meine Stiefel besser ausziehen konnte. Währenddessen sah er mich die ganze Zeit an und war dabei so schön, dass mein Herzschlag ein oder zwei Takte aussetzte.

»Haust du ab, wenn ich uns was zum Essen hole? Oder soll ich wieder zusperren und die Rezeptionistin manipulieren?«

Ich war ehrlich gesagt ziemlich beeindruckt gewesen, als er sich beim Einchecken mit dieser fließend auf Tschechisch unterhalten hatte. Anscheinend konnte er tatsächlich einige Fremdsprachen. Ich verstand nur chr und chro und dbr und trktrktrk und rrrrrrrrrr. Sobald ich keine Schuhe mehr trug, streckte ich mich und gähnte.

»Nö!« Dann sprang ich auf die Beine. »Ich wollte sowieso duschen, ich will ja nicht stinken!« Heute hatte er endlich Sporttaschen gekauft. Ich war mir ein bisschen pennerig vorgekommen, alles in Tüten mit mir rumzuschleppen. Wobei ich es ja eigentlich nicht selbst getragen hatte, sondern er. Wie mein Diener. Ich grinste in mich hinein und vergaß, wie so oft, dass er auch meine Gedanken hören konnte. Bis er mir einen Klaps auf den Hintern gab.

»AH!« Ich sprang auf und starrte ihn mit offenem Mund an. »Was soll das?«

Er lachte über meinen Gesichtsausdruck und drehte sich um. »Diener, hm? Außerdem bist du selber schuld, wenn du ihn mir andauernd in die Optik streckst!« Ich hörte sein melodisches Lachen ins Wohnzimmer verschwinden und sammelte meine Duschsachen zusammen. Dann lief ich ihm hinterher, einen frechen Spruch auf den Lippen. Allerdings lenkte mich sein

Anblick ab, denn er holte gerade einen Schein aus seinem Geldbeutel und warf ihn dann achtlos auf den Tisch.

Hingerissen starrte ich ihn an: Seine zerzausten dunklen Haare und seine verschmitzten blauen Augen, seine hohen Wangenknochen, diesen betörenden Mund und seine gerade Nase, seine verdammte unwiderstehliche Aura – egal, was er tat. Zu diesem Gesicht auch noch so ein Körper zu besitzen, war doch wirklich ungerecht.

Ich hätte ihn stundenlang betrachten können. Selbst die kleinsten Bewegungen wirkten anziehend auf mich. Wie er sich den Schein in die Hosentasche steckte und sich das Hemd noch mal richtete. Wie er sich mit der Hand durch die Haare fuhr und seine hartnäckige Elvissträhne versuchte, aus dem Gesicht zu bekommen, die ihn aber nur noch liebenswerter machte. Wie er mit der Zunge seine perfekten Lippen befeuchtete. Erst als er ein Grinsen nicht mehr unterdrücken konnte, merkte ich, dass er meine Schwärmereien alle mitbekam, also drehte ich auf dem Fuß um und stürmte errötend ins Bad.

»Verdammte Scheiße!« Das war so peinlich!

»Charline!« Seine Stimme war direkt hinter mir. Erschrocken wirbelte ich herum und erschrak noch mehr, als ich den glühenden Ausdruck in seinen Augen sah.

»Es tut mir leid …« Ich blickte auf seine vollen Lippen und verstand nicht, was er damit meinte. Bis er mein Gesicht sanft in seine Hände nahm und »Aber ich kann nicht mehr« stöhnte. Und dann beugte er sich zu mir runter. Ich erstarrte, als sich sein Gesicht näherte. Sein süßer Atem strömte gegen meine Lippen und sie öffneten sich automatisch. Ich stellte mich sogar auf die Zehenspitzen, um mit einem Seufzen noch eine Sekunde früher auf ihn zu treffen. Weich und anschmiegsam legte er seine

Adonislippen auf meine und sein delikater Geschmack brachte mich zum Aufkeuchen. Dass sich ein Kuss so gut anfühlen konnte, darauf war ich nicht vorbereitet gewesen, und noch weniger auf den Geschmack. Er schmeckte so gut, wie er duftete. Wenn nicht noch besser.

Es konnte *nichts* besser schmecken. Nicht mal Schokocroissants.

Mir war peinlicherweise bewusst, dass meine Lippen zitterten und dass ich schneller atmete, als ich mich an seinem Hemd wie eine Ertrinkende festkrallte. Aber ich ertrank auch gerade in der Sanftheit seines Kusses. Das Herz hämmerte in meiner Brust, besonders als er genüsslich mit den Fingern in meine Haare fuhr, leise in meinen Mund stöhnte und mich gegen den Türpfosten drückte.

Mit einem Seufzen teilten sich meine Lippen, als er es von mir verlangte. In diesem Moment hätte ich ihm alles gegeben, was er von mir wollte, und noch viel mehr. Ich saugte seinen Geschmack ein und berührte vorsichtig seine weiche Zunge. Sein Atem ging auch schneller, seine Hände zitterten, waren aber dennoch stark und sicher, als sie meinen Rücken hinabfuhren und meine Hüften gegen seine drückten.

»Charline«, stöhnte er rau, als wäre ich seine letzte Rettung und er kurz vorm Sterben, während er sich von mir löste, um seine Küsse an meinem Hals hinab wandern zu lassen. Ich dachte, ich müsste verglühen, als er mit den Zähnen mein Ohrläppchen streifte. Seine Finger drückten sich in meinen Hintern, während es zwischen meinen Beinen warm und sehnsüchtig pochte.

»Sag mir, ich soll aufhören«, flüsterte er in mein Ohr. Seine kehlige, vor Verlangen kaum gebändigte Stimme und sein rauer Atem ließen mich erzittern.

»Nein, mach weiter!« Keine Ahnung, wie er mein verlangendes Wispern gehört hatte, aber er hatte es gehört, und keuchte auf, als ich meine Arme um seinen Hals schlang und meine Lippen erneut auf seine presste. Diesmal leidenschaftlicher. Er stöhnte verzweifelt, doch dann nahm er mein Gesicht wieder in seine Hände und zog mich etwas von sich weg. Schon waren seine Lippen wieder auf meinen, aber sanfter. Zurückhaltender. Zum Abschluss, nur ein paar genüssliche Tupfer seines Mundes auf meinen.

Dann löste er sich von mir und lehnte seine Stirn gegen meine.

Sein süßer aufgebrachter Atem strömte mir ins Gesicht, und ich war froh, dass er mich festhielt. Ansonsten hätte ich mich nicht auf den Beinen halten können. Sie fühlten sich an, als wären sie aus Gummi. Mein ganzer Körper fühlte sich an, als wäre er aus Gummi, und die heiße Masse, die normalerweise in meinem Magen rebellierte, hatte sich in meinen Unterleib verzogen, der sich immer noch gegen seinen drückte.

Seine Daumen strichen über meine Wangenknochen und ich merkte, dass er meinen Blick suchte. Als ich ihn ansah, musste ich lächeln. Ich konnte mich nicht mehr dagegen wehren. Gegen meine Gefühle, die ich für ihn empfand. Gegen den Wunsch, dass ich gerne weitergehen würde, als mich nur von ihm küssen zu lassen. Ich würde gerne noch so viel mehr mit ihm machen – mit ihm und keinem anderen!

Abrupt ließ er mich los und ich wäre fast auf die Nase gefallen.

Er drehte sich von mir weg und ballte die Hände zu Fäusten. Einen Moment war ich sprachlos.

»Hab ich was falsch gemacht?«, fragte ich schließlich unsicher.

»Nein«, verkündete er, und ich erschrak über die Kälte in seiner Stimme. »Aber ich«, stieß er hervor und verließ das Hotelzimmer, ohne mich noch einmal anzusehen.

Als ich auf die Tür starrte, die er hinter sich zugezogen hatte, kamen mir die Tränen. Eindeutig wollte er mit mir nicht weitergehen und bereute, was gerade passiert war.

In meinem Magen war ein Wirbelsturm der unangenehmen Art zugange, als die Realität auf mich einschlug.

Er wollte mich nicht. Es hatte ihm nicht gefallen, während ich das erste Mal in meinem Leben wegen eines Mannes richtig geschmolzen war. Ich war so dumm! Aber nicht zu dumm! Er hatte nicht zugesperrt! Zu durcheinander!

***

Ohne jegliches schlechtes Gewissen packte ich seinen Geldbeutel vom Tisch und zog mir das erstbeste Paar Schuhe über. Ehe ich mich versah, war ich aus der Tür geschlüpft und rannte über den Flur.

Ich wusste, dass ich sobald nicht stehen bleiben durfte und hoffte, ich würde ihm nicht geradewegs in die Arme laufen, wie das sonst so meine Art war. Dabei dachte ich an Katzenbabys, süße kleine tapsige Katzenbabys, wie sie rumkullerten und mit Wollknäulen spielten, ohhhhh …

Ich lief weiter und nahm die Treppen nach unten. In der hellen Empfangshalle war nicht viel los, und die Rezeptionistin verabschiedete mich sogar noch freundlich, als ob es normal wäre, dass irgendwelche Mädchen durch ihr Hotel rannten.

Als ich die Drehtüren passiert hatte, stach es bereits in meiner Brust und meiner Seite. Ich wusste nicht, ob meine

Unsportlichkeit dafür verantwortlich war oder die Tatsache, dass ich ihm gerade wirklich entkam. *Denk nicht daran!*, befahl ich mir hart und schaffte es sogar, noch mehr rauszuholen und meinen Schritt zu beschleunigen.

Kleine süße Katzenbabys überall, mit rosa Pfoten und kleinen rosa Näschen und ohhhh, jetzt kommen noch kleine Hundewelpen dazu. Weiße Schäferhundwelpen, die sehen aus wie kleine Bärchen, mein Gott, gleich bin ich totgesüßt!

Ich rannte über die Straße und wäre fast von einer Trambahn mitgenommen worden. Gerade noch schaffte ich es vorbei. Der Fahrer hupte aufgebracht, aber da war ich schon ein gutes Stück weiter. Das nächtliche Prag schoss an mir vorbei wie eine Geisterstadt. Die Menschen schauten mich verwundert an und manche schimpften auch auf Tschechisch, oder anderen Sprachen, als ich mich an ihnen vorbei drängte.

Ich rannte und rannte und rannte. Meine Füße – in meinen schwarzen Converse, die er mir gekauft hatte – flogen nur so über das unebene Pflaster. Es hatte heute geregnet, aber die Luft war immer noch wahnsinnig schwül und der Schweiß lief nur so an mir hinab.

Im Augenwinkel bemerkte ich den Fluss neben mir. Den Namen hatte Luc mir verraten, aber ich hatte ihn schon wieder vergessen, weil ich nur sein Aussehen abgespeichert hatte, nicht seine Worte. Die Straße führte geradeaus, und ich entschied nach rechts über eine Brücke abzubiegen, die voll mit Musikanten und Touristen war.

Ah, es war die Moldau, fiel mir wieder ein, und die Brücke musste die Karlsbrücke sein. Ich war wohl doch nicht so oberflächlich, wie ich dachte. Steinerne Statuen schauten drohend auf mich herab und das Stechen in meiner Seite wurde unerträglich. Erschöpft blieb ich stehen und lehnte mich schwer keuchend gegen das kalte steinerne massive Brückengeländer. Ich musste eine Pause machen, sonst würde ich mich noch zu Tode rennen. Jetzt war ich sowieso schon über alle Berge, inmitten der Massen würde er mich nicht wiederfinden.

Ich war frei!

Als mir das bewusst wurde, fing ich an zu weinen. Es brach einfach aus mir heraus. Dabei ignorierte ich alle um mich herum, obwohl mich einige neugierig musterten. Mich kannte hier sowieso keiner. Ich war ihm tatsächlich entkommen. Heftiges Schluchzen kämpfte sich meine Kehle hoch, als ich mir vorstellte, wie er in das Hotelzimmer zurückkam und sah, dass es leer war. Ich ließ mich am Geländer hinunterrutschen und hockte mich auf den kalten Boden. Die Arme schlang ich um die Knie – und dann heulte ich. Ein Mann warf mir eine Münze vor die Füße. Toll!

Jetzt musste ich nur zu einem Taxifahrer gehen und ihm meine Adresse nennen, damit er mich nach Hause brachte. Zu meiner Mutter. Das Geld würde bis nach Timbuktu reichen.

Als ich kein Stechen mehr in der Brust fühlte, stand ich auf und schaute auf das dunkle Wasser, das aussah wie Tinte. Wie seine Augen, als sie so gruselig schwarz gewesen waren.

Doch als ich erst an seine Augen gedacht hatte, kamen mir noch ganz andere Dinge in den Sinn. Wie er mich geküsst hatte, wie weich und verlockend seine Lippen gewesen waren. Wie sanft er zu mir gewesen war. Fast ehrfürchtig hatte er mich angefasst. Es fing wieder an zu kribbeln… *Nein!*, schalt ich mich. *Es ist vorbei! Meine Zeit als Geisel ist vorbei.* Ich war ihm tatsächlich entkommen! Dem mächtigsten und auch dem schönsten Wesen, welches ich je kennengelernt hatte.

Ich atmete tief durch und lief durch eine Unterführung. Die

Nacht war trocken und heiß, und ich zog mir den Pullover aus, weil ich so schwitzte. Dann sah ich eine Reihe Taxis auf einem Parkplatz stehen und steuerte geradewegs auf eins zu. Aber ich konnte die dummen Tränen nicht zum Verebben bringen. Ich konnte das Eis nicht aus meinem Herzen vertreiben und auch nicht die Krämpfe aus meinem Magen, als ich einstieg und dem Taxifahrer die Adresse nannte. Dabei hielt ich ihm gleich zwei Scheine unter die Nase. Er starrte auf das Geld, dann grinste er, nahm es, ohne ein Wort zu sagen, und fuhr los.

Ich lehnte meine Stirn an die kühle Scheibe des Fensters und versuchte, normal zu atmen. Doch es ging nicht. Es fühlte sich an, als würde ich keine Luft mehr bekommen. Als hätte mir jemand meinen Sauerstoff weggenommen, und ich wusste auch warum. Die schlichte Wahrheit war, dass er mir fehlte – schon jetzt. Nie hätte ich es für möglich gehalten, aber in den letzten Tagen hatte ich ihn zu brauchen gelernt. Es war mehr als Brauchen. Ich verzehrte mich nach ihm, war vielleicht sogar ein kleines bisschen in ihn verliebt … Und doch fuhr ich gerade in die andere Richtung, meiner eingebildeten Freiheit entgegen.

Heimkehr

Die Tränen waren verebbt, aber erst am nächsten Morgen. Sechs Stunden waren wir, mit einigen Pausen, gefahren.

Es war ein schönes Gefühl, als wir beim Brandenburger Tor und Unter den Linden vorbeifuhren. Es war ein schönes Gefühl, wieder vor unserem Haus zu stehen, aber es fühlte sich nicht so schön an, wie ich erwartet hatte. Ich sah an der uralten Fassade hoch und mir trieb es wieder die Tränen in die Augen, dabei heulte ich sonst so gut wie nie, mal abgesehen von den letzten Tagen. Jetzt kam es mir vor, als könnte ich kaum noch damit aufhören.

Noch einmal drehte ich mich zu dem Taxifahrer um, der mich mit seinem Schnauzbartgesicht breit angrinste. »Richtig?«, fragte er mit rollendem R. Es war ein netter, ziemlich dicker Tscheche, der mich sofort zurückgefahren hätte, wenn ich falsch gewesen wäre. Ohne Bezahlung.

»Ja, vielen Dank noch mal!«, sagte ich und lächelte ihn aufmunternd an. Doch in Wahrheit wusste ich nicht, ob ich hier wirklich noch richtig war. Ich winkte ihm zum Abschied, er winkte zurück, wobei er einen haarigen Arm aus dem Fenster streckte, und sah dabei zu, wie das Auto im kühlen Morgen verschwand. Dann erst senkte ich die Hand und wandte mich

Richtung Haus. Den Schlüssel trug ich bei mir, denn ich hatte mir angewöhnt, ihn überall hin mitzunehmen, falls ich die Gelegenheit zur Flucht bekäme. Obwohl es mir jetzt gelungen war, verspürte ich keinerlei Erleichterung. Etwas fehlte und ich wusste auch ganz genau was. Aber ich hatte mir die Gedanken an es oder besser gesagt *ihn* auf dem Rückweg nach Berlin verboten.

Meine Finger zitterten, als ich die Haustür aufschloss, und meine Knie, als ich die Treppen nach oben zu unserer Wohnung ging. Es war sieben Uhr, als ich den Schlüssel in das Schloss steckte und leise aufmachte.

»Mama?«, fragte ich. Im nächsten Moment sprang sie verschlafen aus dem Wohnzimmer.

Abgemagert und fertig. Ihre dünnen Ärmchen hielten den giftgrünen Morgenmantel geschlossen, ihre blonden Haare standen nach allen Seiten ab. Sie wirkten trocken wie Heu. Einen Moment starrte sie mich geschockt an, dann brach sie in Tränen aus und fiel mir um den Hals.

»Charline«, japste sie und ein Schluchzer schüttelte uns beide, dann umfing sie mich noch intensiver – mit steinhartem Griff. »Oh mein Schatz, Gott sei Dank bist du wieder da!«, schluchzte sie und umklammerte mich so fest, dass ich noch schlechter Luft bekam als sowieso schon.

»Es tut mir so leid, Mama!« Ich vergrub mein Gesicht in ihren Haaren und sog ihren vertrauten Geruch ein. Aber mir wollte einfach nicht leichter ums Herz werden. Immer noch fühlte ich mich, als würde mir etwas die Luft abschnüren, als würde ich unter Wasser wandeln, als wäre ich gar nicht richtig da und hätte einem Teil von mir bei *ihm* gelassen.

Nach einigen Minuten gingen wir Hand in Hand ins Wohnzimmer.

Ich setzte mich mit ihr auf die orangefarbene Couch, während sie neben mir Platz nahm, ohne mich loszulassen. Mit ihren großen verängstigten und vom Weinen geröteten Augen sah sie mich an, und mein Herz brach ein wenig.

»Warum warst du weg?«, fragte sie erstickt.

Ich atmete tief durch. »Ich... hab's hier nicht mehr ausgehalten. Ich brauchte ein bisschen Abstand ... dieser ganze Trott und der Druck in der Schule ...« Ich wollte ihn nicht verraten, ihm die Polizei auf den Hals hetzen, auch wenn es ihm nichts ausgemacht hätte. Und ich wollte meiner Mutter auch nicht noch mehr Angst einjagen, indem ich ihr mitteilte, dass ich gekidnappt worden war. Stattdessen hielt ich es für besser, sie in dem Glauben zu lassen, ich könne auf mich aufpassen. Aber dann fiel mir ein, dass ich ihn ja eigentlich schon mit meiner Flucht verraten hatte. Sein Geldbeutel fühlte sich zentnerschwer in meiner hinteren Hosentasche an. Dabei hatte ich gedacht, wenn ich erst zu Hause wäre, würde ich ihn zumindest einigermaßen vergessen. Zumindest so weit, dass er mir nicht mehr permanent im Kopf rumspuken würde. Aber nichts da. Sein Gesicht lächelte mich spöttisch hinter meinen Lidern an, jedes einzelne Mal, wenn ich sie schloss. Wie hatte ich so naiv sein können, auch nur eine Minute anzunehmen, ihn *jemals* vergessen zu können? Genau das sagte mir seine Miene, als ich es wagte, tief seufzend meine Augen zu schließen.

Was er wohl gerade machte? Sicher gab er sich jetzt glücklich irgendwelchen neuen Tussis hin, die wenigstens küssen konnten und vor denen er danach nicht fluchtartig davonstürmen musste, weil sie so schrecklich gewesen waren.

»Charli?« Meine Mutter wedelte vor meinem Gesicht rum.

»Ah ja … Entschuldige!« Es sollte mir egal sein, was er tat. Ich war schließlich wieder daheim, meine Mutter saß vor mir und hatte die schlimmsten Gewissensbisse.

»Aber warum? Hab ich etwas falsch gemacht? Ich hab immer versucht, für dich da zu sein und dich nicht zu bedrängen und dir Freiheiten zu lassen. Wenn du nicht mehr arbeiten willst, dann sag es, dann suche ich mir jemand anders«, rechtfertigte sie sich.

Ich drückte ihre vom vielen Geschirrspülen raue Hand an meine Wange.

»Es hat gar nichts mit dir zu tun. Es waren nur die anderen. Die Schule vor allem!« *Wie billig. Ja, ja, immer ist es die Schule.*

Sie war nicht überzeugt, beließ es aber erst mal dabei.

»Ich bin so froh, dass du wieder da bist«, wiederholte sie und umklammerte mich erneut mit sicherem Würgegriff. »Was ist mit deinen Haaren? Warum hast du sie schwarz gefärbt?«, fragte sie an meiner Schulter.

»Eine neue Phase«, antwortete ich leise und blicklos. Das war keine billige Ausrede. Ich wusste, dass ich nie mehr die Alte sein würde.

Als sie wieder von mir abließ und ich ihr in die Augen sah, war mir klar, dass ich in den nächsten Tagen mit ihr auf der Couch schlafen müsste. Meine Mutter würde mich so schnell nicht mehr aus den Augen lassen.

Ich bat sie dennoch, mir einen Moment für mich zu geben und ging in mein Zimmer. Dort zog ich die Sachen aus, die er mir gekauft hatte, und stopfte sie in eine Mülltüte, die ich unters Bett stopfte. Den Geldbeutel warf ich auf meinen Schreibtisch und legte mich anschließend auf mein Bett. Unablässig starrte ich an die Decke, konnte mich aber nicht davon abhalten, an ihn zu denken, während sein Portemonnaie immer größer und einladender zu werden schien. Irgendwann hielt ich es nicht mehr aus und setzte mich wieder auf.

Ich hatte es mir verboten reinzusehen, außer um Geld rauszuholen. Jetzt warf ich etliche gute Vorsätze, wie zum Beispiel *keine Männer!,* über Bord und tat es doch. Langsam klappte ich es auf und stieß zittrig die Luft aus. Dort war nichts drin. NICHTS! Außer Geld! Und zwar Unmengen davon.

Ein kleiner sehnsüchtiger Teil von mir hatte spontan gehofft, ihn wiederfinden zu können, wenn es mir schon nicht gelang, ihn aus meinen Gedanken zu verbannen. Immerhin hatten normale Menschen Kreditkarten, Personalausweise und andere Dokumente in ihrem Geldbeutel. Aber nicht er. Natürlich nicht. Was war an ihm bitte schon normal? Oder menschlich?

Die Tränen schossen wieder in meine Augen, als ich immer panischer jedes Fach durchsuchte. Es war, als hätte jemand auf *Heulen* gedrückt. Mein Betriebssystem war wie eingefroren und konnte nicht neu gestartet werden. Als sich die ersten Schluchzer Bahn brachen, hielt ich mir die Hand vor den Mund, um so leise wie möglich zu sein, damit ich meine Mutter nicht noch mehr beunruhigte.

Erst nach ein paar Minuten merkte ich, dass ich mit dem Geldbeutel in der Hand auf dem Boden lag. Als ich mich aufrichten wollte, wurde mir schwindlig. Ich schnappte nach Luft wie eine Erstickende, ehe es mir gelang, wieder richtig zu atmen. Dann schleuderte ich den Geldbeutel in die Ecke und krümmte mich zusammen, weil ich jetzt zwar wieder Luft bekam, aber mein Magen sich verkrampfte.

Ich wünschte, er würde einfach in meinem Zimmer auftauchen, so wie er es unterwegs immer getan hatte. Aber er tat es nicht.

Im Raum blieb es dunkel und leer. Als sich mein Magen etwas beruhigt hatte, schmerzte mein Kopf. Mir kam es vor, als hätte ich gerade körperlichen Luc-Entzug. Sonst noch was? Vielleicht ein bisschen Brechdurchfall? Mich selbst verfluchend stand ich auf und ging zurück ins Wohnzimmer. Ich musste auf andere Gedanken kommen und ein wenig schlafen.

***

Natürlich war es so gut wie unmöglich, einzuschlafen.

Obwohl meine Mutter an meiner Seite lag und den Arm um meinen Bauch geschlungen hatte. Obwohl die vertrauten Geräusche Berlins durch das offene Fenster drangen. Obwohl das Licht genau dieselben Schatten an die Decke warf wie immer.

Ich konnte nur mit hinter dem Kopf verschränkten Armen an die Decke starren und bereuen. Bereuen, dass ich geflüchtet war.

Vielleicht hätte ich es noch einmal versuchen sollen, ihn zu überreden, mich zurückzufahren? Oder etwas anderes. Irgendwas, aber doch nicht vor ihm weglaufen! Das, was ich bei diesem Kuss empfunden hatte, war einmalig gewesen. Es hatte etwas in mir verändert, es hatte *mich* verändert!

Warum musste es so wehtun, jemanden zu verlieren, den man liebte?

Mit einem Mal saß ich kerzengerade im Bett. Liebte?

Liebe?

Tatsächlich?

Konnte das nach ein paar Tagen denn sein? Obwohl ich so dagegen gekämpft hatte?

Ja, ich war tatsächlich in ihn verliebt – bis über beide Ohren. Wenn ich ehrlich war, dann konnte ich meine Gedanken und körperlichen Signale nur so deuten. Die ganze Zeit hatte ich mich dagegen gewehrt, mir dessen klar zu werden, und jetzt merkte ich es, nachdem er nicht mehr da war?

Das war ungerecht!

Warum hatte ich es nicht davor erkannt?

Aber wie hieß es doch so schön? Man weiß erst, was man hatte, wenn man es verloren hat?

Es stimmte. Es stimmte. Es stimmte.

Luc, ich liebe dich! Verdammt!

Wie war das? Wenn ich etwas will, dann setze ich meinen Kopf durch

Die nächste Woche war der Horror.

Es war alles noch viel schlimmer als davor. Noch viel langweiliger, noch viel ach und uffiger. Egal, was ich machte, ich konnte ihn einfach nicht vergessen.

Das Bild von seinem engelsgleichen Gesicht hatte sich hinter meine Lider gebrannt. Das Gefühl, von seinen Lippen gekostet zu haben und sie nie wieder zu spüren, war schier unerträglich.

Es tat mir leid wegen meiner Mutter, weil sie merkte, dass mich etwas quälte. Natürlich konnte ich mich kaum hinsetzen und ihr beruhigend sagen: »Mama, es ist alles gut, ich vermisse nur den Psychopathen, der mich entführt hat. Mir fehlen seine Sticheleien, sein unvorhersehbares Verhalten und vor allem die tiefen Blicke, mit denen er mich versuchte, zu beeinflussen. Ich vermisse es, von ihm herumgezerrt oder getragen zu werden, und ich vermisse es, dabei zuzusehen, wie er andere Menschen skrupellos manipuliert. Ich vermisse es, mich mit ihm zu streiten, ich vermisse es, ihn wütend anzuschweigen oder zu versuchen, ihn auf die Palme zu bringen, ich vermisse es, wie es kribbelt, wenn er mich ganz aus Versehen berührt, und vor allem vermisse ich sein Lächeln, wenn er mich ansieht!«

Es war dumm, aber ich musste ihn wiedersehen – wenigstens noch ein Mal. Ein Mal und dann erfahren, ob ich mir die ganzen Gefühle und all diesen Quatsch nur einbildete. Vielleicht hatte ich mich mittlerweile schon wieder entliebt?

Wenn es um ihn ging, war ich wohl nur noch dumm.

Er wohnte direkt vor den Toren Berlins. Ich hatte damals das Orts-Schild gesehen, als er aus dem Kiesweg zwischen den Feldern auf die normale Straße gebogen war, nachdem ich versucht hatte, uns beide umzubringen – so verzweifelt wollte ich damals von ihm wegkommen. Jetzt brachte es mich um, weil ich nicht zu ihm konnte.

Das Wochenende nahte, an dem meine Mutter wie jeden Monat einen Städtetrip mit ihrer besten Freundin Denise unternehmen würde. Zwar wollte sie nicht fahren – ich sah in ihren großen besorgten Augen die Angst, mich allein zu lassen, obwohl es mir so schlecht ging –, aber ich überredete sie und schmiss sie wortwörtlich mitsamt ihrem Koffer aus der Wohnung.

Es war Freitagnachmittag und es regnete. Ich hätte Hausaufgaben machen können, allerdings war ich noch nie der vernünftige Typ gewesen, der sich um solchen Mist sofort kümmerte, sondern eher alles auf den letzten Drücker erledigte.

Also kramte ich stattdessen so lange in unserem Wohnzimmerschrank, bis ich eine alte Karte von Berlin und Umkreis gefunden hatte. Ich suchte nördlich. Denn von Norden waren wir gekommen und durch Berlin in Richtung Süden gefahren. Und tatsächlich, da war es. Ein kleiner Ort, ungefähr fünf Kilometer von einem großen Waldgebiet entfernt. Mit dem Bus gelangte man in die Nähe. Von da an müsste ich etwas tun, was ich sonst nie tat. *Radfahren.* Man stelle sich hier bitte eine eindrucksvolle Musik aus einem Horrorfilm vor. Mein nigelnagelneues Fahrrad – okay, neu war es mal gewesen –, das ich von Mum zu irgendeinem Geburtstag bekommen hatte, stand schon seit gefühlten Ewigkeiten im Keller. Ich war genau einmal damit gefahren und dann nie wieder. Zum Bäcker um die Ecke, um mir Schokocroissants zu kaufen. Es war schreiend pink! Was hatte sie sich nur dabei gedacht?

Ich atmete tief durch, faltete die Karte zusammen, packte den Geldbeutel ein – von dem ich keinen einzigen Cent genommen hatte, außer für die Rückfahrt –, zog mir ein schwarzes Top, eine sportliche schwarze Hose und einen gemütlichen Hoodie mit Reißverschluss an, schlüpfte in meine Converse und ging los.

Schon als ich das Rad aus dem Keller schleppte, geriet ich ins Schwitzen.

Die Busfahrt verbrachte ich mit Grübeln und Angst haben. Schließlich fuhr ich freiwillig zu den Leuten, die mich in ein Kellerverlies gesperrt hatten. *Dumm, du bist sooo dumm, dass es dümmer nicht mehr geht,* dachte ich mir.

Aber ich stieg trotz des stärker gewordenen Regens auf mein knallpinkes Mountainbike und fuhr Richtung Norden.

Das Dorfschild kam und die Abzweigung auch. Ich konnte mein Glück kaum fassen und dankte Gott für mein Gedächtnis. Wenigstens etwas, was gelegentlich funktionierte.

Schon nach ein paar Minuten war ich bis auf die Knochen durchnässt und fror. Ich war eben nicht der Typ für Freizeitaktivitäten im Freien und hasste Sport rein aus Prinzip. Der Regen peitschte mir wie spitze kalte Nadeln aus allen Richtungen ins Gesicht, und der Wind wurde auch immer stärker.

Ich fuhr und fuhr und fuhr – endlos.

Irgendwann musste ich eine Pause einlegen, also setzte ich mich zehn Minuten ins nasse Feld, um zu verschnaufen. Das Seitenstechen war so schlimm, dass ich dachte, ein Messer würde in meinem Körper stecken, an dem jemand rumruckelte. Ich atmete brav tief durch und es ebbte langsam aber sicher ab.

Sobald ich wieder problemlos durchatmen konnte, stieg ich wieder auf mein pinkes Mountainbike und fuhr tapfer weiter. Ein paarmal rutschte ich auf dem Kies aus und landete fast laut brüllend in dem Maisfeld, aber es gelang mir immer, mich wieder fangen. Ich musste über mich selber lachen, denn ich sah mit Sicherheit übel aus. Wie eine ertränkte Katze, total entkräftet, halb erfroren und nach allen Seiten schwankend. Dennoch bahnte ich mir mutig meinen Weg.

Nur noch eine Kurve, dann drehe ich um, dachte ich nach einer halben Ewigkeit und da entdeckte ich sie. Hohe steinerne Mauern vor denen der Kiesweg endete – und ich seufzte erleichtert.

Allerdings sah ich nicht bis zum Haus, als ich mit schmerzenden Beinen vor dem alten Tor stand und atemlos die Klingel betätigte. Natürlich machte keiner auf. Jetzt stand ich vor dem nächsten Problem: Ich war zwar da, aber anscheinend niemand sonst.

Noch einmal würde ich diese Tortur auf dem Fahrrad nicht überstehen!

Bibbernd vor Kälte ging ich rechts an der Mauer entlang und gelangte schon bald zu einem Wald, der an den hinteren Teil des Anwesens anschloss. Zu meiner großen Erleichterung oder auch zu meiner Verängstigung stand hinter dem Haus und der Mauer ein großer Baum, dessen dicke Äste bis weit über die steinerne Barriere reichten. Unten war er dicht bewachsen und perfekt zum

Hochklettern. Allerdings war ich schon des Öfteren von Bäumen runtergefallen und hatte die ganze Klettersache irgendwann aus sicherheitstechnischen Gründen gelassen. Der Großteil von Berlins Bäumen war aber auch nicht wirklich zum Hinaufsteigen geeignet. Zu allem Überfluss donnerte es auch noch; der grollende Laut fuhr mir durch die Knochen und ließ die feuchte Walderde unter meinen Füssen erzittern.

Ich stöhnte auf und ging auf das hölzerne Übel zu.

Meine Hände waren sofort schwarz vom nassen Dreck, als ich die Rinde anfasste, um zu testen wie glitschig sie war. Wenn ich oben ankam, würde ich vermutlich aussehen wie ein Schornsteinfeger, aber es half nichts. Nun hatte ich es schon so weit geschafft, jetzt würde ich nicht aufgeben!

Seufzend machte ich mich auf den Weg.

Zwei Mal rutschte ich auf dem aufgeweichten, nach Harz duftenden Holz ab, aber ich konnte mich gerade noch mit meinen Armen fangen, wobei ich den Baumstamm wie einen Geliebten umklammerte. Als ich tatsächlich oben war, setzte ich mich schwankend auf einen Ast und krallte mich fest, weil der Wind stark und ich so entkräftet war.

Wenn ich das hier überlebe, damit ich dann da drinnen umgebracht werde, dann scheiße ich auf die verdammte Liebe. Ehrlich!, dachte ich ironisch und musste schon wieder über mich lachen. Bis es erneut donnerte und der Baum erzitterte. Ich schrie auf und klammerte mich lieber noch ein bisschen fest. Nach ein paar Sekunden legte ich mich auf den Bauch und rutschte auf dem dicken Ast über die Mauer. Zu meinem großen Glück führte er direkt zu einem offenen Balkon. Ich konnte es nicht fassen, dass mir heute noch etwas Gutes passieren sollte. Das war wohl Schicksal oder so!

Doch genau, als ich mich über dem Balkon befand, donnerte es wieder. Ich erschrak so sehr, dass ich mit einem Todesschrei seitlich vom Ast abrutschte.

Mit einem schmerzhaften Plumps landete ich auf dem Balkon, schon fast in dem Zimmer, und erstarrte, als ich den Kopf hob und geradewegs in vor Entsetzen geweitete Augen schaute.

Der Mann, den ich liebe

Sie saß auf seinem Schoss, an ihn geschmiegt. Das blonde Haar hing ihr halb im Gesicht, als sie mich verwundert anstarrte. Er hatte sie gerade an den Oberarmen gefasst – keine Ahnung, aber die Position sah irgendwie komisch aus. Als hätte er vorgehabt, sie wegzudrücken. Trotzdem. Dieser Anblick tat echt weh und war eindeutig nicht das, was ich erwartet hatte! Ich hätte damit gerechnet, anders für meine Mühen belohnt zu werden, als mit der Tatsache, dass er mich schon vergessen und sich der nächsten gewidmet hatte. Einige Sekunden starrte er mich wortlos an, dann schmiss er die Frau einfach auf den Boden und sprang auf die Beine.

»Charline!« Es klang ungläubig und gleichzeitig, als wäre ich ein Alien von einer anderen Welt, das ihn belagern wollte. Ein Alien, über das er sich aber freute, wenn es in sein Zimmer plumpste.

»Ja, Charline. Sie ist es wirklich«, motzte ich und rappelte mich stöhnend auf. Ich versuchte, mir den Dreck von der Hose zu klopfen, aber es half nichts, weil ich sowieso ein nasses, aufgeweichtes, schwarzbeschliertes Etwas war. Stattdessen massierte ich mir schmerzerfüllt die Seite, auf die ich gefallen war. Ich musste aussehen, als hätte ich vorhin extra

Kriegsbemalung aufgelegt, beschmiert mit dem ganzen nassen Zeug, über das ich geklettert war.

»Bist du gerade … tatsächlich über den Baum … bei einem Gewitter … hier rein geklettert?« Er klang, als würde er ersticken. Aber sein Mundwinkel war schon wieder am Zucken. In seinen Augen war der bekannte Glanz zu erkennen, wenn er sich auf Kosten anderer – am liebsten meine – amüsierte. Mir war klar, dass er sich das alles bildlich vorstellte. Verknüpft mit meinem Todesschrei und meinem Aussehen war die Vorstellung ganz sicher sehr lustig, wie ich auf seinen Balkon gekommen war. Für jeden außer mir.

»Und davor bin ich mit einem knallpinken Fahrrad hergefahren, lachen kannst du später!«, nuschelte ich, worauf seine Mundwinkel noch mehr zuckten. Auch ich musste grinsen. Irgendwie fühlte ich mich ihm sofort wieder verbunden.

Mir wurde ganz warm ums Herz, allein weil ich ihn ansehen durfte. Es war so … Wow!

»Hallo, ich bin auch noch da! Soll ich sie in den Keller bringen, damit wir weitermachen können?«, fragte die Blonde mit dem Bobschnitt, die auch schon in der Küche gestanden hatte, ungeduldig. Luc wirbelte zu ihr herum.

»Verschwinde, Tina!«, knurrte er fast animalisch, und sie wich vor seinem harten Ausdruck zurück. Erst jetzt betrachtete ich sie genauer. Sie sah wirklich gut aus. In ihren tollen Schleifchen- und Spitzen pastelpinken Dessous und den High Heels. Offensichtlich hatte sie sich für ihn hübsch gemacht, und wie sah ich aus? Mit mürrisch verzogenem Gesicht schaute ich an mir hinab.

Oh Mann!

»Boah, was geht denn mit dir ab?«, fragte sie aufgebracht,

verließ aber auf der Stelle sein Zimmer. Wortwörtlich. Eben war sie noch da, schon war sie verpufft. *Piff!* Einfach so!

»Okay, dann kann ich ja jetzt auch gehen«, verkündete ich und wollte an ihm vorbei. Aus alter Angewohnheit, aus Scham und weil er mich verletzt hatte, aber er hielt mich natürlich am Arm fest und zog mich näher, sodass ich mit dem Rücken zu ihm stand.

»Du bist ganz nass. Du wirst dich erkälten«, flüsterte er und sein Atem in meinem Nacken verursachte mir noch mehr Gänsehaut, als ich sowieso schon wegen der Kälte hatte, während seine Nase über meinen Hals strich.

»Das kann dir doch egal sein!« Ich war zu aufgebracht, um mich daran zu erinnern, dass ich ihn nicht ansehen durfte, wenn ich weiter auf ihn wütend sein wollte. Er lächelte nur, ich spürte es und vor allem seine Nase, die über meinen feuchten Nacken strich. Mein Atem stockte.

»Bist du wegen mir hier?« Oh Himmel, diese Stimme würde mein Untergang werden!

»Nein, wegen dem Papst!«, stieß ich hervor und riss mich los. Dann holte ich seinen Geldbeutel aus der Hosentasche. Eine gute Ausrede, denn der Herr hatte ja anderes zu tun, als an mich zu denken, so wie ich an ihn.

»Ich wollte dir den wiedergeben. Nicht, dass du mich noch wegen Diebstahl anzeigst oder so was. Ich hab nichts rausgenommen, außer Geld für die Rückfahrt, und die war ganz schön teuer. Vielleicht hättest du mich einfach in dem Keller lassen sollen, dann hättest du dir die Kohle gespart.« Er klappte ihn auf und holte mit hochgezogener Augenbraue ein paar aufgeweichte Scheine raus. Allein die Tatsache, dass er nachsah, wie viel sich noch darin befand, war eine Beleidigung.

»Dann wärst du jetzt unter der Erde«, war sein trockener Kommentar, dann schmiss er ihn achtlos über seine Schulter und lächelte mich bezaubernd an. Sein Blick war tief. Ich antwortete nicht. »Danke!«

Ich fragte mich, ob er das auf die Rückgabe seines Geldbeutels bezog, konnte aber keinen klaren Gedanken mehr fassen, als er mir mit beiden Händen die nassen Haare aus dem Gesicht strich und meinen Kopf festhielt. »Dass du hier bist«, ergänzte er »Du weißt nicht, wie schwer es für mich war, dich nicht wieder zurückzuholen …«. Seine Stimme und vor allem die Worte brachten meine Beine zum Zittern.

Ich wich zurück, auch wenn es mir alles abverlangte. »Ach, ich komme doch gerade sowieso ungelegen. Ich meine, du wolltest doch gerade mit der kleinen…«

Aber er legte mir den Finger auf die Lippen. »Wollte ich nicht. Ich wollte sie gerade wegschicken.«

»Du lügst«, nuschelte ich an seinem Finger vorbei, und versuchte, ihn wenigstens wütend anzusehen, obwohl seine Augen so eine Ehrlichkeit ausstrahlten, dass ich keinen Grund sah, an ihm zu zweifeln. Eigentlich! Mit einem Ruck zog er den Reißverschluss meiner Jacke auf. Ich wollte ihm glauben! So sehr! Aber …

»Du *kannst* mir auch glauben, kein aber!«, versicherte er, und sein Blick hypnotisierte mich wieder, aber er legte es nicht darauf an. Es war die Ehrlichkeit in ihm.

»Luc, ich …«

Er seufzte ungeduldig, dann verdrehte er die Augen, umfing plötzlich mit einer Hand meine Wange und lehnte seine Stirn an meine. »Sieh selber, du sturer Esel!« Und ich keuchte auf, als ich auf einmal in seinem Kopf, als ich … *er* war! Oh mein Gott!

Ich ging durch das dunkle Haus in mein Zimmer, hörte bereits ihre wartenden Gedanken und atmete tief durch, als ich die Tür öffnete. Seit über einer Woche hatte ich keinen Sex mehr gehabt. Normalerweise würde ich über die erstbeste Frau herfallen, die dem oberen Niveau entsprach. Egal, wie unbefriedigt ich war, ich würde mich niemals nur mit dem Durchschnitt zufriedengeben. Aber Tina war kein Durchschnitt. Sie war der Champagner unter den Sekten. So wie jeder von uns. Aber mir fehlte die erfrischende, fruchtige Scheibe Pfirsich zu dem Champagner.

Tina lag quer auf meinem großen runden Bett und trug Dessous. Ein rosa Korsett mit halterlosen Strümpfen und superhohe Monstertreter. Ihr Körper war lang und geschmeidig. Sie erinnerte mich mit ihrer zierlichen Figur an eine Gazelle, die jedoch beim geringsten Anzeichen von Schwäche zum Tiger mutieren würde.

»Hi«, hauchte sie.

»War dir zu warm?«, fragte ich sie und trat ein.

Ihr Anblick reizte mich, aber auf aggressive Art und Weise. Besonders, weil sie schon so fest darauf eingestellt war, mit mir zu schlafen. Ich mochte es nicht, wenn mir jemand seinen Willen aufzwang und setzte mich neben sie aufs Bett.

»Heute gibt's keinen Sex und ehrlich gesagt in baldiger Zukunft auch nicht«, stellte ich gleich klar und zog mir den Pullover aus. Ich wollte schlafen, lange, am besten für immer. Sie lachte auf und fuhr mit ihrem Zeigefinger meine Wirbelsäule entlang. Auf diese uneinsichtige Reaktion hatte ich gewartet und ließ den Kopf nach hinten hängen, während ich resigniert seufzte. »Tina, ich bitte dich.«

Schon saß sie auf meinem Schoß und küsste meinen Hals.

»Sei jetzt ruhig und tu es einfach. Ich liebe es, wie du mich fickst. Du bist der Beste!«

Das wusste ich auch ohne ihre Aussage. Deswegen saß sie ja jetzt halb nackt auf mir und wollte nichts anderes als mich. Sie rieb sich an mir und ich fühlte ihre Finger zum Bund meiner Hose rutschen. Der Sturm draußen übertönte ihr Stöhnen, als sie bemerkte, wie erregt ich bereits war. Aber das hatte nichts mit irgendwelchen Gefühlen zu tun, sondern nur mit meinen Instinkten. Sie war einfach schon viel zu heiß und viel zu feucht und rieb sich an meinem Schwanz. Verdammt! Gleich würde sich mein Gehirn komplett ausschalten. WARUM konnte sie nicht jemand anderes sein? Besser gesagt. WARUM war sie nicht Charline?

»Tina, geh runter!« Ich schloss meine Augen und wollte sie gerade von mir heben, da hörte ich ein panisches Kreischen, das auf ein lautes Donnergrollen direkt vor meinem Balkon folgte. Dann ertönte ein dumpfer Knall, der von dem Getöse des Sturms draußen übertönt wurde.

Wir beide starrten auf das dreckige Individuum, das in mein Zimmer gefallen war. Es lag jetzt atemlos auf dem Boden und hob anklagend diesen stechend grünen Blick, als wäre es meine Schuld, dass es hier so unästhetisch reingekracht war.

Einige Sekunden konnte ich nichts sagen. Überlegte nur, ob ich träumte. Aber sie war es.

Sie war zu mir zurückgekehrt.

Freiwillig.

Als mir das klar wurde und ich ihre eifersüchtigen Gedanken hörte, schubste ich Tina grob von meinem Schoß und sprang auf die Beine.

»Charline!« Ihren Namen auszusprechen war erleichternd.

Besonders, weil es tatsächlich ihre sofort verletzten Augen und Gedanken waren, die meine Aufmerksamkeit auf sich zogen. Es war keine Einbildung. Es war kein Traum. Es war sie, die Eine, die ich wollte – so sehr, dass ...

Hier kappte er die Erinnerungen und ließ mich atemlos zurück, starrte mich nur intensiv an.

Ich starrte zurück.

WOW!

Einige Zeit ließ er mir, um das gerade Erlebte zu verarbeiten und um wieder zu voller Denkfähigkeit zu gelangen, dann wisperte er, immer noch mit diesem dunklen verlangenden Blick: »Du bist ganz durchnässt. Wie wäre es mit einer heißen Dusche?«

Ein Schauer lief über meinen Rücken vom Klang seiner Stimme und der Bedeutung seiner Worte. Dann noch einer, als mir klar wurde, wie er über mich dachte, dass er mich auch vermisst hatte und dass ich … *die Eine* … für ihn war!

WOW!

»Ich habe schon geduscht. Die letzten zwei Stunden ungefähr.« Es war mir peinlich zu reden, denn meine Stimme zitterte. Er lachte leise, als er in meinen Gedanken sah, wie ich an meine Fahrt hierher zurückdachte. »Und das alles nur wegen mir?«

Ich verdrehte die Augen. »NEIN, wegen dem Paaapst. Schade, dass er nicht da ist.« Langsam streifte er mir die Jacke von den Schultern und schmiss das durchnässte Teil auf sein Bett.

»Den Papst wirst du hier ganz sicher nicht vorfinden, aber ich verstehe es nicht. Zuerst küsst du mich so und dann bist du einfach weg«, warf er mir leise vor. Jetzt fühlte ich seine Finger am Bund meiner Hose und schluckte. Er fuhr mit ihnen am Saum entlang und hinterließ heiße Spuren auf meiner kalten, durchweichten Haut.

»Ja …«, gab ich mit schwacher Stimme zu. »Weil du es bereut hast, mich zu küssen, und weil ich es nicht mag, so weit weg von daheim zu sein … und mir die Haare schwarz färben zu müssen!«

Er schüttelte den Kopf und ging elegant vor mir auf die Knie. »Aber sie sind doch immer noch schwarz«, erwiderte er mit einem Schmunzeln, während er mit gespreizten Fingern an meinen Hüften nach oben strich, bis unter meinen Brustansatz. Ich wollte nicht zugeben, dass mich die Haarfarbe an ihn erinnerte und ich sie deswegen so gelassen hatte, weil er sie mir schließlich gefärbt hatte. Über meine Gedanken schmunzelte er noch mehr, während er aber die Nasenflügel blähte, mich mit seinem Blick bannte und die Hände wieder nach unten zum Bund gleiten ließ. Aber dann wurde er sehr ernst.

»Ich habe es bereut, weil ich dich nicht zerstören will, Charline.« Er lehnte seine Stirn in einer fast verzweifelten Geste gegen meinen Bauch. Ich legte eine Hand auf seine seidigen Strähnen, konnte einfach nicht mehr widerstehen.

»Du wirst mich nicht zerstören!«, versicherte ich ihm flüsternd. Er schaute gequält zu mir auf. Sein Gesicht war zu schön und ich musste mich vergewissern, dass er hier tatsächlich vor mir kniete und mit sanften Fingern die Hose nach unten zog. Ja, seine Wange fühlte sich sehr echt und vor allem sehr gut an. »Du hast mich als Geisel gehalten«, erinnerte ich ihn mit hochgezogener Augenbraue »Da hast du dir auch keine Gedanken darübergemacht, ob du mich zerstörst oder nicht.«

»Pff. Ich habe dich als Geisel gehalten, um dich zu schützen, und ich finde immer noch, das war die beste Entscheidung meines

Lebens. Denn es hat dir keiner die Jungfräulichkeit geraubt und es hat dich auch keiner umgebracht. Außerdem gibt es nichts, was ich lieber täte, als dich wieder zu küssen und … *mehr*!«, antwortete er verbissen, und ich half ihm verblüfft, mich meiner Hose zu entledigen. Dann stand er schon wieder vor mir und zog spielerisch an meinem Top.

»Und jetzt?«, fragte ich atemlos. Würde ich jetzt *mehr* von ihm bekommen – am besten alles? Er lächelte sanft, dann lag seine Hand an meiner Wange und sein Daumen strich über meine Haut. Ich biss mir auf die Lippe, als er mich einfach nur lächelnd beobachtete, als müsste er sich meinen Anblick einprägen. »Was ist denn jetzt?«, fragte ich aufgewühlt von seinen Augen und Berührungen und Worten. »Willst du mich jetzt hinhalten, oder was?«

In seinen Augen lag der Schalk. »Geht es dir etwa nur um das Eine? Deswegen bist du hierhergekommen und hast Kriegsbemalung aufgelegt? Das wäre nicht nötig gewesen.« Seine Stimme war ein wenig zu rau, zu gepresst, zu verlangend, als dass er es nur witzig gemeint haben könnte.

»Luc«, presste ich zwischen den Zähnen hervor. Er sah genau in meinen Augen, was ich von ihm wollte.

»Ich möchte das Ganze nur kurz klarstellen, okay? Damit ich auch nichts verpasse«, sagte er ironisch. Ich nickte. Er lächelte immer noch engelsgleich. Seine Finger fuhren über meine Schläfe nach unten und sein Daumen strich über meine Unterlippe. Jede seiner Bewegungen war dazu gedacht, mich in Glückseligkeit zu versetzen. Er wusste, was er tat, ohne sich dessen bewusst zu sein. Anscheinend lag ihm das im Blut. »Du bist meinetwegen hierhergekommen, obwohl ich dich gegen deinen Willen festgehalten habe?« *Das ist mir egal*, wollte ich sagen. Aber er hielt leicht meine Lippen zu. Die Berührung war bestimmend und doch bittend. JA. Er wusste wirklich, was er tat. Ich seufzte ergeben. »Ich bin noch nicht fertig«, erinnerte er mich und ließ meine Lippen wieder los, strich mir aber mit dem Zeigefinger an meinem Kiefer entlang. »Und du bist hier, obwohl du weißt, dass ich erstens gefährlich und zweitens ein Arschloch sein kann?« Ich lehnte meine Stirn gegen seine harte Brust und nahm meinen ganzen Mut zusammen, während sein Naturparfum in meine Nase stieg. Mehr als zurückweisen konnte er mich nicht.

»Ich bin hier, weil du rein zufällig ein Arschloch bist …«, sagte ich laut, aber dann verließ mich der Mut und die folgenden Worte waren nur noch ein Murmeln, »in das ich mich verliebt habe. Also ist mir alles andere egal!«

Der Atem stockte in seiner Brust, ich hörte es genau. Dann erschreckte er mich, als er mich mit einer Bewegung hochhob. Ich schlang die Arme um seinen Hals. »Was ist? Ich schlafe doch gar nicht«, sagte ich, konnte mir aber das aufgeregte Kichern nicht verkneifen, weil ich immer von ihm durch die Gegend getragen wurde, als würde ich nur ein Kilo wiegen.

Er lachte melodisch und verdammt anziehend. »Ich zeige dir mein Haus«, verkündete er und wir flogen irgendwohin. Nicht gerade das, was man sich als Antwort auf ein Liebesgeständnis vorstellt, aber so war er eben.

Anscheinend im Bad angekommen, drehte sich alles in meinem Kopf, ehe ich wieder klar sah, was zuvor wie ein bunter Schweif an mir vorbeigezogen war.

»Hui«, sagte ich und schloss die Augen. »Das hast du mit mir noch nie gemacht. Aber es ist ein Kick.«

»Dann musst du wenigsten keine Drogen nehmen.«

»Dein Haus?«, fiel mir verspätet auf.

»Ja, meins«, verkündete er grinsend und setzte mich auf meine wackligen Beine, hielt mich aber vorsichtshalber an der Taille fest, was ein derartiges Kribbeln auslöste, dass dieses MEHR immer fordernder in meinem Kopf rumorte und mir noch mehr meiner Denkfähigkeit beraubte als seine bloße Anwesenheit.

»Was ist jetzt mit meiner Dusche und die weitaus wichtigere Frage lautet: Kommst du mit?« Ich lehnte mich gegen das Waschbecken, und versuchte das erste Mal im Leben irgendwie … *lasziv* auszusehen. Schüchtern schaute ich zu ihm auf, aber er seufzte lediglich. »Ich werde nicht mit dir schlafen, Charline!«

»Was?« Jetzt war ich total verwirrt, »Warum denn nicht?«, vor den Kopf gestoßen und auch gekränkt, aber vor allem schämte ich mich für mein Drängen. Vielleicht wusste er auch nur nicht, ob ich ihn körperlich anzog. Vielleicht fand er mich nicht attraktiv genug, ich konnte es ihm nicht verübeln! Bevor ich weiter spekulieren konnte, lag ich in seinen Armen. Seine Stimme an meinem Ohr klang gepresst. Es war ihm anscheinend total egal, dass er pitschnass wurde.

»Ich kann nicht mit dir schlafen, weil ich damit deinem Geist schaden würde. Es ist kompliziert. Die Art, zu der ich gehöre, schläft oft mit Menschen, dabei entsteht eine Verbindung, ein Gedankenaustausch, der ziemlich einseitig ist. Ich sauge dann jegliche Gedanken aus dir heraus, wie ein Vampir das Blut, wenn ich nicht aufpasse. Das geschieht automatisch. Ich kann es kaum kontrollieren!«

»Muss ich das verstehen?« Ich fühlte, wie seine Hände über meinen Rücken strichen und fuhr mit der Nasenspitze über sein Schlüsselbein.

»Es könnte wirklich Schlimmes passieren, wenn wir miteinander schlafen«, flüsterte er immer noch angespannt »Ich kann Gedanken manipulieren, aber vor allem in mich aufnehmen, und wenn das passiert ist, dann bekommst du sie nicht mehr zurück. Es kann sein, dass du dann ein seelischer Krüppel wirst, der die einfachsten Dinge nicht mehr weiß. Und wenn es ganz schlimm kommt und ich zu viel Gedanken, Erfahrungen und Wissen aufnehme, zum Beispiel deine überlebenswichtigen Instinkte, dann könntest du auch …« Luc versteifte sich noch mehr und hörte auf, mich zu streicheln.

»Was?« Ich rückte ein Stück von ihm ab und schaute in sein gequältes Gesicht.

»Dann könntest du auch sterben«, beendete er den Satz mit verhärtetem Kiefer. Er ließ seine Hände fallen und wollte Abstand zwischen uns schaffen. Aber das ließ ich nicht zu. Bestimmt nahm ich seine Hände, legte sie auf meine Hüften und zog ihn an mich. Ich lachte auf. Das hörte sich viel zu unwirklich für mich an. Er schaute mich grimmig an, ließ aber seine Hände, wo sie waren.

»Normalerweise kann ich mich zurückhalten, aber wenn du so was tust, ist es verdammt schwer für mich. Musst du mich auch noch reizen, wenn ich mich zurückziehe? Spiele nicht mit der Gefahr, Charline. Ich weiß, dass du sie ganz genau fühlst. Das hast du schon vom ersten Moment an«, warf er mir düster vor.

»Du hast dich bis jetzt immer zurückgehalten. Ich vertraue dir!« Das tat ich wirklich. Sein Mund verzog sich zu einem spöttischen Lächeln und er strich mir eine nasse Strähne aus dem

Gesicht »Du hast wirklich Glück im Unglück, meine Liebe. Wenn ich ein normaler … ähm … meiner Art wäre, dann wärst du mir vollkommen egal und schon längst tot. Aber du bist mir wichtig, ich will dich nicht in irgendeine Gefahr bringen, und allein, dass du unter unsresgleichen bist, ist schon genug Gefahr.«

»Über was für eine Art reden wir denn da bitte?«, versuchte ich erneut, es herauszufinden.

Ein hinterlistiges Funkeln trat in seine Augen. »Kannst du es dir nicht denken? Ich bin die Verführung in Person. Keine Frau kann mir widerstehen, allein schon wegen meines Äußeren. Na ja, keine außer eine und die steht vor mir.« Er grinste mich an und fuhr fort: »Ich kann Gedanken lesen und manipulieren. Ich kann also über die Menschen bestimmen. Eigentlich streue ich nur Chaos – und das liebend gern. Egal, wohin ich komme – wie du sicher schon bemerkt hast –, auch in deinem Leben, auch wenn das ganz sicher nicht freiwillig war.« Er seufzte. »Außerdem hast du schon richtig bemerkt, dass ich ein Arschloch genauso wie wahnsinnig charmant sein kann. Und ich habe nur einen einzigen natürlichen Feind.«

»Ganz ehrlich?«, fragte ich. Er nickte verbissen. »Ich hab überhaupt keine Ahnung!«, fuhr ich fort, aber er verspannte sich schon wieder.

»So eine Scheiße«, stieß er hervor, dann sah er mich gestresst an. »Also dusch du mal schön, ich muss noch was erledigen.«

»Was?«, fragte ich panisch, als er mich losließ. »Was ist denn? Du willst weg? Wohin, wieso und überhaupt?« Ich hielt ihn am Arm fest, als er zurückwich, also drehte er sich noch mal zu mir um.

»Wenn wir zusammen sein wollen, dürfen die anderen nicht erfahren, dass es so ist. Ich habe Pierre erzählt, dass du tot bist, damit er dich in Ruhe lässt, und meine Mitbewohnerin überlegt sich gerade, ob sie ihm sagt, dass ich ihn angelogen habe. Einfach nur zum Spaß …«

»Was will er denn von mir, dieser Pierre?« Ich sprach den Namen aus, als hätte ich einen Kaugummi im Mund. Er lächelte belustigt und tippte mir an die Stirn.

»Er ist von deinem Sturkopf sehr angetan. Wie ich dir bereits sagte, es gab noch keinen Menschen, der mir oder meiner Gedankenmanipulation widerstehen konnte. Wenn er deinen Willen aufnehmen würde, wäre er wahrscheinlich unzerstörbar. Denn mit jedem Menschen, den wir verführen, wird unsere Macht stärker. Wenn ich es mit einer Anwältin tun würde, könnte ich mir ihr Jurawissen aneignen. Wenn sie eine Fremdsprache beherrschen würde, die ich noch nicht kenne und gerne lernen würde, könnte ich diese danach auch.«

»Und hast du das schon mal gemacht?«, erkundigte ich mich gerade heraus. Eigentlich hätte ich nicht fragen müssen, welcher Mann konnte schon so perfekt Haare färben und den Kopf massieren und die Kleidergröße einer Frau schätzen und fließend Tschechisch sprechen und Autofahren, ohne hinzusehen? Er wich meinem Blick aus, schaute stattdessen auf meine Hand, die er nun in seine nahm.

»Ein paar Jahre lang habe ich mir ein immenses Wissen angeeignet. Aber ich mache so etwas nicht mehr, wenn es sich vermeiden lässt. Allerdings bin ich der Einzige meiner Art hier in diesem Haus und vielleicht sogar auf der ganzen Welt, der so denkt. Pierre ist ganz anders als ich. Er ist ein sehr machtgieriges Wesen.« Die Worte klangen unheilvoll zwischen uns nach.

»Weißt du, das Ganze geht im Moment tatsächlich über meinen Horizont hinaus, sehr weit.« Ich schmollte, denn der

Schalk war in seine Augen zurückgekehrt.

»Ja. Heute Abend wird er kommen, der hysterische Anfall«, drohte er düster. Ich lachte leise und tatsächlich leicht hysterisch. Er beugte sich zu mir, um mit den Lippen nur ganz leicht über meine zu streifen. Das beruhigte mich zwar einerseits, wühlte mich aber auch auf eine gewisse Art und Weise auf.

»Das einzig Wichtige ist nicht, was wir sind, was wir können oder was wir in der Vergangenheit getan haben. Sondern was wir jetzt tun.« Sein Atem strömte in meinen Mund. »Hier und jetzt. Stimmst du mir zu?« Ich nickte, von seinem Atem schwirrte mir der Kopf. Natürlich sah er meine Absicht, hier und jetzt sofort mit seinen vollkommenen Lippen zu verschmelzen, in meinem Geist, daher wich er sanft lächelnd zurück. Wortlos schüttelte er den Kopf. Ich zog trotzig eine Augenbraue nach oben.

»Ich bin gleich wieder da«, versprach er und küsste mich auf den Mundwinkel. Viel zu schnell war er verschwunden.

Wow!

Das war einiger neuer Denkstoff!

Ich entledigte mich in Windeseile meiner Klamotten und stieg unter die Dusche, denn ich befürchtete schon langsam, blaue Lippen zu haben. Das heiße Wasser auf meiner Haut tat gut. Ich hielt mein Gesicht unter die Brause und versuchte, meine Gedanken zu ordnen.

Ob ich ihn richtig verstanden hatte?

Er wollte nicht mit mir schlafen, weil er Angst hatte, er würde mir meine Gedanken klauen? Deswegen? Aber ansonsten war ich *die Eine* für ihn? Das Lachen, das die ganze Zeit in meiner Brust gesteckt hatte, brach jetzt aus mir heraus. Allerdings klang es zittrig und erneut etwas hysterisch.

Ich hatte weder Liebe noch einen Freund gewollt, und jetzt hatte ich anscheinend beides – und noch viel, viel mehr! Er war so verändert. So süß und sanft. Als hätte ich ihn in der Zeit, als ich seine Geisel gewesen war, gar nicht kennengelernt. Aber wenn ich genauer darüber nachdachte, wusste ich nach wie vor kaum etwas von ihm.

Ich rekapitulierte: Er hielt sich für böse, konnte Menschen manipulieren und war KEIN MENSCH! Was er war, wollte er mir allerdings nicht sagen. Nur wieso? War es denn so schlimm? Was konnte so furchtbar sein, dass er sich weigerte, es mir zu verraten? Und was passte auf seine Beschreibung? Ich hatte keine Ahnung! Ehrlich!

Als mir wieder warm war, stieg ich aus der Dusche und nahm mir ein Handtuch aus dem schwarzen glänzenden Schrank, in das ich mich wickelte. Dann sah ich mich erst mal in dem hellen, penibel geputzten Bad um, das so groß war wie unser Wohnzimmer. Auf dem roten Marmorboden lagen meine nassen dreckigen Sachen. Wenn ich die jetzt wieder anzog, dann konnte ich gleich wieder noch einmal gehen. Kaum hatte ich den Gedanken zu Ende gebracht, stand er vor mir, wunderschön wie eh und je, und hielt mir einen Stapel Kleidung hin.

»Es ist wohl nicht dein Stil. Aber es ist das öhh … Unnuttigste, was man in diesem Haus finden kann.« Sein Lächeln war entschuldigend, als ich den engen roten Pullover und die noch engere hellblaue Jeans entgegennahm und die Nase kraus zog.

»Zuerst die schwarzen Haare und jetzt auch noch bunte Kleidung. Gib's zu, du willst mich quälen«, grummelte ich vor mich hin.

»Nicht so, wie du meinst«, erwiderte er und lachte.

»Und? Wird sie es ihm sagen?« Er schaute von mir weg aus dem großen Fenster. Irgendwas stand in seinen Augen, was ich nicht sehen sollte. »Nein, wird sie nicht. Zieh dich an und dann komm. Ich will mit dir hier nicht länger als nötig bleiben!« Ah ja, wegen Pierre, der mich gerne aussaugen und umbringen wollte.

Ich schmiegte mich an seine muskulöse Brust und genoss das Gefühl, das ich das jetzt einfach so tun konnte.

»Würdest du für mich kämpfen?« Irgendwie fände ich das romantisch. Seit wann ich auch noch *romantisch* war, wusste ich nicht genau. Er schlang einen Arm um mich und küsste mich leicht auf den Kopf.

»Das hättest du wohl gerne«, erwiderte er, und ich hörte das Lächeln in seiner Stimme. »Dass der Fluch endlich verschwindet …«

»Was laberst du denn jetzt schon wieder?« Er rückte von mir ab und schaute mir in die Augen. Seine Stimme war leise und gequält, als er redete: »Ja, ich bin dein Fluch. Es ist nicht gut für einen Menschen, mit einem von uns zusammen zu sein. Schau doch nur, was dir alles widerfahren ist, seitdem du mich kennst. Die Entführung, Pierre, deine Haare, und alles fing mit mir an!« Er schüttelte gespielt dramatisch den Kopf. Vielleicht war ich nicht mehr aufnahmefähig oder der Meinung, dass er übertrieb, aber ich musste trotz seiner ernsthaften Worte lachen und schob ihn aus dem Bad. »Geh jetzt, du Fluch!«

»Warte«, sagte er und ich ließ verwundert die Hände fallen.

»Ich wollte erst noch was machen …«

Ich verdrehte die Augen. »Hallo? Du sollst nur kurz aus dem Zimmer gehen, damit ich mich anziehen kann! Wir sehen uns in einer Minute wieder.« Er ignorierte meinen genervten Einwand und schob seine Hand in meine Haare.

»Keine Angst … Du willst es.«

»Ich will was?« Ich runzelte verwirrt meine Stirn und wich seinem Gesicht aus, das sich dem meinen näherte. Er verdrehte die Augen und schüttelte den Kopf. Dann nahm er bestimmt mein Kinn zwischen Zeigefinger und Daumen und hielt mich fest.

»Still jetzt!«, befahl er rau, und ein Licht ging mir auf.

»Okay!« Ich schloss die Augen und wartete auf das überwältigende Gefühl seiner Lippen, die auf meine trafen. Mein Herz raste schon jetzt. Dennoch kam es so unerwartet, so überraschend und war so süß und unwiderstehlich, wie er seine Lippen zart auf meine legte, dass ich meine sofort öffnete und mich mit dem gesamten Körper gegen ihn drängte. Ein normaler Mann wäre sicher getaumelt. Aber er hielt stand und umfasste meine Taille. Ich stöhnte auf und zog sein Gesicht näher zu mir heran. Meine Hand fuhr an seinem flachen Bauch hinab und direkt unter seine Kleidung, wo sie auf nackte warme Haut traf, die ein heftiges Kribbeln durch meine Fingerspitzen jagte.

Wow! Seine Bauchmuskeln fühlten sich wahnsinnig gut an!

Ich stöhnte tief und sehnsüchtig, denn einmal gefühlt, wollte ich MEHR nackte Haut!

»Lass das!«, stieß er tadelnd an meinen Lippen hervor und zog sich sofort zurück. Ich spürte das Blut in meine Wangen steigen und in eine andere Körperregion. Sofort hielt er meine Finger in seinen und löste sich bestimmt von mir.

»Okaaaay, jetzt geh ich. Puh! Also echt!« Und schon waren er und seine Lippen verschwunden.

WOW, war das Einzige, was mir dazu einfiel. *Einfach nur WOW!*

Ich atmete tief durch und fasste mir an die Brust, weil mein Herz so raste. Jetzt war mir alles klar. Er war für Sex gemacht.

Ganz einfach. Für unvergesslichen, wilden, megamäßigen Supersex. Nur leider durfte ich nichts von all diesen tollen Dingen mit ihm tun, wofür er eindeutig geschaffen worden war! Das war doch der Wahnsinn, mich fernzuhalten würde ich nie schaffen! Nie in meinem ganzen Leben!

Ich versuchte mich abzulenken, indem ich nüchtern an die Sache ranging, und landete sofort auf dem Boden der Tatsachen. Er hatte schon mit vielen Frauen geschlafen! Ich fragte mich nur, ob dem immer noch so war. Herrgott, ich drehte mich im Kreis!

Dann lachte ich bitter auf, als mir klar wurde, dass es doch auf der Hand lag. Es schien, als wäre er zum Sexsymbol geschaffen. War es da ein Wunder, dass sämtliche weibliche Wesen scharf auf ihn waren, insbesondere die menschlichen Frauen? Und ich war nur ein Mensch.

Am Anfang hatte ich die Augen vor all dem verschlossen. Erst, als er mir seine weiche Seite gezeigt hatte, war mir seine wahre Schönheit aufgefallen, und das gefiel ihm. Ich konnte wieder mal nicht anders, als ihm vollkommen zu vertrauen, denn ich war ihm mittlerweile komplett verfallen.

Ob sich das als Fehler erwies, würde sich mit der Zeit herausstellen.

Und noch mal zum Anfang, bitte!

Ich musste die ganze Zeit sein Gesicht ansehen, während wir den langen Feldweg entlangfuhren. Und auf seine Hand, die besitzergreifend auf meinem Oberschenkel lag und mir heiße Wellen durch den Körper schickte. Er grinste zufrieden vor sich hin, während er unverhohlen meine Gedanken belauschte.

»Hm, ich fühle mich in diesem Auto schon wie zu Hause«, sagte ich schließlich und grinste, als wir in die Stadt reinfuhren.

»Wart's nur ab, bis du einen Führerschein hast, dann kriegst du noch ein besseres«, versprach er.

Aber ich versteifte mich. »Ich will aber immer noch nichts von dir haben!«

Er lachte auf und zog meine Hand an seine Lippen. »Du hast aber schon etwas von mir. Mich!« Dann schickte er mir einen kleinen Elektroschock durch den Körper, als er meine Handfläche küsste.

»Warum bist du so anders?«, fragte ich ihn. Noch vor ein paar Tagen war er das eiskalte Arschloch gewesen und jetzt war er alles andere als das. Ich erkannte ihn kaum wieder.

»Charline, ich kann immer noch ein Arschloch sein. Aber wenn ich mit dir zusammen bin, dann will ich das nicht. Wenn du in meiner Nähe bist, kann ich nicht anders, als mich glücklich und zufrieden zu fühlen«, erklärte er, als läge es auf der Hand. »Ach, und amüsiert.«

»Hm …« Ich überlegte, ob er das jeder Frau sagte.

»Nein, das tue ich nicht! Du bist die Erste und Letzte, der ich so was sagen werde. Normalerweise rede ich mit Menschen so gut wie gar nicht, außer ich will sie verführen.«

»Schön! Wirklich schön!« Das war mein wunder Punkt. Er und andere Frauen. Viele andere Frauen! Haufenweise andere Frauen! Er seufzte und fuhr an meinem Haus vorbei, stoppte aber, als er in meinen Gedanken hörte, dass er vorbeigefahren war, und manövrierte den Wagen in die Lücke, die als unser Parkplatz gekennzeichnet war. Praktisch diese Gedankenleserei. Zumindest manchmal.

»Ich muss mich gleich umziehen und im Café Edith ablösen.«

»Du bedienst ganz allein?« Ich nickte, während er mir über den Bürgersteig zu dem kleinen gelben Haus folgte.

»Du bist erst 18, das ist fast Kinderarbeit«, murmelte er, aber ich hörte ihn.

»Na und?«, fragte ich genervt.

»Und was ist, wenn dich jemand überfällt?«, fragte er und schien tatsächlich aufgebracht von dem Gedanken. Ich lachte und schloss die Tür auf.

»Als mich deine Mitbewohnerin überfallen hat, war ich auch nicht alleine«, erinnerte ich ihn. Er biss die Zähne zusammen.

»Das ist nicht nur meine Mitbewohnerin. Sie ist vor allem meine Schwester.« Ich blieb mitten auf der Treppe stehen und drehte mich schockiert zu ihm um. Er stand ein paar Stufen unter mir, deswegen musste ich auf ihn runtersehen. Von oben wirkte er sogar noch attraktiver. Als ob das gehen würde.

»Sie ist deine Schwester? Okay. Jetzt weiß ich auch, warum sie so hübsch ist.« Das war die Untertreibung des Jahres. Sie war eine Mischung zwischen Megan Fox und Kate Beckinsale.

»Jepp. Sie wollte mir dich zum Geburtstag schenken.«

»Du hattest Geburtstag?« Das schockierte mich am meisten. Ich erinnerte mich an ihren zusammenhangslosen Kommentar im Hof: *Mein Bruder hat Geburtstag*, und endlich verstand ich ihn.

Er grinste. »Ja, an dem Tag, als du von ihr entführt wurdest, hatte ich Geburtstag, und seitdem kriege ich dich nicht aus meinem verdammten Kopf. Eigentlich schon, seit wir uns das erste Mal in der Unterführung begegnet sind. Den ganzen Tag habe ich seitdem nur an dich gedacht. Weil du so frech und anders als alle anderen Menschen auf mich reagiert hast. Alle haben mich genervt, dass ich dich verführen und es hinter mich bringen soll. Aber ich wollte nicht und deswegen hat Nicole – meine Schwester – dich einfach geholt! Als mein verdammtes Geburtstagsgeschenk, weswegen ich mit dir flüchten musste – denn kein Mensch kommt jemals wieder lebend aus diesem Haus raus und ich konnte mir alles mit dir vorstellen, aber nicht, für deinen Tod verantwortlich zu sein.« Ich nahm sein wundervolles Gesicht in meine Hände und versuchte, normal weiter zu reden, als er mir in die Augen sah.

»Na dann: Alles Gute nachträglich und danke, dass du mich nicht umgebracht hast!«

»Gern geschehen«, erwiderte er mit einem breiten Grinsen. »Ich bin froh, dass ich mich dazu entschieden hab, lieber mit dir abzuhauen und dich zu nerven, als mit dir zu schlafen!«

»Hmhm!« Ich stimmte ihm zu. Vorerst.

***

Wir gingen weiter und ich führte ihn an der Hand durch unsere kleine Wohnung.

Als er in mein Zimmer trat, zog er eine Augenbraue nach oben. Hier herrschte das pure Chaos. Man musste sich einen Weg zwischen CDs, Schulsachen, Büchern und Kleidung zu meinem kleinen Bett mit dem schwarzen Bettzeug bahnen. Wenn man sehr geschickt war, stolperte man dabei nicht.

»Und ich dachte schon, ich verbreite das ultimative Chaos. Du kannst dir deinen Geist genauso vorstellen wie dieses Zimmer, deswegen hätte ich eigentlich darauf vorbereitet sein müssen«, sagte er und schüttelte grinsend den Kopf, während er elegant mein Bett ansteuerte. Natürlich, ohne zu stolpern.

Dort setzte er sich hin, als würde er hier reingehören. Er sah so gut aus, wenn er ganz in Schwarz angezogen war. Ich konnte den Blick nicht abwenden, auch wenn mein Herz immer schneller schlug, je länger ich ihn anstarrte. Er hielt mir gebieterisch seine Hand hin, weil er die Sehnsucht in meinen Gedanken hörte. Erleichtert über seine Einladung machte ich einen wackligen Schritt auf ihn zu, aber mir fiel ein, dass ich im Grunde keine Zeit hatte, und ich blieb unentschlossen stehen.

Ich war sowieso schon wieder viel zu spät.

Er grinste noch breiter, als ich hektisch meinen Kleiderschrank aufriss und mir passende Sachen aus dem Gewusel zog.

»Wartest du hier oben, bis Edith weg ist?«, fragte ich, nachdem ich mich umgezogen hatte. Wobei er brav die Augen geschlossen hatte, obwohl er mich natürlich auch in meinen Gedanken beobachten konnte, wenn er wollte, zumindest das, was ich von mir sah.

»Warum?«, fragte er gewohnt fordernd. Ich biss mir auf die Lippe. Meine Mutter würde einen Herzinfarkt bekommen, wenn sie erfuhr, dass ich einen … ähm … waren wir überhaupt zusammen?

»Bist du überhaupt mein Freund?«, fragte ich, und er lachte auf seine anziehende Art und Weise. Dann stand er auf und kam auf mich zu, weswegen mein Herz schon wieder schneller schlug. Ich erstarrte. Direkt hinter mir blieb er immer noch selbstsicher lächelnd stehen – unsere Blicke waren über die Spiegelung verwoben. Er beugte sich zu mir, schob sanft meine Haare zurück und strich mit seinen weichen Lippen über meine Schläfe. Gänsehaut schoss meinen Rücken hinab. Mit meinen zitternden Händen umfasste ich seine Arme und versuchte, nicht in Ohnmacht zu fallen.

»Es tut mir leid, dir das mitteilen zu müssen, aber ich bin nicht dein Freund.« Der Atem stockte in meiner Kehle. Ich fühlte, wie er ein Lachen unterdrückte und mit der Nase an meinem Hals hochfuhr, bis er mit den Lippen an meinem Ohr war. »Ich bin nicht *nur* dein Freund, du *gehörst* mir, Charline«, flüsterte er dunkel. Ich stöhnte auf, als er mit der Zunge an meinem Ohrläppchen entlangstrich und ließ meinen Kopf an seine Brust sinken.

»Das glaube ich eher nicht, aber zusammen können wir sein«, nuschelte ich. Er lachte leise, während er mich festhielt. Zum Glück, denn meine Beine hätten mich in diesem Moment mit Sicherheit nicht getragen. Das war wirklich zu viel. Luc war einfach nur unwiderstehlich heiß und begehrenswert. Er wusste ganz genau, wie er mich um den Verstand brachte, und scheute nicht davor zurück, mit mir zu spielen. Ihm so nah zu sein, war der Himmel. Aber ich wollte mehr, ich wollte ins Paradies. Also überlegte ich, mich zu ihm umzudrehen, mit meinen Händen unter sein Shirt zu fahren, um noch mal seine nackte Haut zu berühren.

»Das ist keine gute Idee«, murmelte er in meine Haare. Bevor ich etwas erwidern konnte, hatte er sich von mir gelöst. Er lächelte mich entschuldigend an und setzte sich mit Sicherheitsabstand auf mein Bett. »Ich werde es ja dann in deinen Gedanken hören, wenn sie weg ist.« Seine Stimme war noch etwas rau. Mehr war ihm nicht anzumerken, während ich glaubte, gerade keinen Schritt geradeaus machen zu können. Anscheinend ließ ich ihn echt ziemlich kalt und das war echt frustrierend!

»Kalt ist wirklich der falsche Ausdruck!«, entgegnete er schmunzelnd, nahm die Fernbedienung meiner Anlage und schaltete die Musik an. Dann lehnte er sich auf seine Ellbogen zurück und schaute mich mit einer hochgezogenen Augenbraue an, als ich keine Anstalten machte, zu gehen oder zu reden oder wieder klar zu denken. Verdammt! Dieses schwarze Shirt mit dem V-Ausschnitt, war echt zu eng an seinen trainierten Oberarmen, außerdem konnte man seine Brustmuskeln durchscheinen sehen, dazu der schwarze Ledergürtel und diese Hose, in der sein Hintern so heiß aussah … und die an bestimmten Stellen ziemlich ausgefüllt schien.

»Ist noch was?«

»Kannst du mal aufhören, so sexy zu sein?«

»Ich kann's versuchen, wird aber wahrscheinlich nicht klappen. Das wäre, als würde ich dich bitten, mit dem Atmen aufzuhören«, antwortete er ironisch, zuckte locker mit seinen Schultern und biss sich auf die Unterlippe. Hoffnungslos. Ich seufzte und schloss einfach nur meine Augen. Wenn ich mich jemals wieder fangen wollte, dann durfte ich ihn eben nicht mehr anschauen. Ich musste noch einen Moment stehen bleiben, um sicher zu gehen, dass mich meine Füße auch trugen. »Du machst mich vollkommen fertig«, warf ich ihm vor, als ich in der Lage war, wieder zu sprechen, und blickte ihn frustriert an.

»Dito«, antwortete er schelmisch. Ich winkte ab und ging nach unten in das Café.

***

»Hey, Edith«, begrüßte ich die kleine sommersprossige Frau fröhlich. Sie drehte sich verwundert zu mir um und starrte mich einen Moment an.

»Warum bist du so gut drauf?«, fragte sie ohne Umschweife. »Hast du etwa Drogen genommen?« Sie zog eine gezupfte Augenbraue nach oben, kam mir näher und starrte mir in die Augen.

Ich kicherte. Ja, hatte ich tatsächlich. *Ihn!*

»Nein, hab ich nicht«, sagte ich nur und band mir die Schürze um die Hüften. Ich schielte aus der Küche und sah, dass das Café ziemlich voll war, also stürzte ich mich gleich in die Arbeit. Ein Tisch war voll mit vier Jugendlichen, die ich auch noch aus meiner Schule kannte, weil sie eine Klasse über mir waren. Sie starrten mir unverhohlen auf die Brüste, während ich ihre Bestellung aufnahm.

»Du bist doch auch auf meiner Schule?«, fragte der Größte von ihnen – blondhaarig mit sommersprossigen Wangen.

»Jepp.« Ich nickte. Er hatte mich immer beobachtet, aber nie angesprochen. Warum also fragte er jetzt so blöd?

»Gehen wir mal zusammen einen Kaffee trinken?« Er zwinkerte mir zu und kam sich anscheinend ziemlich unwiderstehlich vor. Da ging die Tür auf, und wer kam reingeschlendert? Jemand, dem das Wort *Unwiderstehlich* auf der Stirn stand – eintätowiert mit unsichtbarer Tinte. Luc. Ich seufzte, trennte meinen Blick schweren Herzens von ihm und beeilte mich mit meiner Abfuhr.

»Nein, will ich nicht!«

Sommersprosse runzelte die Stirn, aber ich war schon wieder damit beschäftigt, den Sexiest Man Alive und auch sicher Death zu beobachten. Er setzte sich an den rechten Rand der Bar, wo auch schon seine Schwester gesessen hatte, und starrte mich an – warnend. Ich drehte mich augenrollend von ihm weg, sofort fühlte ich seinen Blick, anhand eines stark kribbelnden Rückens. Ich war mir voll bewusst, dass Edith noch da war und die Kasse zählte.

»Warum nicht? Schon vergeben?«, stocherte Sommersprosse weiter.

Ich warf Luc einen Blick zu. Er zog fragend seine Augenbrauen hoch. Unter seinem intensiven Blick schluckte ich.

»Äh ja, genau genommen schon.« Es hätte sich wohl etwas krass angehört, wenn ich geantwortete hätte, während ich in Gedanken Lucs Stimme nachmachte: *Ich bin nicht vergeben, ich gehöre einem anderen.* Pffffffffff. »Was willst du trinken?« *Rück endlich mit der Sprache raus, du Vollidiot, und fass mich bloß nicht an. Sonst flippt ER aus.*

»Eine Latte bitte.« Der arme Typ grinste mich anzüglich an. Dieser Gag war ja wirklich schon uralt! Älter ging's nicht mehr! Ich ignorierte es gekonnt und notierte seine Bestellung.

»Okay, einen Latte macchiato. Groß oder klein?« Mir war klar, was kommen würde.

»Natürlich groß, Süße.«

Ich murmelte: »Das bezweifle ich!«, während ich mir seinen Wunsch notierte.

»Wie bitte?«

»Kommt sofort!« Ich strahlte den Kerl an, dann drehte ich mich um und ging hinter die Bar zu Edith.

»Da hinten ist noch einer, Charli. Kannst du dich um ihn kümmern?« Sie zeigte in Lucs Richtung. Natürlich konnte ich mich … um ihn … *kümmern*. Und wie ich das konnte! Ich seufzte erneut und nickte. In dem Moment stützte Edith das Kinn auf ihre Hand und beobachtete ihn sehnsüchtig, hinter der Kaffeemaschine stehend.

»Oh mein Gott. So was hab ich noch nie gesehen. Er schaut aus wie ein Filmstar. Der arbeitet sicher im Showgeschäft!«

Ähm, nein. Sicher nicht. Ich kicherte. »Seit wann interessierst du dich für jüngere Männer?«

Sie seufzte schmachtend. »Wie kann man sich für so was bitte *nicht* interessieren?« Hm ja. Also da hatte ich auch keine Ahnung.

»Edith, Edith …« Ich klopfte ihr auf die Schulter und ging auf wackligen Beinen zu Luc.

Edith beobachtete uns immer noch aus ihrem Kaffeemaschinenversteck.

»Hi«, begrüßte er mich locker.

»Hallo«, erwiderte ich total steif. Er lachte leise über meine Anspannung.

»Was möchten Sie?«, fragte ich und zückte meinen Block.

»Hmmm, am liebsten dich, nackt, auf diesem Tisch mit ein paar Obststücken garniert – und einem Kleckser Sahne oben drauf.« *OH Gott im Himmel! Dieser Mann!* Ich wurde knallrot, während er mich schelmisch angrinste, wie nur er es konnte. Da bemerkte ich hinter ihm den Tisch mit drei Mädchen, die hier einmal die Woche herkamen. Alle drei tuschelten aufgeregt mit roten Wangen miteinander. Dabei zeigten sie auf ihn, glotzten und sahen wieder weg, immer im Wechsel.

Ich presste die Lippen aufeinander und runzelte die Stirn.

Er grinste breiter. »Ja, so reagieren die Frauen eben auf mich«, flüsterte er mir zu und zuckte mit den Schultern, als könnte er nichts für seine Unwiderstehlichkeit. Ich löste meinen Blick von der Gruppe und versuchte, mich nicht aufzuregen. Dann schaute ich ihn wieder an.

»Also. Was ist denn jetzt?«, fragte ich ungeduldig, sehr zickig und alles andere als cool.

»Soll ich auch den blöden Latten-Witz machen?«

»Bitte nicht«, flehte ich. Wenn Luc so mit mir redete, brachte mich das nur auf falsche Gedanken, und ich war dank seiner Anwesenheit schon abgelenkt genug.

Er lachte mich aus. »Bring mir irgendwas!«

Ich notierte es. »Okay, irgendwas. Kommt gleich!«

Edith war hinter ihrer Kaffeemaschine ganz aufgeregt, während sie vier Latte macchiatos zubereitete.

»Was ist denn?«, fragte ich sie, weil sie vor sich hin kicherte und ich Angst hatte, sie würde ersticken.

»Hast du nicht gemerkt, wie er dich angesehen hat?«, murmelte sie echt total aus dem Häuschen.

»Wie denn?«, hakte ich nach, stellte die Getränke auf ein Tablett und holte unter dem Tresen vier eingepackte Kekse raus, die ich dazulegte.

»Er steht total auf dich!«, verkündete sie grinsend.

»Davon hab ich nichts gemerkt«, antwortete ich kurz angebunden.

»Also, Mädchen. Echt? Bist du blind? Na ja, ist ja deine Sache. Vielleicht ist es auch besser so, denn deine Mutter wäre sicher nicht erfreut, wenn du mit so einem Aufreißer nach Hause kommen würdest, aber ich würde es nicht schlecht finden, ihn öfter zu sehen. Ich gehe jetzt besser, bevor ich noch über ihn herfalle.« Mein Gott, waren alle Frauen so, wenn sie es mit einem schönen Mann zu tun hatten?

»Ja, bis morgen«, murmelte ich und ging zu dem Tisch mit meinen vier Mitschülern.

»Hier vier Latte macchiatos.« Ich stellte jedem einen hin und Mister Sommersprosse zwinkerte mir wieder zu. Doch ich reagierte gar nicht darauf, sondern drehte mich um und ließ meinen Blick durch das Café gleiten. Als er bei Luc hängen blieb, kam es mir vor, als wäre ich vom Blitz getroffen worden. Eines der Mädchen von dem Tisch hinter ihm hatte sich anscheinend getraut, ihn anzusprechen. Denn sie setzte sich gerade auf den Hocker ihm gegenüber und stützte sich mit der Hand an seinem Knie ab, um hochzukommen.

ICH BRING SIE UM!

Sein Blick glitt zu mir und er schüttelte kaum merklich den Kopf. Dafür deutlich amüsiert. Sie sagte irgendwas zu ihm und beugte sich lachend vor, sodass er ihr in den Ausschnitt sehen konnte.

Ich plusterte die Wangen auf, um nicht auszuflippen, ging hinter die Theke und machte ihm einen Latte macchiato mit Karamellschuss. Das war mein Lieblingskaffee. Währenddessen zählte ich bis zehn und versuchte, tief durchzuatmen. Überflüssig zu erwähnen, dass das nichts brachte. Also überlegte ich, ihr das Getränk ganz zufällig in den Schoß zu schütten, aber er war ziemlich heiß, und am Ende wäre ich noch verklagt worden.

»Und, hast du eine Freundin? Wenn ja, muss sie es ja nicht wissen …«, hörte ich sie einschmeichelnd fragen, als ich zu ihnen kam. Okay, das war zu viel. Ich musste dringend mein Revier markieren! Also quetschte ich mich zwischen ihre Knie, obwohl neben den beiden eine Menge Platz war, und knallte das Tablett auf den Tresen, sodass der Kaffee überschwappte und beide bespritzte.

»Uhhhrgh!« Sie wich angewidert zurück, ich ignorierte sie.

»Hier, deine Latte!«, zischte ich ihn wütend an. *Und von mir wirst du auch keine andere bekommen. Nur so zur Info!,* ergänzte ich in Gedanken.

Er verdrehte die Augen, von meinem Aufstand anscheinend sehr amüsiert. Sie hingegen starrte mich mit offenem Mund an, was ich aber nur am Rande registrierte, da meine gesamte Aufmerksamkeit ihm galt.

»Äh, entschuldige bitte mal …« Die dumme Tussi wollte mich allen Ernstes wie ein Insekt mit dem Fuß wegschieben, damit sie ihm wieder ihre Titten entgegenstrecken konnte.

»Äh, entschuldige *du* bitte mal, ich muss hier jetzt was Wichtiges erledigen«, sagte er zu ihr, nahm meine Hände in seine und zog mich zwischen seine Knie. Seine Finger glitten in meine Haare, während er sie vorbeugte und kurz vor meinen Lippen innehielt. Wie hypnotisiert starrte ich ihn an, ohne die Fähigkeit, mich zu rühren.

»Du kleines eifersüchtiges Ding, beruhige dich!«, flüsterte er an meinen Lippen, dann küsste er mich. Anscheinend wollte auch er sein Revier markieren. Ich seufzte auf und schlang die Arme um seine Hüften. Er küsste mich so zart, dass ich komplett vergaß, dass ich eigentlich arbeiten musste. Dass hier noch andere Gäste waren. Dass ich bedienen sollte, und dass die Tussi, vermutlich immer noch mit offenem Mund, direkt hinter mir saß. Ohne mein Zutun strich meine Hand seine Schenkel nach oben, um unter sein Shirt zu gleiten, aber bevor ich in den Genuss seiner bloßen Haut kommen konnte, löste er sich genervt von mir. Tadelnd gab er mir einen leichten Klaps auf den Hintern. Wahrscheinlich für meine Eifersucht und meine mangelnde Zurückhaltung, was ihn anging. Ich errötete unter seiner sanften Zurechtweisung und biss mir schuldbewusst auf die Lippe. Er kaufte es mir sowieso nicht ab. Dann beugte er sich zu der Tussi und grinste sie verschmitzt an.

»Ja, ich habe eine Freundin und nein danke!« Sie klappte den Mund wieder zu, der tatsächlich noch offengestanden hatte, und das Blut stieg ihr in die Wangen, wohl, weil es ihr so peinlich war.

»Okay«, verkündete sie leise und sprang von dem Hocker.

Ich hätte ihm gerne gesagt, dass das wirklich unnötig gewesen war, aber das wäre gelogen. Denn kein Kuss von ihm war unnötig. Wenn es nach mir ginge, hätte ich ihn den restlichen Tag nur geküsst, aber ich musste arbeiten. Also wandte ich mich schweren Herzens von ihm ab und hoffte, dass die Jungs aus meiner Schule unsere Einlage auch gesehen hatten, damit sie mich nicht mehr nervten.

»Gesehen ja. Verstanden nicht«, antwortete er plötzlich angesäuert, sodass ich mich wieder zum ihm drehte und mit dem Zeigefinger über seine volle, glatte Unterlippe strich, die gerade eben noch auf verbotene Art und Weise mit meiner verschmolzen gewesen war.

»Und du bist gar nicht eifersüchtig, hm?«, stichelte ich ein bisschen. Er küsste meine Fingerspitze.

»Du hörst ja nicht mal ihre Gedanken und gehst schon ab wie

ein Schnitzel. Ich allerdings bekomme das komplette Programm. Wie sie deinen kleinen knackigen Arsch bewundern und was sie gerne mit ihm anstellen würden. Das ist ganz schön ärgerlich!«

»Bedienung!«, rief einer der besagten Typen, und er versteifte sich.

»Nein, du kannst hier nicht mehr arbeiten!«, stieß er schnell hervor, als ich von ihm weggehen wollte. Ihm gefiel es anscheinend gar nicht, wenn ich irgendwelche anderen Männer bediente – außer ihm.

»Jetzt werd mal nicht krankhaft!«, meinte ich und kicherte leise vor mich hin, während ich mich um die Arbeit kümmerte.

Er blieb natürlich den ganzen Abend und verwirrte mich mit seinem besitzergreifenden Blick. Nicht, dass es mir nicht geschmeichelt hätte, aber es war auch ganz schön ablenkend. Obwohl das in seiner Nähe ja nichts Neues war. Zudem gab er mir immer übermäßig viel Trinkgeld. Fünfzig Euro, bei JEDEM KAFFEE.

»Ich will das nicht!«

»Du bist hier Bedienung und als solche hast du dich darüber zu freuen!«, forderte er und grinste mich überlegen an. Ich nahm mir vor, es ihm irgendwie zurückzugeben und wenn es das Letzte war, was ich tat.

»Wenn ich das nächste Mal bei dir bin, dann versteck ich dein ganzes Geld irgendwo in deinem Haus, wo du es nie wieder findest, damit du mir nichts mehr geben kannst«, grummelte ich vor mich hin und steckte den Schein erst mal mit schlechtem Gewissen in die Hosentasche.

Erst um elf verabschiedeten sich die letzten Gäste. Ich schloss erschöpft die Tür ab und versuchte, die Schmerzen in meinen Füßen zu ignorieren. Seine Arme schlangen sich um meinen

Bauch und ich lehnte mich an seinen starken Körper, nachdem ich das Schild an der Tür umgedreht hatte. Dann küsste er mich hinters Ohr, und sein Atem strömte über meinen Nacken.

»Und jetzt?« Ich hatte Angst, dass er nach Hause wollte, denn ich wollte ihn nicht gehen lassen. Ehrlich gesagt nie wieder.

»Gehen wir nach oben und ich mach dir was zu essen?«

»Du kannst doch gar nicht kochen…«, sagte ich erleichtert.

»Du hast überhaupt keine Ahnung, meine Liebe. Ich hatte schon einige Köch…« Er stoppte abrupt, aber ich hatte ihn schon verstanden und versteifte mich in seinen Armen. »Es tut mir leid«, flüsterte er sofort. Doch ich antwortete nicht, denn ich versuchte, die Bilder zu verdrängen, die bei seinen Worten sofort vor meinem geistigen Auge aufgetaucht waren. Auch wenn es kindisch war. Ich wusste doch, dass ich nicht seine Erste war! Himmel Herrgott, nur ich war so wahnsinnig, mit 18 noch Jungfrau zu sein!

»Das war unbedacht. Bitte vergib mir.« Ich wollte ihm nicht antworten, auch wenn seine Stimme noch so sanft klang, weil er sonst gehört hätte, dass ein Schluchzen in meinem Hals feststeckte. Bis mir einfiel, dass er meine Gedanken lesen konnte. Also drehte ich mich zu ihm um, damit er mir tief in die Augen sehen konnte. »Ich werde nie wieder ein Wort darüber verlieren«, schwor er sehr ernsthaft. Ich löste mich von ihm, um meine Gedanken klar formulieren zu können.

»Es ist nur so komisch. Alles, was du kannst, hast du von irgendwelchen Frauen bekommen, während du mit ihnen geschlafen hast. Der Gedanke ist irgendwie …«, ich suchte nach dem passenden Wort und fand es auch, »… *ekelhaft!* Und mit mir willst du gar nichts in der Richtung machen …«, warf ich ihm vor. Das war das Schlimmste an der ganzen Sache.

Er war mein Freund, hatte schon mit hunderten Frauen geschlafen, nur mit mir nicht. Wie toll, dann brachte es ja viel, dass wir zusammen waren! Keine Ahnung, seit wann es mir nur um das Eine ging, aber in seiner Nähe spielten meine Hormone regelmäßig verrückt.

»Charline ...«, seufzte er und schaute mich traurig an.

»Mit wie vielen hast du schon geschlafen?«, fragte ich gerade heraus.

»Komm, gehen wir nach oben!« Er nahm meine Hand, und ich folgte ihm widerwillig die Treppen hoch.

»Luc, bitte!« Er antwortete nicht, aber ich würde meine Frage sicher nicht vergessen. Er dürfte mich schon gut genug kennen, um zu wissen, dass ich nicht so schnell locker ließ, wenn ich etwas wollte. Auch wenn ich etwas in Erfahrung bringen wollte.

Im Wohnzimmer platzierte er mich sorgfältig auf dem Sofa. »Sitz und warte!«

»Ich bin kein verdammter Hund«, keifte ich sarkastisch. »Lenk nicht ab!«

»Hm«, entgegnete er langsam und machte sich seelenruhig daran, in unserem Kühlschrank rumzukramen. Ich hingegen tippte nervös mit meiner Fußspitze auf dem Boden, immer und immer wieder. Dabei hatte ich die Arme verschränkt, die Beine übereinandergeschlagen und folterte ihn mit meinem bohrenden Blick. Meine fordernde Pose brachte nichts weiter, als ihn zu amüsieren. Als er sich für belegte Brote entscheiden musste, weil wir auch nichts anderes da hatten, außer Fünf-Minuten-Terrine, war es mit meiner Geduld vorbei.

»Jetzt sag schon!«, zischte ich wütend und ließ meine Körperhaltung in einer ausschweifenden Bewegung aufplatzen.

Er hatte meine Brote schon fertig, sogar mit Petersilie als Deko, und verstaute den Rest wieder im Kühlschrank. Dann setzte er sich neben mich und hielt mir den Teller hin. Mir war der Appetit vergangen.

Er seufzte, als er merkte, dass ich immer noch auf eine Antwort wartete und dass ich in den Hungerstreik treten würde, bis er mit der Sprache rausrückte.

»So um die … 9.000!« Er schaute unschuldig an die Decke, nur noch oberflächlich locker.

»WAS?«, stieß ich hervor und starrte ihn mit weit aufgerissen Augen an.

»Wie alt bist du? Fünfhundert oder wie?«

»Vierundzwanzig«, gab er zu.

Ich versuchte auszurechnen, mit wie viel Frauen er am Tag im Durchschnitt geschlafen haben musste und bekam davon Kopfschmerzen. Aber ich war nie gut in Mathe gewesen, außerdem wusste ich nicht, wann er mit diesem Marathon angefangen hatte – nichts anderes war es. Die Zahl grenzte an Utopie.

»Es waren ungefähr zwei am Tag, manchmal auch drei, oder vier.« Diese vernichtende Info kam staubtrocken. Er merkte meine Überforderung natürlich und erbarmte sich irgendwann.

»An einem Tag?«, stieß ich wieder japsend hervor.

»Japp!« Er verschränkte die Arme vor der Brust und starrte aus dem Fenster. Seine Stimme war düster. Seine Antworten kamen nur noch widerwillig.

»Wenn du es ehrlich wissen willst, dann … sind wir alle sexsüchtig und absolut triebgesteuert.«

»Also wenn sich eine hübsche Frau mit weitem Ausschnitt zu dir beugt, dann kann es sehr gut sein, dass du ganz aus Versehen in sie reinrutscht?« Er warf mir einen wütenden Blick zu, den ich nicht verstand.

»Nein«, knurrte er zwischen zusammengebissenen Zähnen. »Jetzt nicht mehr! Zumindest nicht bei anderen Frauen!«

»Bei anderen Frauen außer … *wem*?« Ich schüttelte fragend den Kopf und hob genauso fragend Hände plus Schultern.

»Boah, Charline, echt!« Er klopfte an meinen Kopf. »Ist da jemand drinnen? Jemand, der diesen Apparat bedient?«

Ich hielt seine Finger fest. »Hör auf mit dem Scheiß!« Sein Blick blieb an unseren verschlungenen Fingern hängen und die Stimmung änderte sich schlagartig, mit dem zeitgleichen Aufblitzen in seinen Augen. Dann fühlte ich seine Finger an meinem Schlüsselbein entlang streichen. Seine Stimme war wieder weich und leise.

»Es ist, als hätte es meine Sucht nie gegeben. Wenn ich mit dir zusammen bin, dann fällt es mir leicht, den Frauen zu widerstehen. Das hätte ich früher nie geschafft … Aber es fällt mir umso schwerer, *dir* zu widerstehen, weil sich mein gesamtes Verlangen nur auf dich fixiert.«

»Du lügst«, antwortete ich zitternd.

Seine Finger glitten weiter nach unten, über mein Dekolleté, bis zum Ansatz meiner Brüste, die sich aus dem Spaghettiträgertop wölbten. Meine Brustwarzen stellten sich sofort auf und ich sog scharf die Luft ein. Dabei schaute er mir tief in die Augen.

»Fühlt es sich so an, als würde ich lügen? Spürst du es nicht? Es gibt nichts, was ich dringender will als dich. Jetzt zum Beispiel fasse ich dich so an, obwohl ich dich gar nicht anfassen dürfte. Aber ich kann nicht anders. Du bist einfach zu unwiderstehlich für mich. Eine verbotene Frucht, bereit von mir gepflückt zu werden.« Er fuhr mit geschürzten Lippen genüsslich am Rand meines Tops entlang. Seine Stimme war wie flüssiger Honig und umnebelte meinen Geist genauso wie seine Finger. »In meinem Kopf habe ich so viele Fantasien, was ich gerne mit dir machen würde … Es gibt so viele Arten, wie ich dich in Ekstase versetzen könnte. Wie ich dich anfassen und in Brand setzen könnte …« Ich stöhnte auf. Er hielt verwundert inne. Mein Unterleib war schon jetzt am Brennen.

»Ich bin schon in Ekstase«, flüsterte ich heiser. Er zog seine Finger zurück, legte mir aber dafür den Arm um die Schultern und lehnte sich mit mir zurück.

»Ich weiß! Ich kann so nicht mehr weitermachen. Sonst platzt mir noch die Hose. Und jetzt iss!«, scherzte er, und seine Worte versetzten mich noch ein Stückchen weiter in Ekstase. Aber dann machte er den Fernseher an und mein Bauch knurrte verlangend.

Okay. Wenn er wollte, dann aß ich eben, auch wenn es schwer war, mich auf etwas anderes als seinen Körper oder seinen Duft zu konzentrieren. Ich biss von dem Brot ab und kuschelte mich an ihn. Er war mir so nah und doch so fern – ich war so erregt, wie noch nie in meinem Leben und er schaute sich seelenruhig die Nachrichten an – so musste sich die verdammte Hölle anfühlen!

Er gluckste bei dem Gedanken teuflisch, der Penner!

Einige Probleme

Sonst brauchte ich Stunden, um einzuschlafen, aber in seinen Armen ging es wie von selbst. Nur langsam sickerte in mein Bewusstsein, dass wir uns in meinem Bett befanden und nicht mehr auf der Couch. Trotzdem mussten wir eng aneinander liegen, da wir beide zusammen hier drin kaum Platz hatten. Ich hatte das starke Gefühl, dass er mich wieder eingeschläfert hatte, sobald ich mit dem Essen fertig gewesen war, damit er nichts Falsches tat.

Der arme kleine Luc.

»Über was du so als Erstes morgens nachdenkst«, hörte ich ihn über meinem Kopf seufzen, und seine amüsierte Stimme am Morgen war das Beste, was ich jemals gehört hatte, oder man überhaupt hören konnte.

»Du bist geblieben?«, freute ich mich und schmiegte die Hand an seine glatte Wange, um mich zu vergewissern, dass er auch wirklich kein Trugbild meiner Fantasie war, und stützte mich auf einen Ellbogen, um ihn verschlafen anzusehen.

»Natürlich.« Er küsste mich mit funkelnden Augen auf die Handfläche. Ich lag mit dem Oberkörper halb auf seiner Brust und er streichelte meine Schulter. Er hatte sich ausgezogen, trug nur noch seine Shorts, und sein fester Adoniskörper fühlte sich sehr einladend unter meinen verschlafenen Fingern an. Ich versuchte, es nicht in meine Gedanken durchsickern zu lassen, schon drehte ich meinen Kopf und küsste seine Brust.

Er stöhnte auf, und im Nu lag ich unter ihm. Mit einer Hand hielt er meine Handgelenke über meinem Kopf fest und funkelte mich ungehalten an. Mir verschlug es die Sprache. So nah hatte ich ihn noch nie gefühlt und so … so *direkt.*

Unsere Unterwäsche bot nicht viel Stoff und stellte nur eine sehr dünne Barriere zwischen uns dar. Die Hitze sammelte sich in meinem Unterleib und mir wurde siedend heiß, als die Erregung mich sofort wieder durchflutete – ich hielt den Atem an, als er es in meinen Gedanken merkte und die Nasenflügel blähte, seine Augen mich anstarrten, wie die eines Raubtiers kurz vor dem Sprung.

»Kannst du aufhören, mich gleich morgens als Erstes zu reizen?«, fragte er energisch und eindeutig ein wenig heiser, aber es war er, der mich nach wie vor genau fühlen ließ, dass auch ich ihn alles andere als kalt ließ. Oh mein Gott! Als Antwort drückte ich stöhnend mein Becken gegen seins, rieb mich leicht und erkundend an ihm, biss mir dabei auf die Unterlippe und schloss genüsslich die Lider. Ich konnte nicht anders! Mein Hirn war praktisch ausgeschaltet, und es fühlte sich phänomenal an!

»Fuck!«, stieß er hervor und meine Augen glitten wieder auf, als er meine Hüfte mit der Hand wieder nach unten drückte. Eine Ader an seiner Stirn pochte verdächtig. Er hatte die Zähne zusammengebissen, sein Kiefer war hart, und in seinen Augen tobte ein Kampf. Ich an seiner Stelle hätte ihn nicht gewinnen können. Es tat schon fast weh, so sehr wollte ich ihn.

»Ich kann damit leben, wenn du mir ein paar Gedanken klaust. Ich hab ganz viele davon, weißt du?«, flüsterte ich und hob mein Gesicht, um ihn zu küssen, aber er wich mir aus.

»Du weißt nicht, was du da sagst!« Ich vernahm die Anspannung nicht nur in seiner Stimme, sondern fühlte sie auch in seinem Oberkörper. *Egal!*

»Denkst du?«, wisperte ich. Schon hob ich eben mein Becken erneut und bewegte es mit kreisenden Bewegungen, während ich ihm in die Augen sah und er unterdrückt aufstöhnte. Was mich wiederum zum Aufstöhnen brachte. Ich biss ihm in die Schulter und keuchte atemlos gegen seine Haut. »Wozu reden, wenn ich sowieso nicht weiß, was ich sage? Ich wüsste andere Beschäftigungen für uns beide als reden! Ich bin 18, ich hatte noch nie Sex, aber jetzt will ich es!«

»*Hör auf damit*!« Es machte mich nicht gerade weniger an, wie verzweifelt seine raue Stimme klang und wie angespannt sein Kiefer war. Seine Augen nahmen das bekannte dunkle Glühen an, in meinen Schläfen zog es ein bisschen, allerdings wollte ich ihn viel zu sehr, um mich von ihm abhalten zu lassen.

»Ich kann auch damit leben, wenn du mich *aussaugst*.« Ich kicherte über das Wort. Er wollte zurückweichen, aber ich umklammerte ihn mit meinen Beinen. »Nein, Luc!«, befahl ich ihm. Er ließ sich resigniert auf mir zusammenfallen und vergrub sein Gesicht an meinem Nacken. Jetzt fühlte ich ihn noch besser. Das war echt nicht vorteilhaft für seinen Plan der Abstinenz. »Außerdem wirst du mir nicht wehtun, ich vertraue dir. Mach mit mir, was du willst. Ich bin doch dein«, erinnerte ich ihn hauchend und küsste seine Schläfe. Er hob den Kopf, schaute mir wieder in die Augen, sein Gesichtsausdruck wurde weich, als er die Ernsthaftigkeit in meinem Gesicht bemerkte. Die stahlharte Selbstbeherrschung schmolz dahin und wich der absoluten Ergebenheit und Faszination.

Unerwartet beugte er sich vor und küsste mich!

Wow!

Die Sanftheit seiner Lippen war ein Widerspruch zu der Hand, die ziemlich zielsicher und doch verführerisch langsam, zu meiner großen Freude und großen Erregung, an meinem linken Oberschenkel herauf glitt, während er mit der anderen immer noch meine Handgelenke umklammert hielt und er mich leidenschaftlicher küsste. Luc näherte sich verdächtig dem heißen Pochen zwischen meinen Beinen und knurrte dabei animalisch in meinen Mund, was einen Schauer meinen Körper hinab jagte. Mein Kopf schwirrte von seinen unsagbaren Kusskünsten, was immer intensiver wurde, je weiter seine Finger kamen. Endlich strich er hauchzart über den Bund meines Höschens und ich hielt den Atem an, als er ihn überwinden wollte.

Aber dann hörte ich den Schlüssel in der Tür, genauso wie ihr Zuschlagen, und wir lösten uns eilig und laut keuchend voneinander.

»Soll ich verschwinden?«, fragte er alarmiert. Ich tauchte sofort aus den vielen Schichten paradiesischer Watte, in denen ich geschwebt hatte, und bemerkte mit Genugtuung, dass sich seine Brust sehr schnell hob und senkte, und dass ihm der Schweiß auf der Stirn stand.

»Ja! Sonst bringt sie dich um!«, stieß ich panisch hervor und fasste an sein Herz, um zu fühlen, ob es so raste wie meins. Er lächelte mich noch einmal auf seine bezaubernde Weise an und ließ meine Hände los. Es störte mich. Ich hatte überhaupt nichts dagegen, wenn er mich vollkommen in seiner Gewalt hatte. Ganz im Gegenteil. Da konnte ich mich erst richtig fallen lassen. Das erste Mal in meinem Leben wohlgemerkt. Denn ich vertraute ihm.

»Das glaub ich eher nicht, also bis dann!« Ich merkte, dass er verschwinden wollte, aber ich hielt ihn panisch an den Armen fest.

»Bis wann?«, japste ich. Ich wollte keine unnötige Minute ohne ihn sein. Er schüttelte den Kopf und schmunzelte über meinen Ausdruck.

»Bis du wieder alleine bist!« Und schon war er weg, ohne mich noch einmal zu küssen – denn meine Zimmertür ging schon auf. Klar, Klopfen wurde ja überbewertet.

»Charline?«, fragte meine Mutter verwundert, als sie im Rahmen erschien.

»Äh … Hi!« Ich ließ meine Hände fallen und streckte die Beine wieder aus. Ich musste aussehen wie eine behinderte Schildkröte auf dem Rücken.

»Machst du Yoga oder was?«, fragte meine Mutter belustigt und ging durch mein Zimmer, um das Fenster zu öffnen – wie jeden Morgen. Ich stöhnte auf und zog mir die Decke über den Kopf – wie jeden Morgen.

»Was machst du denn schon hier?«, erkundigte ich mich genervt aus meinem Versteck.

»Ich … ich habe einen Anruf bekommen.« Etwas in ihrer Stimme brachte mich sofort dazu, die Decke zurückzuschlagen und sie misstrauisch anzusehen.

»Und? Deswegen muss man ja nicht seinen Städtetrip abbrechen. Hattest du schon genug von Rom und den Italienern?« Ihr Gesichtsausdruck war verhalten, als sie sich wieder zu mir umdrehte, nachdem sie das Fenster geöffnet hatte und die kalte Luft mein aufgeheiztes Gemüt beruhigte.

»Mama, was ist?« Sie ging zu mir und gab mir einen Kuss auf die Stirn.

»Komm, wir reden darüber beim Frühstück. Ich hab Schokocroissants gekauft.«

Ich nickte und sprang aus dem Bett. Sie verließ mein Zimmer und ich hörte sie in der Küche rumwerkeln. Schnell schaute ich mich um, ob er nicht was von sich vergessen hatte, aber zwischen meinen Kleidermassen wäre es ohnehin nicht aufgefallen. Ich zog eine gemütliche Jogginghose aus dem Schrank und neben einem leichten einfachen T-Shirt an, natürlich in Schwarz. Dann sprang ich ins Bad und putzte mir die Zähne, während ich mir gleichzeitig die Haare kämmte. Ganz schön kompliziert. Und ich vermisste ihn. Ich hatte gedacht, wir hätten heute den ganzen Tag für uns. Aber meine Mutter hatte wahrscheinlich ein ernstes Anliegen an mich, wenn sie extra früher aus dem Urlaub zurückkam. Ich seufzte wegen lauter schlechter Vorahnungen und ging in die Kochnische. Dort setzte ich mich an den kleinen runden grünen Tisch, der schon liebevoll gedeckt war, sogar ein paar Blumen hatte sie gepflückt. Meine Mutter schenkte mir duftenden Kaffee ein, dann setzte sie sich mir gegenüber.

»Ich wollte mit dir reden.« Oh, oh. Wenn sie so anfing, konnte es nichts Gutes sein.

Ich schüttete mir viel Milch in meinen Kaffee und überlegte, wie viele schlechte Noten ich in letzter Zeit gehabt hatte. Dazu gab ich noch zwei Löffel Zucker und rührte um, in der Hoffnung, der Zuckerschock würde dazu führen, dass ich von dem Gespräch kaum etwas mitbekam. Oder hatte Edith etwa geplaudert, über *den Aufreißer*?

»Herr Röffl hat mich gestern angerufen.« Das war unser Vermieter. »Ich sag es jetzt einfach geradeaus. Er wird die Miete erhöhen müssen, aber das können wir uns nicht leisten.«

»Was?« Damit hatte ich nicht gerechnet. Ich verschluckte mich an meinem Kaffee. »Wie meinst du das?«, fragte ich, als ich wieder Luft bekam.

»Wir müssen das Café aufgeben.«

»Mama, das Café ist dein Leben!« Aber das wusste sie sicher auch schon ohne meinen geistreichen Einwurf. »Ich kann ja die Schule schmeißen und nur noch dort arbeiten und Edith kann …«

»Edith können wir uns auch nicht mehr leisten.« Jetzt verschluckte ich mich doch tatsächlich ein zweites Mal innerhalb von einer Minute.

»Warum nicht?«, quietschte ich fassungslos, als ich mich ausgehustet hatte. Ich wusste, genauso wie meine Mutter, wie dringend Edith den Job brauchte, weil sie einen behinderten Sohn hatte, für den sie die Betreuung zahlen musste. Woanders fände sie wahrscheinlich keine neue Anstellung, weil sie nicht mehr die Jüngste war.

Meine Mutter rührte kraftlos in ihrem Kaffee und schaute auf den Tisch, als sie redete. »Es ist alles so teuer geworden. Die Lebensmittel, die Kaffeebohnen … alles, und es kommen auch nicht mehr so viele Leute wie früher. Die Krise packt eben überall zu.«

»Aber was machen wir denn dann?« Obwohl ich meistens vorgab, es zu hassen, konnte ich mir nichts anderes vorstellen, als in meiner Freizeit in dem Café zu arbeiten.

Sie lachte ohne Humor auf. »Na, was wohl? Wir suchen uns eine andere Wohnung und ich mir einen anderen Job!«

»Als Bedienung für wen anders?«

»Pfff«, machte sie. »Hast du das vergessen? Ich habe Buchhändlerin gelernt.«

»Ja, vor 50.000 Jahren, Mum«, murmelte ich und biss von meinem Croissant ab.

»Meine Liebe!«, sagte sie tadelnd »Ich kenne mich immer noch total aus in der Buchwelt!«

Ich zog eine Augenbraue nach oben. »Ach ja? Um was geht es in Twilight?« In ihrem Gesicht war deutlich zu sehen, dass sie es nicht wusste. Ich verkniff mir ein Lachen, während sie überlegte.

»Ähhhhm … um … Taschenlampen?« Jetzt lachte ich doch und schüttelte den Kopf.

»Schau, du hast doch überhaupt keine Ahnung!«, stieß ich hervor. Aber dann schoben sich die Tatsachen wieder in mein Bewusstsein und das Lachen blieb mir im Halse stecken. Ich nahm ihre Hand über den Tisch hinweg.

»Mama, ich lass mir was einfallen«, versprach ich und streichelte mit meinem Daumen ihren Handrücken. Sie seufzte.

»Schatz, ich verlange sowieso schon zu viel von dir. Du bist doch noch so jung und nur am Arbeiten in deiner Freizeit. Das geht so nicht. Du solltest auch mal leben und tun, was andere Teenager so tun. Du hast nicht mal irgendwelche Hobbys außer Musik und Streiten.« *Na ja, jetzt habe ich ja ein neues Hobby!* Ich fühlte das Kribbeln in meinem Bauch, als ich an ihn dachte. Aber natürlich sagte ich nichts davon.

»Du weißt, dass es mir Spaß macht, im *Café* zu arbeiten«, erinnerte ich sie und ließ sie wieder los. »Na ja, meistens zumindest«, gab ich zu und biss noch mal von meinem Croissant ab. »Bis wann müssen wir uns um das Problem gekümmert haben?«

»Bis nächsten Monat«, sagte sie und wirkte, als ob sie keine Hoffnung mehr hätte, dass man *das Café* irgendwie noch retten könnte. Aber ich würde mir schon was einfallen lassen und wenn ich eine Stripstange auf die Bar stellte und einen auf Coyote Ugly machte. Ich würde nicht zulassen, dass meine Mutter noch etwas verlor, was ihr etwas bedeutete. Das schwor ich mir.

Noch mehr Probleme

Heute, ja, heute, war ein schlechter Tag. Er hatte so schön angefangen. So traumhaft, so unglaublich, und nun … fühlte ich mich, als hätte man mir den Boden unter den Füssen weggerissen. Ich schaute mich in dem vertrauten Café um, in dem ich seit Jahren meine komplette Freizeit verbrachte und seufzte. Was konnte ich nur tun? Hinzu kam auch noch die Tatsache, dass ich nicht mal eine Telefonnummer von Luc hatte. Wenn er sich nun entschied, einfach nie wieder zu kommen? Dann würde ich sicher sterben, bis ich tot war. Und danach würde ich nie wieder aufhören zu weinen.

Ich hatte heute keinen Elan beim Bedienen, bekam aber trotzdem Trinkgeld. Meine Mutter warf mir regelmäßig einen besorgten Blick zu und bereute es sichtlich, mich in unsere Probleme eingeweiht zu haben. Doch ich lächelte ihr jedes Mal aufmunternd zu, obwohl mir selbst zum Heulen zumute war.

»Verschwindest du wieder, wenn du den Müll rausbringst?«, fragte sie mich, als sie mir den Sack in die Hand drückte.

»Mama …« Ich verdrehte die Augen und ging nach draußen in den Hof. Kaum war die Tür hinter mir zu, war mein Tag wieder perfekt. Denn schon lag ich in seinen Armen und wurde von seinem Duft umgeben. Ich ließ den Müllbeutel fallen und schlang meine Arme um seinen Rücken.

»Hey«, begrüßte er mich leise.

»Was machst du hier?«, nuschelte ich gegen seine Brust und atmete tief durch.

»Ich hab doch gesagt, ich komme wieder, sobald du alleine bist, oder?«

Ich nickte und fuhr mit den Fingern unter sein Shirt. Seine nackte Haut zu berühren, hatte etwas Erleichterndes an sich. Selbst wenn wir obdachlos werden würden, so hätte ich wenigstens noch ihn.

»Was?«, fragte er und rückte ein Stück von mir ab. Entsetzt sah er, dass ich Tränen in den Augen hatte und wurde leicht panisch. »Was ist?«, hakte er aufgeregt nach und spannte sich an, als würde er einen Ausraster meinerseits erwarten.

»Nichts!« Ich versuchte, nicht daran zu denken und senkte meinen Blick. Denn ich wollte ihn nicht mit meinen kleinen, dummen, menschlichen Problemen belästigen.

»Nach nichts sieht es aber nicht aus«, sagte er mit samtener Stimme und hob mit dem Zeigefinger mein Kinn an. »Charline, du kannst mir alles sagen.« Ich biss mir auf die Lippe, dann seufzte ich.

»Na gut, du wirst es ja sowieso früher oder später in meinen Gedanken hören. Wir können uns das Café und die Wohnung nicht mehr leisten.«

»Und? Ich schon.« Er verstand mein Problem nicht. Ich riss mich von ihm los. Jetzt kam der Ausraster.

»Ja, das ist ja ganz schön für dich. Aber wie soll ich das dann meiner Mutter erklären? Außerdem will ich so etwas erst recht nicht von dir! Wir müssen einfach umziehen und ich suche mir irgendwo anders einen Job, damit ich meine Mutter unterstützen kann. Es geht nicht anders!« Dieses Mal konnte ich die Tränen nicht zurückhalten und schniefte.

»Du hängst aber viel zu sehr an deinem Zuhause und diesem Café.« Er strich mir die Tränen von der Wange. »Lass mich dir helfen. Wir können sagen, du hättest im Lotto gewonnen oder dich prostituiert.«

Ich schüttelte verbissen meinen Kopf und versuchte, mich nicht von ihm überreden zu lassen. »Ich will dein Geld nicht!« Dann grinste ich. »Außer ich werde deine Prostituierte.« Einen Moment starrte er mich ungläubig an.

»Wie kannst du jetzt nur an Sex denken?«

Ich schmiegte mein Gesicht in seine Hand und lächelte ihn von unten herab an. »Es tut mir leid, aber wenn du vor einem stehst, dann kann Frau doch an gar nichts anderes denken – und das weißt du auch! Können wir nicht einfach in mein Zimmer gehen und …«

»Charline, sei still!«, befahl er und nahm mein Gesicht nun in beide Hände. Ich schmolz unter seinem intensiven Blick dahin. »Lass mich dir helfen«, bat er erneut.

Trotzig schüttelte ich den Kopf. Er ließ mich los und trat einen Schritt zurück. »Na gut, dann soll ich also zuschauen, wie du auf der Straße landest? Oder wie?«

»Ja, das sollst du! Aber so weit wird es sowieso nicht kommen.«

»Was ist eigentlich mit deinem Vater? Kann deine Mutter ihn nicht um Hilfe bitten?«

»Mein Vater existiert für uns beide nicht mehr«, antwortete ich kalt und verschränkte die Arme vor der Brust. »Ich habe keinen Vater.«

Aber Luc schien mir gar nicht zuzuhören. Stattdessen sah er auf einen imaginären Punkt über meinem Kopf. »Deine Mutter überlegt, ob du schon wieder verschwunden bist, weil du so lange weg bist.«

»Dann geh ich mal lieber wieder rein«, sagte ich bedrückt.

»Hey, hey, hey«, sagte er, als ich mich gerade umgedreht hatte. »Einen Moment mal!« Er hielt mich empört an der Hand fest. »Was soll das werden? Ich geh dann mal wieder rein?«, fragte er, als ich ihn noch mal ansah.

»*Ich geh wieder rein* heißt ich geh rein, durch die Tür … in das Gebäude«, erklärte ich mit gerunzelter Stirn. Er schürzte die Lippen und zog mich langsam an sich.

»Weißt du …«, hauchte er mit dieser leisen verführerischen Stimme, die mir durch alle Knochen fuhr, und umfasste mit einer Hand meinen Hals, strich mit seinem Daumen langsame Kreise über meinen Puls, die mich zum Erschauern brachten – und garantiert von jeglichem Übel ablenkten. Ich hielt die Luft an. Er redete weiter. »Es gefällt mir gar nicht, wenn du dich quälst. Ich würde gerne sicherstellen, dass es dir besser geht, wenn du da wieder reingehst.«

»Dann küss mich«, flüsterte ich mit brechender Stimme, und er tat lächelnd wie ihm befohlen. Darauf wollte er ja nur hinaus. Sein Kuss wischte tatsächlich alle schlechten Gedanken aus meinem Geist und mir war klar, dass er das mit Absicht tat. Er küsste mich ganz sanft, fast schon verhalten, was vielleicht auch damit zu tun hatte, dass er sich beherrschen wollte. Als ich mit meinen Fingern unter sein Shirt fahren wollte, der sich verboten eng um seine muskulöse Brust spannte, hielt er meine Hand allerdings auf und umschloss sie mit seiner. Ich löste mich von ihm und funkelte ihn wütend an.

Er grinste verschmitzt. »Sorry, mein Schatz, aber ich muss Vorkehrungen treffen. Das heute Morgen war schon sehr hart an der Grenze!«

»Es hat dir keiner gesagt, dass du sie nicht überschreiten darfst.«

Er seufzte. »Geh jetzt rein … in das Gebäude … Wir sehen uns später.« Mit einem Klaps auf meinen Hintern beendete er dieses Gespräch, bevor ich beschwingt zum Café zurückrannte. Als ich mich zu ihm umdrehte, stand er immer noch da und lächelte.

Ja, seine Gedankenmanipulationen hatten wirklich etwas an sich.

Ich konnte gar nicht mehr an die Probleme meiner Mutter und mir denken, sondern nur noch an die Weichheit seiner Lippen und das Wissen seiner Hände.

***

Das beschwingte Gefühl verflog sofort, als ich wieder in das Café kam und in zwei bekannte stechend blaue Augen schaute. Es waren die Augen seiner Schwester, die mich schier durchbohrten. Sie war mit einem anderen Mann hier, den ich nicht kannte, und saß an einem Fenstertisch. Der Mann hatte blonde kurze Haare und grinste mich anzüglich an. Natürlich war dieser auch überdurchschnittlich schön. Hastig schaute ich mich nach meiner Mutter um und erkannte erleichtert, dass sie in der Küche war.

»Aha«, sagte seine Schwester und ich wich einen Schritt zurück.

Fuck. Okay. *Scheiße, Mann!*

Der Typ kam auf mich zu, packte mich am Arm und zog mich zu den Toiletten. Das Ganze ging so schnell, dass ich keine

Gelegenheit hatte zu reagieren. Es gab auch niemanden, der mir helfen könnte. Meine Mutter bemerkte nichts und das Café war so gut wie leer.

»Okay, Süße. Das wird jetzt unangenehm werden, aber wir haben keine Zeit«, sagte er und dann fühlte ich, wie mein Körper in tausend kleine Stückchen zersprang und sich eine Sekunde darauf wieder zusammensetzte. Das war echt irre, jede einzelne Faser schien noch nach zu vibrieren bis ins letzte Eck. Allerdings war ich jetzt nicht mehr in dem Café meiner Mutter, sondern brach auf dem dunklen teuren Fußboden zusammen, den ich schon kannte. Mein Kopf drehte sich und mir war schlecht. Überall kribbelte es. Es fühlte sich an, als wäre ein Bein eingeschlafen gewesen, nur dass es meinen ganzen Körper betraf.

»Huch, wer ist denn hier gelandet?«, fragte eine anzügliche helle Stimme, von der ich ganz genau wusste, zu wem sie gehörte.

»Hi, Schwester von Luc«, begrüßte ich sie und stützte mich auf den Armen ab, um ihr ins Gesicht zu sehen. Um sie herum standen die Blonde mit dem Bob und der Typ, der mich hergebracht hatte. Schon war seine Schwester neben mir und packte mich am Kinn.

»Hallo, Mensch, jetzt endlich kriege ich dich wieder in die Finger.« Ich fühlte, wie es in meinem Kopf stach und sog die Luft ein. Sie grinste.

»Hm … ja, das tut weh, nicht wahr? So ganz kannst du dich anscheinend doch nicht gegen unsere Gedankenmanipulation wehren. Ich frage mich, was er an dir findet?«

»Nicole!«, kam es wie aus dem Nichts. Ich atmete erleichtert auf, als der Schmerz nachließ und ich die vertraute Stimme hörte. Auch wenn ich sie *so* noch nie gehört hatte. Ich kniff die Augen zusammen und versuchte, das taube Gefühl in meinem Kopf zu vertreiben, das auf die Schmerzen gefolgt war. Und dann merkte ich, wie ich auf Arme gehoben wurde.

»Wir hatten eine Abmachung, Tina!«, zischte er. Was für eine Abmachung? Ich runzelte die Stirn und öffnete meine Augen wieder. Luc starrte die kleine Blonde hasserfüllt an, die mit hinter dem Rücken verschränkten Armen dastand und geradezu bezaubernd aussah in ihrem kleinen rosa Kleidchen – wie eine Puppe.

»Ja, hatten wir, aber du hast dich auch nicht daran gehalten, zumindest vorhin nicht! Und außerdem haben wir nur ausgemacht, dass ich es Pierre nicht erzähle, oder?«

»Ich *konnte nicht*!«, stieß er zwischen zusammengebissenen Zähnen hervor.

»Nicht mein Problem!« Sie zuckte die Schultern und grinste ihn immer noch unschuldig an.

»*Was* konntest du nicht?«, fragte ich empört und schaute ihn an. Er kniff die Augen zusammen, als hätte ich ihn geschlagen. Jetzt lachte diese Tina schallend. Es klang jauchzend vor Freude.

»Lucas«, forderte ich ihn streng auf, aber er starrte Tina nur so wütend an, dass ich dachte, er würde ihr gleich den Kopf abreißen. Er schüttelte kaum merklich den Kopf – als sie sprach, wusste ich auch wieso.

»Tja, meine Liebe. Heute Vormittag hatten wir ein kleines intimes Gespräch, als du in der Arbeit warst. Leider konnten wir es nicht zu Ende führen, weil er …«, sie räusperte sich, dann kicherte sie, »… etwas abgelenkt war.« Ich starrte sie an und versuchte, das, was sie mir gerade gesagt hatte, zu verstehen. In Wirklichkeit wollte ich das nicht, aber ich musste! Fragend wanderte mein Blick zu seinem wütenden Gesicht. Ein kleines intimes Gespräch? Seine Anspannung. Seine Verhaltenheit. Die Tränen schossen mir in die Augen.

»Du hast mit ihr … mit ihr … geschlafen?« Die Worte brannten auf meinen Lippen wie Säure. Er schaute mich an, als würde auch er innerlich verbrennen. Tina antwortete fröhlich, als würde sie von einer gemeinsamen Shoppingtour erzählen, bevor er es konnte.

»Ja, hat er … er hat es zumindest versucht. Ach ja, und gestern Nacht auch schon, da hat's sehr gut geklappt. Danke noch mal. Ich hatte es echt dringend nötig!« Sie schickte ihm eine Kusshand. Er sah sie gar nicht, sondern starrte mich an und lauschte eindeutig meinen Gedanken. Als ich geschlafen hatte und dachte, ich wäre im Himmel, weil ich in seinen Armen lag, hatte er in Wirklichkeit mit einer anderen Sex gehabt? Deswegen hatte er mich eingeschläfert? Mein Magen drehte sich um.

»Lass mich sofort runter!»

»Charline, ich …«, versuchte er sich zu rechtfertigen.

»*Sofort*!«, schrie ich, und es schien endlos von den Wänden widerzuhallen, was echt ziemlich dämonisch klang. Sogar die anderen zuckten zusammen. Endlich stellte er mich auf die Beine. Keiner sagte etwas, alle starrten mich nur an. Dass ich es gewagt hatte, meine Stimme gegen ihn zu erheben und er auch noch tat, was ich von ihm verlangte, erschien ihnen offenbar unglaublich. Anscheinend stand es nicht auf der Tagesordnung, ihn anzuschreien.

In meinem Kopf drehte sich alles und mir war kotzübel. Das hatte ich jetzt davon, dass ich ihm vertraut hatte! Irgendwie konnte ich nicht mehr gerade stehen.

»Ich schwöre dir …« Ich taumelte Richtung Tür, mein Fahrrad war schließlich noch hier – hoffte ich zumindest! Aber leider kam ich nicht besonders weit, weil meine Beine sich anfühlten wie aus Blei. Ich stolperte über meine eigenen Füße, konnte mich aber gerade so mit den Händen abfangen. »Ich würde dich jetzt umbringen, wenn ich könnte!«

»Ha ha, sie bricht gleich zusammen …«, hörte ich seine Schwester, während sie lachte. »Und Pierre kommt gleich.« Sie sah aus, als würde sie jeden Moment einen Freudentanz hinlegen »Er wird sich freuen, wenn er erfährt, dass es sie noch gibt!« Ich fühlte den kühlen Boden unter meinen Knien und versuchte durchzuatmen, aber ich bekam keine Luft mehr.

»Verdammt, Nicole! Ich bringe dich um, wenn ich wieder da bin! Und dich auch Tina!«, knurrte er und dann fühlte ich schon wieder seine verdammten, dreckigen Arme um mich.

»Nein … geh … weg …« Ich wollte ihn wegschieben, aber er ignorierte mich und hob mich trotzdem hoch.

»SIE. IST. NUR. EIN. MENSCH! Nichts wert! Und du lässt dich von ihr rumkommandieren!«, schrie Nicole ihn jetzt auch an. »Checks doch endlich, du liebeskranker Esel! Das mit euch ist zum Scheitern verurteilt!« Sie zog an seinem Arm. »Du bist nicht mehr du selbst!« Er schüttelte sie ab, während er sich in Bewegung setzte. Ich sah alles nur noch verschwommen.

»Ich hasse dich.« Seine Worte klangen mehr als endgültig. Ich hatte keine Ahnung, wohin er mich trug, nur, dass wir uns sehr schnell bewegten. Dann hörte ich den Kies unter seinen Schuhen knirschen. Er öffnete eine Autotür und ich fand mich auf dem Rücksitz wieder.

»Nein! Nicht schon wieder!«, schrie ich schwach. »Meine Mutter, das geht nicht! Ich bring dich um, wenn du das tust! Ich bring dich um!«, wiederholte ich unnötigerweise und klammerte die Arme um meinen sich verkrampfenden Bauch. Ich konnte es ihm nicht oft genug sagen. Er ließ sich mit verhärtetem Kiefer von mir anschreien und fuhr mit quietschenden Reifen los. Das kalte Leder des Rücksitzes wirkte besonders abstoßend auf mich. Alles wirkte abstoßend. Alles, was mit ihm zu tun hatte!

Mein Kopf hatte sich noch nicht beruhigt. Er hatte mit einer anderen geschlafen! Er hatte mich betrogen und mir das Herz rausgerissen.

Zum Teufel mit ihm!

Ich fing an zu schluchzen, und dann fühlte ich, wie sich die Welle der Schläfrigkeit über mir ausbreitete.

»Zum Teufel mit dir!«, murmelte ich noch schnell, bevor die Müdigkeit mich komplett übermannte.

Altes Schema mit neuen Gefühlen

Als ich wieder aufwachte, war mir sofort klar, was passiert war. Der Schmerz hatte nicht nachgelassen, war nur vom Schlaf betäubt worden und kehrte nun mit voller Wucht zurück. Er bohrte sich wie ein Pfeil in mein Bewusstsein, in meine Gedanken, in meine Seele.

Ich war mir sicher gewesen, dass ich die Einzige für ihn war.

Aber hätte ich es mir nicht denken können? Er hatte es nur lustig gefunden, solange ich mich ihm verwehrt hatte. Als er mich dann sein nennen konnte, hatte die ganze Geschichte für ihn seinen Reiz verloren und er war seinen täglichen Beschäftigungen nachgegangen.

Da fühlte ich doch tatsächlich weiche Finger über meine Wange streichen. Das war ja nicht zu glauben! Ich packte seinen Arm und zog ihn mit einem kräftigen gekonnten Ruck und dank meiner Beine über mich. Er landete keuchend auf dem Boden, neben dem Bett und schaute erst mal doof aus der Wäsche. Damit hatte er nicht gerechnet. Aber wie gesagt, ich hatte den schwarzen Gürtel. Meine Finger fanden etwas Festes, Hartes auf dem Nachttisch, was sich gefährlich anfühlte, und schon saß ich auf ihm.

»Wenn du mich noch ein einziges Mal anfasst, dann solltest du in meiner Gegenwart nicht mehr schlafen, ansonsten wirst du ohne Schwanz aufwachen und das wäre doch sehr schlecht für dich, nicht? So ganz ohne Gehirn?«, drohte ich düster. Ehe mir auffiel, dass ich ein Telefon in der Hand hielt – als Waffe. Wie wahnsinnig gefährlich, aber vor allem peinlich. Er stützte sich locker auf die Ellbogen.

»Entschuldige, aber ich konnte nicht anders«, murmelte er doch tatsächlich. Das machte mich nur noch wütender! *Dafür* entschuldigte er sich!

»Du Arschloch!«, antwortete ich und stieß ihm gegen die Brust, aber ich hätte genauso gut versuchen können, einen Felsen zu bewegen. Also sprang ich von ihm runter, weil es mir zu viel wurde, und schaute mich um.

Natürlich befanden wir uns mal wieder in einem Hotelzimmer, zumindest sah es so aus. Aber er konnte vergessen, mich noch mal als Geisel zu halten. Diesmal würde ich ihm die Polizei auf den Hals hetzen und ihn in den Knast bringen, und davor noch wie versprochen umbringen. Es war mir egal, ob mich Pierre fand und ob ich starb!

Aber ich musste erst mal zu meiner Mutter und die Sache mit dem Café regeln! Das hier kam mir gerade sehr ungelegen.

Ich schnappte mir meine, beziehungsweise die von ihm gekaufte Sporttasche, die er eindeutig mitgenommen hatte und die nun offen auf der Kommode stand, und zog mich an.

»Was machst du?«, fragte er unnötigerweise. Es war ja wohl nicht zu übersehen.

»Ich gehe.«

Er seufzte und rieb sich mit beiden Händen über das Gesicht. »Nicht schon wieder.«

Ich wirbelte zu ihm herum. »JA, nicht schon wieder! Ich bin dir schon das letzte Mal entkommen, also lass mich lieber gleich gehen, okay? Du bist nicht mehr für mich verantwortlich! Du musst mich nicht *beschützen*, wie du es so schön nennst. Du bist nichts für mich! Weniger als nichts.«

»Darf ich es dir erklären?«, fragte er nur.

»NEIN!«, schrie ich und stieß ihn von mir weg, als er auf mich zukam. Er hielt mich tatsächlich nicht fest und ich stürmte auf die Tür zu. Als ich sie aufriss, blieb ich jedoch abrupt stehen.

»Äh!« So sah aber nicht Deutschland aus. Und auch nicht Tschechien. Gab es in Tschechien etwa ein Meer? Und Palmen? Und schwüle Luft? Und dunkelhäutige gut aussehende Menschen, die über einen Strand spazierten? Gab es dort überhaupt einen Strand? Ich starrte mit offenem Mund auf das Karibik-Paradies und das türkisfarbene Meer, das sich leicht bergab, etwa 50 Meter vor dieser Tür befand. Der helle Sand des Strandes war nur einen Fußbreit entfernt. Es kam mir vor wie eine andere Welt!

Ich knallte die Tür wieder zu und wirbelte zu ihm herum. »Das hast du nicht getan!«

»Dein Traum war es immer, mal nach Jamaika zu fliegen. Also habe ich gedacht, wenn ich dich schon wegbringen muss, dann wenigstens dahin, wo es dir gefällt«, antwortete er. Ich ließ die Tasche aus meinen verkrampften Fingern fallen.

Meine Mutter. Sie würde untergehen.

»Charline, es tut mir leid!« Und dann ging er doch tatsächlich vor mir auf die Knie und nahm meine Hand. Ich entzog sie ihm ruppig. Keine Ahnung, wo er seine Finger in den letzten Stunden gehabt hatte! Er redete trotzdem weiter. »Ich weiß, diese Worte sind zu schwach für das, was ich dir antue, aber deiner Mutter geht es gut, glaub mir, und …« Luc schluckte, seine Augen glühten. »Das mit Tina, das war …«

»Hör auf! Ich will davon nichts wissen!« Allein schon, wenn er ihren Namen aussprach, verkrampfte sich mein Magen »Ich bin selber schuld, dass ich mich überhaupt auf dich eingelassen habe. Ich meine, wenn eine Geschichte schon so anfängt wie unsere, dann kann sie doch nur tragisch enden, oder? Zumindest für mich. Ich bitte dich nur noch um eines, ja?« Erwartungsvoll schaute er zu mir auf. »Rede nicht mit mir. Lass mich einfach in Ruhe! Es ist schon schlimm genug, dass ich dich überhaupt sehen muss.«

Ich biss mir auf die Lippe, drehte mich um und ging in das Schlafzimmer des scheiß Luxus Bungalows. Dann knallte ich die Tür hinter mir zu und steckte meinen MP3-Player in die Ohren, den ich erstaunlicherweise in der Tasche gefunden hatte.

Würde es denn nie aufhören? Konnte ich denn nicht einmal etwas richtigmachen?

Wie zum Beispiel mich von ihm fernhalten und ihm nicht hinterherfahren, wenn ich ihm schon mal entkommen war? Oder ihm wenigstens ein bisschen misstrauen? *Das* wäre das Allerbeste gewesen! Warum hatte ich ihm vertraut und mich so ausgeliefert?

Tja. Ich war ins offene Messer gelaufen und hatte mein eigenes Herz damit aufgespießt. Das passierte nun mal dummen naiven Mädchen!

Ein selbstloses Arschloch. Geht das?

Nach einigen Stunden oder Tagen, vielleicht auch Wochen, klopfte es verhalten an meiner Tür.

»Was ist?«, fragte ich genervt und starrte immer noch aus dem Fenster auf den wolkenlosen, tiefblauen Himmel. Ich hörte, wie er zur Tür reinschlüpfte und wappnete mich gegen das hilflose Gefühl, welches mich bei seinem perfekten Anblick überkommen würde. Aber dann nahm ich mir einfach vor, ihn nicht mehr anzusehen.

»Charline, du solltest was essen«, sagte er leise. »Es bringt nichts, wenn du dich zu Tode hungerst. Damit wäre keinem geholfen.«

»Jepp, sollte ich.« Ich blieb liegen und ignorierte ihn, tat einfach so, als ob er Luft wäre. Jetzt griff er zu unlauteren Mitteln.

»Du darfst deine Mutter anrufen, wenn du mit mir essen gehst.« Ich schürzte die Lippen und schnaufte wütend auf. Klar, dass er wusste, womit er mich erpressen konnte. Er kannte meine Schwachstellen besser als jeder andere, er kannte *mich* besser als jeder andere. Unwillig setzte ich mich auf, darauf bedacht, ihn nicht anzusehen, und hielt ihm meine Hand mit nach oben zeigender Handfläche hin. Ich spürte, wie er mir ein Smartphone reinlegte.

»In einer Minute treffen wir uns im Wohnzimmer. In der Sporttasche ist angemessene Kleidung. Du kennst die Regeln.« Seine nüchternen Worte machten mich nur hilfloser und dass er so mit mir sprach, als wäre ich ihm egal. Und natürlich wütender. Viel, viel wütender.

Er ignorierte meine Gedanken und ging aus dem Zimmer.

Sofort überlegte ich, ob ich die Polizei anrufen sollte. Allerdings lauschte er sicher meinen Gedanken, wie immer.

Ich wählte meine Festnetznummer mit passender Vorwahl und meine Mutter ging wie erwartet sofort ran. Ich war schon wieder nicht vom Müllwegbringen zurückgekommen. Dachte sie zumindest.

»Weiss.«

»Hi, Mama …« Ich seufzte und fühlte mich, als würde ich einen auswendig gelernten Text runterleiern. »Ich bin schon wieder weg, wie du sicher schon gemerkt hast. Mach dir keine Sorgen, es geht mir gut.«

Stille.

Dann.

»Willst du mich auf den *Arm nehmen*?«, kam es nach einiger Zeit von leise zu echt laut.

»Nein, Mama, ich bin zurzeit in einer äh … etwas … komplizierten … Phase, und es tut mir leid, dass ich jetzt weg bin, obwohl wir solche Probleme haben.«

»Die Probleme haben sich gelöst, also kannst du wiederkommen, falls dir das alles zu viel geworden ist«, sagte sie schnell.

»Was? Wie meinst du das? Die Probleme haben sich gelöst? Hast du im Lotto gewonnen oder mit dem Vermieter geschlafen oder was?« Ich schaute misstrauisch ins Wohnzimmer. Sie holte tief Luft und platzte dann förmlich raus:

»Ich habe heute einen Anruf vom Herr Röffl bekommen, und der sagte, dass er das Gebäude verkauft hat und dass der neue Besitzer irgendwas gesagt hat von wegen sozialem Projekt oder so und dass wir nur noch die halbe Miete zahlen müssen. Ist das nicht der *Wahnsinn*? Dass wir so ein Glück haben?« Jetzt war sie ganz euphorisch. Ich konnte nicht anders, als erleichtert zu sein, dass meine Mutter ein Problem weniger hatte. Aber andererseits war mir natürlich klar, wer der neue Besitzer mit der »sozialen Ader« war.

»Das ist *echt* Wahnsinn«, antwortete ich düster und kniff die Augen zusammen. Ich wollte ihm nichts schuldig sein! Als ich sie wieder öffnete und zur Tür schaute, erschrak ich. Denn er lehnte ganz in verdammten Weiß lässig am Türrahmen! Schnell schaute ich weg, weil mein Herz bei seinem Anblick sofort schneller schlug. Er musste nichts sagen. Als ob ich auch seine Gedanken lesen könnte, wusste ich, dass meine Zeit um war.

»Ich muss jetzt aufhören. Bitte, bitte, bitte mach dir keine Sorgen«, flehte ich.

»Egal, wo du bist, vergiss nicht, dass ich dich liebe, ja? Und pass auf dich auf!«, antwortete sie. Ich musste den Kloß im Hals runterschlucken.

»Ich liebe dich auch!« Dann legte ich schnell auf, damit sie meinen aufgebrachten Atem nicht hörte. Einen Moment brauchte ich noch, dann hatte ich die Tränen zurückgedrängt, die sich während des Telefonats in meine Augen gestohlen hatten, und hielt ihm mit hängendem Kopf sein Handy hin. Verdammt! Jetzt hatte er meine Probleme doch für mich gelöst! Dabei hatte ich ihm gesagt, dass ich das nicht wollte, dass …

»Du bist mir nichts schuldig«, sagte er leise, als er es nahm.

»Ich bin dir schon viel zu viel schuldig, das ist ja das Schlimme an der ganzen Sache!« ohne ihn anzusehen, stand ich auf und ging zu meiner Sporttasche. Nach einem kurzen Blick auf deren Inhalt verzog ich mein Gesicht. Kleider, nichts als Kleider? Ich hätte ihm am liebsten den Vogel gezeigt. Aber ich seufzte nur und ging mit dem erstbesten schwarzen Lumpen ins Bad, um mich umzuziehen.

***

Das Kleid war gar nicht mal so schlimm.

Es war ja schon mal schwarz, im Nacken zum Knoten gebunden, ging bis zu den Knien und umschmeichelte meine Figur vorteilhaft. Ich musste zugeben, dass ich darin gar nicht so übel wirkte, aber es war ein ungewohnter Anblick, mich so weiblich zu sehen. Ein Kleid hatte ich das letzte Mal mit acht angehabt. Sonst war ich eher eindeutig der Hosentyp. Meine Haare band ich zu einem seitlichen Dutt zusammen, weil es irgendwie zum Karibikflair passte, und überlegte, welche Schuhe ich anziehen sollte, aber dann fiel mir ein, dass wir tatsächlich IN DER KARIBIK waren und dass man hier gefahrlos barfuß gehen konnte, ohne in Spucke oder Hundekacke zu treten. In Berlin so gut wie unmöglich.

Ich ging ins Wohnzimmer und fast, aber nur fast, schaute ich ihn an, um zu sehen, wie er auf mich im Kleid reagierte. Doch ich besann mich schnell wieder und schaute brav auf den Boden.

»Ich kann dir auch sagen, wie du aussiehst«, meinte er ernst. Ohne zu antworten, steuerte ich die Tür an. Ich spürte förmlich, dass er hinter mir ging. Genauso war ich mir sicher, dass er umwerfend aussah. Und ich hasste mich dafür, dass ich dachte, es wäre Verschwendung meiner Sehfähigkeit, ihn keines Blickes zu würdigen.

»Du bist das Schönste, was ich je gesehen hab«, redete er einfach leise weiter.

»Du nicht«, stieß ich wütend hervor, weil er garantiert merkte, dass ich meinen Gedanken widersprach. Wir gingen durch den weichen, noch leicht warmen Sand über den Strand und ich entdeckte in einiger Entfernung leuchtende Fackeln, die rings um ein Gebäude aufgestellt worden waren. Als wir uns näherten, erkannte ich eine hölzerne Terrasse mit Sitzecken vor einer kleinen Holzhütte – wohl das Restaurant.

Dahinter erhob sich ein Berg, auf dem man ein Touristenparadies errichtet hatte, das sich an dem sanften Gefälle hoch schlängelte. Um die kleinen bunten Bungalows befand sich dicht bewachsener Dschungel. Fackeln wiesen den Weg und erhellten malerisch die Umgebung. Es sah alles wunderschön aus – wie in einem Reisekatalog. Ich roch die angebratenen Meeresfrüchte und Köstlichkeiten und ein angenehm erfrischender Wind strich über meinen Nacken und über meine Arme, dennoch war es wunderbar warm. Das Meer rauschte leise im Hintergrund. Es war himmlisch. Auf der Terrasse saßen Menschen – die sehr reich sein mussten, ausgehend von ihrem dekadenten Kleidungsstil – und genossen den Karibikflair, während eine kleine Band Reggae vor einer Tanzfläche auf einem Podest spielte.

Einige schwangen dort schon ihre Hüften. Die Einheimischen locker und rhythmisch. Es sah super aus. Was die Urlauber betraf … Na ja… Die meisten waren deutlich nicht für Reggae geschaffen. Ich mochte diese Musik. Bob Marley war der Held meiner Mutter, und ich mit seinen Songs über Rebellion und Liebe aufgewachsen, also war es kein Wunder, dass ich sie mochte. Wir betraten die Terrasse und ich bemerkte einige anerkennende Blicke, als er mir den Stuhl zurechtrückte und ich mich setzte. *Nicht anschauen! Schau ihn nicht an!*, mahnte ich mich und nahm schnell die Karte.

»Charline, ich weiß, dass du verletzt bist. Aber bitte, sieh mich doch an. Was ist denn so schlimm daran?«, flehte er leise. Ich spürte förmlich seinen hypnotischen Blick.

»Warum sollte ich dich ansehen? Die Lippen, mit denen du eine andere Frau geküsst hast? Die Augen, mit denen du sie angeschaut hast?«

»Ich hab sie nicht geküsst!« Das warf mich etwas aus der Bahn. In meiner Horrorvorstellung hatte er sie erst mit seinen Küssen verrückt gemacht und dann zärtlich mit ihr geschlafen.

»Deine Vorstellung ist absolut falsch«, informierte er mich distanziert.

»Es ist mir egal. Ich habe dir gesagt, ich will nicht mit dir darüber reden. Es ist geschehen. Wie, macht keinen Unterschied!«

Warum rechtfertigte ich mich eigentlich?

Warum redete ich überhaupt mit ihm?

Gott sei Dank kam in dem Moment der schnuckelige einheimische Kellner. Er trug eine Anzughose und ein weinrotes Hemd und fragte in gutem Englisch, was wir trinken wollten. Als ich ihn anlächelte, keuchte er leise auf. Ich fühlte sofort Lucs Wut und lächelte noch breiter. Der Kellner erwiderte es und zeigte eine Reihe strahlend weißer, perfekter Zähne. Ich hatte noch nie versucht zu flirten, aber es klappte genauso wie die Zickenmasche – sogar noch besser.

»*Schatz*?« Das betonte Luc ziemlich schroff. »Was willst du trinken?«

Ich kicherte und sagte zu dem Kellner: »Ach, mein Bruder, der muss mir immer Kosenamen geben. Hoffentlich verstehen Sie mein Englisch.« Aber ehrlich gesagt machte ich mir da keine Sorgen, denn dank meiner Musiktext-Recherchen konnte ich es recht gut.

»Ich kann auch deutsch«, sagte der Kellner jetzt belustigt in akzentfreiem Deutsch, und ich lief rot an. Luc lachte leise vor sich hin. Beinahe hätte ich die Augen geschlossen und mich von dem Ton davontragen lassen.

DUMM! Du bist DUUUUUUMM!

»Also ich hätte gerne eine Pina Colada. Mit viel Rum!« Ich trank zwar nie, aber irgendwann musste ich bei dem Irrsinn ja damit anfangen. Ich fühlte förmlich, wie Luc die Augen verdrehte.

»Ich möchte ein Wasser, still mit einer Zitronenscheibe«, sagte er knapp, ohne seinen Blick von mir zu nehmen. Der Kellner notierte sich die Bestellung und ging davon, aber nicht, ohne sich noch mal nach mir umzudrehen und mich frech anzugrinsen. Ich winkte ihm zwinkernd zu und fühlte sofort die Wut, die fast greifbar zu mir rüber strahlte.

»Darf ich dich fragen, was du dir in deinem Hirn schon wieder für einen genialen Plan zusammengereimt hast?«, fragte er sarkastisch. Ich schaute auf das Meer.

»Sag du es mir doch!«

»Willst du jetzt zur Schlampe mutieren, um mich zu quälen?«

»Quälen?«, stieß ich verächtlich aus und musste dem Drang widerstehen, ihn anzusehen, um mich zu vergewissern, ob er das ernst meinte. Es war ziemlich ungewohnt, die Person, mit der ich mich unterhielt, nicht anzuschauen. Noch ungewohnter war es, ihn nicht anzublicken, obwohl ich sonst mit meinen Augen nur an ihm hing.

»Na gut, dann in deinen Worten eben, heimzahlen?«

»Das hab ich gar nicht gedacht«, antwortete ich stur.

»Doch. Unterbewusst.«

»Machst du jetzt einen auf Psychologe oder was?«

»Ich kenne auch dein Unterbewusstsein.«

Klar, Mister Kopfschnüffler konnte es ja nicht lassen!

»Ach ja? Und? Was sagt es denn so, mein Unterbewusstsein?«, fragte ich ätzend. Ohne es zu merken, steckte ich schon wieder in einem Wortgefecht mit ihm.

»Es sagt, dass du wieder mal in deiner Annahme bestätigt wurdest, dass Männer eben doch Schweine sind – wie dein Vater, der dir keine schöne Kindheit bescherte und euch dann im Stich ließ. Und dass du keinem trauen kannst, außer dir selbst. Aber, Charline, wenn du mich nur erklären lassen würdest …«

»Stopp!« Ich hob abwehrend die Hand. »Und hier hören wir wieder mal auf. Es ist mir egal, *wie* es dazu gekommen ist! Die Umstände sind nicht von Bedeutung. Du hast getan, was du getan hast!«

»Wenn du den Grund wüsstest, würdest du mich verstehen. Ich schwöre, du hättest nicht anders gehandelt!«

Nett. Jetzt beleidigte er mich auch noch.

»Ach ja? Glaubst du, ich hätte auch sofort meine Beine breit gemacht, wenn ich in deiner mysteriösen Situation gesteckt hätte?«

»Ganz sicher«, antwortete er knapp.

Humorlos lachte ich auf. »Wie kommst du zu dieser unglaublichen Annahme?«

»Ich kenne dich«, erwiderte er kühl. »Jeder, der liebt, hätte das getan …«, redete er weicher weiter. Und da verschlug es mir die Sprache. Was nicht oft vorkam. Er hatte gesagt: *jeder, der liebt*. Liebte er mich etwa? So richtig? Mit allem drum und dran?

»Ist es das, was du hören musst, um mir zu glauben?«, bohrte er leise und intensiv nach. Meine Hände fingen an zu zittern. Wenn er das jetzt sagte, war ich verloren. Ich würde sofort in Tränen ausbrechen. Er lachte leise und holte Luft.

»So, hier ihre Getränke.« Hä? Das hatte ich aber nicht erwartet und hätte ihn fast angesehen, weil sich seine Stimme so anders anhörte, so dumpf im Gegensatz zu sonst. So kratzig und unmelodisch. Erst dann fiel mir auf, dass der Kellner neben mir stand.

»Oh … äh, ja …« Er stellte einen riesengroßen Cocktail mit Schirmchen und Früchtchen vor mir auf den Tisch.

»Danke«, sagte ich anzüglich und schlürfte lautstark an dem Strohhalm. Ich hätte fast meine sexy Fassade fallen lassen und mein Gesicht verzogen, weil da so viel Alkohol drin war. Das schmeckte ekelhaft. Aber ich schaffte es, mich zu beherrschen und nahm mir lieber die halbe Orangenscheibe, in die ich mit Schmackes reinbiss. Puh, das war schon besser.

Luc lachte wieder.

»Ich hoffe, es schmeckt«, sagte der Kellner unnötigerweise, wollte augenscheinlich Kontakt knüpfen. Ich lächelte und nickte schnell und eifrig, was ihm zu gefallen schien. Als der Kellner weg war, schlug ich die Karte auf und überlegte nicht lange. Die Grillspezialitäten hörten sich gut an und rochen noch besser. Da ich mich so schnell entschieden hatte, wusste ich nicht, was ich sonst machen sollte, um Luc nicht anzusehen. Also schlürfte ich eifrig meinen Cocktail, schaute auf die dunklen Wellen und versuchte, ihn immer noch zu ignorieren.

»Soll das jetzt ewig so weitergehen?«, fragte er nach einiger Zeit genervt, wozu er echt überhaupt kein Recht hatte!

»Nein, lass mich gehen, dann kannst du machen, was du willst!«, antwortete ich direkt.

Er seufzte. »Wollen wir dieses Spiel echt endlos spielen, Charline? Immer und immer wieder? Ich kann dich nicht gehen lassen. Außerdem, was willst du denn hier alleine mitten in Jamaika, ohne Pass, ohne nichts?«

»Ja! Wir hatten die ganze Situation schon mal.« Nur meine Gefühle waren damals anders gewesen. Da hatte ich noch nicht gewusst, dass ich ihn liebte. Oh, oh! *Nein, ich liebe ihn nicht,* redete ich mir und vor allem ihm schnell ein, bevor er sich noch einbildete, dass ich ihm vergeben hätte! Und selbst, wenn ich ihn liebte! Was machte das schon? Er war nicht gut für mich, das hatte er bewiesen!

»Da kann ich dir nicht widersprechen. Ich bin wirklich nicht gut genug für dich«, gab er mir düster recht.

»Könntest du bitte aufhören, meine Gedanken zu belauschen? Das nervt enorm! *Du* nervst enorm!« Der Kellner kam wieder und Luc bestellte für mich, ohne mich zu fragen, was ich wollte, aber das war ja auch nicht notwendig. Für sich orderte er dasselbe.

»Ertränkst du dich im Meer, wenn ich auf die Toilette gehe?«, fragte er, nachdem der Kellner nach einem intensiven Blickaustausch mit mir wieder verschwunden war.

»Danke für die nette Idee!« Mein Cocktail war schon halb leer und in meinem Kopf machte sich eine angenehme Schwere breit. Ich wollte mich ehrlich gesagt im Moment lieber nicht bewegen und einfach nur genießen.

Er seufzte und entfernte sich sehr leise.

Kaum war er weg, kam der Kellner zurück.

Verwundert schaute ich zu ihm auf, als er an meine Seite trat. Seine Zähne strahlten mich an wie Scheinwerfer, als er mich anlächelte.

»Hey, jetzt, wo dein Bruder weg ist … Magst du vielleicht tanzen?« Er schien sich verwegen zu fühlen, als würde er mir die Brudergeschichte nicht ganz abkaufen, aber er hatte sich dennoch oder gerade deswegen zu fragen getraut. In Deutschland undenkbar während der Schicht!

Ich kicherte. »Aber du bist doch bei der Arbeit.«

»Ja, und?« Er grinste breiter. Ich trank noch einen großen Schluck und stand auf.

»Klar!«

Dann folgte ich ihm schon leicht schwankend auf die Tanzfläche. Puh, der Cocktail war wirklich stark. Das merkte ich jetzt, als ich mich doch bewegte. Wäre ich mal lieber sitzen geblieben. Er nahm meine Hand und zog mich gleich eng an sich. Ich legte die Arme um seinen Nacken – vor allem aus sicherheitstechnischen Gründen, obwohl er wirklich gut aussah. Aber ich war ganz andere Standards gewohnt. Übermenschliche Standards. Abgesehen davon war es seltsam, mich von einem anderen Mann berühren zu lassen – genau genommen unangenehm –, was ich beinahe erwartet hatte. Ich fühlte mich nur bei einem wohl. Trotzdem blieb ich, wo ich war.

Gott sei Dank waren noch andere Paare auf der Tanzfläche und mein angetrunkenes Getaumel fiel keinem auf.

»Du bist echt süß, weißt du das?«, fragte Bob Marley Junior, wie ich ihn getauft hatte, nach einiger Zeit, und ich spürte, wie er mir über den Rücken strich. Ich bekam Gänsehaut der abartigen Art. In meinem Kopf drehte es sich schon ein ganz kleines bisschen.

»Öh, ja, also *süß* … Welche Frau möchte schon *süß* sein?«, fragte ich ihn und er schwang mich einmal im Kreis. In dem Moment traf ich auf zwei stechende Augen.

Er saß wieder an unserem Tisch und schaute mich an, als würde er mich allein mit seinem Blick töten wollen. Dann nickte er auf meinen leeren Stuhl, ein Befehl, dass ich mich sofort hinzusetzen hatte. Seine Forderung untermauerte er mir der Geste, meinem Tanzbegleiter sonst den Hals durchzuschneiden. Die unausgesprochene Drohung reichte aus. Ich fühlte, wie das Blut meine Wangen verließ, meine Nackenhaare stellten sich auf und ich löste mich so ruckartig von dem Kellner, als hätte ich gerade gemerkt, dass er in Wirklichkeit eine Frau war.

»Hey, was ist denn?«, fragte der verwirrt.

»Wenn du mich so rumwirbelst wird mir schlecht!« *Und nicht nur davon.*

»Ich kann auch ruhiger tanzen«, schlug er schnell vor, aber ich trat noch einen Schritt zurück.

»Nein, ist schon okay. Ich hab nur Hunger. Loch im Bauch und so. Du weißt schon!« Dann drehte ich mich um und ging, so gerade wie ich konnte, zu unserem Tisch. Mit Luc war nicht zu spaßen, das wusste ich einfach und ich wollte das Leben des jungen Mannes auf keinen Fall riskieren. Mir war wirklich ein bisschen schlecht und was tat ich? Erst mal den Cocktail austrinken, sobald ich saß.

»Weißt du …«, fing er beiläufig an, »… dass dieser Typ gerade an nichts anderes gedacht hat, als dich auf dem Klo flach zu legen?«

Ich schluckte. »Vielleicht wollte ich das ja?«

Er lachte humorlos. »Ich weiß, was du denkst, also versuch mir nicht immer etwas vorzumachen. Und, Charline, ich würde so etwas nie denken. Du bist mehr für mich als nur weibliches Fleisch!«

Ich zog die Nase kraus. »Ja, deswegen hast du auch das weibliche Fleisch gefickt und nicht mich!«

Er stöhnte auf, dann rieb er sich müde die Augen, bevor er murmelte: »Wenn es dir so wichtig ist, dann machen wir's eben. Vorausgesetzt du vergibst mir. Wenn ich dir nur mit Sex beweisen kann, dass du das Wichtigste in meinem Leben bist, dann komm!« Seine Augen verglühten mich, aber diesmal, weil darin so viel Gefühl und Ehrlichkeit zu finden war. Ich erstarrte. Diese Worte aus seinem Mund waren das reinste Aphrodisiakum. Die Hitze zischte sofort in meinen Unterleib, allein bei der Vorstellung, mit ihm zu schlafen. Ich drehte mich zu dem Kellner um und zeigte ihm schnell, dass ich noch einen Cocktail brauchte.

»Und was ist mit meiner Zerstörung?«, fragte ich geheimnisvoll.

»Wenn ich merke, dass es schiefgehen könnte, hören wir auf!« Das kam nicht gerade fröhlich über seine Lippe, ganz im Gegenteil.

Oh mein Gott!

Das, wovon ich die ganze Zeit geträumt hatte, seitdem ich mir meiner Gefühle klar war, konnte ich endlich haben! Ich konnte *ihn* haben, voll und ganz. Mich von seinen Lippen und Händen verwöhnen lassen, so wie ich es mir in meinen Fantasien ausgemalt hatte. Ich konnte ihn immer anfassen, aber wenn ich mit ihm schlief, würde er mir noch näher kommen und mir noch mehr wehtun können. Und vor allem würde es das, was er getan hatte, nicht ungeschehen machen!

Sei ein Mal nicht dumm, schalte ein Mal deinen Kopf ein, du kleines triebgesteuertes Teeniegirl!, schrie meine vernünftige Seite. *Er hat mit einer anderen geschlafen, und er würde es jederzeit wieder tun! Er hat dich nicht verdient!*

Lass dich doch einfach von ihm lieben. Glaube ihm. Er hat gesagt, dass er dich liebt; er hat gesagt, dass er es nicht wollte; er hat gesagt, dass du die Eine für ihn bist. Nimm es einfach an, schrie meine träumerische Seite.

Komm schon, tu es einfach und sieh dann weiter, bevor du verbrennst, schrie meine verruchte Seite.

Seid alle still!

»Niemals!«, antwortete ich kühl und sehr betont, und in dem Moment kamen das Essen und der Alkohol. Ich konzentrierte mich auf die Grillplatte und nicht mehr auf ihn. An meinen Gedanken hörte er, dass das Thema für mich beendet war, und tat es mir gleich.

Wir aßen schweigend, aber ich fühlte seinen bohrenden Blick auf mir.

Nach dem Essen war mein Bauch genauso voll wie mein Kopf. Jetzt drehte sich wirklich alles.

»Du hättest nicht so viel trinken sollen. Deine Gedanken sind noch chaotischer als sonst, dabei dachte ich nicht, dass das möglich wäre«, stichelte er und zahlte ohne einen Cent Trinkgeld zu geben. Der Kellner ignorierte mich jetzt, offenbar war er beleidigt. Aber vielleicht wurde er auch nur von Luc manipuliert. Ich weigerte mich ja, ihn anzusehen, und konnte mich dementsprechend nicht vergewissern. Als ich aufstand, taumelte ich nach links und kicherte, weil die Oma, die dort saß, mich empört ansah.

»Haust du mich jetzt um, wenn ich dich stütze?«, fragte Luc belustigt, als ich wieder auf die andere Seite taumelte.

»Halt deine Klappe! Ich schaff das auch alleine!«

Von links nach rechts schwankend bahnte ich mir den Weg von der Terrasse zum Strand. Die Stufe war jedoch zu viel des Guten und ich landete mit dem Gesicht voran im Sand.

»Und das von zwei Cocktails«, hörte ich ihn murmeln, während er mir beim Aufstehen half. Sobald ich wieder einigermaßen gerade stand, riss ich mich ruppig los und taumelte in ungefähre Richtung des Bungalows. Luc ging locker neben mir. Nahm ich zumindest an.

»Charline, ich trage dich. So kommen wir nie an«, sagte er, sobald wir so weit vom Restaurant entfernt waren, dass uns nur noch Dunkelheit umgab. Es war sehr warm, ich hörte ich das Meer lauter rauschen, was wunderschön klang. Fast so sehr wie Luc. Wir waren hier auf einer traumhaften Insel in der Karibik. Er lud mich zum Essen ein und schenkte mir Kleider und verwöhnte mich. Es war im Grunde der Traum einer jeden Frau, den ich hier erlebte. Was dachte ich da eigentlich?

Ich stolperte über meine eigenen Beine und wurde von ihm aufgefangen. Aber diesmal hielt er mich fest.

»Lass mich los, Luc!«, lallte ich kichernd, ehe wir durch mein Geschwanke ins Straucheln gerieten.

Und was passierte?

Wir landeten im Sand. Ich natürlich halb auf ihm drauf. Vielleicht war ich zu besoffen, um noch klar denken zu können, aber ich beging einen fatalen Fehler. Ich schaute ihn an. Obwohl es so dunkel war, sah ich sein ebenmäßiges Gesicht – vom Mondlicht erhellt. Wieder verschlug mir seine Schönheit die

Sprache, ganz zu schweigen von seinem Blick. Es war, als würde ich zum ersten Mal in meinem Leben die Augen aufmachen, während ich in den seinen versank. Er war das Schönste, was ich je gesehen hatte. Und er wollte mich! NUR MICH! Eigentlich. Ich sah es in seinem Blick.

Scheiß drauf!, dachte mein besoffenes Gehirn und tat sich grinsend mit meinem verruchten Teil zusammen.

»Scheiß drauf«, wiederholte ich unnötigerweise und beugte mich über ihn, um ihn zu küssen. Seine Lippen schickten einen kleinen Schock durch meinen Körper. Er stöhnte auf und umfasste meine Taille. Im nächsten Moment lag ich unter ihm, von seinem Körper gefangen. Unter seinen göttlichen Lippen. Er fuhr mit der Zunge über meine zitternde Unterlippe, mit der Hand an meiner Seite entlang.

»Du machst mich wahnsinnig«, murmelte ich, als er sich von mir löste und seine Küsse an meinem Hals hinabwandern ließ, während er mein Kleid nach oben schob. Ich seufzte, als er über dem dünnen Stoff mit seinen Lippen über meine Brustwarze strich, krallte mich in seine Haare und hob mein Becken an. Seine Antwort bestand aus einem unterdrückten Stöhnen. »Verdammt soll ich sein!«, murmelte er, und mein Herz hämmerte noch lauter und verräterischer in meiner Brust.

Er war der Wahnsinn und nichts als der Wahnsinn!

Ich fühlte, wie er sich die Hose aufknöpfte und hob den Kopf, um ebenfalls seinen Hals zu küssen. Sein Duft machte mich noch verrückter, als ich sowieso schon gerade war.

Ich liebte seinen Duft.

Ich liebte ihn. So sehr!

Auf einmal hielt er inne.

»Was ist?«, fragte ich verwundert, als er sich auf seine Arme stützte, und schaute echt sauer in sein verhaltenes, perfektes Gesicht.

»Ich kann das nicht!« Er hörte sich an, als würde er einen Riesenfehler zugeben.

»WAS?« Ich riss die Augen auf. Das war doch jetzt nicht sein Ernst! Hallo? 9.000 andere Frauen waren okay gewesen, aber ich nicht? Ich war eine zu viel? Oder wie?

Er kniff die Augen zusammen.

»Ich kann nicht mit dir schlafen. Du willst es eigentlich nicht. Nicht hier und nicht jetzt und nicht, wenn du total besoffen bist und es morgen bereuen würdest. Ich kann dir das nicht antun. Ich weiß, du würdest dich morgen dafür hassen«, flüsterte er drängend.

»Ich hasse *dich* gerade. Ist dir das klar?«, fragte ich ihn nüchtern, was ganz schön schwer war, wenn man bedachte, dass ich stockbesoffen war und ihn ansah. Er strich mir übers Gesicht und hinterließ eine heiße Spur.

»Ja, ich weiß, aber du hasst dich nicht selbst, weil du weißt, dass nur ich die Fehler mache. Besser, du hasst nur mich. Wenn ich schon so viel falsch mache, dann will ich *dich* wenigstens davor bewahren, etwas falsch zu machen! So ein erstes Mal hast du einfach nicht verdient!« Und schon war sein Körper verschwunden. Er wollte mir auf die Beine helfen, aber ich stieß seine Hände weg.

»Wenn ich nicht wüsste, dass du ein Arschloch bist, könnte ich dich fast für selbstlos halten! Für den verdammten Ritter! Dabei hast du wahrscheinlich nur keinen Bock auf Sand in der Arschritze!« Ich stapfte wütend drauf los. Jetzt war alles nur noch schlimmer und ich hoffte, dass ich mich morgen an nichts mehr erinnern könnte. Aber er hatte recht. Es wäre morgen alles nur noch viel, viel, viel schlimmer gewesen, wenn ich jetzt mit ihm geschlafen hätte. Denn dann hätte sich das letzte bisschen meines vernünftigen Teils auch noch verabschiedet, und ich hätte mein restliches Dasein nur noch als ein auf ihn fixiertes Monster verbracht, dem egal war, was er getan hatte. Und das keinen Stolz besaß!

Erschöpft fiel ich in mein Bett und war froh über die Watte in meinem Kopf, die der Alkohol hinterlassen hatte. Sie half mir, schnell und schmerzlos einzuschlafen – und zu verdrängen und zu vergessen.

Ungebetene Besucher

Nein. Lass mich doch einfach weiterschlafen.

Fange nicht an, wehzutun. Oh, du tust schon weh. Okay, dann lass mich wenigstens vergessen haben, was gestern passiert ist. Oh, ich denke bereits daran. Gut, dann lass mich wenigstens nicht daran erinnern, wo ich bin und vor allem mit wem.

Nein, keine Chance, mein Kopf tat all das, was ich nicht wollte. Er brummte vom gestrigen Alkoholkonsum. Schon peinlich, dass ich von zwei Cocktails so die Beherrschung verloren hatte. Oder war wieder mal nur er schuld daran gewesen? Er und seine fiese Gedankenmanipulation?

Ja, er war schuld und sonst nichts und niemand!

An allem.

Wenigstens eine Sache, in der ich und mein Kopf uns einig waren.

Aber wirklich nur in dieser einen Sache. Denn ich war enttäuscht, als ich tatsächlich alleine im Bett aufwachte. Obwohl es ganz klar ungesund und unbesonnen war, so zu fühlen. Ich wünschte, er hätte mich nicht betrogen, nur damit ich morgens in seinen Armen aufwachen konnte. Damit ich ihn ansehen und unter seinem Blick dahin schmelzen konnte.

Warum nur war es so weit gekommen? Ich meine, okay, manche würden sagen, ich übertreibe, weil ich nach einem Tag Beziehung schon so einen Aufstand machte, weil er mit einer anderen geschlafen hatte. Aber das zwischen uns war anders, *mehr*. So viel mehr!

Es war zumindest von meiner Seite so. Von seiner ja augenscheinlich nicht.

Für ihn war ich nichts weiter als eine neue Eroberung. Ich wünschte, er hätte mich tatsächlich geliebt und mir mit seinen Worten und Blicken nicht nur falsche Hoffnungen gemacht. Denn, hätte er mich wirklich geliebt, hätte er dann nicht der anderen widerstehen können?

»Wie wär's, wenn du mich das fragst, anstatt deine primitiven Überlegungen anzustellen?« *NICHT HINSEHEN!* Ich starrte auf meine Bettdecke. Seine Stimme war schon fast zu viel des Guten.

»Du würdest mir ja doch nicht die Antworten geben können, die ich hören will.«

»Vielleicht schon!« Ich sah förmlich direkt vor mir, wie er die Augenbraue hochzog und überlegen grinste.

»Hm, also könntest du mir tatsächlich sagen: *Ha, Charline, ich hab dich nur verarscht! Alle haben dich nur verarscht! Ich habe mit keiner anderen geschlafen und ich halte dich auch nicht als Geisel. Was bin ich nur für ein Schlingel?*«, schoss es sarkastisch aus mir raus.

»Ich könnte es dir so sagen, wenn du willst, aber es wäre gelogen.«

Ich schnaufte durch die Nase wie ein Stier. Dann versuchte ich, mich zu beruhigen und mich von ihm nicht immer so auf die Palme bringen zu lassen. Besonders nicht gleich am Morgen. Ich wollte ihn doch eigentlich ignorieren und zum Ignorieren gehört

Gleichgültigkeit. Was ich nun auch versuchte, in meiner Stimme durchklingen zu lassen.

»Machen wir's kurz. Was willst du?«

»Du meinst, außer, dass du mir vergibst?« Mein Herz schlug schneller. *Hallo!* Das war nicht gerade eine gleichgültige Reaktion.

»NEIN!«, stieß ich zwischen zusammengebissenen Zähnen hervor. »Das wird nicht passieren. Bei mir gibt es keine zweiten Chancen. Bei mir gibt's für Männer, im Besonderen für Männer wie dich, eigentlich gar keine Chancen.«

Er klang unbeeindruckt, »Okay, dann überspringen wir diesen Punkt einfach und verschieben ihn auf später.«

»Stopp! Glaubst du etwa wirklich, ich werde dir vergeben?« Er war so arrogant! Aber auch so anziehend, wenn er so von sich selbst überzeugt war.

»Natürlich wirst du mir vergeben. Glaubst du etwa, ich wäre noch da, wenn ich mir dessen nicht sicher wäre? Du weißt ja genauso gut wie ich, wo deine Gedanken die ganze Zeit hinführen?«

»Wohin denn?«, fragte ich ätzend.

Er grinste. »Na zu mir, selbstverständlich!« Ich blähte die Wangen und stieß die Luft wieder aus, denn ich war mittlerweile nicht nur auf der Palme, sondern schwebte zehn Meter darüber. Besonders weil er recht hatte. Meine Gedanken drehten sich die ganze Zeit im Kreis, in dessen Mitte er stand. Als würde ich um ihn rumtanzen, nur dass ich in meiner Vorstellung echt viel stolperte.

»Sag ich doch!« Mit Sicherheit grinste er breit, denn ich hörte die Belustigung in seiner Stimme, während er garantiert mit einem selbstzufriedenen Ausdruck die Arme vor der Brust verschränkt hatte und schließlich leise lachte.

»Mensch, wenn du Ignoranz vorspielen willst, dann darfst du dir aber auch nicht vorstellen, wie ich möglicherweise dastehen könnte, während du um mich herum … okay, nennen wir es tanzt.«

»Ich hasse DICH!« Ich verschränkte die Arme vor der Brust und grollte.

»Nein, tust du nicht. Du würdest mich nur gerne hassen.« Und schon wieder analysierte er mein Denken auf den Punkt genau. Es war zum Verrücktwerden.

»Also noch ein paar Tage mit dir und die mit den weißen Westen können antanzen!«, prophezeite ich düster.

»Zumindest könnten sie es besser als du!« In diesem Moment hätte ich ihm zu gern einen bösen Blick zugeworfen, aber ich beherrschte mich. »Außerdem dauert es noch … Ein bisschen Menschenverstand ist noch übrig.« Ich nahm ein Kissen und schmiss es nach ihm, ohne den Kopf in seine Richtung zu drehen. Er lachte nur und ich hörte, wie es leise an der Wand abprallte.

»Da wir das geklärt haben, sagst du mir jetzt, was du hier machst?«

»Ich lass dich deine Mutter anrufen«, entgegnete er mit nun ernster Stimme. Ich hielt den Atem an, weil ich wusste, dass das an eine Bedingung geknüpft war. »Wenn du mich wieder ansiehst«, ergänzte er und lächelte sicher wie ein kleiner verkappter Engel, wohlwissend, dass ich damit meine Grenze übertreten müsste, die ich dringend brauchte, um die Distanz zu ihm zu wahren.

»Du bist wirklich teuflisch!« Darauf antwortete er nicht. Was war denn jetzt los? Hatte ich einen Riesenpickel auf der Stirn oder nichts an? Zum Teil aus Neugier, aber auch, weil mir keine andere Wahl blieb, sah ich auf und bemerkte, wie er seine Gesichtszüge gerade noch kontrollierte. Seine Haare waren süß zerzaust und er trug eine gemütliche graue Sporthose sowie ein weißes Muskelshirt.

Oh Gott im Himmel!

Sein Anblick war kaum zu ertragen, so schön war er.

Ich schaute schnell wieder weg.

»Was ist denn jetzt?«, fragte ich verwirrt.

»Ich hol das Handy!« Ich nickte und hörte, wie er aus dem Zimmer verschwand. Als ich ihm wieder meine Hand entgegenstreckte, ohne ihn anzusehen, fühlte ich, wie er das Smartphone festhielt, als ich danach greifen wollte. Automatisch runzelte ich die Stirn und sah auf in sein Gesicht. Er zog die Augenbrauen nach oben, ließ aber das Handy nicht los.

»Keine Wegseherei mehr!«, sagte er klar und deutlich. Ich verdrehte die Augen und tat so, als würde ich ihn anstarren. Er entzückte mich sofort mit einem halben, zufriedenen Grinsen und gab das Handy frei.

Dann schlenderte er aus dem Zimmer. Ich seufzte, während ich ihm nachsah, irgendwie erleichtert, mich wieder an seiner Schönheit ergötzen zu können. An ihm und seinem geschmeidigen Gang.

»Hallo, Mama, ich bin's«, sagte ich, sobald ich hörte, dass sie abhob.

»Hallo, Schatz, ich bin nicht deine Mama.« Mein Herz blieb stehen, als ich die hohe, melodische Stimme seiner Schwester hörte. »Keine Angst, deine Mutter ist nicht da. Sie ist unten in eurem Café. Aber das kannst du ja nicht wissen, weil du nicht da bist, um ihr zu helfen. Wir müssen uns kurz halten, weil er gleich rein stürmen – von deinen Gedanken verwirrt – und fragen wird, mit wem du telefonierst. Sag ihm auf keinen Fall, wer am Telefon war, denk auch nicht daran! Sag mir, wo ihr seid oder ich bringe deine Mutter um, und dann bleibt ihr dort, bis wir euch gefunden haben, verstanden?«

»Auf Jamaika«, hauchte ich fast gelähmt. Meine Hände konnten kaum das Smartphone halten. Da wurde mir auch schon das Telefon aus den Fingern gezogen. Ich versuchte, nicht daran zu denken, was sie gesagt hatte, sondern nur an meine Mutter, wie sie bediente und sich fragte, ob es mir gut ging.

»Das kommt davon, wenn ich nur zum Schluss hinhöre, weil ich dir deine Privatsphäre lassen will! Deine Privatsphäre hast du dir gerade vertan, meine Liebe! Aber sie wird uns hier sowieso nicht finden. Offiziell sind wir nämlich überhaupt nicht hier. Es bringt also nichts, wenn du deiner Mutter sagst, wo wir sind!«

Ich zitterte immer noch. Aber ich durfte nicht an den Grund für meine Angst denken, deswegen sah ich ihn an.

»Hey, was ist denn?«, fragte er plötzlich verwundert und legte das Handy auf den Nachttisch. »Warum weinst du denn? Ich dachte, es gefällt dir hier. Ich dachte, es ist nicht so schlimm für dich. Charline, wir können auch woanders hin.« Und dann fühlte ich, wie er mein Gesicht festhielt und KONNTE auch an nichts anderes mehr denken als daran, dass er mich berührte. Das war aber auch nicht gut.

Ich schloss meine Augen. »Machen wir einen Ausflug?«, fragte ich hoffnungsvoll.

»Wenn du willst, machen wir einen Ausflug«, sagte er schnell und strich mit den Daumen über meine Wangenknochen. Es war angenehm, ihm wieder so nah zu sein. Aber es war *nicht gut*! Also lehnte ich mich zurück und löste mich aus seinen sanften Fingern.

»Ich mach mich fertig«, sagte ich und verschwand, so schnell es ging, ins Bad.

»Zieh dir Badesachen an«, rief er mir noch hinterher.

***

Unter der Dusche musste ich an das Gespräch mit seiner Schwester denken. Sie würde uns sicher bald finden und dann wäre es vorbei für mich. Wenn ich allerdings nicht getan hätte, was sie wollte, wäre es womöglich mit meiner Mutter vorbei. Vielleicht hatte sie geblufft, aber das Risiko konnte und wollte ich nicht eingehen. Auf keinen Fall durfte ich etwas zu ihm durchsickern lassen.

Da gab es nur eine Möglichkeit.

Ich musste mich ablenken. Und was lenkte mich am meisten ab? Was hätte mich sogar von einem Bombeneinschlag direkt neben mir abgelenkt? Lucas Black.

***

Als ich lediglich mit einem schwarzen Bikini bekleidet wieder aus dem Bad trat, sah ich ihn an. Ich saugte förmlich seinen Anblick in mich auf. Denn er hatte auch nur eine schwarze, verboten gut aussehende Badehose an und stand mit seinem perfekt geformten Körper direkt vor mir.

Wow …

Lächelnd hielt er mir die Tür auf. So selbstbewusst wie möglich ging ich an ihm vorbei, auch wenn mir meine in seiner Gegenwart oftmals gummiartigen Knie beinahe einen Strich durch die Rechnung machten.

Wortlos folgte ich ihm dann links über den Strand und konzentrierte mich auf seine Muskeln am Hintern, wie sie beim Gehen arbeiteten.

»Wohin gehen wir?«

Er schaute auf mich herab und verzog das Gesicht, als würde er seine Idee bereits bereuen. »Kannst du gut schwimmen?«

»Eher nicht.«

Er lachte melodisch. »Warum hab ich überhaupt gefragt. Das hätte ich mir denken können.«

»Warum?«

Ohne zu antworten deutete er nach vorn auf die in etwa 100 Metern Entfernung felsenartigen Klippen, die aus dem Meer ragten. Allein ihr Anblick sorgte bei mir für eine Panikattacke.

»Also ich habe keine Lust von einem Felsen aufgespießt zu werden, wenn wir runter springen!«

»Dummerchen. Ich will nicht runterspringen. Ich will runter tauchen.«

»Das beruhigt mich nicht im Geringstem!« Ich klang wie kurz vor dem Ersticken. »Unter die Klippen?« Er nickte und grinste mich an.

»Glaubst du, ich lasse zu, dass dir was passiert?,« fragte er mit hochgezogener Augenbraue.

»Körperlich vielleicht nicht!«, holte ich zum Seitenhieb aus.

Er seufzte. »Ja, du hast wieder mal recht.«

»Ich habe immer recht!« Und dennoch folgte ich ihm.

***

Viel zu schnell kamen wir an den Klippen an.

»Komm, das Wasser ist ganz warm!«, rief er mir aufmunternd zu. Er ging ein paar Schritte rückwärts ins Meer, während ich skeptisch die dunkle Felswand hochblickte und dabei meine Augen vor der Sonne abschirmte. Wenn diese Massen auf mich stürzten, würde nichts mehr von mir übrig bleiben.

Dann drehte ich mich zu ihm und mir stockte der Atem.

Luc stand komplett nass bis zu den Oberschenkeln im Wasser, das sich auf seiner glatten Haut und vor allem diesen klar definierten Muskeln spiegelte. Die Haare wehten leicht im Wind. Er hielt mir seine Hand hin, und wirkte dabei wie ein Südseetraum. Der Urlaubsflirt, von dem jede Frau träumte. Im Grunde war er der Traum schlechthin – der von der feuchten Sorte.

»Wie lange muss ich tauchen?« Ich ignorierte seine Hand, als ich auf ihn zukam. Das Wasser war wirklich fast badewannenwarm, der Sand weich und anschmiegsam, ohne die geringsten gröberen Steinchen.

»Nicht lange. So um die 30 Sekunden. Ich weiß allerdings nicht, ob du so lange durchhältst, ohne zu reden«, zog er mich auf, während wir immer weiter ins tiefere Wasser gingen. Dabei lief er rückwärts und ließ mich nicht aus den Augen.

»Und mich berührt auch kein Fisch oder so was?« Ich hasste es, wenn mich beim Baden ein Fisch berührte! Im Balaton kam das schon mal vor, und ich war jedes Mal wie eine kreischende Prima Ballerina rumgehüpft und dann rausgerannt, was meiner Mum die heftigsten Lachanfälle beschert hatte. Als er die Erinnerung in meinen Gedanken sah, lachte auch er, so heftig, dass er sich den Bauch halten musste, während ich ihn wie ein Volltrottel anlächelte. Schließlich wurde das Wasser so tief, dass ich bereits schwimmen musste, obwohl er noch gehen konnte – immer noch vor sich hin glucksend. Ich versuchte zu ignorieren, dass wir hier nur zu zweit irgendwo in der Südsee waren und nur

Badesachen anhatten. Wir schwammen um einen Felsen ein Stück aufs offene Meer.

Sein Muskelspiel, als er durchs Wasser pflügte, war beeindruckend, während ich zu tun hatte, nicht unterzugehen, weil ich bei seinem Anblick ein paar Mal vergaß, mich zu bewegen. Irgendwann nahm er wieder Kurs auf die Klippen. Als wir nah genug dran waren, sah ich, dass ein Teil der Felsen nicht bis zum Meeresboden reichte, aber wie er das schon aus der Entfernung erkannt hatte, war mir ein Rätsel. Das Wasser war ruhig und plätscherte nur sanft gegen die Klippen. Als ich an der geraden Wand hochschaute, wurde mir dennoch schwindlig.

»Du meinst wirklich … dass ich nicht sterbe?«

»Hm, also wenn du nicht sterben willst, solltest du lieber meine Hand nehmen.« Misstrauisch schaute ich ihn an und wägte einen kurzen Moment tatsächlich ab, ob es schlimmer war zu ertrinken oder seine Haut zu berühren. Er verdrehte die Augen und griff nach meiner Hand. Ich ließ ihm seinen Willen und wurde rot, als ich merkte, wie mein Herz, dieser kleine Verräter, sofort schneller schlug.

»Charline, konzentrier dich!«, mahnte er neckend. Ich streckte ihm die Zunge raus und holte tief Luft. Schon tauchten wir ab. Ich tat es, ohne weiter darüber nachzudenken, sonst hätte ich mich womöglich nie getraut. Das Wasser war glasklar, und er zog mich eigentlich eher, als dass ich selbst schwamm. Dabei zwang ich mich, nicht nach oben zu sehen, denn ich fühlte die bedrohliche Masse des Felsens sowieso schon über mir. Gleichzeitig versuchte ich, nicht in Panik auszubrechen. Das hier war das Waghalsigste, was ich je gemacht hatte und gleichzeitig das Aufregendste.

Bevor ich bis 30 gezählt hatte, tauchten wir schon wieder auf.

Ich rieb mir das Wasser aus dem Gesicht und den brennenden Augen und holte Luft. Dann sah ich mich um und mir stockte der Atem. Wir befanden uns in einer Höhle, in die durch eine kreisrunde Öffnung am höchsten Punkt des Felsens Licht fiel. Zuerst wusste ich nicht, woher das bunte Funkeln und Glitzern kam, das von dem Wasser widergespiegelt und an die Wände projiziert wurde, aber dann schaute ich nach oben und ließ einen kleinen Schrei los.

»AH! Du willst mich umbringen!« Wir waren in einer Tropfsteinhöhle! Die Stalaktiten funkelten wie Edelsteine und sahen bedrohlich aus, aber gleichzeitig unsagbar schön. Sie waren lila, rosa, pink. Einer war so groß wie ein Einfamilienhaus. Wenn der runterkrachte, wäre ich mal schnell zweigespalten.

»Die hängen da schon seit Millionen von Jahren und werden jetzt ganz sicher nicht runterfallen, außer du schreist so weiter.« Er schüttelte den Kopf. Das Wasser spiegelte sich nun in bunten Facetten auch auf seinem Gesicht und gab ihm ein wirklich überirdisches Aussehen. Ich hob meinen Arm, um das Farbenspiel auf meiner eigenen Haut zu bewundern und drehte ihn hin und her. Es sah hier aus wie in einem Traum. Luc sah aus wie ein Traum. Wie ein Traum, der mich betrogen hatte. Zu schön, um wahr zu sein! Aber doch. Er war hier mit mir und nicht mit irgendeiner anderen. Also musste er mich doch auch so sehr wollen wie ich ihn, oder?

»Natürlich will ich dich!« Ich fühlte, wie er mich intensiv anstarrte. »Ich will nur dich und sonst keine, bitte glaub mir das!«

»Das hast du mir aber nicht gerade bewiesen«, sagte ich leise, von seinen Worten aufgewühlt. Er nahm meine Hand und zog mich langsam an sich. Ich atmete schon jetzt heftiger und das war mir enorm peinlich. »Hör auf, gegen deine Gefühle zu anzukämpfen. Ich verspreche dir, so was wird nie wieder passieren!«

»Ich will dich nicht lieben«, sagte ich ihm ehrlich, fühlte mich mit einem Mal schrecklich verletzlich.

»Und doch tust du es!«

»Hör bitte auf. Du weißt doch, dass ich mich dir nicht widersetzen kann«, flehte ich jetzt.

Anfangs hatte ich es versucht, aber nun war ich nicht mehr stark genug. Er nahm mein Gesicht in seine Hände und schaute mich forschend an.

»Willst du *wirklich*, dass ich dich in Ruhe lasse?« Wie sollte ich antworten, wenn seine feuchte sinnlichen Lippen und wunderschönen Augen so nah waren? Das war unfair! Ich fing an zu zittern und das nicht wegen der Wassertemperatur. Mir war sogar ziemlich heiß. Aber er hatte mich betrogen, und ganz egal, wie es um meine Gefühle stand, er hatte es getan! Punkt!

»Ja!« Somit wich ich zurück, was mich enorme Kraft kostete. Er ließ schlaff den Kopf hängen, als ich um ihn herum schwamm, um die Höhle ein wenig zu erkunden und Abstand zwischen uns zu schaffen, damit ich mein verräterisch aufgewühltes Herz wieder beruhigen konnte.

Aber als er auch nach einiger Zeit nichts gesagt hatte, drehte ich mich wieder zu ihm um. Er hatte sich nicht vom Fleck bewegt, verharrte an Ort und Stelle. Mit hängendem Kopf. Seine gesamte, sonst so stolze Gestalt schien gebrochen. Ich seufzte. Es tat mir doch tatsächlich weh, ihn so zu sehen, und ich schwamm wieder zu ihm. Sein Blick hob sich nicht, als ich bei ihm war.

»Warum bist *du* denn jetzt traurig?« Es klang nicht so ätzend und sarkastisch, wie es sich anhören sollte.

»Ich weiß nicht mehr, was ich tun soll. Ich wünschte, ich

könnte alles irgendwie ungeschehen machen«, gab er leise zu.

»Das sagst du nur, um mein Vertrauen zu gewinnen, und dann, wenn ich mich wieder auf dich einlasse, willst du mich nicht mehr und tust es mit der nächsten! Wie soll ich dir jemals wieder vertrauen, sag es mir?« Jetzt schaute er mich an. Und wie! Wütend und glühend.

»Ich habe nie das Interesse an dir verloren! Das, was ich getan habe, hat nichts mit meinen Interessen zu tun. Nichts, was ich tue, tue ich in meinem Interesse, seitdem ich dich kenne!«

»Das soll mal einer verstehen.«

»Du kannst mir glauben, dass ich es mir nicht ausgesucht habe, auf so ein kleines zerbrechliches Menschlein wie dich zu reagieren, auf dass ich auch noch ständig aufpassen muss!«

»Musst du sowieso nicht mehr lange!« OH NEIN! Wie war das denn jetzt rausgerutscht? *La, la, la, ich singe schnell ein Lied von Dredg und dazu tanzen kleine Katzenbabys in Balletträckchen.*

»CHARLINE!« Er merkte sofort, dass ich meine Gedanken vor ihm verbergen wollte, weshalb er erst recht misstrauisch wurde.

»Sag jetzt sofort, was los ist!« Kurze Pause »Du hast heute nicht mit deiner Mutter telefoniert, stimmt›s?« Ich kniff meine Augen zusammen und schwamm von ihm weg. »Du hast heute jemand anderem gesagt, wo wir sind.« Seine Kombinationsgabe war erschreckend gut. »Willst du uns umbringen?«

Oh, jetzt traf er den sprichwörtlichen Nagel auf dem Kopf. Nun ja, fast, denn ihn würde man nicht umbringen, ich war das auserkorene Opfer.

»Du hast nichts zu befürchten, denn es ist deine Schwester, die kommen will.«

»Meine *Schwester*?« Jetzt hatte er mich schon am Arm gepackt und schwamm mit mir zum Höhlenausgang.

»Nein, das dauert zu lange«, fiel ihm nach ein paar Zügen ein. »Halt dich fest!« Er zog mich an sich und wir waren fast nackt!

»NEIN!« Ich musste daran denken, wie komisch mir geworden war, als uns sein blonder Mitbewohner teleportiert hatte. Danach war ich zusammengebrochen. Na gut, auch wegen der Tatsache, dass Luc mich betrogen hatte.

»Mach jetzt sofort, was ich dir sage!« Er hob meine Arme an und legte sie um seinen Nacken. »Schließ die Augen!« Ich gehorchte besser, zumindest dieses Mal, dann fühlte es sich an wie eine kleine Körperexplosion, aber so unwirklich, weil im nächsten Moment schon wieder alles summend und kribbelnd zusammengesetzt war.

Er ließ mich aufs Bett fallen und packte so schnell alles zusammen, dass ich ihm nicht folgen konnte. Von seinem Rumgewusel wurde mir ganz schwindlig, also ließ ich mich nach hinten fallen und versuchte, meine Gedanken zu ordnen und meinen Körper wieder normal zu spüren.

»Huhu!« Plötzlich saß jemand neben mir, der nicht Luc war, und ich setzte mich schnell auf.

Mein Sichtfeld war noch etwas beeinträchtigt, aber ich erkannte eindeutig seine Schwester.

Hinter ihr stand die kleine Blondhaarige und grinste mich breit an. *Aua.* Sie sah so umwerfend aus, dass es wehtat. Ich kniff die Augen zusammen, weil ich auf den irren Schmerz im Kopf wartete, den mir seine Schwester das letzte Mal zugefügt hatte. Ich wurde von Luc hochgezogen und klammerte mich an seinen Bauch. Wenn er da war, würde mir niemand wehtun.

»Wir gehen vor die Tür«, sagte er zu seiner Schwester und der anderen, aber ich weigerte mich, ihn loszulassen.

Nein! Ich wollte nicht, dass er mit ihr allein war, auch wenn seine Schwester dabei war, sie war ja kein Fan von mir.

»Lucas, beruhige dich. Wir sind nicht hier, um zu kämpfen. Wir wollen dich warnen.«

»Warum denn? Weil Pierre kommt, uh? Und wieso solltet ihr mich warnen wollen? Erst verratet ihr mich an Pierre und jetzt wollt ihr helfen?«

Sie kam mit erhobenen Händen auf ihn zu. »Wir kennen uns schon unser ganzes Leben lang. Es ist etwas anderes, dich ein bisschen zu piesacken, aber ich will dich nicht sterben sehen. Und ich habe dich nicht verraten – das Ganze ist Tina …« sie schaute die absolut ungerührte Blondine mit verengten Augen an »… in einem unbedachten Moment rausgerutscht – wie du weißt überwiegen diese Momente bei ihr.«

»Er will zu den anderen? *Wieso?«,* fragte er nicht weniger verächtlich und mit einem trockenen Lächeln, und ich kam bald gar nicht mehr mit. Welche *anderen*?

»Wer sind die anderen?«

»Unsere Anführer«, informierte er mich schnell.

»Luc …« Jetzt klang seine Schwester noch flehender. »Komm schon, bring es doch einfach zu Ende und dann ziehen wir um. Machen wir so weiter wie davor.«

Ich runzelte die Stirn. »Was?«

»Wir bleiben immer nur ein Jahr an einem Ort. Damit wir nicht enttarnt werden. Damit die Menschen sich nicht unsere Gesichter einprägen und damit nicht auffällt, dass welche von ihnen verschwinden«, antwortete er, während er mir forschend in die Augen sah. Mir klappte der Mund auf. Was? Er wollte auch noch gehen? Mich tatsächlich auch noch verlassen? Er schaute fast erleichtert von mir weg und zu seiner Schwester. »Ich werde nicht mehr mit euch umziehen.«

»Was?« Das kam jetzt von der Blonden. Sie schienen wirklich fassungslos darüber zu sein. Dann fing seine Schwester an zu lachen. »Und dann? Willst du mit der hier dein restliches Leben verbringen? Mit einem *Menschen*, einem Häuschen und einem Hund?« Mein Kopf drehte sich von der Wendung des Gesprächs und der Tatsache, dass seine Finger über meine Schulter strichen.

»Ich werde sie nicht verlassen«, antwortete er unterkühlt. Seine Schwester fuhr sich über die Stirn.

»Na ja, das können wir noch besprechen. Jedenfalls werden wir dir helfen.« Jetzt grinste er und entspannte sich sofort. Anscheinend meinte sie es ernst, denn eine Lüge hätte er anhand ihrer Gedanken sofort durchschaut. »Ja Luc, wirklich! Ich hab keinen Bock, dass du gekillt wirst« Sie holte sich mit fließenden Bewegungen eine Zigarettenschachtel aus der Hosentasche und zündete sich eine an.

»Ich auch nicht«, ergänzte die kleine Blonde, während sie Luc verführerisch angrinste. Hatte sie ihn auch so angegrinst, bevor er mit ihr …

»Ja, hab ich«, sagte sie fröhlich.

»TINA«, fuhr er sie ungehalten an. »Ich möchte, dass du das sein lässt. Wenn du dich nicht beherrschen und nicht aufhören kannst, die Menschen um dich herum zu quälen, dann solltest du besser gehen und hoffen, dass du mich nie wieder triffst«

Sie verdrehte die Augen. »Was soll ich denn anderes machen? Es ist unsere Aufgabe zu quälen und zu zerstören. Was willst du eigentlich? Du weißt, dass es mir Spaß macht, die dummen Menschen an der Nase rumzuführen, und seien wir mal ehrlich, die meisten haben es nicht anders verdient!« Offenbar war das für sie eine angemessene Rechtfertigung.

Dummer Mensch?

»Ach, lass mal. Weißt du, ihr könnt das sicher besser besprechen, wenn der *dumme Mensch* weg ist.« Ich löste mich geschickt aus seiner Umarmung. »Ich meine, ich bin der einzige Mensch, der euren Manipulationen trotzen kann, aber das heißt *natürlich* nicht, dass mein Gehirn eurem überlegen ist.« Die beiden Frauen sahen mich absolut fassungslos an. Ich grinste breit.

»Es gab anscheinend auch noch nicht viele Menschen, die euch die Meinung gesagt haben. Na ja, Zeit wurde es. Denn ich finde euch armselig. Sich an dem Leid anderer zu ergötzen, ist einfach nur traurig. Dabei betrachtet ihr euch als Überart zum Menschen! Eine Weiterentwicklung, sozusagen. Ich kann darin nichts Positives sehen. Menschen sind wenigstens in der Lage, sich weiterzuentwickeln, ihr hingegen scheint starr auf einem Standpunkt stehengeblieben zu sein.«, fuhr ich spöttisch fort.

»Lucas, sie beleidigt uns!« Seine Schwester schaute ihn an, als wäre es seine Aufgabe, mich zu maßregeln. Erinnerte mich etwas an den Kindergarten. Hatte ich ihr etwa gerade ihre Schippe geklaut?

Jetzt lachte er laut. »Nein, sie sagt die Wahrheit. Ihr zwei seid wirklich nicht gerade die hellsten Kerzen auf der Torte!«

»Pff!« Seine Schwester warf sich die langen Locken über die Schulter und setzte sich auf die Couch. Dann schaltete sie den Fernseher an und legte die Füße, in irrsinnig hohen Heels natürlich, auf den Tisch.

»Die Kleine sollte ihren Mund nicht so weit aufreißen. Spätestens wenn Pierre eintrifft und wir die Einzigen sind, die ihr helfen können.« Ich ging um den Tresen in die offene Küche und schenkte mir Wasser ein, um meine Nervosität zu verbergen, ehe ich mich wieder zu den anderen gesellte.

»Pierre wird hier nicht auftauchen«, sagte Luc plötzlich. »Wir gehen zu ihm. Ich habe keine Lust mehr auf seine Spielchen. Ich habe keine Lust, dass er mein ganzes Leben lang nach dem trachtet, was ich liebe.« Wir alle drei Frauen schluckten im selben Moment. Doch Luc ließ sich davon nicht beirren und redete weiter.

»Du und ich …« Er schaute seine Schwester an, während Tina sich ans Fenster stellte und rausblickte. »Wir nehmen ihn uns vor!« Mehr sagte er nicht, aber ich musste von ihm wegsehen, als ein grimmiges Funkeln in seine Augen stieg.

»Du willst ihn tatsächlich umbringen?«, fragte seine Schwester. Sie hätte es nicht laut äußern müssen. Mit Sicherheit hatte er es schon in ihren Gedanken gehört und sie in seinen gesehen, was er mit Pierre vorhatte. »Also ich bin dabei! Der nervt mich sowieso!«

Er antwortete nicht. Sein Blick wurde nur noch einen Tick härter und wirkte wie Eis, während sich sein Mundwinkel zu einem verschwörerischen und bedenklichen Lächeln verzog und seine Schwester ihn auch breit angrinste. Jetzt schaltete ich mich wieder ein, da ja keiner der anderen vernünftig zu sein schien.

»Bist du total dumm? Er wird dich umbringen oder verletzen! Das kannst du nicht machen!« Hui. Das sollte eigentlich gar nicht so energisch aus mir rausgeschossen kommen. Er drehte sich zu mir um und grinste halb.

»Wärst du nicht froh, wenn ich endlich weg bin? Zumindest klang es vorhin so.«

»Dann würde ich hier wohl kaum so rumschreien«, antwortete ich, peinlich berührt von der Tatsache, dass nun nicht mehr nur er meine Gedanken hören konnte. Jetzt grinste er verschmitzt.

»Sie hören deine Gedanken nicht. Glaubst du, ich lasse zu, dass du dich vor ihnen bloßstellst?«

»Was?«, fragten wir Frauen unisono. Er ignorierte die anderen beiden.

»Ich blocke deine Gedanken ihnen gegenüber.«

»Ja, das tut er wirklich, seit Tina sich eingemischt hat«, sagte seine Schwester gelangweilt zu mir »Das find ich total beschissen von dir!«, wandte sie sich dann wütend an ihn.

»Das ist nett von dir. Danke, du netter Mann. Warum kannst du das denn?« Jetzt streckte ihm seine Schwester schon die Zunge raus, bevor er redete. Er schaute wieder nur mich an.

»Ich hab dir schon mal gesagt, dass ich der Beste bin«, war seine trockene Antwort.

»Und warum hast du dann nicht schon davor beschlossen, Pierre allezumachen?«, fragte ich mit hochgezogener Augenbraue, während ich meinen letzten Schluck Wasser trank. Nicht, dass mir dieser Gedanke jetzt gefallen würde. Er verdrehte die Augen.

»Weil er davor alleine dastand und du schutzlos ausgeliefert wärst, sollte ihm was passieren«, informierte mich Nicole gelangweilt.

»Ach so, klar!« Eigentlich. Jetzt war ich kleinlaut.

»Komm mal her«, sagte ich leise zu ihm, weil ich nicht wollte, dass seine tollen Mitbewohner unser Gespräch mitbekamen.

»Was ist denn?« Er kam zu mir und beugte sich zu mir runter.

»Und sie können meine Gedanken wirklich nicht hören?« Er schüttelte amüsiert den Kopf. Sein Lächeln war zu schön.

»Ich will nicht, dass du mit diesem ominösen Pierre kämpfst«, flüsterte ich ihm ins Ohr und schaute zu den beiden Supermodels auf der Couch, die fernsahen. Auf Streife – meine Güte! Sicher würden sie gleich noch die BILD auspacken.

»Weißt du was?«, flüsterte er zurück. Der Schalk saß in seinen Augen, als er mich anfunkelte.

»Was?«

»Du musst nicht flüstern, damit sie dich nicht hören. Du kannst es auch einfach denken. *Ich* höre nämlich deine Gedanken!« Ich *musste* lachen über meine ständige Doofheit und über seine lustige Art. Und er lachte mit mir. Dann merkte ich, dass die beiden anderen uns anstarrten, und wurde wieder ernst.

»Was hast du mit meinem Bruder gemacht?«, fragte seine Schwester ganz neben sich. Ich schaute in sein strahlendes hübsches Gesicht und wurde mir dessen bewusst – vielleicht zum ersten Mal –, dass ich ihn wirklich glücklich machte mit meiner Gesellschaft.

»Tja, Nicole. Du solltest es mal mit Gefühlen probieren. Das ist so eine Sache, die dir verrät, ob du lachen oder weinen sollst – und manchmal empfindest du dann auch *Glück*. Ist hin und wieder ganz praktisch, etwas zu empfinden.« Ich zwinkerte ihr zu. »Ich geh mal aufs stille Örtchen.«

»Viel Spaß«, wünschte er mir nur und lehnte sich sexy an den Tresen.

Das ist der Wahrheit – ja, der mit Absicht :)

Ich versuchte, nicht daran zu denken, dass Tina auch noch da war, als ich die Badtür hinter mir schloss. Natürlich funktionierte das nicht. Sie spukte permanent in meinem Kopf herum. Ob sie sich wohl jeden Moment aufeinander stürzten, jetzt, da ich den Raum verlassen hatte? Ich jedenfalls stürzte bei der Vorstellung zur Tür, um zu lauschen, und hoffte, er würde meine Gedanken gerade nicht lesen.

»Luc …« Das war doch tatsächlich die etwas zu helle Stimme der Blonden. Die Alarmglocken klangen schrill in meinem Kopf. Obwohl es mir ja eigentlich egal sein sollte. Schließlich war unsere Beziehung von meiner Seite aus beendet. Zumindest verstandesmäßig, was mein Herz allerdings sagte, das wie wild bis in meinen Hals pochte, war eine andere Geschichte. Denn dass dies jemals mit ihm abschließen würde, war fraglich.

»Lass es! Es ist vorbei!«, war seine knallharte Ansage. Er war wirklich alles andere als amused.

»Stell dich nicht so an. Ich hab schon vergessen und vergeben, dass du es das letzte Mal wegen der Kleinen nicht gebracht hast.«

»Ich werde es gar nicht mehr bringen!« *Hä, nicht mehr bringen? Wegen der Kleinen?* Hatte er etwa tatsächlich das letzte

Mal wegen mir nicht mit ihr schlafen können? Aber da war ja noch das Mal davor gewesen! Das bedeutete nichts! Gar nichts! Er *hatte* mit ihr geschlafen!

»Tina …« Seine Stimme klang plötzlich hinterlistig. »Du weißt genauso gut wie ich, dass ich gar nicht mit dir geschlafen hätte, wenn du mich nicht erpresst hättest!« *Ähm, erpresst?*

»Mir wäre es ja egal, wenn er sie umbringt«, antwortete sie leichthin.

»Aber mir nicht, und ich werde alles tun, um das zu verhindern. Dafür habe ich sogar mit dir gevögelt. Du hast geschworen, du sagst Pierre nichts davon, dass sie noch lebt, wenn ich dir zur Verfügung stehe. Jetzt gilt diese Abmachung nicht mehr. Also brauchst du hier auch nicht auftauchen. ES. IST. AUS. Wie oft soll ich dir das noch sagen?« OHHHHHHH!

Ich hatte Luc nie die Gelegenheit gegeben, mir alles zu erklären, denn es hätte für mich nichts geändert. Jetzt jedoch hatte ich sie gehört. Die Gründe, warum er mit ihr … Meine Güte, ich wollte nicht daran denken. Er hatte es getan, um mich zu schützen, nicht, weil er scharf auf sie war oder es wollte.

»Ich habe ja schon seit Wochen gemerkt, dass du mich nicht mehr anziehend findest, aber das nur wegen ihr? Luc, du hast deinen Schwanz noch nie nur für eine Frau genutzt. Es ist ungerecht, dich den anderen vorzuenthalten. Besonders mir!« Ich lehnte meine Stirn an die Tür und versuchte, mein Herz zu beruhigen. Ebenso wie die zarte Hoffnung, die schon jetzt wild in mir stürmte. Er hatte keine andere begehrt. Nicht, seitdem er mich kannte. Er hatte es in Kauf genommen, mit jemanden zu schlafen, den er gar nicht wollte, damit ich nicht verraten wurde. Damit wir nicht schon wieder flüchten mussten. Damit wir in Frieden leben konnten.

Für mich!

Ich hätte gedacht, die Gründe könnten die Tatsachen nicht ungeschehen machen oder sie entschärfen, aber natürlich konnten sie das. *Natürlich.*

»Sie ist der Mittelpunkt meines Lebens. Ich kann ohne sie nicht mehr existieren. Sie bringt mich zum Lachen, Tina, nicht aus Hohn oder Schadenfreude, sondern vor Glück. Verstehst du das? Sie bringt mich zum Nachdenken. Sie bringt mich dazu, die Welt mit ganz anderen Augen zu sehen. Sie bringt mich dazu, in mir etwas anderes zu sehen als ein Monster. Und du hast gar keine Ansprüche an mich oder meinen Schwanz zu stellen!« Jetzt schaltete sich wieder seine Schwester ein.

»Aber Luc, glaubst du denn etwa, für sie ist das gut? Mit dir zusammen zu sein? Sie ist normal, ein Mensch, und du bist es nicht. Du bist das personifizierte Böse.«

»Das war ich mal, aber die Zeit ist jetzt vorbei. Man kann sich immer aussuchen, wer oder was man sein will, es liegt in unserer Hand – in jeder Sekunde unseres Lebens!«, antwortete er knapp. Dann hörte ich, wie jemand an meine Tür kam und davor stehen blieb.

»Hast du jetzt genug gelauscht?«, fragte er belustigt. Mittlerweile saß ich auf dem Boden, die Wange an die Tür gepresst und tat so, als wüsste ich gar nicht, was er meinte.

»Charline, steh auf, damit ich rein kann.«

»Du musst doch die Tür nicht öffnen«, murmelte ich abgelenkt von dem Sturm, der immer heftiger in mir tobte. Mein verletzter Teil hatte Angst vor einem weiteren Schlag. Vor einem Schlag, der meine erleichternde Erkenntnis, dass er tatsächlich nur mich wollte und keine andere, sofort wieder zunichtemachen würde. Einem Schlag, der alles zwischen uns wieder zerstören würde. Aber er hatte gesagt, er würde mich lieben, und ich wusste, ahnte, hoffte, dass er es wirklich so meinte.

Er tauchte vor mir im Bad auf – nun komplett angezogen – und ging vor mir in die Hocke.

»Ich habe dir doch gesagt, dass ich es nicht getan habe, weil ich es wollte. Und ich habe dir gesagt, du hättest genauso gehandelt. Hättest du?«, fragte er mit formvollendet hochgezogener Augenbraue. Natürlich hätte ich mit jemand anderen geschlafen, wenn sein Leben davon abhinge! Was war das für eine selten dämliche Frage! Ich würde alles für ihn tun. Allerdings hätte ich nie gedacht, dass es bei ihm genauso wäre.

»Und du hast Tina zu diesem Gespräch jetzt nicht irgendwie manipuliert?«, hakte ich skeptisch nach. Er lächelte sanft.

»Du kannst gerne allein mit ihr darüber reden.«

Ich schaute ihn angewidert an. »Nein, danke! Sie würde noch mit irgendwelchen Details daher kommen. Ich … ich weiß einfach nicht, ob ich dir glauben kann, Luc, ich …«

»Ach scheiß drauf!« Somit nahm er meinen Hinterkopf, lehnte seine Stirn an meine und …, »Ich wollte es dir ersparen, aber anscheinend geht es nicht anders!«, nuschelte er und dann befand ich mich wieder mal in seinem Kopf, in seinen tiefsten Gedanken! WOW!

Bereitwillig kuschelte Charline sich an meine Brust und fing an, ihre Brote zu essen. BEREITWILLIG. Und sie schlief nicht mal.

Sie musste hundemüde sein. Zuerst ihre Fahrt zu mir, dann das ganze Gefühlschaos, bei dem es ihr nicht anders als mir ging, und schließlich die Arbeit. Sie ließ mich genauso bereitwillig in ihre Welt eintauchen, nahm mich mit ins Café, in ihre Wohnung, in ihr Leben. Ohne auch nur einen Funken des Zweifels an mir oder meiner Vertrauenswürdigkeit. Sie hatte ihre Entscheidung gefällt, zu mir zu gehören, und das zog sie jetzt durch – und ich hatte wirklich überhaupt nichts dagegen

Zuerst erkannte ich das Gefühl nicht gleich, das sich seit dem heutigen Tag in meiner Brust und meinem Bauch angesiedelt hatte. Viel zu lange hatte ich es nicht gespürt. Es war warm und angenehm. Aber dann wurde es mir klar. Es war Zufriedenheit – echte tiefe Zufriedenheit. Ich hatte erfolglos versucht, mich damit abzufinden, dass ich sie nie wiedersehen würde, dass ich sie tatsächlich verloren hatte, und zwang mich dazu, sie mir nicht wiederzuholen.

Jeder Tag war eine Qual.

Dann war sie aufgetaucht wie mein strahlender Engel und hatte mir alles vergeben, was ich ihr angetan hatte, denn sie war in mich verliebt. Wirklich verliebt. Sie hatte es gesagt. Einfach so. Ich war ein Arschloch, in das sie sich verliebt hatte, und ich empfand keine Abscheu wie bei all den anderen Frauen. Ich dachte mir nur: Okay, Baby. Nenn mich, wie du willst, solange der zweite Teil stimmt.

Denn ja auch in mir glomm diese kleine Flamme – nur für sie – und ich befürchtete, dass diese sich nicht löschen ließe. Egal, wieviele Kilometer ich auch zwischen uns brachte und versuchte, sie zu vergessen.

Ich küsste sie auf die duftenden Haare und genoss das Gefühl, ihre warme, weiche, so unsagbar anziehende Gestalt im Arm zu halten, in dem Wissen, dass sie Gefühle für mich hatte. Und zwar nicht irgendwelche.

Ihre Abneigung hatte sich in Liebe gewandelt.

Genau wie bei mir.

Ich merkte, dass sie mit dem Essen fertig war und sich ihre Gedanken automatisch auf meinen Körper fixierten – wie denn auch nicht? Die Menschen hatten keine Chance, sobald ich ihnen einmal so nahe kam. Als ich in ihrem Kopf sah, wie sie sich überlegte, was ich wohl tun würde, wenn sie ihre Hand unter meinen engen Pullover schob, zog ich sofort die Bremse. Die Schlafbremse. Heute hatte ich keine Kraft mehr, ihr zu widerstehen. All die Küsse waren schon fast zu viel gewesen. Dann auch noch ihre kleinen flinken Finger, die darauf abzielten, mich nur noch mehr zu reizen, als sie es normalerweise sowieso schon tat. Schnell kreierte ich ein Gefühl der Müdigkeit und ließ es sanft in jeden Winkel ihres Kopfes gleiten. Sie widersetzte sich nicht. Ihre einzige Sorge war, morgen nicht in meinen Armen aufzuwachen, was aber völlig unbegründet war. Sie legte sich nur ein Stück weiter nach unten, sodass sie mit dem Gesicht direkt auf meinem Bauch lag, und schlief innerhalb von Sekunden ein. Ein bisschen ärgerte sie sich noch darüber, als sie merkte, dass ich sie einschläferte. Aber sie hatte keine Chance – wie bei so vielem. Ihr Atem wurde immer ruhiger und langsamer und sie kuschelte sich mit einem Seufzen noch enger an mich. Ich hoffte, dass ihr Kopf nicht von meinem Bauch weiter nach unten rutschen würde, aber im Moment war die Luft rein. Lächelnd strich ich ihr durch die dichten Haare und schwelgte einige Zeit in dem Gefühl, dass sie jetzt tatsächlich zu mir gehörte und dass ich nicht zulassen würde, dass uns noch einmal irgendwas trennte. Bis sich eine Art bitterer Geschmack immer weiter in mein Bewusstsein schob.

Das Gespräch mit Tina, während Charline geduscht hatte.

»Tina, ich will nicht, dass du Pierre irgendwas von dem Mädchen sagst!«

»Tja, mein Lieber, dafür musst du aber bezahlen.« Mir war sofort klar, dass sie kein Geld meinte. Ihr triefend unschuldiger Blick sagte mehr als tausend Worte. »Entweder dein Schwanz steht mir zur Verfügung, wenn ich ihn will, oder die Kleine kann sich die Radieschen von unten ansehen.« Was sollte ich denn anderes tun, als ihr zuzustimmen? Nur wenn sie die Klappe hielt, konnte ich Charline in Sicherheit wissen. Aber wenn Charline erfahren würde, dass ich mit einer anderen Frau schlief, würde ich sie natürlich verlieren. Menschen sahen in Sex mehr als wir, sie verbanden es gleich mit ihren Gefühlen, dabei war das für uns eine rein körperliche Angelegenheit, die uns nicht viel bedeutete und die wir wie das Atmen brauchten.

Ja, wenn sie es jemals rausfand, würde sie mich hassen. Zwar würde ich das kaum ertragen können, allerdings war es besser, als wenn sie starb. Alles war besser als DAS!

Warum musste das alles so kompliziert sein?

Hatten die Komplikationen in der Vergangenheit nicht gereicht? War es nicht schon genug für einen Menschen, was sie mit mir erlebt hatte? Fast vergewaltigt, ermordet und als Geisel gehalten zu werden? Reichte das denn nicht?

Nein, sie musste sich auch noch unsterblich in mich verlieben.

Und das Allerschlimmste war, dass auch ich in sie ... verliebt war – auch wenn mir bei dem Wort leicht übel wurde, es alleine zu denken. Das Schlimmste war, dass ich sie geradezu vergötterte und nie wieder meine Finger von ihr lassen konnte, denn was ich auch empfand, ich empfand es zehn Mal stärker als ein normaler Mensch.

Sie drehte sich auf meinem Bauch um und kuschelte sich mit ihrer Nase in meinen Pullover. Ein seliges Lächeln lag auf ihren vollen Lippen. Ein Lächeln, das ich nicht verdient hatte. Keine sollte sich so wohl fühlen, wenn sie mit mir zusammen war. Und erst recht nicht sie. Es kostete mich enorme Anstrengung, nicht über sie herzufallen und mit ihr Sachen zu machen, die man mit einer schlafenden Person sicher nicht machte.

Ich schaute ihr friedliches schlafendes Gesicht an. Ihre feinen Gesichtszüge, an denen alles ausgeglichen und symmetrisch war. Ich verstand die Jungs im Café, die nicht die Augen von ihr lassen konnten. Es würde für mich in Zukunft schwer werden, niemanden umzubringen, denn sie wurde von jedem begehrt, der sie sah. Aber es war ihr egal. Die Aufmerksamkeit anderer empfand sie als überflüssig, nur meine zählte, und das war das Einzige, was mich beruhigen konnte. Sie wollte nur mich, also sollten mir die dreckigen Gedanken der anderen egal sein.

Leicht strich ich über ihre seidig weiche Haut der Wange und konnte es mir nicht verkneifen, mit der Kuppe meines Zeigefingers über ihre volle Unterlippe zu fahren.

Dann zog ich den Finger zurück, weil ich sie schon wieder küssen wollte und das Ziehen in der Leistengegend echt unangenehm wurde. Ich schloss gequält die Augen, um diese vollen, einladenden Lippen nicht mehr sehen zu müssen.

Am liebsten hätte ich den ganzen Tag mit ihr im Bett verbracht und ihren perfekt proportionierten Körper Zentimeter für Zentimeter mit meinen Lippen erkundet. Ich hätte mir für jede Rundung, für jede noch so kleinste Stelle ihrer weichen Haut unendlich viel Zeit genommen. Immer und immer wieder hätte ich sie in absolute Ektase versetzt und völlig wahnsinnig gemacht. Ich liebte weibliche Körper. Ich schätzte sie zutiefst, war ein Verehrer und Kenner. Deswegen war ich so ein guter Liebhaber. Aber am allerliebsten hatte ich Charlines Körper. Er war das absolute Highlight und Schönste, was das weibliche

Geschlecht zu bieten hatte. Und JEDER Mann sah das auf den ersten Blick, ganz instinktiv. Ähnlich wie bei mir die Frauen. Leider konnte ich mich ihrem Körper nicht mal ansatzweise so leidenschaftlich widmen, wie ich wollte. Leider ging das nicht, wenn ich sie weiterhin warm und lebendig in meinen Armen halten wollte. Zumindest versuchte ich es, so lange wie möglich hinaus zu schieben. Meine Triebe zu bekämpfen. Seit meiner Geschlechtsreife mit zwölf Jahren hatte ich noch nie so lange ohne Sex verbracht, erst seitdem ich sie kannte. Sex war für uns alles – und sie war zu allem Überfluss auch noch begierig darauf.

Klar. Ihre Reaktion auf mich unterschied sich nun nicht mehr von jeder anderen Frau. Im Gegenteil, sie war sogar noch stärker.

Aber erst, als sie in meinem Inneren etwas gefunden hatte, das ich noch keinem Menschen gezeigt hatte, das ich noch nicht mal selbst kannte, hatte sie sich auf ihre Gefühle für mich eingelassen. Erst, als sie mich total aus dem Konzept gebracht hatte und ich nicht mehr wusste, wo oben und unten war, war sie zu mir gekommen und nicht mehr vor mir weggelaufen.

In Wirklichkeit hatte sie mich fest an der Angel, ohne es zu wissen. Dabei hatte sie mich anfangs nicht mal gewollt und doch hatte ich bei ihr angebissen. Und sie schmeckte viel zu gut, als dass ich wieder losgelassen hätte. Ungewohnt, aber oho!

Mein Handy klingelte ich meiner Gesäßtasche.

Gott sei Dank (ich hasste es, das Wort GOTT zu verwenden) hatte ich wie sonst auch den Vibrationsalarm an und sie wurde von keinem penetrantem Klingelton geweckt.

Ich legte sie vorsichtig auf die Couch und stand auf. Dann holte ich das Handy aus meiner Tasche und hob ab. Da nur vier

Leute meiner Nummer besaßen und ich auf keinen von ihnen Lust hatte, war ich schon jetzt genervt.

»Was?«, fragte ich leise und schaute zu ihr. Aber sie schlief tief und fest weiter. In dem Mondlicht und dem flackernden Licht des Fernsehers, das auf ihr Gesicht fiel, sah sie sehr blass aus. Das gefiel mir nicht. Ich liebte die lebendige Pfirsich-Farbe auf ihren Wangen, wenn sie an etwas dachte, was sie mit mir tun wollte, oder wenn die Gefühle für mich sie überfielen.

»Hi, Babe«, hörte ich eine helle vergnügte Stimme. Jetzt war ich noch viel genervter. Ich musste nicht fragen, was Tina um die Uhrzeit von mir wollte, und konnte Charline nicht mehr ansehen, die so vertrauensvoll auf mir eingeschlafen war. Seufzend rieb ich mir mit der Hand über die Stirn und versuchte, das schlechte Gefühl wegzuwischen, das sich wie brennendes Öl in mir breitmachte. Allerdings brachte es nichts, Tina tat ihr Bestes, damit ich mich grässlich fühlte, und genoss es in vollen Zügen. Ich hasste sie! »Und? Kommst du vorbei?« Es war keine wirkliche Frage. Es war ein Befehl und dem musste ich folgen, wenn ich nicht wollte, dass Charline etwas zustieß. Ich hasste es, mich jemandem unterzuwerfen. Das lag einfach nicht in meiner Natur. Außer bei dem Mädchen, das friedlich auf der Couch schlief und keine Ahnung von der Macht hatte, die es über mich besaß.

»Ich verfluche dich«, antwortete ich Tina kühl und wusste, dass sie das nur umso lustiger fand. Sie war über alle Maßen entzückt, dass sie mich – den großen Lucas Black – quälen konnte. Menschen waren ihr, was das anging, zu langweilig geworden. Nicht, dass sie das abgehalten hätte. Es befriedigte sie zutiefst, mich tyrannisieren zu können, denn bis vor Kurzem hatte mich nichts tangiert. Andere zu drangsalieren war für sie sogar

noch wichtiger als Sex. Mich also gleichzeitig zu ficken und zu foltern war für Tina der Himmel auf Erden. »Wenn's sein muss«, stieß ich hervor und legte auf.

Einen Moment blieb ich am Fenster stehen und schaute raus in die Nacht. Genauso düster wie draußen sah es in meiner Seele aus, denn ich wollte Charline das nicht antun.

Ich wollte sie nicht betrügen! Ich wollte kein Arschloch sein.

Ich HASSTE es, ihr wehzutun. Es brachte mich innerlich um.

Aber ich musste, es führte kein Weg daran vorbei.

Ich pustete die angestaute Luft aus meinen Wangen und nahm einen kleinen Block von der Küchenanrichte. In einer Schublade fand ich auch einen Stift. Ich lehnte mich über den Tisch und war verstört, als ich merkte, dass meine Hand zitterte. *Reiß dich jetzt zusammen!*, schrie ich mich an und biss die Zähne aufeinander, als ich anfing, zu schreiben. »Bin Schokocroissants holen, und es ist mir egal, wenn du sie nicht willst, weil ich sie kaufen und sogar bezahlen werde!« Dann ging ich zu der Couch und legte den Block auf den Couchtisch. Dank meiner Körperbeherrschung sah meine Schrift nicht so zerstört aus wie mein Inneres. Ich nahm die Decke von der Lehne und breitete sie über Charline aus, dann beobachtete ich sie noch einen Moment. Ihre fließenden Linien in ihrem perfekten, zarten Gesicht. Das sture Kinn, das sie so gerne vorstreckte. Die gerade Nase mit den kleinen Nasenlöchern, die sich immer blähten, wenn sie eifersüchtig oder aufgeregt war. Natürlich wurde mein Blick allein wegen meiner Instinkte auf das Körperteil gelenkt, was ich von ihr am liebsten auf mir spürte. Ihre Lippen waren voll und der Inbegriff einer jeden Lippenstift-Werbung. Doch den benötigte sie überhaupt nicht. Das satte Rot besaß einen natürlichen Ursprung, ebenso wie die Weichheit, die jeden

Pflegestift überflüssig machte. Genauso sollten Frauenlippen aussehen! Die großen Augen, mit den endlos langen Wimpern, die einen Schatten in Fächerform auf ihre hohen Wangenknochen warfen, erregten meine Aufmerksamkeit, weil sie diese angestrengt zusammenkniff. Zum Glück waren sie geschlossen, sonst wäre es noch schwerer für mich gewesen, mich loszureißen. Die Welt war nur dann in Ordnung, wenn ich in ihre Augen sah. Oder wenn ich ihren Duft roch. Oder wenigstens ihren Körper berührte, der mir so viel Geborgenheit vermittelte. Sie war einfach zu anziehend und ich wollte noch einmal ihren Geruch einatmen. Ihr reiner unschuldiger Duft würde mich wenigstens für einen Moment vergessen lassen, was ich ihr antun würde. Was ich ihr antun musste. Also kniete ich mich neben sie und küsste sie sanft auf die Stirn.

»Warum hast du dich nur auf mich eingelassen?«, flüsterte ich und strich ihr eine wilde Strähne aus der Stirn. Sie schmiegte ihr Gesicht gegen meins und seufzte glücklich. Das war ihre unbewusste Antwort. Weil sie es genauso liebte, mit mir zusammen zu sein, wie ich mit ihr. Weil sie mich brauchte, wie ich sie.

Meine Augen fingen an zu brennen. Verdammt noch mal! Das ging so nicht weiter. Sie machte mich schwach. Ich wich vor ihr zurück, stand auf, schloss die Augen, damit ich ihre verletzliche Gestalt nicht mehr sehen musste, und straffte mich.

Ich dachte an mein Haus, am besten gleich an Tinas Zimmer und konzentrierte mich. Bevor ich den aktuellen Atemzug zu Ende geführt hatte, befand ich mich in Tinas rosa Mädchenzimmer. Sie hatte einen Niedlichkeitstick. Alles musste kitschig und rüschig und plüschig sein. Die perfekte Tarnung für ihr teuflisches Wesen. Auch jetzt machte sie einen auf niedlich.

Sie lag schon bäuchlings auf ihrer rosa Bettdecke, in einem rosa Negligé mit peinlich samtigem Flaum am Saum, und wartete auf mich. Als ich mich vor ihr materialisierte, lächelte sie mich glücklich an. Ich schaute angeekelt auf sie und ihre sehnsüchtigen Gedanken hinab. Man hätte fast meinen können, dass sie etwas für mich empfand. Wenn man mit Etwas eigennützige Hingezogenheit meinte. Sie hatte die ganze Woche sehnsüchtig auf mich gewartet. Aber eigentlich hatte sie nur auf meinen Körper gewartet und auf meine Fertigkeiten, die ihrer Befriedigung dienten.

»Du siehst aus, als würde die Welt untergehen«, sagte sie düster.

Spöttisch hob ich eine Augenbraue »Ach ja?«

Sie sah die Abneigung in meinem Blick und schürzte genervt die Lippen. »Wenn die Welt untergeht, dann solltest du dich besser beeilen«, flüsterte sie schließlich.

Ich kam wortlos auf sie zu und knöpfte mir dabei die Hose auf …

Versuchte Charline, der mein Herz gehörte, zu verdrängen und zu vergessen.

Hier blendete er Gott sei Dank aus und ging zur nächsten Erinnerung über.

Sobald Tina in Glückseligkeit auf ihrem Bett lag und nicht mehr aufhören konnte, dümmlich vor sich hin zu grinsen, als hätte man ihr wortwörtlich das Hirn aus dem Kopf gefickt, fühlte ich mich wie ein alter Mann, der in seinem Leben alles falsch gemacht hatte und dem klar war, dass er gleich sterben würde. Einerseits wünschte ich mir, mich würde der Blitz treffen und ich würde bei lebendigem Leib verbrennen. Aber andererseits hätte das Charline traurig gemacht und ich wollte doch GAR NICHTS tun, was sie traurig machte. Mit einer anderen Frau zu schlafen, stand auf ihrer Traurigkeitskala sicher ganz weit oben. So viel zu meinen Bemühungen, sie glücklich zu machen.

»Luc, du bist vollkommen verrückt!« Tina musste meine Gedanken nicht hören, um zu wissen, dass ich ganz woanders war und mich quälte.

»Nein, Tina. Ich bin nicht verrückt.« Ich konnte den Sarkasmus nicht aus meiner Stimme verbannen. So etwas von einer Frau zu hören, die andere erpressen musste und nach zwei Minuten Sex glücklich war! Charline würde sich mit so was nie zufriedengeben und so was Hingebungsloses würde ich ihr auch NIEMALS bieten! »Es ist das erste Mal in meinem Leben, dass ich mich NORMAL fühle, zumindest dann, wenn ich mit ihr zusammen bin. Aber das kann so eine Geisteskranke wie du niemals verstehen.« Ich ließ sie stehen, ohne eine Antwort abzuwarten. Ich wollte nur noch den Duft riechen, der mich meine ekelhaften Taten vergessen ließ. Ich wollte ihre Wärme unter meinen Fingern fühlen, ihre seidige Weichheit. Obwohl ... Das mit dem Berühren sollte ich mir noch überlegen. Bevor ich Charline anfasste, musste ich mir auf jeden Fall die Hände waschen. Ich gebe zu, der Gedanke war leicht psychotisch, aber ich wollte diese beiden Körper auf keinen Fall, wenn auch nur indirekt, miteinander in Kontakt kommen lassen. Ein kleines Hautpartikel von Tina reichte schon aus, um Charline zu beschmutzen. Ich hatte wohl einen Sauberkeitsfimmel, wenn es um meine Freundin ging. Freundin, das Wort brachte mich zum Schmunzeln. Davor war eine menschliche Frau nie mehr als meine Marionette, meine Dienerin gewesen.

Als ich wieder im Wohnzimmer auftauchte, lag Charline immer noch friedlich schlafend auf der Couch. Genauso unschuldig und rein, wie sie vor meinem Verschwinden auch gewesen war, und ich?

Ich war gerade mal fünf Minuten weg gewesen und doch endlos erleichtert, dass sie nicht aufgewacht war. Diese fünf Minuten waren in meinem Gedächtnis schon gar nicht mehr vorhanden. Ich wollte nie wieder in meinem ganzen Leben daran denken – und um diese verschwinden zu lassen, ließ ich auch den Zettel verschwinden.

Charline lag auf der Seite, die Hand unter ihrer Wange, und ich seufzte erleichtert auf, als ich mich ihr näherte. NACHDEM ich mir die Hände gewaschen hatte. Als ich die Arme unter sie schob und sie vorsichtig hochhob, krallte sie sich in mein Hemd. Sie träumte von mir, sah ich erschrocken in ihrem Kopf. Nicht nur, dass sie, seitdem sie mich kennengelernt hatte, jede einzelne Minute in wachem Zustand an mich dachte. NEIN, sie musste auch noch von mir träumen, während ich alles andere tat, als ihr die Träume zu erfüllen. Sie musste noch schön auf meinem schlechten Gewissen rumreiten. Aber es geschah mir recht!

Sie träumte davon, dass wir zusammen in einem uralten Wald lagen, mitten auf dem Waldboden, zwischen zwitschernden Vögeln und leicht rauschendem Wind. Na ja, genau genommen lag nur ich und sie saß auf mir. Ihr Lächeln war in ihren Träumen genauso schön wie in der Realität. Und ihre Gedanken genauso fordernd. Ihre Finger strichen viel zu verführerisch über meine angespannten Bauchmuskeln, die sie sich detailliert eingeprägt hatte. Genauso wie alles andere an meinem Körper. Hatte ich erwähnt, dass ich nichts weiter als eine Jeans trug?

Ich stöhnte auf.

Sogar im Schlaf dachte sie nur an das eine und quälte mich mit ihren Fantasien. Na gut. Meine Fantasien waren auch sehr detailliert und nur auf sie fixiert. Also nicht mit Steinen schmeißen, mein Lieber, *ermahnte ich mich.*

Und so fantasierten wir also den ganzen Tag hin und her, hin und her, und ICH musste der Standhafte sein? Verdammte Scheiße. Das war nicht meine Aufgabe! Meine Aufgabe war zu verführen und nicht zu widerstehen! Ich fühlte mich wie eine muslimische Nonne. Außerdem ist es extrem schmerzhaft, wenn man den ganzen Tag gezwungen wird, mit einem Ständer rumzulaufen, weil eine gewisse Person einen permanent reizt. Aber das musste ich ignorieren.

Ich war ja selbst schuld, dass es mich schon anmachte, wenn sie sich die schweren Haare über die Schulter zurückstrich oder verlegen auf ihren Lippen rumkaute. Auf ihren verdammten Blaselippen. Und ich dachte dabei nicht an Trompeteblasen.

Vorsichtig zog ich ihr die Hose und das Oberteil aus und war so behutsam in meinen Bewegungen, dass ich sie natürlich nicht weckte. Sie drehte sich auf die Seite und winkelte das obere Bein ab. Ihre Hand bettete sie unter ihre Wange.

»Mhmmmmm, Luc«, seufzte sie genüsslich. NICHT IN IHREN KOPF SCHAUEN!, *ermahnte ich mich, denn ... Denn ihr hingebungsvolles Seufzen war wie ein eindeutiger Befehl, meinen Blutfluss und dessen Verlauf umzuleiten. Dann schickte sie auch noch ein sanft gemurmeltes und doch befehlendes: »Komm endlich her!« nach. Ich dachte einen Moment, sie wäre aufgewacht und machte den Fehler, mich in ihrem Kopf zu vergewissern, dass dem nicht so war. SCHEISSE! Der Luc ihrer Träume war um einiges forscher als ich. Fast wäre ich auf mich selbst eifersüchtig geworden, weil er nun über ihr lehnte, direkt*

zwischen ihren Beinen, ihr fest in die Augen sah und seine Finger an Stellen hatte, wo ich mir meine noch nicht mal vorstellen durfte.

Okay! Wahnsinnig! Ja, sie war wahnsinnig!

Ich schloss die Augen und wartete, bis sich mein Atem einigermaßen beruhigt und das Blut sich wieder an seine richtigen Stellen verteilt hatte – versuchte zu vergessen, wie es sich für sie im Traum angefühlt hatte und die dazugehörigen Bilder. Nun ja, sobald ich sie berührte, würde das verdammte Blut sowieso wieder Richtung Süden zurück fließen, wo es verdammt noch mal nichts zu suchen hatte, wenn ich in ihrer Nähe war. Ein Teufelskreis. Ich musste schmunzeln.

Dann zog ich mich aus und legte mich vorsichtig zu ihr ins Bett. Ihr warmer Körper fühlte sich weich und anschmiegsam unter meinen Fingern an. Ihr reiner, unschuldiger Duft vertrieb alle Gedanken, die nicht genauso rein waren wie sie. Alles andere verdrängte ich, während ich meine Nase an ihrem Nacken vergrub.

So war es gut. Solange sie in meinen Armen lag – sicher und geborgen –, war alles gut. Sogar mein Verrat an ihr bohrte nicht mehr an mir und ich schlief lächelnd ein.

***

Oh mein Gott. Charline foltert mich. Sie will mich umbringen. Sie will, dass ich meinen Verstand verliere und über sie herfalle. Sie ist doch komplett verrückt. Wie kommt sie nur auf die Idee, sich so gut anzufühlen? Wie kommt sie auf die Idee, so weich zu sein? Wie kommt sie nur auf die Idee, so dazuliegen.

Ich schluckte und unterdrückte ein Stöhnen, als mir klar wurde, was die weiche, warme weibliche Rundung in meiner

Handfläche zu bedeuten hatte. Entweder sie war der Schwerenöter oder ich. Bei der Pose, die wir gerade einnahmen, war es aber wohl eher ich. Ich lag immer noch hinter ihr, in ihrem Bett. Ihr kleiner Prachtarsch drückte sich gegen meinen Bauch. Ihre Hand hielt mit festem Griff meinen Arm umschlungen und meine Hand auf ihrer Brust. Auf ihrer Brust, die genau in meine Handfläche und meine Finger passte, wenn ich sie spreizte. Ich fühlte ihre Brustwarze gegen meine Handfläche drücken und kniff die Augen zusammen, um meine Finger nicht zu bewegen. Es war nur logisch für mich, leicht ihre Brust zu kneten, ihr heiße Schauer durch den Körper zu schicken, die um so vieles intensiver waren, wenn man gerade aufwachte. Oder besser gesagt, wenn man aufwachte, WEIL man stimuliert wurde. Ich biss die Zähne aufeinander und wollte die Hand zurückziehen. Doch sie umklammerte meinen Unterarm noch fester und bewegte sich auch noch. Ihre Brustwarze, die sich aufstellte, schabte gegen meine Handfläche, ihre Arschbacken pressten sich an meinen Bauch. Sie drängte sich regelrecht an mich und stöhnte dabei genüsslich meinen Namen. Ich war verloren. So was von verloren. Ich konnte einfach nicht mehr, das war zu viel für mich. Sie brachte mich um den Verstand und jetzt war es so weit. Nach der wochenlangen Abstinenz verabschiedete er sich endgültig.

Ganz langsam und leicht löste ich meine Hand aus ihrem Griff. Sie ließ es geschehen und drehte sich auf den Bauch. Ein Knie winkelte sie etwas an, das andere Bein war ausgestreckt. Die Decke war heruntergerutscht und meine nun spürbar dunklen Augen nahmen jeden einzelnen Zentimeter auf. Ich ließ meine Hand über ihren Körper gleiten und fühlte ihre weiblichen Konturen – hauchzart. Meine Fingerspitzen glitten über ihren

Rücken, über ihr Steißbein und schließlich über ihren Arsch. Sie stöhnte leise auf. Oh Gott, dieser Hintern war mehr als ich ertragen konnte. So wohlgeformt. So weich und einladend. Meine Finger fuhren langsam zwischen ihre strammen Backen und mein Blick wurde noch dunkler. Ich fühlte diese einladende Hitze und näherte mich ihrer heißesten Region, sie zog mich magisch an. Peinlicherweise ging mein Atem schon jetzt stoßweise und gepresst.

»Oh ja«, murmelte sie und rekelte sich genüsslich unter meinen Berührungen. Ich konnte in ihrer Stimme hören und in ihren Gedanken sehen, dass sie noch schlief. Sie träumte. Und das, was sie träumte, glich zu 90 Prozent dem, was ich gerade mit ihr machte, obwohl es mir verboten war. Und dann murmelte sie sanft drei kleine Worte, die ihr höchstwahrscheinlich das Leben retteten. »Ich liebe dich!«

Mein Hirn schaltete sich wieder ein. Ich zog meine Hand zurück, bevor es mir nicht mehr möglich war, und legte mich auf den Rücken, ehe ich die Augen schloss und mir angestrengt die Schläfen massierte. Ich durfte sie nicht mehr anfassen, damit ich mich beruhigen konnte. VERDAMMT, was hätte ich beinahe getan?

Ich legte einen Arm über mein Gesicht, weil die Scham in meinen Wangen brannte. Am liebsten hätte ich mir die Hände abgehackt, die nicht von ihrem willigen Fleisch lassen konnten. Das hatte sie nicht verdient! War ich irgendein Perverser, der es nötig hatte, sie beim Schlafen zu begrapschen? Verdammte Scheiße! Was war nur los mit mir? Na gut. Ich hatte schon tagelangen Sexentzug hinter mir. Das war wohl der erste springende Punkt, aber der weitaus wichtigere war, dass sie eine kleine Verführerin und sich dessen nicht mal bewusst war! Dabei hatte ich immer gedacht, wir wären die Verführer! PAH! Gegen sie waren wir gar nichts! Sie war schon schmerzhaft anziehend, wenn sie schlief, wenn ihr Bewusstsein sozusagen aus war. Unbeschreiblich wozu sie mich verleitete, wenn sie auch noch wach war und es darauf anlegte.

»Kleines Biest«, murmelte ich und verspannte mich am ganzen Körper, als sie sich umdrehte und sich mit einer selbstverständlichen Bewegung an meine Seite schmiegte. Ich verzog gequält mein Gesicht und suchte Abstand, als ihr sanfter Duft in meine Nase drang. Dabei schaute ich in ihr immer noch schlafendes Gesicht. Sie sah fast vorwurfsvoll aus, weil ich mich von ihr gelöst hatte, das brachte mich schon wieder zum Schmunzeln. Ich konnte nicht anders und umschlang ihren Körper mit den Armen. Sie gehörte zu mir. Es war wirklich nicht richtig, sie nicht so nah wie möglich bei mir zu haben. Ich fühlte außerdem in ihren Gedanken, dass sie bald aufwachen würde, und konnte mir den Aufstand vorstellen, der folgen würde, wenn sie die Augen aufschlug und nicht wie eine kleine Prinzessin in meinen Armen lag.

Langsam regte sich ihr Bewusstsein. Sie fühlte meinen Körper. Klar. Das war das Erste, was sie abcheckte. Dann überlegte sie, wie und wann sie eingeschlafen war. Sie kam wohl zu dem richtigen Schluss, dass ich sie eingeschläfert hatte, damit sie mich nicht mehr in Versuchung führte.

»Über was du so als Erstes morgens nachdenkst!« Welch Ironie! Wie sollte sie auch nicht sofort am Morgen an Sex denken, wenn ihr Körper von mir noch vor ein paar Minuten berührt worden war? Aber das würde für immer mein Geheimnis bleiben. Ich schmunzelte vor mich hin. Sie hob ihren Kopf und schaute mich mit ihren tiefen Augen ziemlich verschlafen an.

»Du bist geblieben?«, freute sie sich und schickte einen kleinen Schock durch meinen Körper, als sich ihre Handfläche an meine Wange schmiegte. Sie musste sich vergewissern, dass ich auch wirklich da war.

»Natürlich!« Ihre Hand, die an meiner Wange lag, strich zart über meine Haut und ich drehte den Kopf, um sie auf die Handfläche zu küssen. Daraufhin veränderte sich etwas in ihrem Blick, was mir zu denken gab. Kurz blitzte die Hinterlist in ihren Augen auf. Die passenden Gedanken dazu folgten nicht. Das machte mich immer misstrauisch, und dann, ohne Vorwarnung, küsste sie meine Brust. Ich konnte ein raues Stöhnen nicht unterdrücken und mein Körper handelte automatisch, ohne mein Dazutun. Bereitwillig ließ sie sich von mir auf den Rücken drehen und genauso bereitwillig ließ sie mich zwischen ihre Beine.

FUCK! Was tat ich hier nur?

Schnell packte ich ihre Hände und hielt sie über ihrem Kopf fest. Ihr Blick war leicht verwundert und vor allem bis über alle Maßen entzückt, als sie sich gefangen unter mir und meinem Körper wiederfand. Sie atmete schwer, aber mir ging es nicht anders. Ich stützte mich zwar so ab, dass mein Gewicht nicht auf ihr lastete, aber ich fühlte trotzdem alles. Jeden Zentimeter ihrer Haut.

Sie starrte mit geröteten Wangen zu mir auf. Ihr warmer Atem kitzelte mein Gesicht. Ich fühlte genau diesen gewissen Körperteil, an den ich unter gar keinen Umständen denken durfte. Ich erstarrte, wagte nicht, mich zu bewegen, und sei es, um Luft zu holen, damit ich nichts Unüberlegtes tat. Besser gesagt etwas noch Unüberlegteres, als ich sowieso schon tat.

»Kannst du aufhören, mich gleich morgens zu reizen?« … und das nicht nur, wenn du wach bist, *wollte ich dazu geben,*

aber ihr feiner Hals war einfach zu verlockend. Ihr Duft war zu anziehend. Es lag in meiner Natur, den Frauen Freude bereiten zu wollen, also senkte ich den Kopf und ließ meine Zunge über ihre warme Haut gleiten. Schmeckte sie mit jeder einzelnen Faser meiner Zunge. Keine gute Idee! Denn sie stöhnte auf. Dieser Laut zerriss schon fast die bröckelige Fassade der Selbstbeherrschung, aber als ob das nicht gereicht hätte, hob sie in einer fordernden Bewegung ihre Hüften und drückte das, woran ich auf gar keinen Fall denken durften, knallhart gegen die schmerzhaft pochende Härte in meinen Shorts.

»Fuck!« Ihr Höschen war ziemlich dünn. Ich fühlte all das, was ich nicht fühlen durfte. Meine Finger lösten sich leicht von ihren Händen. Ich wollte einfach nur dieses verdammte Höschen zur Seite schieben und Erfüllung finden. Aber ich tat es nicht. Ich presste die Zähne aufeinander und versuchte, mich auf ihr Gesicht zu konzentrieren. Es war nicht gerade hilfreich, dass sie mich mit den Augen schon fickte. Dass ich genau sehen konnte, dass sie nichts anderes wollte als mich.

»Ich kann damit leben, wenn du mir ein paar Gedanken klaust. Ich hab ganz viele davon, weißt du?«, flüsterte sie auch noch mit sanfter Stimme, und hob ihr Gesicht an, um mich zu küssen. War sie denn total verrückt? Musste wirklich ICH allein der verantwortungsvolle Teil sein? Ich wich ihr aus. Wenn ihre Lippen auf meine getroffen wären und vor allem ihre Zunge, wäre alles verloren gewesen. Es war eigentlich schon jetzt verloren. Ich hatte gedacht, es würde sie verletzen, dass ich ihren Lippen auswich, aber nein. Ein teuflisches Grinsen trat auf ihr schönes Gesicht und sie kreiste nun auch noch mit ihren Hüften. Sie war verrückt! WIRKLICH! Ich unterdrückte ein Stöhnen und griff zu meiner einzigen Waffe, die ich jetzt noch gegen die

schwarzhaarige Verführerin hatte.

»Hör auf!«, befahl ich ihr akustisch sowie gedanklich. Entweder, sie hatte das Zittern in meiner Stimme gehört oder sie fühlte das verlangende Beben in meinem Körper. Jedenfalls ließ sie mein Befehl komplett kalt.

»Ich kann auch damit leben, wenn du mich aussaugst.« Sie kicherte bei dieser Vorstellung. Ich konnte sie einen Moment nur verständnislos anstarren. »Außerdem wirst du mir nicht wehtun, ich vertraue dir. Mach mit mir, was du willst. Ich bin doch dein!«

Oh MANN! Wie konnte sie es wagen, so mit mir zu reden? Wusste sie etwa, dass, wenn sie so etwas zu mir sagte, sie damit mein ganzes Inneres aufweichte und ich mich nicht mehr gegen sie wehren konnte? Wusste sie etwa, dass es das Schönste war, zu hören, wenn sie sich selbst als mein bezeichnete. Verdammt, sie war so gewitzt.

Ohne weiter nachzudenken, beugte ich mich über sie und ließ meine Lippen auf ihre treffen. Ich bat sie mit meinem Kuss um Geduld. Ich bat sie darum, uns Zeit zu lassen. Doch ihrer Zunge schien das egal zu sein. Sie stöhnte in meinen Mund und küsste mich fordernder.

Zum Glück hörte ich in diesem Moment die traurigen Gedanken ihrer Mutter. Ich war so von Charline und ihren vollen Lippen abgelenkt, neben der Tatsache, dass sie gerade an meiner Unterlippe saugte, dass ich beinahe nicht darauf geachtet hätte. Jedenfalls sperrte sie gerade die Tür auf.

»Soll ich verschwinden?«, fragte ich an ihren Lippen, konnte es aber nicht sein lassen, ihr zwischen den Worten kleine Küsse aufzudrücken.

»Ja! Sonst bringt sie dich um!« Sie meinte es ernst. Ich musste lächeln. Als ob es ihr gelingen würde, mir nur ein Haar

zu krümmen. Ich ging etwas nach oben, was schon fast körperlich schmerzte, und ließ endlich ihre Hände los.

»Das glaub ich eher nicht, also bis dann.« Zu meiner Genugtuung hielt sie mich an den Armen fest, als ich verschwinden wollte, und schaute mit panischem Gesichtsausdruck und noch panischeren Gedanken zu mir auf.

»Bis wann?«, fragte sie atemlos und fordernd. Sie war so süß, wenn sie meinte, befehlshaberisch zu sein.

»Bis du wieder alleine bist«, antwortete ich schnell. Ihre Mutter war schon vor der Tür. Genau im richtigen Moment löste ich mich auf und landete in meinem Zimmer.

Dort ließ ich mich erst mal aufs Bett fallen. Mein Atem ging immer noch stoßweise, meine Gliedmaßen zitterten. Ich war eigentlich gar nicht mehr Herr meiner Sinne. Ich war verloren. Wenn sie so weiter machte, würde ich ihr nicht mehr widerstehen können. Ich weiß nicht, was passiert wäre, wenn ihre Mutter nicht gekommen wäre, und fragte mich, was sie wohl von Charline wollte. Eigentlich sollte sie das ganze Wochenende weg sein. Aber ich würde es schon erfahren. Im Moment saßen sie zusammen am Küchentisch und Charline war in Sicherheit. Also würde ich ihr die Privatsphäre lassen und nicht in ihren Gedanken schnüffeln.

Eine kalte Dusche würde mir ganz sicher guttun! Allerdings war die Wahrscheinlichkeit, dass ich auf Tina traf, wenn ich dieses Zimmer verließ, ziemlich hoch. Eigentlich war die Wahrscheinlichkeit, dass sie jeden Moment auch hier reinplatzte, genauso hoch. Ich schloss die Augen und tastete gedanklich das Haus ab.

Tom und Pierre spielten eine Runde Schach im Wohnzimmer. Gedanklich, versteht sich. Nicole war gerade dabei, sich fluchend die Haare zu machen. Sie sah zwar schon perfekt aus, aber für sie war es nie genug. Lustigerweise hatte das Glätteisen einen Wackelkontakt und ging die ganze Zeit aus. Ich schmunzelte und ließ meine Gedanken weiter durch das Haus wandern. ›Hi Luc!‹ OH! Tinas Gesicht grinste mich in meinem Kopf an und ich runzelte genervt die Stirn. Sie wollte eine zweite Runde. Das heute Nacht war ihr zu kurz gewesen. Dabei hatte sie in dem Moment überhaupt nichts dagegen gehabt.

›Kannst du mir nicht einfach den Gefallen tun und dich vom nächstbesten Bus überfahren lassen? Oder aus dem Fenster springen‹, fragte ich sie genervt. Ihr Kichern klang glockenhell in meinem Kopf. Ich schaute auf meine Hose. Meine Erektion war weg. Verschwunden. Den ganzen Morgen hatte ich mit ihr kämpfen müssen, und jetzt war da nichts mehr. Toll!

›Ich komme jetzt zu dir!‹ Und schon stand sie vor meinem Bett.

VERDAMMT! »Tina, scher dich doch zum Teufel«, sagte ich gelangweilt, hielt ihr aber meine Hand hin und zog sie zu mir aufs Bett. VERDAMMT!

Hier lösten sich die Erinnerungen in Rauch auf und es bildete sich vor meinen Augen ein neues Bild. Er machte einer gnädigen Schlenker zu ein paar Stunden später!

Ich konnte es einfach nicht ertragen.

Als Charline auf dem Rücksitz meines Autos anfing, herzzerreißend zu schluchzen und nicht nur an sich, sondern an allem zu zweifeln, wovon sie so fest überzeugt gewesen war, konnte ich nicht anders. Ich musste sie einschläfern. Eigentlich hatte ich sie gar nicht mehr manipulieren wollen, aber es war zu viel.

Ich fragte mich, warum Tina so grausam war, auch wenn es nichts brachte. Sie war eben, was sie war. Es machte ihr Spaß, Chaos und Krieg zu streuen, zu verletzen und zu zerstören. Ich hätte es mir schon nach heute Vormittag denken können.

Denn da war mir etwas passiert, was eine absolute Premiere in meinem Leben war. Ich. Hatte. Keinen. Hochgekriegt.

Wir waren genauso schnell zur Sache gekommen wie gestern. Ich wollte ihren Körper nur so lange berühren, wie es absolut nötig war. Aber als Tina vor mir kniete und meine Hose aufmachte, war da nichts gewesen. Die Erektion blieb aus. Ich war so etwas von unerregt gewesen wie noch nie in meinem ganzen Leben.

Der Ekel vor mir selbst war zu stark. Charlines Gesicht schaute mich vorwurfsvoll an. Mit ihren großen Augen fragte sie mich, wie ich ihr so etwas antun konnte. Schon wieder. Ob ich sie denn nicht liebte? All das rumorte in meinem Kopf und hatte es mir unmöglich gemacht, irgendetwas FÜR meine Erregung und GEGEN meinen Ekel zu tun.

Tina starrte mich absolut ungläubig an. Dann schaute sie von meinem Gesicht wieder nach unten und riss den Mund auf. »DAS IST JETZT NICHT DEIN ERNST?«, fragte sie empört. Ich wischte mir über die Stirn.

»Wie du siehst, ist es SEIN Ernst!«

»Luc, dass ... du ... das gibt's doch nicht!«, stammelte sie. »Du kannst immer ...« Sie schaute mich verwirrt an. Dann sah ich genau die Verletztheit in ihren Zügen. Sie war eine Sexbombe. Keiner konnte ihr widerstehen und ich bekam nicht mal einen hoch.

»Ich werde dir jetzt nicht sagen, es ist nicht deine Schuld, denn es IST deine Schuld! Das kommt eben dabei raus, wenn du mich zu etwas zwingst!«, antwortete ich trocken und schloss wieder meine Hose. Dann stand ich auf und genoss die Empörung in ihrem Gesicht in vollen Zügen.

»Du gehst? Einfach so?«, fragte sie mit drohend hochgezogenen Augenbrauen.

»Ja.«

»Lucas, ich warne dich!«, zischte sie und stand im nächsten Moment vor mir. Ihr hübsches Gesicht zu einer hässlichen Fratze verzogen.

»Man bekommt nicht alles, was man will, Baby«, hauchte ich in ihr Gesicht und strich ihr die Haare hinters Ohr, bevor ich sanft weitersprach: »Ich WÜRDE dich auch am liebsten umbringen, aber ich MACHE es nicht, weil ich keine Lust auf Stress mit den anderen hab und Fragen wie ...« Ich imitierte Nicoles Tussistimme: »›wo ist Tina? Hast du sie vielleicht umgebracht? Wieso und Weshalb? Hättet ihr das nicht anders klären können?‹ Aber vielleicht überlege ich es mir doch anders!« Sie machte den kleinen rot geschminkten Mund auf, um etwas zu erwidern und trat schockiert einen Schritt zurück. Die Augen weit aufgerissen, Angst in ihren Zügen. Yeah! »NEIN! Stell dich vor die Tür und warte auf den Bus mit den Leuten drin, die es interessiert, Tina, aber lass mich ein für alle Mal in Ruhe!« Dann war ich verschwunden. Raus aus dem Haus. Weg von diesen Geschöpfen.

***

Es war sowieso alles umsonst gewesen. Denn wir fuhren wieder. Ich handelte schon wieder gegen ihren Willen, indem ich sie wegbrachte.

Nur dieses Mal hasste sie mich so richtig und aus den korrekten Gründen. Ich hasste mich sogar selbst!

Tina würde Pierre sofort alles erzählen. Er würde sich sofort auf die Suche machen. Meinen Gedanken folgen. Oder besser gesagt meinen Stimmungen. Die Gedanken konnte ich ja vor ihm geheim halten, aber mein Gefühlsleben war ein offenes Buch.

Ich musste weiter weg.

Zuerst würde ich die Sache mit Charline regeln und dann kam alles andere.

Ich bog ab und fuhr in die andere Richtung, während ich ein paar Anrufe machte.

Die Straße führte direkt in den Wald. Dort fuhr ich an die Seite und ging zum hinteren Teil des Autos. Sie schlief immer noch tief und fest, als ich die Tür öffnete. Vorsichtig hob ich sie von der Rückbank und versuchte, sie weiter schlafen zu lassen, als sie langsam aufwachte. Es gelang und ich trug sie ein Stück tiefer in den Wald hinein, wo ich mich mit ihr fortschickte.

Sehr, sehr weit weg.

Wir kamen in dem kleinen hellen Bungalow auf Jamaika an, der mir gehörte. In ihren Gedanken hatte ich vor einiger Zeit gehört, dass sie Jamaika liebte, aber bisher nie weiter weg als Ungarn gewesen war. Ihre Augen flatterten leicht, als ihr Unterbewusstsein spürte, dass ihr Körper sich gerade in Atome aufgelöst und woanders wieder zusammengefügt hatte. Für mich war die ganze Rumteleportiererei nichts Neues mehr und hatte auch keinerlei Auswirkungen. Aber für sie fühlte es sich an, als würde eine Ameisenkolonie durch ihre Muskeln, Blutbahnen und

Knochen wandern, während diese sich wieder in ihrer Form einfanden.

Vorsichtig legte ich sie aufs Bett und öffnete das Fenster, um zu lüften. Dann setzte ich mich neben sie auf den Stuhl und ließ den Kopf in meine Handflächen fallen.

Super, Lucas. Das hast du wirklich, wirklich toll gemacht!

Sie wollte sich sowieso nicht auf dich einlassen. Sie hatte recht gehabt. Ich war schlecht für sie. Ein Arschloch. Ein Lügner und Betrüger, ich war ein Monster – so wie es mir meine Natur auftrug. Aber ich hatte es nicht meinetwegen getan. Nur wegen ihr.

Mir war klar, dass sie mich die nächsten Tage nicht anhören würde. JETZT widerstand sie mir nicht nur, nein, sie ekelte sich sogar vor mir, und es geschah mir recht! Ich sollte in der Hölle schmoren, für das, was ich ihr angetan hatte und noch antat. Spätestens jetzt sollte ich aus ihrem Leben verschwinden. Aber dann würde sie wirklich glauben, ich hätte sie nur ausgenutzt. Sie glaubte ja sowieso schon lauter dumme Sachen! Dass sie nicht gut genug für mich war. Zum Beispiel.

Ich lachte ohne Humor auf. Es gab niemanden, der gut genug für sie *war. So sah es aus. Und ich wünschte, ich hätte es ihr zeigen können. Na ja, jetzt konnte ich es. Tina war weg. Pierre wusste sicher schon Bescheid. Ich war keinem mehr was schuldig.*

Es war egoistisch. Aber ich würde Charline davon überzeugen, dass sie, und nur SIE, mir die Welt bedeutete, und dass ich ALLES dafür tun würde, um sie wieder glücklich zu sehen! Ich würde sie davon überzeugen, dass ich sie liebte. Bis zur absoluten Selbstaufgabe.

Ich liebte Charline und sonst keine andere!

Er liebt mich!

»Ich liebe dich, hörst du!«, wisperte Lucas Black mir zu, ich hatte Tränen in den Augen und konnte kaum atmen, aber ich … ich glaubte ihm und konnte mich nicht mehr wehren, nicht, nachdem ich wusste, wie es in ihm aussah und wie schwer es ihm gefallen war, wie sehr es ihn zerrissen hatte! All seine Gefühle hatte ich gespürt, seine Abneigung gegen das, was er hatte tun müssen, und seine Liebe zu mir.

Ja, er liebte mich! Tatsächlich!

»Und du …« Ich konnte nicht mehr widerstehen und kreiste schüchtern mit dem Zeigefinger über sein Knie; ich MUSSTE ihn einfach anfassen. »Ich … du … ich …« Ich schluckte. »Ich bin dir nicht zu langweilig? Oder zu hässlich? Oder zu menschlich? Du brauchst keine anderen Frauen? *Ich* reiche aus?«

Jetzt lachte er.

»Charline, halt deinen Mund. Du redest manchmal so einen Mist!«

»Aber du bist doch ganz andere Standards gewohnt. Ganz andere Frauen. Oder du wartest nur wieder darauf, bis ich mir denke. ›Oh, er mag mich und dann lässt du mich fallen.‹ Weil ich dich dann nicht mehr interessiere?«

»Ich habe dich *nie* fallen gelassen«, erinnerte er mich knapp.

»Ich habe nichts anderes getan, als um dich zu kämpfen, seitdem ich dich kenne. Es tat mir selber in der Seele weh, dir das mit Tina anzutun. Ich will *gar nichts* tun, was dir wehtut! Ich hatte die schlimmsten Gewissensbisse und das ist schon krass, weil ich eigentlich dachte, so etwas wie ein Gewissen nicht zu besitzen. Nichtsdestotrotz bin ich ein Monster! Es wäre vielleicht besser, wenn ich wirklich verschwinde und dich in Ruhe lasse. Du hast recht, ich …«

Ein Schmerz zuckte durch meine Brust, der mit allem Vorherigem nicht zu vergleichen war, und ich legte meinen Zeigefinger auf seine perfekten Lippen. »Nein! *Du* bist jetzt mal still, Lucas. Halt einfach *du* die Klappe! *Du* redest Mist! Wen von allen Frauen auf dieser Welt magst du am Allerliebsten?«

Er verdrehte die Augen. »Sicher nicht dich.«

Ich verzog schockiert mein Gesicht und riss die Augen auf. Der Schlag. Er kam jetzt schon? So schnell? Aber dann fühlte ich seine Finger, die sich um meinen Nacken schmiegten und an sich zogen. Er strich mit seinen glatten Lippen über meine und ließ seinen duftenden Atem in meinen Mund strömen, während sein Blick mich gefangen hielt.

»Ich mag dich nicht, Charline …« Ich wollte weg von ihm, aber seine Hand in meinem Nacken ließ nicht locker. Sein Blick löste ein Kribbeln auf meiner Haut aus. »Ich liebe dich, hast du das immer noch nicht verstanden?«, murmelte er drängend, dann küsste er mich.

Noch mehr Tränen schossen in meine Augen. Die Hitze in meinen Bauch und der Schwindel in meinen Kopf – keine Ahnung, auf was ich mich zuerst konzentrieren sollte oder welchen Gedanken ich zuerst fassen sollte. Vielleicht, dass er mich gerade tatsächlich mit seinen vollen Lippen küsste? Oder dass seine wissende Hand an meinem Arm hochfuhr und mich noch enger an sich zog? Oder dass er wirklich gesagt hatte, dass er mich liebte?

Es klopfte an der Tür, aber ich hörte es nur ganz weit im Hinterkopf.

»Hau ab«, murmelte er und ließ seine Küsse an meiner Wange herab wandern.

»Luc, ich muss aufs Klo und danach wollen wir was essen gehen.« Seine Schwester klang etwas verzweifelt. Er seufzte.

»Mach in die Hose!«, fuhr mit den Fingern in meinen Nacken, packte meine Haare und küsste mich inniger, woraufhin ich aufkeuchte.

»Ich werde versuchen, nett zu ihr zu sein, wenn du mich aufs Klo lässt.« Er löste sich grinsend von mir. Aber ich schlang die Arme wieder um seinen Hals und schmiegte mich an ihn. Einmal gekostet wollte ich sofort mehr. Als wäre nichts geschehen.

»Es ist mir egal, wenn sie nicht nett zu mir ist. Damit komm ich klar«, erwiderte ich und presste meine Lippen wieder auf seine. Er stöhnte auf, hielt mich aber ab.

»Charline. Hör auf!« Mit seinen Händen an meinen Wangen hinderte er mich daran, ihn zu überfallen, und lächelte mich auf seine süße Art und Weise an. Ich lächelte zurück und fühlte die Hitze in meinen Wangen. Aber dann wurde er wieder ernst und ich wusste, dass er mich *wirklich* liebte. Womöglich hatte er die Gewissheit in meinen Gedanken gehört, denn seine Augen fingen an zu funkeln und er küsste mich noch mal. Frohlockend und jubelnd bewegten sich seine Lippen auf meinen.

»LUCAS Alexander Black!«, schrie jetzt seine Schwester und er löste sich sanft von mir. Dann half er mir auf die Beine und wollte öffnen, aber ich hielt seine Hand fest.

»Luc?«, wisperte ich und war froh, dass ich seinen Namen endlich wieder ohne bitteren Beigeschmack aussprechen konnte.

»Hm?«, fragte er und strich mir eine Strähne hinters Ohr.

»Wenn du das nächste Mal von einer gut aussehenden Blondine erpresst wirst, mit ihr zu schlafen, da ich sonst höchstwahrscheinlich getötet werde, sag es mir einfach.«

»Ja, und dann?«, fragte er ernst. »Was hättest du gemacht, wenn ich es dir gesagt hätte?«

Er wusste, was ich getan hätte. »Ich wäre komplett ausgerastet.«

Jetzt musste er lachen. »Genau, ich wollte nicht, dass du es erfährst, weil es für mich keinerlei Bedeutung hatte, verstehst du? Ich hab es gleich wieder aus meinen Gedanken verschwinden lassen und jetzt nur wieder für dich rausgeholt.« Ich strich über seine Lippen, weil er sie beim Reden so anziehend bewegte.

»Und du hast sie wirklich nicht geküsst?« Er machte die Tür auf und Nicole stürmte laut motzend an uns vorbei ins Bad, während wir rausgingen.

»Wirklich nicht. Und ich konnte auch an nichts anderes denken, als an dich!«

»Ich habe es gemerkt.« Dass es in ihm so aussah, dass ich so eine Macht über ihn besaß, hätte ich niemals gedacht!

»Hm, na ja. Also unter den Umständen hast du vielleicht gar nicht mal so unrecht mit dem Vergeben!« Jetzt grinste er schon wieder und zog meine Hand an seinen Mund, um sie zu küssen.

»Sag ich doch. Und ich verspreche dir, dass ich uns nie wieder in so eine Situation bringen werde. Ich meine, bald ist es ja so oder so vorbei. Wenn Pierre erst mal weg ist, haben wir nichts mehr zu befürchten.«

Ich war froh, als er mich ins Schlafzimmer führte, an Tina vorbei, und meine Sporttasche aufmachte. Er schmiss mir irgendwas schwarzes Kleidiges zu, was ich natürlich nicht auffing.

»Ich will aber nicht, dass du dich in Gefahr begibst!«, sagte ich bestimmt, aber auch etwas verzweifelt. Der Gedanke machte mich wahnsinnig.

Natürlich verdrehte er die Augen. »Charline. Tom wird zu ihm halten, aber Nicole wird mit ihm fertig und ich werde mit Pierre fertig. Wir haben den Überraschungseffekt auf unserer Seite. Er wird sich nie ändern und immer nur ein machtgieriges Monster bleiben, und er will dich. Du weißt nicht, was für eine Wut ich in mir habe. Außerdem würde es für uns alle katastrophal enden, wenn die Anführer kommen und mitkriegen würden, was hier geschieht.« Er sah in seinem Redeschwall so unwiderstehlich aus und meine Angst um ihn übermannte mich so heftig, dass ich die Arme um seinen Bauch schlingen musste und meine Wange an seine Brust schmiegte.

»Wenn sie mitkriegen würden, dass was geschieht? Wenn sie mitkriegen würden, dass du einen Menschen liebst?« Ich wurde rot und versteckte mein Gesicht zwischen seinem Arm und seiner Brust. Hm, dieser Geruch. Der war einfach zu schön, um wahr zu sein. Ich fühlte, wie er mir die Hände auf den Kopf legte und mich aufs Haar küsste.

»Ich liebe nicht irgendeinen Menschen. Ich liebe nur dich, und das, obwohl mir dieses Wort bis jetzt völlig fremd war!« Ich konnte nicht anders als glücklich zu seufzen.

Ja, er hatte recht. Es war selbstverständlich, dass ich ihm vergab. Denn wahre Liebe vergibt alles. Außerdem war es eine Tatsache, dass ich seine Motive verstehen konnte und dass ich tatsächlich genauso gehandelt hätte. Es war verrückt, aber er tat mir sogar leid. Er tat mir leid, weil ich gesehen hatte, wie sehr es ihn quälte, was er mir antun musste. Und ich hatte ein schlechtes Gewissen, weil ich so eklig zu ihm gewesen war.

Aber vor allem war ich tierisch erleichtert. Ich hätte nicht damit gerechnet, dass es für sein Verhalten eine Erklärung geben konnte, aber existierte nicht für jede Regel eine Ausnahme? Waren wir beide nicht ein Paradebeispiel für die Ausnahme von der Regel? Ein Mensch und ein … ähm … Nichtmensch.

Das verbotene Paar.

Liebe ohne Grenzen.

»Was du schon wieder denkst.« Ich nahm das Kleid, das dem Gestrigen ähnlich sah, nur, dass es noch eng anliegender und mit Pailletten verziert war. Eher zufällig schaute ich auf das Schild.

»GUCCI?«, rief ich schockiert aus und starrte ihn an, bevor ich ein paar Mal damit nach ihm schlug, und er lachen musste. »Spinnst du? Ich will so was nicht tragen! Gib dein Geld lieber für was anderes aus! Für was Sinnvolles wie Umweltschutz, *Rettet die Wale* und so!« Er schnappte mein Handgelenk und zog mich ruckartig an sich, was mich schon wieder atemlos machte.

»Ist okay. Ziehst du's dann an?«, fragte er hoffnungsvoll. Ich schaute zu ihm auf, in diese funkelnden Augen und in dieses verboten perfekte Gesicht und grinste, bevor ich den Kopf schief legte und hauchte: »Wie wär's, wenn ich gar nichts anziehe?« Ich wollte ihn ein ganz kleines bisschen testen. Bei dem Kellner hatte es schließlich geklappt, als ich vorgehabt hatte zu flirten. Nur, wenn ich versuchte, mit Luc zu flirten, dann holperte und polterte das Herz in meiner Brust und ich konnte mich kaum konzentrieren! Genüsslich strich er über meinen Rücken direkt zu meinem Hintern, wo er fest zupackte, sodass ich aufjapste und völlig die Kontrolle über meinen Körper und die Gedanken verlor.

»Das wäre nicht schlecht. Allerdings ist dieser Anblick nur für meine Augen bestimmt und nicht für andere.« Dann glitten seine Finger hauchzart meine Wirbelsäule nach oben. Er lächelte mich an, als er die Gänsehaut spürte, die ich nicht unterdrücken konnte, und fuhr dann mit der Hand in meine Haare. Mein Atem ging nur noch stoßweise und mein Herz erschlug mich von innen. Irgendwann würde ich noch allein von seinen Berührungen ohnmächtig werden. »Zieh das Kleid an, Charline!«, flüsterte er in mein Ohr und ich erschauerte heftig.

»Und wenn ich lieber was anderes mit dir machen will?«, fragte ich atemlos. Er lachte leise, was mir eine neue Gänsehaut bescherte. Verdammt!

»Ich habe dir gesagt, dass ich alles dafür tun werde, damit du mir vergibst und vor allem wieder vertraust. Aber wir machen es dann, wenn wir alleine sind und viel, viel Zeit haben!«

Oh. Mein. Gott!

Mir war so heiß, dass ich fast umkam, und ich fühlte, wie ich peinlich feucht wurde.

»Echt?« Er fuhr mit den Fingern kurz und sehr sanft zwischen meine Beine. Wir stöhnten beide auf. Es fühlte sich an, als wäre dort der Blitz eingeschlagen und hätte alles in Brand gesetzt. Meine Intimmuskeln zogen sich verlangend zusammen, doch dann nahm er die Finger wieder weg.

»Jetzt muss ich kalt duschen. Zieh dich an!«, knurrte er rau und verschwand. So schnell, als wäre er verpufft, als hätte es ihn nie gegeben.

Ich ließ mich aufs Bett fallen und versuchte, die Hitze wieder unter Kontrolle zu bekommen und meine Atmung und meine

Fantasien und die Erinnerung daran, wie sich seine Finger dort angefühlt hatten. Was alles andere als leicht war! Dieser ähhh … Mann brachte mich völlig um den Verstand!

Zur Ablenkung dachte ich über den weiteren Abendverlauf nach.

Okay. Das war ja mal was. Jetzt würde ich also mit der Frau die mit meinem … ähm … Freund geschlafen hatte und seiner Schwester, die mich hasste, essen gehen. Auch mal was Neues. Gut, dass ich geübt in jeglicher Art der Revierverteidigung und des Zickenkrieges war. Wenn er tatsächlich nur mich wollte und vor allem liebte, dann würde ich ihn auch bis aufs Blut verteidigen. Vor allem, wenn es darum ging, dass er sich wegen mir in Gefahr brachte.

Dieser Pierre, der war ja nicht ganz sauber im Kopf, das war schon mal klar, immerhin hätte er mich fast vergewaltigt, und laut Luc wäre ich nicht sein erstes und letztes Opfer gewesen. Er musste weg, damit wir glücklich werden konnten.

Aber was war, wenn Luc etwas zustieß? Das könnte und würde ich nicht überstehen!

Nur, was konnte ich tun, um sein Überleben zu sichern, so, wie er es schon tausende Male für mich gemacht hatte? Konnte ich überhaupt etwas tun? Oder war das alles zu viel für einen Menschen? War ich fähig, mit so vielen Problemen fertig zu werden?

Klar doch, ich war der geborene Kämpfer!

Vielleicht konnte auch deswegen nur ich mit Luc zusammen sein und sonst keine.

Vielleicht hatte uns das Schicksal füreinander geschaffen.

Das war ein schöner Gedanke. Und mir war klar, dass ich kämpfen musste, um einigermaßen normal mit ihm leben zu können. Keine Ahnung wie. Aber ich würde mir den Arsch aufreißen, um diesen Mann für immer zu behalten! So viel klar!

Überzeugungskraft

In dem Kleid fühlte ich mich wieder zu weiblich. Als hätte ich viel zu wenig an oder wäre fast nackt. Es war so dünn, so verboten eng anliegend und verrucht. So was trug ich normalerweise nie! Aber er kam, sah und staunte. Das machte mir Mut, mich mit dem tief ausgeschnittenem Kleid auch in die Öffentlichkeit zu wagen, und ich machte mir wieder schnell einen seitlichen Dutt, weil diese Frisur mir neuerdings sehr gut gefiel und zu dem karibischen Flair passte.

»Wohin willst du zum Essen?«, fragte ich ihn, während er sein schwarzes, perfekt sitzendes Hemd zuknöpfte. Ich versuchte, den Rest abgesehen von seinem Gesicht zu ignorieren, damit mein Denkvermögen einwandfrei funktionierte.

»Wir gehen in ein schönes hiesiges Restaurant. Es befindet sich oben auf der Klippe. Dort hat man eine gute Aussicht, und nein, wir springen nicht runter!« Er zwinkerte mir zu, verschwand mit einem Mal und tauchte zwei Sekunden später mit einer weißen großen Blüte auf. Er stellte sich hinter mir und befestigte sie kunstvoll in meinen Haaren. Ich musste zugeben, es sah wunderschön aus – *ich* sah wunderschön aus.

»Oh ja das tust du!« Seine Nase strich durch mein Haar und seine Hände über meine Arme, während er mich über die

Spiegelung hinweg mit seinem Blick bannte. Oh Gott im Himmel! Irgendwann würde ich einfach aus den Latschen kippen, wenn er so weitermachte!

Aber die Klippensache ließ mich nicht los.

»Aha, und wir schwimmen auch nicht drunter durch, ja?«

»Nö.«

»Woher kennst du diese ganzen abgefahrenen Orte?«, fragte ich ihn und drehte mich zu ihm um, um seinen Kragen zu richten. Diese traumhafte Tropfsteinhöhle von heute Nachmittag schien ein Insider zu sein. Er lachte und nahm meine Hand.

»Weil ich hier auch schon gelebt habe. Vor drei Jahren, genau genommen. Dann sind wir ein Jahr in New York gewesen, dann in Südfrankreich und jetzt ist unser Jahr in Berlin um. Das heißt, wir würden normalerweise wieder weiterziehen.« Er musste meinen Gesichtsausdruck bemerkt haben, denn er zog mich an sich und sprach mit heiserer Stimme weiter: »Aber ich gehe nicht weg. Keine Angst. Oder besser gesagt, habe schon Angst, weil ich nicht mehr von deiner Seite weichen werde, was nicht gut für dich ist, aber ich kann nicht mehr, Charline. Ich kann dich nicht mehr verlassen, selbst wenn ich es wollte.«

Ich legte meinen Kopf an seine Schulter. »Angst ist nicht gerade der richtige Ausdruck, für das, was ich fühle, wenn ich daran denke, dass du für immer bei mir bleibst.«

Er lachte leise und öffnete mir die Tür.

Nicole und Tina warteten schon und rauchten eine. Also gegen deren Aufzug war mein Outfit ja eine Nonnenrobe. Sie trugen beide eine Minimikrokleid (Nicole in Rot und Tina in Weiß) und meterhohe Heels – ich hingegen hatte mich für rot karierte Chucks entschieden. Die würde mir keiner verbieten! Niemals! Allerdings sahen sie immer noch überirdisch und einschüchternd schön aus. Sie schauten mich genauso abschätzend an wie ich sie. Als es mir zu lange dauerte, zeigte ich ihnen den Scheibenwischer und ihnen klappte wieder mal der Mund auf.

»Was ist? Noch nie einen Menschen gesehen?« Luc ignorierte sie und führte mich ein Stück von dem Bungalow weg. Aber ich hörte seine Schwester lachen, als sie uns hinterherkam.

»Langsam fange ich an zu verstehen, was du an ihr findest. Sie hat überhaupt keine Angst vor uns! Nicht einmal Respekt!«, fiel ihr geistreich auf.

»Sie hat vor nichts Angst!«

»Das ist doch nicht normal für Menschen!«

»Nein, eigentlich nicht.«

»Hallo, ich bin auch noch da!«

Er verdrehte die Augen und führte mich weiter. Dieses Mal nicht über den Strand. Ah. Hinter dem Haus stand ein Auto. Na ja, Auto traf es nicht ganz. Eher pechschwarzer hammermäßiger Monster-Hummer.

»Und ich dachte, du hättest keine Verlängerung nötig …«, wisperte ich ihm unschuldig blinzelnd zu.

Er knurrte in mein Ohr: »Diese Worte werden dir schon sehr bald sehr leidtun!«, bevor er mich einfach hochhob, weil ich mir sonst schon beim Hochklettern alle Knochen gebrochen hätte, und mich auf den Beifahrersitz setzte. Dann stieg auch er ein, während meine Wangen – wieder mal – knallrot waren. Die anderen beiden nutzten die Rückbank. Als alle saßen, nahm er meine Hand und drehte sich zu ihnen um.

»Und ihr benehmt euch, Kinder!«, forderte er mit hochgezogener Augenbraue.

»Ich hab Hunger, da garantiere ich für nichts!«, zischte Nicole.

»Und ich such nur was zum Ficken«, antwortete Tina kichernd, aber sie handelte sich einen Rippenstoß von Nicole ein. Die Angestupste verstummte und rieb sich empört die Rippen und verstand die Welt nicht mehr. »Was denn? Was ist denn mit euch allen los?« Luc und ich glucksten beide, dann beugte er sich kurz zu mir und gab mir einen leichten Kuss, bevor er den Motor startete und die kurvige Bergstraße hoch raste – wie ein komplett Wahnsinniger! Ich klammerte mich an seine Finger und fühlte, wie mir der Schweiß auf der Stirn ausbrach, als ich direkt neben mir 50 Meter in die Tiefe schauen und auch fallen konnte. *Oh mein Gott. Ich glaube sonst nicht an dich, aber jetzt muss ich dich doch um was bitten: Bitte lass ihn nicht die Kontrolle über das Auto verlieren. Ich will unbedingt vor meinem Tod noch mein erstes Mal erleben! BITTE!*

»Habe ich schon jemals die Kontrolle über irgendwas verloren?«, fragte er ziemlich angepisst, und ich zuckte zusammen.

»Ja, als ich dir meinen Arsch ins Gesicht streckte, zum Beispiel, oder, als du mich das erste Mal bei dir im Haus getroffen hast?« Es existierten noch weitere Beispiele, aber … »Ich kann jetzt nicht mehr weiterreden!« Mir wurde schlecht, wenn ich da runtersah. Höhen waren noch nie meine Freunde gewesen. Also hielt ich besser die Augen geschlossen und die Zähne verbissen.

»Sag mir Bescheid, wenn wir oben sind, damit ich dich für deine rasante Fahrweise anschreien kann«, bat ich ihn nur noch.

Schon seufzte er genervt, fuhr aber langsamer. »Zufrieden?«

Ich wagte es, die Augen wieder aufzumachen und nach unten zu sehen. Oh! Nein! Jetzt waren es schon ein paar Meter mehr, die wir runterfallen könnten!

»Ich werde dich trotzdem anschreien. Was ist mit dem kleinen schnuckligen Restaurant am Strand? Was ist bloß aus dem geworden?«, fragte ich anklagend.

Seine Schwester kicherte, was ich im Augenwinkel zu gut mitbekam. Er ignorierte sie, als er verbissen antwortete; »Ach du meinst wohl eher den kleinen schnuckligen Kellner?«

Ich schaute verwundert zu ihm rüber und sah, dass er das Lenkrad fest umklammerte. »*Du* bist eifersüchtig?«, fragte ich nur, um noch ein bisschen zu bohren. Es war nicht zu übersehen oder zu überhören. Er warf mir einen schier tödlichen Blick zu. Ich brach in Gelächter aus und lehnte meinen Kopf umständlich an seine Schulter, weil der Zwischenraum so groß war.

»Ich mag es, wenn du auch mal eifersüchtig bist!«

Er legte seine Wange auf meine Haare. »Aber ich bin trotzdem nichts gegen dich.«

»Ja, und ich habe auch allen Grund dazu, eifersüchtig zu sein! Herr von und zu Casanova!« »Sie ist ja richtig witzig«, fiel seiner Schwester wieder mal superschlau von hinten mit einem Lachen auf.

»Ach echt?«, fragte Luc spöttisch, und ich fühlte seine Lippen in meinen Haaren. Aber dann dachte ich wieder an die Straße und den Abgrund und dass ich ihn sicher mit meiner Hibbeligkeit und Nähe ablenkte und lehnte mich schnell wieder zurück.

»Du übertreibst. So sehr lenkst du mich auch nicht ab.«

Ich grinste verschmitzt. »Und wenn ich einfach mal so, hmm …« Ich überlegte. »Mein Kleid nach unten ziehen würde? Ich habe keinen BH an.« Seine Nasenflügel blähten sich und er warf mir einen ganz kleinen, aber dafür sehr, sehr wütenden Blick zu.

»Willst du da runterfallen? Dann gib mir nur weiter solche Infos. Nicht, dass ich das nicht schon längst aus deinen Gedanken gewusst hätte«, forderte er mich trocken auf. Aber ich lachte und beschloss, das Thema lieber fallen zu lassen, bevor ich wirklich noch irgendwo runterfiel.

***

Oben angekommen gab es nur eine einfache Hütte, aber dafür einen imposanten zwei Meter langen Grill. Die einfachen Holztische standen tatsächlich direkt am Rand der Klippe, der von Fackeln beleuchtet wurde. Nur eine kleine wackelige Brüstung bildete die Barriere vor dem Abgrund, die mit einer Lichterkette überzogen war. Allerdings war die Aussicht über den Horizont phänomenal. Die Sonne erhellte mit ihren letzten orangeflimmernden Strahlen gerade noch das Meer, bevor sie für die Nacht darin zu verschwinden schien. Es war, als könnte man ans andere Ende der Welt sehen. Trotzdem versteifte ich mich, als Luc mich zu dem Tisch direkt am Ausläufer einer Klippe führte. Allein auf die Plattform zu steigen, erforderte jede Menge Mut, und mein Mund wurde trocken, während ich mich an seinen Arm klammerte.

»Nein, Luc, ich will nicht sterben! Komm! Setzen wir uns da hinten hin!« Ich versuchte, ihn aufzuhalten. Aber gegen seine Kraft war kein Kraut gewachsen.

»Erstens: Solltest du jemals irgendwo herunterfallen, schwöre ich dir feierlich, dass ich dich aus der Luft pflücken und wieder sicher auf den Boden der Tatsachen bringen werde. Zweitens, eine Frage: Jetzt hast du Angst zu sterben? *Jetzt?* Und wie ist das sonst so, bei all diesen Dingen, die du den lieben langen Tag tust? Zum Beispiel bei Gewitter zu deinem Entführer zu radeln und einen Baum hochzuklettern, um dann einfach auf seinen Balkon zu plumpsen, wie ein nasser Sack?« Er zog eine Augenbraue nach oben, während er mir den Stuhl direkt am Rand zurechtrückte.

»Du willst mich ja nur loswerden! Gib es zu!« Ich verschränkte die Arme vor der Brust. Dann ging ich um den Tisch und suchte mir eine Sitzgelegenheit aus, die am weitesten vom Rand entfernt war. Tina nutzte die Gelegenheit und nahm auf dem Stuhl Platz, der für mich gedacht war, und grinste Luc breit an. Doch er verdrehte die Augen, sah mich an und wir beide verzogen das Gesicht. Das konnte ja noch was werden! Sie hatte anscheinend nicht vor, locker zu lassen. Aber welche Frau hätte das schon gekonnt? Nichtsdestotrotz war ich versucht, ihr hässliches Grinsegesicht, einschließlich Hammer-Sex-Körper einfach rückwärts die Klippe runterzustoßen.

Luc setzte sich gewohnt galant auf den Stuhl neben mich und beugte sich zu mir und meiner ganzen Eifersucht. Als seine Lippen mit einem gehauchten »Beruhige dich!« über meinen Hals strichen, wurde ich knallrot, weil die anderen beiden uns beobachteten.

Tina verzog wütend das Gesicht. Ich starrte sie an. »Schau doch woanders hin, wenn es dir nicht gefällt!«

»Ich lasse mir von dir Menschlein ganz sicher nicht sagen, was ich zu tun habe!«, knurrte sie nicht weniger zickig. Luc ließ seufzend von mir ab und schaute Tina genervt an. Seine Schwester kicherte schon wieder. Sie fand das Ganze anscheinend sehr amüsant.

»Und? Hat dich jemand nach deiner Meinung gefragt? Hat jemand gesagt: Mülltonne melde dich? Also ich nicht!«, entgegnete ich trocken. Seine Schwester lachte noch lauter und hielt sich den Bauch, als sie Tinas empörtes Gesicht sah.

»Charline.« Er nahm mein Kinn mit Daumen und Zeigefinger und drehte es bestimmt zu sich. »Hör auf!«, befahl er, und ich schluckte unter seinem Blick. »Sonst kippt meine Schwester vor Lachen noch vom Stuhl.«

»Du willst mir sagen, ich soll ruhig sein?« Kämpferisch und ziemlich drohend sah ich jetzt ihn an.

Er seufzte erneut. »Ich bitte dich darum, denn ich will einfach nur einen schönen Abend mit dir verbringen!«

»Wieso hast du sie dann mitgebracht?«

»Sie haben sich selbst mitgebracht. Ich will nicht eine einzige Sekunde mit ihr verbringen!« Angewidert sah er zu der vor Wut brodelnden Blondine.

»Das ist auch verdammt noch mal besser so!«, knurrte ich, gab dann aber nach. »Na gut, ich werde Ruhe geben! Vorerst!« Allerdings zeigte ich Tina unter dem Tisch wenigstens noch den Stinkefinger. Nicole, die neben mir saß, bemerkte meine Geste, fing noch mehr an zu lachen und konnte sich wirklich kaum noch halten. Luc schüttelte schmunzelnd seinen Kopf, während er die Karte aufschlug.

»Ich nehme dasselbe, was du auch nimmst«, sagte ich und machte meine erst gar nicht auf, während ich Tina mit verschränkten Armen unverhohlen voller Verachtung und ziemlich provozierend anstarrte. »Außer du hast vor, Austern oder so etwas ätzendes Glibberiges zu bestellen!« Er grinste verschmitzt und schloss seine Karte wieder, um mich arrogant anzusehen.

»Ich glaube, Austern wären für uns beide nicht gerade ratsam!« Ich wurde rot, als mir klar wurde, dass er auf die luststimulierende Wirkung der Meeresfrüchte anspielte. Das wäre wirklich verheerend, diese zu essen.

»Stimmt«, gab ich ihm kleinlaut recht und er lachte bezaubernd.

»Hallo? Kommt ihr auch mal aus eurer Seifenblase raus?«, fragte seine Schwester plötzlich. Wir schauten sie beide an und zogen unsere Augenbrauen nach oben. Sie sah uns wütend an. »Kriegt ihr eigentlich noch was anderes mit? Das ist ja ätzend!« Also ich ganz sicher nicht.

Er grinste breit und zeigte mit dem Daumen erst auf sich und dann auf mich. »Ich schon. Sie nicht.« Ich schnaufte auf und schaute ihn mit verengten Augen an, weil er mich bloßstellte. Doch dann legte er seine Hand auf meinen Oberschenkel, und schon konnte ich mich auf nichts anderes mehr konzentrieren als auf seine Finger.

»Wie alt bist du?«, fragte mich seine Schwester, und ich war verwundert, weil sie sich weder abwertend noch irgendwie sonst abgeneigt anhörte.

»Ich bin 18 und werde Ende November 19.«

»Hm«, machte sie und schaute mich forschend an.

»Du siehst weder aus wie eine typische 18-Jährige noch verhältst du dich so. Du verhältst dich überhaupt nicht typisch menschlich. Eigentlich verhältst du dich eher so wie eine von uns.«

Ich lachte ohne Humor auf. »Ja, ich weiß, das hat er hier«, ich zeigte mit dem Kopf in Lucs Richtung, »auch schon gesagt.« Er schmunzelte.

»Das gefällt mir«, sagte sie und lächelte mich an. Ich lächelte zurück.

»Nicole«, sagte Tina empört.

»Was denn? Vielleicht hat mein Bruder recht! Vielleicht sind auch noch andere so wie sie. Sie ist amüsant. Das hat doch was?«

»Hat *sie* vielleicht *eure* Gedanken manipuliert? Wenn das die anderen hören würden, würden sie euch den Vogel zeigen. Ihr mögt einen Menschen, den Abfall dieser Welt!«, knurrte Tina verbissen; und in dem Moment kam der Kellner. Er konnte sich anscheinend nicht entscheiden, wen er mehr angaffen sollte. Nicole, Tina oder mich. Komisch, dass ich ihm bei der Auswahl überhaupt auffiel. Luc bestellte für uns in fließendem Old Englisch der Jamaikaner und ich musste ihn wieder mal bewundern.

Das Essen verlief reibungslos, obwohl ich jede noch so kleine Bewegung von ihm beobachtete und analysierte. Zu meiner großen Genugtuung schaute er Tina nicht ein einziges Mal an, die nur noch wütend vor sich hin mampfte und mich sicher am liebsten umgebracht hätte. Ich dachte an die Schmerzen, die sie meinem Geist zufügen konnte und war froh, dass Luc an meiner Seite saß. Nicole hingegen war jetzt nicht mehr so abweisend zu mir. Irgendwie hatte ich sie von mir überzeugt; und sie schien mehr in mir zu sehen, als einen Menschen, den man das Wissen aussaugen konnte.

Genauso, wie ich ihn überzeugt hatte.

Vielleicht war ich sogar wirklich was Besonderes auf dieser Welt? Das wünscht sich doch insgeheim jedes Mädchen, eigentlich jeder Mensch. *Er* gab mir das Gefühl etwas Besonderes zu sein – auch wenn ich keine Ahnung hatte, was genau ihn so an mir faszinierte. Er war schön und stark und unerreichbar und in seinem tiefsten Inneren nicht der egoistische Bösewicht, für den er sich hielt, sondern genauso anziehend wie sein Äußeres. Aber wenn man zwischen solch Irren aufwächst, wenn dein ganzes Leben nur darauf ausgerichtet ist, Menschen zu quälen und zu missbrauchen, dann dauert es etwas, bis du zu dem findest, der du wirklich bist. Bis du Gefühle wie Zuneigung und Liebe zulassen kannst.

Und ja, er hatte recht. Er hatte vom ersten Moment an für mich gekämpft. Mich beschützt und sich sogar darauf eingelassen, mit einem fremden, dummen Menschen ans andere Ende der Welt zu fahren. Er hatte sich gegen seinesgleichen gewendet. Gegen die Leute, mit denen er anscheinend aufgewachsen war.

Aber *was* war er denn jetzt?

Ich sah, wie sich seine Finger ein kleines bisschen versteiften, ansonsten aß er ganz normal weiter und unterhielt sich mit seiner Schwester über die Vor- und Nachteile von Sonnenstaaten auf das menschliche Gemüt. Sie kamen zu dem Schluss, dass Menschen, die überwiegend dem Sonnenschein ausgesetzt sind, viel positiver denken, als diejenigen, die in Regenstaaten wohnen – und ich konnte ihn beobachten. Ja, er war wirklich gut, wenn es darum ging, sich seine Reaktion auf meine Gedanken nicht anmerken zu lassen, aber ich kannte ihn auch, und mit jedem Tag ein bisschen mehr. Jetzt schaute er mich an, mitten aus dem Gespräch heraus.

»Warum willst du das unbedingt wissen? Ist der Begriff für das, was ich bin, nicht egal? Du weißt, *wer* ich bin und *wie* ich bin, sollte nicht nur das zählen?»

»Ich habe nicht mit dir geredet!«, sagte ich und verschränkte die Arme vor der Brust. »Und ich wollte dich damit nicht nerven. Wenn du mich ständig belauschst, kann ich nichts dafür.« Seine Schwester verdrehte die Augen, weil sie schon gemerkt hatte, dass unsere Diskussionen etwas ausschweifender werden konnten, und zog Tina zu der kleinen Tanzfläche. Hier wurde ständig und überall getanzt. Aber wie auch nicht, bei den rhythmischen Klängen, die aus den Lautsprechern drangen? Ich schaute wieder zu ihm. Er hatte gar nicht erst von mir weggesehen und ignorierte meine Tanzgedanken.

»Ich würde mir wünschen, du würdest aufhören, darüber nachzudenken, was ich sein könnte«, gab er zu.

»Ja, weil ich es dann rausfinde.«

»Natürlich findest du es raus!« Er klang, als hätte ich ihn beleidigt, dann strich er mir über den Unterarm. »Aber ehrlich gesagt will ich nicht, dass du es rausfindest.«

»Ach ne, echt? Warum denn? Wie du gesagt hast, der Begriff für das, was du bist, ist egal! Glaubst du, nur weil ich sagen kann, mein Freund ist ein … ähm … leicht verrückter Superheld oder so, werde ich davonlaufen?«

Jetzt lehnte er sich zurück und lächelte schief. »Nein, aber es wird deine ganze Weltanschauung auf den Kopf stellen.«

»Das weißt du doch gar nicht, außerdem steht sie schon auf dem Kopf, seitdem ich dich kenne.«

»Dooooch, weiß ich schoooon«, trällerte er vor sich hin. Ich musste lachen. Seine gute Laune war einfach ansteckend. *Er* war einfach ansteckend.

»Du bist ein Virus! Ein Parasit«, fing ich an, einfach drauf loszuraten. Jetzt lachte er noch lauter. Ich wollte ansetzen, um weiter zu spekulieren, aber er kam mir zuvor.

»Ich habe dir gesagt, ich will nicht, dass du weiter darüber nachdenkst!« Er legte den Finger auf meine Lippen. Es kribbelte, aber ich schaffte es dennoch, schmollend zu schauen.

»Immer muss es nach dir gehen«, murmelte ich trotzig.

»Liegt in meiner Natur«, gab er locker zu.

»Aber diesmal nicht!« Ich stand auf und zog ihn auf die Füße. Er grinste mich nur arrogant an, als er in meinen Gedanken sah, dass ich mit ihm tanzen wollte und dass ich angenommen hatte, er würde sich sträuben. Aber nichts da!

Oh Gott! Mit Luc tanzen! Das war ja schon wie die Vorstufe zum Sex!

Er lachte leise und zog mich an sich, sobald wir auf der Tanzfläche angekommen waren.

»Mhhh«, machte er genüsslich. »Mal schauen, wie lange ich mich dieses Mal beherrschen kann.« Mir war schon jetzt schwindlig, aber ich schaffte es, meine Arme um seinen Hals zu legen. Er wiederum schlang die seinen um meine Hüften und drückte mich leicht an sich. Sein Duft strömte in meine Nase, die sich direkt auf Höhe seiner Brust befand, und mein Herzschlag beschleunigte sich.

»Du musst dich nicht beherrschen!«, wisperte ich und schloss die Lider. Ich war ein bisschen verwirrt und daran war seine Anwesenheit schuld und dass er langsam anfing, seinen Körper im Takt der Musik zu wiegen. Für einen Mann bewegte er seine Hüften echt gut. Ich umschlang ihn fester und legte mein Gesicht an seine Brust. Ihn so nah zu spüren, setzte meinen ganzen Körper in Brand, insbesondere an den Stellen, die er berührte, und davon gab es jede Menge. Offensichtlich gefiel ihm, mit mir zu tanzen, wie er mich genau spüren ließ. Und dann fuhr er auch noch mit seinem Oberschenkel zwischen meine Beine und übte leichten Druck aus.

Oh Gott!

Seine Finger gruben sich in meine Haut, er rieb sich an mir, ich hörte ihn stoßweise atmen und fühlte, wie es immer heftiger zwischen meinen Beinen pochte. Ich stöhnte auf. Jetzt war es vorbei mit meiner Beherrschung. Ich hob mein brennendes Gesicht und presste meine Lippen auf seine, wühlte meine Hände in sein Haar und schmiegte mich enger an ihn, woraufhin auch er verzweifelt stöhnte. Sein Geschmack gab mir den Rest. In meinem Kopf drehte sich alles, ich konnte keinen Gedanken mehr fassen. Mir wurde schwindlig, ich sah nur noch flimmernde Punkte …

Und dann kippte ich um.

Ein Traum wird wahr

»Luzifer sei Dank!«, war das Erste, was ich hörte, als ich wieder meine Augen aufschlug und sein besorgtes Engelsgesicht über mir sah.

»Hey«, grüßte ich ihn fröhlich, aber es klang ein bisschen schwach. Ich versuchte mich aufzusetzen, irritiert, dass ich mich nicht mehr in seinen Armen auf der Tanzfläche des Restaurants auf der Klippe befand. Aber er hielt mich an der Schulter zurück.

»Bleib bloß liegen!«

»Warum sind wir schon wieder hier?«

»Weil ich mit dir nach Hause teleportiert bin, als du umgekippt bist!«

»Deswegen dreht sich wohl mein Kopf.« Ich wollte mich erneut aufsetzen, aber er hielt mich wieder zurück.

»Luc!« Ich versuchte, seine Hand wegzudrücken. »Ich war nur kurz ohnmächtig weiter nichts!« Aber er hatte nicht vor, mich in die Senkrechte zu entlassen oder auf meine Vorwürfe einzugehen.

»Weißt du eigentlich, wie sich das angefühlt hat, als du ohnmächtig wurdest? Ich dachte, du stirbst!«

Ich hob den Zeigefinger und die Augenbrauen. »Schau, ich hab dir schon immer gesagt: *Halte dich aus meinem Kopf raus.*

Da könnte es unter Umständen ungemütlich werden!«

»Weißt du, wie ätzend es ist, sich hilflos zu fühlen?«, fragte er nur grummelig.

»Ja, das weiß ich dank dir nur zu gut!«, antwortete ich zickig »Was glaubst du, wie ich mich fühle, wenn du in ein paar Tagen weggehst, dich deinem Tod stellst und für mich kämpfst!« Diese Gedanken waren nicht gut für meinen geschwächten Körper, der jetzt auch noch anfing zu zittern. Vielleicht war auch einfach alles ein bisschen zu viel für mich.

Jetzt lag er neben mir und strich mir beruhigend über die Wange.

»Nicht in ein paar Tagen, Charline. So lange will ich dich nicht von daheim fernhalten.«

»Wie? Was? Nicht in ein paar Tagen? Aber wann denn dann?« Dabei riss ich meine Augen auf und klang so hysterisch, dass ich vermutlich jeden Moment noch mal ohnmächtig werden würde. Er schaute mich skeptisch an, lauschte vermutlich auf meine Gedanken und meine Vitalzeichen, antwortete aber nicht. Jetzt schlug ich ihm auf die Schulter. »Lucas, sag schon! Wann willst du gehen?«

Er hielt meine Hand fest. »Morgen.« Wohl wissend, dass ich damit nicht gerechnet hatte. Ich ließ mich nach hinten in die Kissen fallen und schlug die Hände vors Gesicht. Und dann? Wenn er morgen ging und nie wiederkam? Wäre das etwa alles gewesen? Sollte ich ihn dann als bloße Erinnerung behalten? Denn vergessen könnte ich ihn nie.

»Pssst. Mir wird nichts zustoßen, Charline, beruhige dich!« Er wollte meine Hände von meinem Gesicht ziehen, aber ich spannte mich an. Nein, das durfte noch nicht alles gewesen sein! Wenn ihm etwas zustieß, dann konnte ich nicht weiter leben und wollte es auch nicht. In diesem Moment fühlte es sich so an, als hätten wir keine Zeit mehr.

Wenn nicht jetzt, wann dann?

Ich schlug die Hände zurück und schwang das Bein über seine perfekten Hüften, sodass ich auf ihm saß. Einen Moment schaute er mich verwundert an, dann verzog sich sein Gesicht schmerzverzerrt.

Es war mir egal!

Ich beugte mich vor und wisperte in sein Ohr. »Bitte schlaf mit mir!« Meine Stimme zitterte, deswegen flüsterte ich, dennoch konnte man den Aufruhr in meinem Inneren darin hören. Er stöhnte verzweifelt auf. Dann befand ich mich plötzlich unter ihm. Er nahm mein Gesicht in seine Hände und sah mich an. Sehr lange und sehr intensiv.

Ich liebte ihn. Ich wollte – nein, ich *musste* – ihn voll und ganz haben. Ich hatte mein Leben lang darauf gewartet!

Bitte Luc!

Langsam atmete er aus, als müsse er sich beruhigen oder sich zur Konzentration zwingen, und ich befürchtete schon, dass er gleich wieder von mir runtergehen würde. Das tat er auch – mit den Lippen an meinem Hals entlang. Ich erschauerte sofort und gab mich der kleinen Hoffnungsflamme hin, die anfing, in mir zu lodern, als seine Lippen auch zwischen meinen Brüsten nicht Halt machten.

Allerdings wurde sie schwächer, als er am Rand des Kleides ankam und den Kopf hob.

Ich runzelte wütend die Stirn.

Aber er lächelte mich ziemlich teuflisch an und schob den Stoff einfach unter meine Brust. Ich starrte ihn an und versuchte, nicht zu hyperventilieren, während er den Blick senkte und meine

Brüste fast schon wieder schmerzverzerrt ansah. Seine Finger strichen leicht über eine Brustwarze und die Flamme loderte zur Stichflamme auf.

Er wollte mit mir schlafen! Dabei lächelte er verführerisch als Bestätigung meiner Gedanken. Und dann schob ich ihn von mir weg und kniete mich hin. Genau wie er. Es konnte nicht mehr schnell genug gehen!

Mit zitternden Fingern versuchte ich, sein Hemd aufzuknöpfen, aber ich war unter seinem intensiven Blick einfach zu aufgeregt. Seine Finger umschlossen meine mit sicherem Griff und ich schaute fragend zu ihm auf. Er schmiegte seine Hand an meine Wange und fuhr mit den Fingern in meine Haare, während sein Daumen meine Schläfe streichelte.

»Charline, ich liebe dich«, sagte er weich, fast schon ehrfürchtig. »Ich will dir nicht wehtun.«

»Du wirst mir nicht wehtun, Luc. Ich weiß es!« Dennoch musste ich fragen: »Ist es schwer für dich im Moment?« Er strich meine Haare zurück und hielt meinen Kopf mit geschlossenen Augen fest. Ich rührte mich nicht, fühlte mich ein bisschen verwirrt und es zog in meinen Seiten. Aber nur ganz leicht.

»Ich liebe deine Gedanken. Sie sind so rein und so … so … gut. Ich könnte dir nie etwas antun. Du hast recht.« Er öffnete die Augen wieder, die nun etwas dunkler waren, aber das Blau schimmerte noch hindurch. »Du hast Glück, dass ich schon viele Jahre weiß, wie ich mich nur auf den Körper konzentrieren kann, und bei deinem fällt mir das nicht schwer. Du hast den schönsten Körper, den ich je anfassen durfte.«

Ich konnte ihn nur anstarren. Er beugte sich lächelnd zu mir und küsste mich sanft auf die Lippen, während er sich selbst das Hemd aufknöpfte. Nachdem er es sich über die Schultern gestreift hatte, nahm er meine Hände und legte sie auf seine nackte glatte Brust. Ich seufzte an seinen Lippen, als ich die harten Muskeln unter meinen Fingern spürte. Er war ein Wunder der Natur. Sein Körper fühlte sich so vollkommen an. Seine Hände legten sich, während ich seine seidige Haut erkundete, und Gänsehaut meinen Fingerspitzen folgte, an meine Oberschenkel und als er an meinem gesamten Körper nach oben strich, schob er das Kleid mit. Unsere Lippen lösten sich nur kurz voneinander, da er es mir kurzerhand über den Kopf zog. Jetzt kniete ich hier nur im Höschen vor ihm. Keuchend und mit geröteten Wangen. Aber ich schämte mich nicht oder fühlte mich verlegen. Auch nicht, als er seinen Blick über meinen Körper wandern ließ und schief lächelte.

»Du bist so scharf. Es tut mir leid, dass ich dir das so sagen muss!« Seine Stimme war rau und ich hörte genau die Bewunderung und das Verlangen darin. Nur schaffte ich es beim besten Willen nicht, ihm gewohnt frech zu antworten. Unter diesen Umständen nicht. Nicht, wenn er mich so ansah, wie er es gerade tat. Das Einzige, was ich tun konnte, war, seinen Nacken zu packen, mich rücklings in die Kissen zu werfen und ihn endlich über mich zu ziehen. Ich fühlte, wie er sein Gewicht mit den Armen abfing, während er wieder begann, auf diese verbotene Art und Weise mit meiner Zunge zu spielen. Mit meiner Hand fuhr ich an seinem harten Bauch hinab, was sich ein wenig kompliziert gestaltete, und ohne Vorwarnung in seine Hose, die schon ziemlich ausgefüllt war. Er stöhnte auf und löste sich schockiert von meinen Lippen. Außerdem packte er meine Hand und wollte sie zurückziehen, aber ich sträubte mich.

»LUC!« Mir gelang es, wieder etwas zu sagen, und das ziemlich vorwurfsvoll.

»Wenn du mich berührst, ist es schwerer für mich. Lass mich die Führung übernehmen, okay?«, fragte er drängend.

»Dann mach!«, zischte ich schon fast wütend und zog meine Hand zurück.

Hallo? Ich war hier gerade am Verbrennen und nicht mehr für meine Taten verantwortlich.

Er stand auf und zog sich aus, langsam, ohne mich aus den Augen zu lassen – und zwar komplett. Ich schaute seinen wundervollen Körper an und begriff, dass ich die ganze Zeit falschgelegen hatte. Luc war nicht das Schönste auf dieser Welt. Luc AUSGEZOGEN war das Schönste auf dieser Welt. Er setzte sich grinsend zwischen meine Knie und beugte sich nach vorn. Dann fühlte ich seine Zähne am oberen Rand meines Tangas, während er meinen Blick festhielt. Ich hob instinktiv mein Becken an, als er mir das Stück Stoff mit den Zähnen auszog. Anschließend warf er ihn mitten ins Zimmer.

Seinen glühenden Blick immer noch auf mein Gesicht gerichtet, fuhren seine Hände meine Innenschenkel nach oben. Ganz langsam. Als sie ihr Ziel fanden, stöhnten wir beide auf – ich allerdings so richtig laut. In dem Moment wusste ich, es war an der Zeit, mir ein dickes Kissen zu packen und aufs Gesicht zu pressen. Ganz besonders, als sich seine sehr zarte Zunge dazugesellte. Es fühlte sich an, als müsste ich gleichzeitig platzen und vor Wonne zerfließen. Keine Ahnung, wie er das machte, aber es sollte verboten werden – okay, für alle außer mich! Die Hitze schwoll an, und er musste mich an den Hüften festhalten, damit ich mich nicht umher wand, wie Emily Rose in *der Exorzist.*

Das Kribbeln brachte mich fast um den Verstand. Nein, *er* brachte mich um den Verstand. Und zwar so richtig. Also natürlich nicht wirklich. Das wäre nicht gut, wenn er meine Gedanken wörtlich genommen und mich um den Verstand gebracht hätte.

Es breiteten sich ganz kleine Wellen in meinem Körper aus, die immer größer und stärker wurden und drohten, mich zu überschwemmen. Kurz bevor ich explodierte, stoppte er allerdings und setzte sich mit von mir zerwühlten Haaren und geschwollenen Lippen auf.

Ich wollte mich beschweren, aber dazu kam ich nicht.

Seine Augen waren mittlerweile fast schwarz, aber ein blauer Schimmer kam immer noch durch, und ich erschauerte, als ich in sie blickte, aber ich hätte ihm niemals gesagt, er solle aufhören, schließlich war das hier immer noch Luc – so unsagbar sexy, dass es fast wehtat. Mit verbissenem Kiefer beugte er sich über mich und tat es einfach. Sehr, sehr vorsichtig und auf der Hut. Ich wusste, er war bereit, sich sofort wieder von mir zu trennen. Sein ganzer Körper war angespannt. Dadurch fühlte ich seine Muskeln nur noch besser, und sog abwartend den Atem ein. Ich hätte Schmerzen erwartet, aber da war nichts außer dieser Hitze und dem Kribbeln und etwas Wahnsinn, der in mir tobte – jetzt noch viel mehr als gerade eben. Mein Kopf tat nicht weh, kein winziges bisschen. Nicht mal ein minimales Stechen war zu spüren. Ich konnte immer noch klar denken, was nicht leicht war, angesichts der Tatsache, was wir gerade taten, das Herz in meiner Brust raste, ich schwitzte und keuchte und mich an ihn klammerte. Er hielt einen Moment still, erschauerte merkbar und nahm mein Gesicht zwischen seine Hände, bevor er anfing, sich langsam zu bewegen. Sein Blick glühte mittlerweile und war mit meinem verschmolzen.

»Ich liebe dich«, hauchte ich, als mir klar wurde, dass er mich gerade tatsächlich in die höchsten Gipfel der Lust beförderte, wo mit Sicherheit noch nie ein Mensch gewesen war und auch nie jemand außer mir hingelangen würde.

»Danke«, murmelte er, küsste meinen Hals und wanderte noch weiter hinab, während er sich mit einem Knurren drängender und tiefer in mir bewegte und meine Hände nahm, als sie ihn berühren wollten. Er packte sie fest und drückte sie rechts und links von mir in die Kissen, sodass ich wieder mal hilflos war. »Nicht berühren!«, forderte er knapp und schien höchstkonzentriert, sein gesamter Fokus war auf mein Gesicht gerichtet. Seine Stöße wurden noch härter, gingen unsagbar tief, und mein Stöhnen wurden lauter, während der Schweiß über unsere Körper lief und ich den Kopf in die Kissen rammte. Ein Mal strich er mit den Zähnen über meine Brustwarze, bevor er mit der Zunge darauf schnalzte. Mehr brauchte es nicht. Wellenartig breitete sich die Explosion von meinem Unterleib bis in mein Gehirn aus und versetzte mich völlig überraschend in andere Sphären.

Die noch besser waren als das hier!

Ich beugte meinen Rücken durch und merkte nur am Rande, dass ich ziemlich laut seinen Namen von mir gab. Seine Stöße wurden langsamer, sanfter, genüsslicher und trieben mich noch mal leicht über den Rand. Er stöhnte auch meinen Namen, während er, wohl wissend dass ich langsam wieder zu mir kam, sein Gesicht an meinem Nacken vergrub und auch losließ.

Oh.

Mein.

Gott.

…

Unsere Herzen holperten im Gleichschritt, ich fühlte seins fest und schnell in seiner Brust hämmern. Sein aufgebrachter Atem kitzelte mich am Nacken. Eine Zeit lang ließ ich mich von der sanften entspannenden Welle davontragen und wollte nie, nie, nie wieder auftauchen. Meine Augen hatte ich geschlossen und genoss es nur, losgelöst unter ihm zu liegen und ihn so tief in mir zu fühlen, bis selbst die letzte Welle verebbte und meinen Körper absolut tiefenentspannt zurückließ.

Ich musste grinsen wie ein Honigkuchenpferd.

Das hier war besser als Schokocroissants oder ihn zu küssen.

Das war die ultimative Vereinigung von Schokocroissants *und* ihn zu küssen!

Davon würde ich nie in meinem ganzen Leben genug bekommen. NIE. MALS.

Nach ein paar Minuten wurde mir bewusst, dass er den Kopf gehoben hatte und mich beobachtete. Als ich die Augen aufschlug, war ich auf sein äußerst zufriedenes Grinsen schon vorbereitet gewesen. Schließlich hatte es perfekt geklappt, und wie hätte er bei meiner geistigen Manöverkritik auch nicht mit sich zufrieden sein können? Aber wie fiel seine aus? Unsicher blinzelte ich zu ihm hoch und er hob eine markante Augenbraue. Schließlich war ich noch Jungfrau gewesen und hatte mich garantiert auch noch so angestellt – unkoordiniert und bescheuert. Jetzt lachte er und sein süßer Atem strömte gegen mein Gesicht. Konnte man jemanden eigentlich mit jedem gemeinsamen Erlebnis noch ein bisschen mehr lieben? Ich für meinen Teil musste die Frage mit Ja beantworten, auch wenn ich nie gedacht hätte, dass das möglich wäre.

»Ich kann dir sagen, dass du eins mit mir gemein hast«, fing er unheilvoll an und ich hielt den Atem an. »Du bist auch die Beste, und ich werde niemals genug von dir bekommen!« Er grinste breit und küsste mich sanft. Von seinem Kuss fing sich schon wieder alles an zu drehen und zu kribbeln. Er lachte an meinen Lippen und löste sich kurz. »Und du bist auch noch genauso unersättlich wie ich. Das ist praktisch! Und bereust du wirklich nicht, dass du dein erstes Mal mit mir hattest?«, fragte er und verzog sein Gesicht.

»Ich bereue nur, dass du nicht schon viel früher mit mir geschlafen hast! Wie konntest du mir *das* nur vorenthalten?!«

Er verdrehte lediglich die Augen und fing dann erneut an, sich verführerisch zu bewegen.

»Hm, ich war wohl etwas zu übervorsichtig. Und vor allem dachte ich, du bist zu schade für mich, dabei habe ich völlig übersehen, dass wir zusammenspielen, als wäre es vorherbestimmt!«

»Hmmmmm …« Ich schloss meine Augen und fühlte nur noch seine sanften Bewegungen. Seine Hand fuhr an meinem Bauch entlang, direkt zwischen meine Beine. Ich stöhnte auf, beugte meinen Rücken durch und biss ihm in die Schulter, woraufhin auch er stöhnte. Woher wusste er nur, wie er mich berühren sollte, dass es sich so unsagbar gut anfühlte? Ich wusste es ja selbst nicht. Keiner wusste es so gut wie er. Ich war mir sicher!

Er war dafür geschaffen, mit mir zu schlafen, und weil er mich liebte, konnte er mir wohl gar nicht wehtun und meine Gedanken zerstören! Wahrscheinlich … Was weiß ich!

Auf jeden Fall hatte er mir nicht wehgetan!

Eine ziemlich erleichternde Erkenntnis.

Und außerdem unsagbar heiß!

All diese Möglichkeiten!

Oh. Mein. Gott!

Unerwartete Bündnisse

Jetzt lag ich neben ihm und war verwundert, dass er tatsächlich noch vor mir eingeschlafen war. Na gut. Unsere zweite Runde war ausschweifender gewesen, er hatte sich so richtig Zeit gelassen. Es war anstrengender für ihn – und noch besser für mich. Als ob das möglich wäre! Insgeheim dankte ich den 9.000 Frauen, an denen er geübt hatte – ganz allein für mich! Ha!

Er lag auf dem Rücken, hatte einen Arm über sein Gesicht gelegt und atmete ruhig ein und aus. Ich widerstand dem Drang, ihn anzufassen, damit ich ihn nicht weckte, und gab mich damit zufrieden, seine perfekten Muskeln im Mondschein anzuschmachten. Jetzt war es nur noch schwerer, mich von ihm fernzuhalten. Aber ich musste das auch nicht mehr. Es hatte perfekt geklappt. Ohne Probleme. Mir hatte auch gar nichts wehgetan. Natürlich konnte er sich beherrschen und hatte mich nicht zerstört. Das war doch klar!

Na gut, er war am Anfang etwas angespannt gewesen – das hatte ich sehr wohl gemerkt –, aber als ihm schließlich klar geworden war, dass keine Gefahr bestand, hatte er sich auch voll und ganz auf mich eingelassen und vor allem gehen lassen – besonders beim zweiten Mal. Holla die Waldfee! Mit ihm zu schlafen, war für mich die absolute Erfüllung. Wenn ich daran dachte, wie sich sein Körper anfühlte, dann hätte ich schon wieder von vorn beginnen können. Aber er brauchte seinen Schlaf! Zufrieden seufzend streckte ich meine Gliedmaßen, die so schön entspannt waren, und schloss die Augen, erschrak aber, als ich sie wieder öffnete. Denn Tina stand im Zimmer. Ihr Bobschnitt glänzte im Mondschein.

»Hi«, sagte sie leise.

»Was willst du?«, flüsterte ich zurück. Sie kam ein paar Schritt auf mich zu und setzte sich ganz vorsichtig aufs Bett. Ich zog die Decke enger um meinen Körper, denn darunter war ich nackt, was mich etwas befangen machte. Aber ich kontrollierte auch, dass sie von ihm nicht zu viel zu sehen bekam. Nicht, dass sie noch über ihn herfiel, so unwiderstehlich wie er gerade dalag.

»Keine Angst. Ich will nur mit dir reden«, sagte sie lächelnd.

»Oh Mann. Über was willst du denn mit mir reden? Checks doch endlich. Er gehört mir und ich werde ihn auch nicht hergeben! Nie wieder!«, antwortete ich genervt. Luc drehte sich auf die Seite und schlang wie zur Bestätigung den Arm um meinen Bauch. Aber er schlief tief und fest weiter. Einen Moment schauten wir beide sein Gesicht an, und mir schoss das Blut vor Wut in die Wangen, als sie ihn genauso anschmachtete wie ich und sich auf die Lippe biss. Aber es hätte ohnehin nicht viel gebracht, wenn ich sie schlug.

»Na ja, es könnte sich schon bald ändern, dass er dir gehört«, sagte sie schließlich.

Meine Faust juckte.

»Warum denn?«, *du notgeile Dummtrine*! Ich durfte sie nicht mehr ansehen, sondern nur daran denken, dass ich hier in seinem Bett lag und dass er mich festhielt und nicht sie.

»Nicole wird sich gegen ihn wenden, wenn sie zu Pierre gehen. Es ist eine Falle.« Jetzt klappte mein Mund auf. Damit hatte ich nicht gerechnet.

»Was? Aber sie ist doch seine Schwester! Und sie weiß, dass Pierre ihn umbringen wird!«

Tina zuckte mit den Schultern. »Bei uns hat es nicht so viel Bedeutung wie bei euch. Nur weil wir dasselbe Blut in den Adern haben, lieben wir uns nicht gleich. Luc ist den anderen schon lange ein Dorn im Auge, weil er der Stärkste ist und sich alle nach ihm richten müssen.«

»Aber er wird sich nicht abhalten lassen. Und dann ...« Ich konnte nicht weiter reden. Kalter Schweiß brach auf meiner Stirn aus. Tina sagte nichts mehr, schaute mich nur an. Ihr makelloses Gesicht wirkte unheimlich im blassen Mondschein.

Ich sprang auf die Beine, jetzt war egal, dass ich nackt war. Dann sickerte in mein Bewusstsein, dass er nicht aufwachen durfte, und ich warf ihm einen vorsichtigen Blick zu. Aber er schlief weiter. Schnell suchte ich im Zimmer meine Kleidung zusammen und zog mich an.

»Ich werde nicht zulassen, dass er ... Dass ihm ... Dass wegen mir ... du weißt schon!«

Tina lächelte. »Ich weiß!«

Als ich fertig war, schaute ich mit hängenden Schultern auf ihn hinab. Vielleicht würde Pierre mich ja am Leben lassen? Das war meine Chance, denn Luc würde er sofort töten, wenn er schon die ganze Zeit nur nach einem Grund gesucht hatte. Mit dem blonden Tom an seiner Seite und Nicole wäre Pierre im Vorteil. Und selbst Tina würde nicht davor zurückschrecken, Luc umzubringen. Ihre Devise war sicher: *Wenn ich ihn nicht haben kann, dann keine.*

Egal, ob drei oder vier gegen einen. Er konnte nicht gewinnen.

Er würde nicht gewinnen und für mich … NEIN!

Tina stand auf und kam zu mir. Sie hörte meine Gedanken natürlich, jetzt, da er sie nicht blockte.

»Aber bevor wir zu Pierre gehen, will ich meiner Mutter Auf Wiedersehen sagen.« Ich schluckte. Tina nickte und wollte mich am Arm nehmen, aber ich wich einen Schritt zurück. Dann ging ich auf Zehenspitzen zurück zum Bett und beugte mich über Luc. Ich ließ meine Nase ganz leicht über sein glattes Gesicht gleiten und sog seinen Duft ein, um mich zu beruhigen. Er drehte sich seufzend auf den Rücken und ich konnte nicht widerstehen. Ganz leicht drückte ich meine Lippen auf seinen weichen Mund.

Tränen schossen in meine Augen und ich löste mich schnell von ihm. Ich versuchte zu vergessen, dass ich ihn womöglich jetzt das letzte Mal sah, als ich mich umdrehte und schnell zu Tina ging. Sie packte mich am Arm und ich schloss die Augen.

Igitt. Dieses Gefühl, nachdem sich mein summender Körper wieder zusammengesetzt hatte, war ekelhaft. Mit zitternden Beinen kamen wir bei uns im Flur an.

»Ich hole ein Auto«, flüsterte sie.

»Warum ein Auto? Warum teleportierst du uns nicht?«

Sie grinste mich böse an. »Weil ich deine Todesängste länger spüre, wenn wir mit dem Auto fahren.« Okay. Sie hatte die Maske fallen gelassen. Jetzt, da wir nicht mehr in Jamaika und vor allem bei ihm waren.

»Aja, okay, na dann hol ein Auto, du krankes Stück!« Sie verschwand gespenstisch kichernd und ich atmete noch einmal durch. Dann ging ich ins Wohnzimmer. Würden denn die Abschiede nie aufhören?

Ich sah wie meine Mutter zusammengerollt wie eine Kugel auf dem Sofa liegen. Das Telefon griffbereit auf dem Couchtisch. Der Fernseher war an. Natürlich lief ein Nachrichtenkanal.

»Charline?« Oh, oh, mit ihrer verschlafenen Stimme hatte ich aber jetzt nicht gerechnet.

Ich zuckte zusammen und überlegte einfach, davon zu laufen, aber das konnte ich ihr nicht antun.

»Hi, Mama.« Ich schluckte den Kloß herunter und setzte mich zu ihr auf die Couch. Sie fiel mir natürlich sofort um den Hals und ich schloss geschlagen die Lider.

»Warum machst du so was nur immer?«, schluchzte sie. Ich streichelte abwesend ihren Rücken. Sie rückte von mir ab und schaute mich skeptisch an. »Wie siehst du überhaupt aus?«

»Äh ja, das Kleid. Hm … Ich war … essen.«

»Essen? Mit wem?« Sie war verwirrt. »Nur weil man Essen geht, kann man doch trotzdem zwischendurch noch nach Hause kommen oder sich melden!«

Ich biss mir auf die Lippe. Ich hatte keine Zeit mehr und nahm ihre Hände. »Ich weiß und es tut mir leid. Er hat mir einfach … total den Kopf verdreht, aber er ist der Richtige für mich!«

»Wer?«

Ich sprach einfach weiter. »Mama, ich wollte dir sagen, dass ich dich über alles liebe und dass ich dir so dankbar dafür bin, wie du dir für mich den Arsch aufgerissen hast, und ich wollte dir sagen, dass du eine wahnsinnig starke Frau bist und dass du immer weiter kämpfen musst, egal was passiert!«

Jetzt sah sie noch misstrauischer aus. Besonders, als sie die Tränen in meinen Augen bemerkte.

»Warum sagst du so was zu mir, Charline? Was wird

passieren?« Ich löste mich von ihr und stand auf. Sie sollte meinen Zusammenbruch nicht sehen.

»Ich muss gehen!«

Sie blieb wie versteinert auf der Couch sitzen und starrte mich an.

»W… wie meinst du das? Du bist doch gerade erst gekommen und du bist völlig durch den Wind! Was ist los, Süße?.«

»Ich kann dazu nichts mehr sagen. Bitte vergiss nie, dass du die beste Mutter der Welt bist und dass du immer alles richtig gemacht hast!« Rückwärts taumelte ich zur Ausgangstür.

»Charli?« Sie war total vor den Kopf gestoßen, und ich wünschte, ich hätte sie nicht geweckt, um ihr das anzutun. Endlich fing sie sich und der Kampfgeist loderte in ihren wunderschönen grünen Augen auf. »Wenn du jetzt gehst, dann rufe ich die Polizei! Hier geht es doch nicht mit rechten Dingen zu! Was ist hier los, Charline!« Sie stand auf und wollte auf mich zugehen, aber ich hatte schon umgedreht und lief …

Aus unserer Wohnung und die Treppen nach unten, hoffend, dass Tina schon wartete. So war es auch. Es versetzte mir einen Stich, als ich sah, mit was für einem Auto sie vor der Tür geparkt hatte. Es war rot, schnell und mir sehr vertraut. Ohne mich umzudrehen, riss ich die Tür auf und sprang rein.

»Charline, warte!«, hörte ich meine Mutter verzweifelt rufen. »BITTE!«

»FAHR!«, schrie ich und Tina drückte das Gas durch.

Meine Mutter war mir auf den Fersen gewesen, denn jetzt rannte sie auf die Straße und starrte dem Auto hinterher. Ich sah gerade noch, wie sie kraftlos auf die Knie sank und biss die Zähne zusammen. Aber die Tränen bahnten sich trotzdem ihren Weg über meine Wangen.

»Dass ihr immer heulen müsst.«

Ich ignorierte Tina und schlug die Hände vors Gesicht. Das sollte es gewesen sein? Aber wenigstens hatte ich noch das Beste mitgenommen. *Ihn.*

Tina lachte. »Darf ich dich darauf hinweisen, dass er deiner sowieso bald überdrüssig geworden wäre?«

»Wäre er nicht!« Ganz sicher. Er liebte mich. Aber das brauchte ich ihr nicht zu erzählen, denn sie hatte keine Ahnung von Liebe. Keinen blassen Schimmer. Eigentlich traurig. Kein Wunder, dass sie so verbittert, von Neid zerfressen und durch und durch böse war.

»Hast du Angst?«, fragte sie spöttisch. Ich antwortete nicht. »Malst du dir die Schmerzen schon aus?«, bohrte sie weiter und ich sah sie von der Seite an.

»Du bist echt nicht ganz dicht, weißt du das?«, zischte ich ihr zu. »Ist dir klar, dass man alles zurückbekommt, was man gibt? Auch die schlechten Sachen?«

Sie lachte. »Machst du jetzt einen auf Moralapostel?«

Ich verschränkte die Arme vor der Brust. »Nein. Aber es ist so. Du wirst nie lieben. Du wirst nie einen Mann finden, der dich liebt und nicht nur dein Äußeres. Du wirst einsam und verbittert irgendwo sterben und niemand wird dir nachtrauern. Niemanden wirst du jemals wirklich interessieren, weil dich auch niemand interessiert!« Das beruhigte mich irgendwie. Lieber mit 18 sterben als niemals von ihm geliebt worden zu sein. Das war es wert! Ihr Ton klang schon etwas angeschlagen.

»Wenn ich tot bin, dann ist es mir egal, ob jemand um mich weint!«

»Aber nicht beim Sterben. Wenn du dich an dein Leben erinnerst. Vielleicht würdest du dann gern an ein paar Dinge zurückdenken, die du richtig gemacht hast. Aber da wird es keine geben. Und dann … dann wirst du es einsehen! Dann wirst du sehen, was du alles verpasst hast, denn zu leben bedeutet genauso zu lieben wie zu hassen. Und selbst, wenn nicht … Hast du keine Angst, bestraft zu werden? Wenn nicht im Leben, dann vielleicht danach?«

Ihr Ton war mehr als höhnisch. »Ich komme so oder so in die Hölle, allein schon, weil ich das bin, was ich bin, und das ist auch gut so! Da oben wäre es mir viel zu langweilig!« Sie sagte das, als wäre sie davon überzeugt, dass es eine Hölle gab, was mir gerade echt ein bisschen Angst machte. Angenommen, ich starb jetzt wirklich. Wo würde ich hinkommen? Hatte ich genug Gutes getan?

Wir verließen gerade den Kiesweg und kamen vor dem großen Tor an. Deswegen ließ ich das Thema fallen.

Hier hatte alles angefangen und hier würde es auch enden.

***

Ich versuchte, das Zittern meines Körpers zu unterdrücken. Versuchte, den Kopf zu heben, als ich das Haus betrat, und nicht wie ein kleines verängstigtes Mäuschen zu erscheinen.

Als wir das imposante Wohnzimmer erreichten, das dem Mann gehörte, den ich liebte, schaltete Tina das Licht an. Ich schaute in zwei braune gierige Augen und ahnte, sie waren das Letzte, was ich sehen würde.

Schmerzen

»Wen haben wir denn da?«, säuselte er mit seiner tiefen, melodischen Stimme. Mir war klar, dass er erst mal mit mir spielen wollte. Wie eine Katze mit einer verletzten Maus. Der Blonde stand hinter ihm mit verschränkten Armen und grinste mich böse an.

»Ja, bist du blind? Wen wohl?«, fragte ich, als würde ich mit einem kleinen Baby reden.

Er lachte schallend auf, dann war er plötzlich neben mir und hielt mein Gesicht fest. »Du bist witzig. Aber nicht mehr lange!« Seine Augen waren schwarz – kohlrabenschwarz – und es zog und ziepte schon jetzt in meinem Kopf. Aber ich wusste, dass war nur das Vorspiel, um mich zu verwirren und mürbe zu machen.

»Und du bist durchschaubar«, antwortete ich ihm mit hochgezogener Augenbraue. Er packte mich am Arm und zerrte mich die Treppen hoch. Ich taumelte hinter der großen perfekten Gestalt hinterher.

»Oh, dein Geist wird meinen wirklich bereichern. Dein Sturkopf ist Gold wert!« Wenn er mich nicht gehalten hätte, hätte er sich sicher schadenfreudig die Hände gerieben.

Wir gingen über den ganzen Flur mit den großen Fenstern und stoppten vor der vorletzten Tür.

Hier irgendwo war auch *sein* Zimmer, in das ich reingefallen war. Lag es nicht daneben?

»Ja, Lucs Zimmer ist daneben. Nur schade, dass er nicht hier ist, um mit anzusehen, was ich mit dir machen werde. So hatte ich es ursprünglich geplant. Warum bist du alleine da? Ich hatte gehofft, euch beide zu treffen.« Traurig schaute er auf mich herab, sobald er die Tür hinter sich geschlossen hatte.

»Luc musste gerade echt dringend kacken. Er lässt sich entschuldigen.« Ich widerstand der Versuchung, auf den Boden zu starren und suchte seinen Blick, genoss die Erleichterung darüber, die mich durchströmte, weil Luc nicht mit ansehen musste, was kommen würde. In dem Moment verzog sich Pierres ebenmäßiges Gesicht zu einem charmanten Lächeln, was eher einer Teufelsfratze glich. Er nahm meine Hand und gab mir einen Kuss auf den Handrücken.

»Entschuldigung angenommen. So ist es auch gut. Es wird ihm so oder so den Rest geben, denn ich werde ihm alles haargenau in meinen Gedanken wiedergeben, keine Sorge.« Mir war klar, dass normale menschliche Frauen auf seinen Charme ansprangen, aber ich war KEINE normale menschliche Frau, denn ich fand ihn einfach nur abstoßend. Und das, was er sagte, war auch alles andere als nett! Also entzog ich ihm die Finger.

Wieder lachte er schallend.

»Du bist wirklich eine kleine Rebellin, nicht?« Anmutig schlenderte er durch das stylische Zimmer mit dem Riesenbett und zündete ein paar Kerzen an. Ich fragte mich, ob er auch den Kamin anschmeißen wollte, um das romantische Ambiente für meine Vergewaltigung und meinen Mord perfekt zu machen. Super. Der Traum schlechthin. Romantisch sterben. Ich versuchte, einen Schauer der Angst zu unterdrücken, der durch meinen Körper fuhr, als ich mir vorstellte, was er mit mir vorhatte.

»Oh, es wird sogar noch viel besser«, hauchte er, während der Kerzenschein über sein beunruhigend perfektes Gesicht flackerte. Dann stand er auch schon vor mir und schob mich zum Bett. Ich bewegte mich automatisch. Es brachte nichts, wenn ich mich wehrte. Es war besser, an etwas anderes zu denken und zu versuchen, meinen Körper nicht mehr zu fühlen. Ich wollte abtauchen und mich an meine letzten schönen Stunden erinnern. An die besten Stunden meines Lebens.

Er lachte leise. »Das wird dir auch nichts bringen. Wenn du erst mal ein Loch im Hirn hast, kannst du überhaupt nicht mehr zusammenhängend denken.«

Ungeschickt landete ich auf dem Bett und blieb zitternd auf dem Rücken liegen. Es ging alles so schnell, dass ich kaum mitbekam, was geschah, und das war auch gut so. Mit einem Ruck riss er mir das Kleid vom Körper. Tränen schossen in meine Augen. Gott sei Dank hatte ich mir einen BH angezogen, sonst hätte ich nur im Unterhöschen dagelegen. Aber der würde auch nicht lange an bleiben. Mein Zittern wurde stärker. Das Adrenalin schien mich eher zu lähmen, als zu pushen – oder hielt mich dieser Pierre mit seinen Gedanken unter Kontrolle?

Luc. Sein Gesicht. Seine Küsse ... Ich versuchte, nur an ihn zu denken, aber dann beugte sich Pierre über mich und grinste mich böse an.

»Ach, das ist also deine schönste Erinnerung?«, fragte er und lehnte seine Stirn gegen meine. Ich hielt den Atem an. »So willst du dich ablenken?«, hauchte er sanft. Ich antwortete nicht, stattdessen spürte ich einen stechend heißen Schmerz, der wie ein Blitz in meinen Kopf fuhr.

Ich schrie auf. Etwas Vergleichbares hatte ich noch nie empfunden. Genau mitten drin in meinem Schädel. Er breitete sich nach allen Seiten aus und verklang dann zu einem unangenehmen Kribbeln in den Seiten. Es war, als hätte jemand meinen Geist geblendet und als würde ich nichts mehr sehen. Einen Moment wusste ich, wie es sich anfühlte, wenn man nicht denken konnte. Wenn alles im Kopf leer und schwarz war. Der Schmerz ließ schnell nach und ich kam weinend zu mir. Als ich versuchte, mich zu beruhigen, indem ich an die letzte Nacht mit Luc dachte, war da nichts mehr. Ich wusste lediglich, dass etwas Besonderes, sehr Schönes stattgefunden hatte, aber nicht was.

Mein erstes Mal war einfach weg! Als hätte jemand eine Seite aus einem Buch rausgerissen.

»Nein!« Ich starrte den dunkeläugigen, sadistisch grinsenden Mann über mir fassungslos an.

Seine Augen funkelten fröhlich. »Mhmmm. Sehr sexy, wie ihr es getrieben habt!« Er schloss genüsslich die Lider und stöhnte leise, als würde er in Erinnerungen schwelgen.

»Du hast mir mein erstes Mal geklaut!«, schrie ich ihn an. Er hatte mir tatsächlich das schönste Erlebnis meines Lebens genommen, und das auch noch kurz vor meinem Tod! Das war ungerecht! Das war mies! Das war einfach nur niederträchtig! Also schlug ich ihm mit der Faust ins Gesicht und traf leider nur seinen perfekt rasierten Kiefer. Sein Kopf ruckte etwas zurück, er keuchte, aber das war es auch schon. Mit seiner Hand am Kinn nahm er mich wieder ins Visier. Die Wut loderte jetzt erstmals in seinen Augen, obwohl er bisher nicht aus der Ruhe zu bringen war. Meinen Fausthieb hatte er eindeutig nicht erwartet.

»Du wagst es, die Hand gegen mich zu erheben?«, knurrte er leise mit bebender Stimme. Ich antwortete nicht, ich meine, dass ich es wagte, hatte er ja wohl gerade gespürt, oder? Schon warf er mich ruckartig auf den Bauch und verdrehte mir den Arm auf dem Rücken.

»Hab ich dein erstes Mal mit Luciputzi geklaut? Das macht dich wirklich sauer nicht?« Er klang jetzt wieder erregt und dunkel »Aber ich werde dir eine neue Erinnerung dieser Art bescheren. Mit der kannst du dann beruhigt sterben!« Ich biss ins Kissen, um nicht schon wieder zu schreien, wegen des Schmerzes, der sich in meinem Oberarm ausbreitete, und presste meine Beine fest zusammen. Natürlich half es nichts. Er schob sie lachend mit dem Knie auseinander und verdrehte meinen Arm noch ein kleines bisschen mehr. Es fühlte sich an, als würde er jeden Moment brechen. Ich konnte ihn zwar nicht sehen, aber ich hörte, dass er sich die Hose öffnete, und kniff die Augen zusammen.

Das hier würde ganz sicher wehtun! Ich schniefte auf, versuchte, mich aber sofort wieder zu beruhigen. Versuchte, meinen Kopf zu klären; versuchte, irgendwie nach einem Ausweg zu suchen, wusste aber gleichzeitig, dass ich doch machtlos war.

»NEIN!«, schrie jemand und dann wurde das Gewicht von mir geschleudert. Schnell drehte ich mich auf den Rücken. »Du kleiner Bastard. Du wolltest die falsche Frau ficken!« Das klang eher nach einem Gewittergrollen als nach einer männlichen Stimme, und ich blinzelte ein paar Mal verwundert, als ich die Szene vor mir erfasste. Pierre wurde von Luc, dessen Augen sehr schwarz waren, mit der Hand am Hals an die Wand gedrückt.

»Ach ja?« Pierre verschwand mit einer unsichtbaren Bewegung und kam hinter Luc wieder zum Vorschein. »Ich *werde* sie noch ficken!«

Jetzt packte er Luc und presste ihn gegen die Wand. Aber Luc tat es ihm gleich und verschwand. Als er wieder auftauchte, schleuderte er Pierre, als wäre sie aus Papier, durch die Backsteinwand direkt ins andere Zimmer. Luc war wohl *etwas* sauer.

Ich sprang vom Bett, als Gesteinsbrocken durch die Gegend flogen und rieb mir den schmerzenden Arm. Im nächsten Moment war Luc bei mir und nahm mich auf die Arme. Die Tür wurde aufgerissen und Tom, anscheinend alarmiert von dem Lärm, starrte uns einen Moment an. Luc biss die Zähne aufeinander, dann befanden wir uns auf seinem Balkon, aber wir blieben einfach stehen und teleportierten uns nicht weiter!

»Scheiße«, hörte ich ihn fluchen, und er setzte mich auf die wackligen Beine, bevor er herumwirbelte und sich vor mich stellte.

»Sie wird nicht entkommen, Luuuci. Das Einzige, was dir jemals etwas bedeutete, ist dem Tode geweiht, und sie wird ganz sicher in den Himmel kommen. Sie sammelt sogar Schnecken von der Straße auf, damit sie nicht vertrocknen; sie ist zu gut für die Hölle!« Pierre war wieder auf den Beinen und kam lässig auf uns zu geschlendert. »Egal, was du tust. Egal, wie weit du sie fortbringst. Irgendwann werde ich sie bekommen. Oh. Aber du kannst ja gar nicht weg, wenn Tom und ich gemeinsam deine Macht blockieren.« Tom lachte schallend aus dem anderen Zimmer.

Es regnete leicht und ich hatte nur Unterwäsche an, aber ich wusste nicht, ob ich wegen der Kälte zitterte oder wegen des Mannes, der gerade locker auf uns zukam. Luc hob mich auf genau jenen Ast, auf dem ich schon mal in sein Zimmer geklettert war.

»Kletter runter und verschwinde. Nimm mein Auto«, wies er mich knapp an und steckte seine Schlüssel in meinen BH, aber ich hielt kopfschüttelnd seine Hand fest, als er sie zurückziehen wollte. Meine Glieder waren steif. Ich konnte mich nur um den Ast klammern, während der stärker werdende Regen mir die Sicht nahm.

»Charline, reiß dich zusammen!« Er streckte sich nach oben und küsste mich sehr kurz und sehr süß. »Ich komme nach. Geh! *Jetzt*!« Bei seinen letzten Worten glühten seine Augen auf. Ich wusste, dass er mich manipulierte, und versuchte mich zu wehren, aber ich war chancenlos. Mein Körper setzte sich wie von selbst in Bewegung und ich robbte heulend rückwärts über den Ast von ihm weg.

Verdammt!

Aber er hatte recht!

Ich konnte ihm hier nicht helfen! Ganz im Gegenteil! Ich behinderte ihn nur.

»Du wirst sie nicht bekommen, Pierre. Du wirst heute nämlich sterben. Oder willst du zuerst, Tom? Mir ist es egal, ihr könnt es ausknobeln«, fragte er, sobald er mit dem Rücken zu mir wieder auf dem Balkon stand. Ich versuchte, ihn und seine zwei nahenden Angreifer nicht mehr anzusehen. Das Holz kratzte schmerzhaft über meine nackte Haut und der Regen war alles andere als warm oder hilfreich. Mit zitternden Fingern kam ich an der Baummitte an und musste mich konzentrieren, um meine vor Angst wackelnden Beine auf die richtigen Äste zu setzen und nicht auszurutschen.

»Huhu!« Das kam von Tina einen Ast über mir. Sie grinste mich fröhlich an und war im nächsten Moment mir gegenüber. Sie saß da wie eine Raubkatze, geschmeidig und selbstsicher, während ich mich panisch festklammerte.

»Wie es sich wohl anfühlt, aus drei Metern Höhe in die Tiefe zu stürzen?«, fragte sie grüblerisch und packte mich am Arm. Aber wenn ich schon runterfiel, dann würde ich sie mitnehmen. Und das tat ich auch. Sie riss ihre Augen auf, als sie merkte, dass ich nicht vorhatte, loszulassen, als sie mich in die Tiefe schubste.

Ich landete in spitzen Sträuchern, die meinen Sturz etwas dämpften, nur mein Hinterkopf schlug etwas härter auf dem Boden auf. Meine Haut brannte aufgrund der Kratzwunden und etwas Heißes sickerte in meine Haare. Bebend fasste ich nach hinten und mir wurde leicht übel, als ich das dunkle Blut an meinen Fingerspitzen entdeckte. Ein Keuchen lenkte meinen Blick nach rechts. Tina war in ihrem roten, engen, nun dreckbeschmierten Kleidchen neben mir gelandet, allerdings nicht in den Büschen, sondern direkt auf ein paar Steinen – und konnte sich anscheinend nicht mehr bewegen.

Sie lag skurril verrenkt da und stöhnte vor Schmerzen.

Aber auch ich konnte nicht aufstehen. Als ich es versuchte, gab mein linkes Bein unter mir nach, auch der linke Arm weigerte sich, mir zu gehorchen. Also bahnte ich mir auf dem Bauch robbend meinen Weg durchs dichte, nasse Unterholz. In meine Haut bohrten sich kleine Steinchen und in meinem Kopf drehte sich alles – wie in einem Karussell –, während das Blut in meinen Nacken floss.

Aber wenn es um mein Überleben ging, war ich noch sturer als sonst.

Ich kam tatsächlich auf dem Kiesweg an, dort konnte ich nicht mehr. Das mit dem Auto musste wohl ein Witz gewesen sein, denn es stand hinter der Mauer und ich konnte ohnehin nicht fahren! Keuchend sackte ich in mich zusammen, beobachtete den

Weg und den starken Regen … den dunklen Wald, über dem der helle Mond schien, während meine Wange auf dem Kies ruhte. Alles nahm ich verschwommen wahr, und es wurde noch schlimmer, als ich mich auf den Rücken drehte und den wolkenverhangenen Himmel über mir beobachtete.

Verdammt!

Dennoch erkannte ich Pierres Gesicht, als er über mir auftauchte. Ziemlich ramponiert, blauäugig, und aus einigen Wunden stark blutend, aber spöttisch grinsend.

»Nein«, schluchzte ich auf und wollte fahrig flüchten, aber er gab mir keine Chance. »Er ist gerade mit Tom beschäftigt«, verkündete er immer noch grinsend und war im Begriff, sich zu mir zu hocken. Aber in dem Moment blendeten uns viele blaue Lichter und Scheinwerfer. Autos kamen angefahren und Stimmen riefen durcheinander.

Es regnete jetzt noch stärker. Ich kannte mich in dem lauten Chaos nicht mehr aus. Pierre starrte verdutzt in die Richtung, aus der der Krach kam, während ich immer mehr in Richtung Bewusstlosigkeit entschwand.

»Charline«, hörte ich meine Lieblingsstimme rufen. Ich riss die Augen mit aller Kraftanstrengung wieder auf und schaute Luc an, um zu sehen, ob ihm nichts fehlte. Er kniete neben mir, seine Haare waren zerzaust und nass, das war aber auch schon alles. Er hob meinen Oberkörper an und strich mir die nassen Haare aus dem Gesicht.

»Charline«, flüsterte er gebrochen. »Es ist vorbei.«

»Gehen Sie auf die Knie und legen Sie die Hände hinter den Kopf«, befahl jemand – die Stimme verzerrt durch den Lautsprecher. Boah, mein Kopf! Mussten die so brüllen?

»Luc!« Ich fasste mit bebenden Fingern an sein Gesicht. »Er

hat mir unser erstes Mal geklaut!«

»Und das ist gerade echt dein einziges Problem?«, fragte er leicht lächelnd. Ich sah aus dem Augenwinkel, wie Pierre, immer noch ziemlich verwirrt, auf die Knie ging und die Arme hinter dem Kopf verschränkte. Dabei sackte er nach links, so fertig war er, aber er richtete sich wieder auf – leider.

»Gehen Sie von dem Mädchen weg und verschränken Sie die Hände hinter dem Kopf«, ertönte wieder die penetrante Stimme aus dem Lautsprecher. Mein Hals brannte so. Ich wollte noch etwas sagen, aber es war zu schmerzhaft. »Lassen Sie das Mädchen los! Sofort!«

Was? NEIN? Luc schaute mir in die Augen und legte mich vorsichtig wieder hin.

Dann verschränkte er die Hände ebenfalls hinter dem Kopf und stand in einer fließenden Bewegung auf. Er ging ein paar Schritte von mir weg, während er versuchte, mich mit seinem Blick zu beruhigen. Aber das brachte nichts!

Komm wieder her!, wollte ich ihn anschreien, wurde aber in zwei Arme gezogen. Ein vertrauter Duft stieg mir in die Nase.

»Oh mein Baby. Warum hast du vorhin nichts gesagt? Oh mein Schatz, jetzt wird alles wieder gut!« Meine Mutter heulte an meinem blutigen Hals. Ich fühlte, wie Sanitäter meinen Kopf untersuchten und an mir rumfummelten.

»Starke Gewalteinwirkung. Eine Platzwunde am Kopf. Wahrscheinlich eine Gehirnerschütterung und einige Schürfwunden«, rief einer von ihnen unerträglich laut und ich zuckte zusammen. Was mich interessierte war nur eines: Ein Polizist kam auf Luc zu.

»Nein«, keuchte ich, als ich sah, wie er Luc Handschellen anlegte. »*Er doch nicht!*«, schrie ich trotz der Schmerzen, aber meine leise, kratzige Stimme ging in dem ganzen Chaos um mich herum total unter. Sie wollten dem völlig fertigen Pierre auch Handschellen anlegen, da fiel mir auf, wie schwarz Lucs Augen wurden.

»Ich werde euch alle umbringen! Ihr Schweinehunde!«, rief Pierre plötzlich und fasste in seine Hosentasche. Luc lächelte grimmig.

»Nehmen Sie sofort die Hand aus der Tasche oder ich schieße!«, schrie einer der Polizisten. Pierres Augen glänzten irre, aber ohne Ausdruck. »Ihr dummen Menschen könnt mich nicht erschießen! Ich *bringe euch um*!« Dabei fummelte er wie ein Verrückter in seiner Hosentasche rum. Als er die Hand, um etwas geschlossen, wieder rausnahm, hallte ein einziger Schuss durch die Dunkelheit. Er war so laut, dass mir die Ohren wehtaten – und Pierre fiel in sich zusammen. In der Hand, die sich öffnete, sobald er leblos auf dem Boden aufprallte, war lediglich ein Handy, das nun vom Regen getränkt wurde.

Lucs Augen wurden wieder heller, als er von einem Polizisten ruppig zum Auto geführt wurde. Er wehrte sich kein bisschen.

Sie wollten ihn einsperren! Sie dachten, er hätte mich entführt!

»NEIN!«, schrie ich angestrengt, als ich auf eine Liege gelegt wurde und versuchte, mich aufzurichten. Das Gesicht von meiner Mutter verzog sich verwundert.

»Was, nein! Schatz, streng dich nicht an. Leg dich bitte hin. Sie muss verwirrt sein«, wandte sie sich an einen Sanitäter. Daraufhin wollten diese Irren mir ein Beatmungsdingsbums auf das Gesicht pressen, aber ich schlug seine Hände weg.

»Er war es nicht! Er hat mich gerettet!«, schrie ich und wollte von der Liege springen. Keine Ahnung, woher ich die Kraft dafür nahm, aber sie wollten Luc einsperren und das ging nicht!

»*Wer* hat dich gerettet?«, fragte meine Mutter völlig verwirrt und schaute dem Sanitäter panisch ins Gesicht. Sie dachte offenbar, ich rede wirr. Der wollte mir einfach wieder das Beatmungsgerät aufs Gesicht pressen. Hatte der denn echt nichts anderes zu tun? Der Polizist währenddessen stieß Luc ruppig auf den hinteren Sitz des Autos und knallte die Tür zu.

»Seid ihr bescheuert?« Ich schaffte es, meine Beine über den Rand der Liege zu schwingen. Obwohl mir wirklich alles wehtat, sprang ich auf meine bebenden Füße – mein linkes Bein gehorchte wieder – und rannte los. Taumelnd, fast fallend. Dennoch war ich so schnell, und alle so schockiert, dass keiner mich aufhalten konnte, als ich zum Polizeiauto stürzte, das nur ein paar Schritte entfernt stand. Der Polizist reagierte nicht, war viel zu verdattert – vielleicht hielt ihn auch Luc auf. Ich riss die Tür auf, wobei ich fast nach hinten umkippte, schmiss mich einfach in Lucs Arme und vergrub mein Gesicht an seiner Brust. Ich wusste, er war die beste Medizin. Seine Nähe würde mich besser heilen, als all die dämlichen Sanitäter und Ärzte zusammen.

»Nein, ich will nicht von dir weg! Geh nicht mit! Wehr dich!« Ich heulte ihm sein teures Hemd voll.

»Shhh!« Luc, der leicht irritiert wirkte, schlang mir einen Arm um den Rücken und drückte mich sanft an sich. »Geh mit ihnen ins Krankenhaus!«

»NEIN!«, brüllte ich völlig haltlos, und als der Polizist mich endlich von ihm wegziehen wollte, versteifte ich mich, drehte mich zu ihm und schrie: »Er hat mich gerettet, ihr Idioten! Finger weg!«. Er zog die Hand verwirrt zurück, als ich auf sie einfuchtelte. Ich ahnte, dass der echt amüsierte Luc ihn von mir abhielt, denn der Polizist unternahm keinen zweiten Versuch. Meine Mutter stand mit offenem Mund hinter ihm.

»Du musst ins Krankenhaus, Baby«, flüsterte Luc und streichelte meine Haare. »Ich werde schon mit ihnen fertig.«

»Nein, ich will nirgendwo mehr hin ohne dich!« Ich klammerte mich fester an seinen Hals. So fest ich konnte. »Nie wieder. Bitte!« Er seufzte. Dann hörte ich die Stimme von meiner Mutter. Sie beugte sich ins Auto und schirmte ihr Gesicht vor Regen ab. »Charline. Darf ich bitte erfahren, was los ist? Warum klammerst du dich an den Mann? Hat er dir Drogen gegeben? Was ist denn hier nur los? Zuerst verschwindest du, ich fahre dir hinterher und verständige die Polizei, weil ich denke, dass du zu irgendwelchen verrückten Dingen gezwungen wirst, Henry sei Dank, meinem Freund von der Streife, du weißt schon, kommen sie sofort, wir finden dich halb tot und … ach, ich versteh die Welt nicht mehr!« Ich drehte mich zu ihr und versuchte, sachlich mit ihr zu reden. Lucs Nähe hatte die größten Schmerzen von mir genommen und mich irgendwie betäubt, sodass ich mich beinahe wieder fit fühlte, während er alle außer meiner Mutter von uns abhielt.

»Mama«, sagte ich klar und deutlich. »Dieser Mann hat nichts mit meiner Verletzung zu tun. Er hat mir nichts getan. Er ist mein Retter! Und ich will nie wieder von ihm weg!« Ich versteckte mein Gesicht wieder an seiner duftenden Brust, konnte mir zu gut vorstellen, wie ihr Gesicht aussah und wie er aussah, als er ihr die Hand mit einem verschmitzten Grinsen hinstreckte. »Schön, Ihre Bekanntschaft zu machen. Ich bin Lucas Black.«

»Und ich bin total verwirrt!«

Blinzelnd sah ich zu meiner Mutter und beobachtete, wie sie beklommen seine Hand schüttelte, dann seufzte sie. »Ich glaube, ich muss jetzt erst mal einen rauchen!« Sie klang nur ein kleines bisschen neben sich und zog sich zurück. Einer der Polizisten streckte nun seinen Kopf anstatt ihr zur Tür rein und leuchtete mir unnötigerweise mit der Taschenlampe ins Gesicht.

»Nur, dass wir auch mitkommen. Sie sagen, dieser Mann hat Ihnen nichts getan?«

»NEIN!«, schrie ich wieder. »Das hab ich doch schon gesagt. Er hier kam, um mir zu helfen und der, den Sie erschossen haben, ist für das ganze Chaos verantwortlich, verstanden?«, zischte ich genervt, und der Polizist verzog wegen meines respektlosen Tons das Gesicht.

»Aha!« Er sah mich so an, als wüsste er nicht, was er mit mir anstellen sollte, dann leuchteten Lucs Augen auf und der Polizist verschwand endlich aus dem Auto, bevor er seinen Kollegen zurief: »Der hier ist unschuldig!« *Endlich!*

Luc schob mich aus dem Wagen.

Ich schwankte gefährlich und er hob mich auf seine Arme, um mich auf die dumme Liege zu legen. Der Sanitäter wollte mir erleichtert wieder dieses Ding aufs Gesicht setzen und drängte Luc zur Seite, aber ich krallte mich panisch an seinem Ärmel fest.

»Shhhh. Ich bleibe bei dir, aber du musst dich jetzt ausruhen«, versprach er ruhig und nahm meine Hand.

»Wehe, wenn nicht … Dann …« Ich konnte die Drohung mit erhobenem schwachem Zeigefinger nicht mehr beenden, weil sich meine bleischweren Lider schlossen und alles dunkel wurde. Ob von dem Ding auf meinem Gesicht oder der Schlafmanipulation wusste ich nicht. Wahrscheinlicher war das Zweite.

Pakt mit dem Teufel

Als ich meine Augen wieder aufschlug, war ich nicht darüber verwundert, mich in einem Krankenhauszimmer wiederzufinden. War klar. Ich war schließlich ein gutes Stück von einem Baum gefallen, Gott sei Dank war ich durch einen Busch etwas abgefangen worden, und hatte mich zu guter Letzt gefühlte hundert Meter halb nackt durch dickes, kratziges Unterholz geschleift. Jetzt zierten mich lauter lustige kleine Pflaster und einige blaue Flecken. Wenigstens blieb mir ein Verband erspart, außer der am Kopf. Nur war der so riesig, dass er immer hin und her schwankte, wenn ich mich bewegte. Das musste eine Art Turban sein.

Wie ungemütlich.

»Ach, *ungemütlich*?«, fragte Luc sarkastisch. Ich schaute an meine Seite und in sein reserviertes Gesicht.

»Was hab ich ausgefressen?«, fragte ich noch leicht verschlafen, als ich sofort merkte, dass er nicht gerade gut auf mich zu sprechen zu sein schien. Er verschränkte die Arme vor der Brust und lehnte sich im Stuhl zurück, der neben dem Bett stand.

»Nichts, Charline. Außer, dass du dich auf den Teufel persönlich eingelassen hast.« Seine Stimme triefte vor ätzendem

Sarkasmus.

»DEN WAS?« Hatte ich da gerade richtig gehört? Hatte er das gerade wirklich gesagt? »DEN Teufel? Mit Hörnern? Meinst du etwas dich? Du bist doch gar nicht rot?« Ich fing an, aus vollem Halse zu Lachen bei der Vorstellung. Na ja, nicht ganz so laut, denn mir taten die Rippen weh. Aber so sehr, wie ich konnte. Doch ich verstummte abrupt, als ich merkte, dass er nicht mitlachte. Keineswegs. Er saß immer noch nach hinten gelehnt mit verschränkten Armen in seinem hellblauen Markenhemd und seiner Markenjeans da und schaute abwartend auf mich herab. In seinem Gesicht war nicht eine Spur Humor zu erkennen.

Ich schluckte mühsam und wisperte. »Das bist du also?«

»Hast du jetzt endlich mal Angst vor mir?«, fragte er fast schon hoffnungsvoll. Ich runzelte die Stirn, überdachte das kurz und schüttelte den Kopf. »Warum sollte ich?« Jetzt entspannte sich seine verhärtete Maske, aber er schaute dafür verwundert.

»Wie? Du hast wirklich keine Angst?« Ich verdrehte die Augen. »Und noch mal: Warum sollte ich Angst vor dir haben?«

Jetzt setzte er sich auf und war so außer sich, wie ich ihn nur selten erlebt habe.

»Also vielleicht, weil ich jemanden vor deinen Augen per Gedankenmanipulation dazu gebracht habe, sein Handy aus der Tasche zu holen, damit er erschossen wird? Jemanden, der normalerweise allem trotzen konnte? Der aber von mir zu geschwächt war, um sich gegen die paar Menschlein zu wehren? Und weil ich den Polzisten dazu gebracht habe, dem Kerl einen glatten Kopfschuss zu verpassen? Und weil ich, ohne dass du es mitbekommen hast, Tom kaltblütig umgebracht habe, und weil ich … weil ich … keine Ahnung. Normale Menschen haben eben vor so etwas wie dem Teufel Angst! Allein schon vor dem Begriff.«

»Also ich bin erstens nicht normal und zweitens, wie konnte Pierre nicht verletzt werden, als du ihn durch die Mauer geschleudert hast, aber die Kugel hat ihn getötet?«

»Na ja … Es war ein ziemlich ausgeglichener Kampf zwischen uns, bis Nicole kam. Ich dachte, sie würde sich auf seine Seite schlagen, aber sie hat mir geholfen, ihn zu schwächen. Sie ist dann allerdings abgehauen, als die Bullen kamen. Mit denen will sie nichts zu tun haben. Auf jeden Fall waren wir am Anfang noch beide gleich stark und konnten uns jeweils mit unserem Geist schützen, als ich ihn durch die Mauer geschleudert habe. Das war übrigens nicht die einzige, die zu Bruch ging. Das Haus liegt jetzt in Schutt und Asche. Doch er war zum Schluss körperlich und vor allem geistig in so einer schwachen Verfassung, im Prinzip wie ein Mensch, dass die Kugel ihn töten konnte.«

»Und was ist denn jetzt ganz konkret der Unterschied zwischen Teufeln und uns Menschen?«, fragte ich mehr als spöttisch. Er tippte sich an die Stirn.

»Die Kraft unserer Gedanken. Praktisch, wenn man hundert Prozent seiner Gehirnleistung nutzen kann und nicht nur zehn, so wie ihr Menschen.«

»Ich glaube nicht an so einen übernatürlichen Quatsch! Teufel, pah!« Defensiv verschränkte ich die Arme vor der Brust und zuckte dann zusammen, weil sogar das wehtat.

»Das tun die meisten Menschen nicht. Deswegen fällt es uns so leicht, zwischen euch zu leben.«

»Und zu morden!« OH! Kaum hatte ich es ausgesprochen, hätte ich mir am liebsten die Zunge aus meinem überschnellen

Mund rausgeschnitten.

Seine Miene verfinsterte sich wie erwartet noch mehr. »Ja, auch zu morden«, gab er mir grimmig recht »Was denkst du, warum der Teufel als böse dargestellt wird? Schon im Mittelalter wurden Menschen auf uns aufmerksam. Schon damals wussten sie instinktiv, ohne es mit ihrem Minihirn greifen zu können, wie so viele Dinge dieser Welt, dass wir zum Zerstören erschaffen wurden. Sie hatten Angst vor uns und gaben uns Namen wie Teufel oder Satan.«

»Und obwohl du zum Zerstören erschaffen wurdest, liebst du mich«, flüsterte ich.

»Nein, die richtige Aussage wäre: *Und doch liebst* ***du*** *mich!* Obwohl ich das bin, was ich bin.«

»Ich werde dich immer lieben, egal, was du bist!« Das musste ihm endlich mal klar werden. Auch wenn er zu einer übermenschlichen Rasse gehörte, die in Wahrheit nichts anderes als Teufel waren. Sein Mundwinkel zuckte. Dann schüttelte er den Kopf und rieb sich über die Stirn.

»Was ist denn jetzt?«, fragte ich genervt.

Er schmunzelte jetzt offensichtlich. »Und ich dachte, ich kann dich von mir fernhalten, wenn du weißt, was ich bin.«

»Ähm … Hast du da zufällig was nicht mitgekriegt? Luc, du kannst mich nicht von dir fernhalten. Egal mit was! Wozu auch?«

»Vielleicht damit so was nicht noch mal passiert?« Er zeigte mit einer ausschweifenden Handbewegung auf mich.

»So was wird nicht noch mal passieren!« Ich imitierte seine ausschweifende Handbewegung, umfasste damit all meine Blessuren. »Jetzt sind doch alle weg, die in Reichweite waren. Was ist eigentlich mit deiner Schwester los? Tina hat gesagt, sie wollte dich verraten?«

»Tina hat dich angelogen!«, knurrte er. »Hallo? Erde an Charli. Den Kopf einschalten! Ich dachte, du bist intelligent. Sie mag dich nicht besonders und das ist stark untertrieben, und sie hat dich manipuliert!«, stieß er hervor und lehnte sich wieder nach hinten, um sich zu beruhigen, nachdem er sich wütend vorgebeugt hatte. Er schloss die Augen, während er weiter redete. »Ich hätte nie gedacht, dass du dem hungernden Löwen direkt ins Maul springst, während ich unwissend schlafe. Mir zwängt sich da echt eine ganz dringende Frage auf: Bist du lebensmüde? Hast du einen heimlichen Todeswunsch oder so? Nur damit ich fürs nächste Mal Bescheid weiß!«

Ich kaute auf meiner Lippe rum. Na ja, es war schon ziemlich dumm von mir gewesen. Etwas überschnell gehandelt. Nur ein bisschen.

»Ich wollte eben nicht, dass du stirbst! Da brennen bei mir alle Sicherungen durch! Obwohl Nicole zu dir gehalten hat, war es für dich immer noch gefährlich!«, schrie ich ihn jetzt an. Es tat im Hals weh und ich räusperte mich.

»Seit wir uns kennen, versuche ich dich zu schützen«, stellte er trocken fest »Was denkst du denn, wie es meinen Sicherungen geht? Es ist dir wohl egal, wie ich mich gefühlt habe, als ich aufgewacht bin, weil Nicole ins Zimmer stürmte und sagte, Tina und du wärt weg. Noch bessere Gesellschaft hättest du dir nicht suchen können für deinen kleinen Ausflug aufs Land! Hättest du mich denn nicht aufwecken und fragen können: *Hey Luc, was geht ab?*«

»Wir feiern die ganze Nacht«, sang ich schwach. Er verzog keine Miene. Ich plusterte die Wangen auf, dann platzte ich. »Gut, dann hätte ich dich aufgeweckt und gesagt. *Hey Luc, deine Schwester ist voll Scheiße und will dir in den Rücken fallen.* Und was hättest du gemacht? Hättest du gesagt: *Okay, Schatz, dann geh dich eben umbringen, aber beeil dich und bring Schrippen mit?* Du hättest mich nicht gehen lassen, sondern nur weiterverschleppt, und wir wären unser Leben lang auf der Flucht gewesen!«

»Ich wollte dir eben diese Erfahrung ersparen, Pierre noch einmal gegenüber zu stehen, weil ich weiß, wie er war, weil ich weiß, wie sehr es ihm Spaß machte zu quälen. Weil ich weiß, was er mit dir vorhatte.« Er verstummte und kniff die Augen zusammen, als hätte er Schmerzen. Ich versuchte, die qualvollen Bilder aus meinen Gedanken zu verdrängen, die bei seinen Worten aufgekommen waren, um ihn nicht noch mehr zu quälen. Das tat er schon zur Genüge. Meine Stimme wurde sofort weicher.

»Und das ist ja auch nett von dir und so, aber ich wollte das Risiko nicht eingehen, dass dir etwas passiert. Ich kann doch ohne dich nicht leben, krieg das endlich mal in deinen Kopf rein! Da sterbe ich lieber! Und überhaupt …« Ich schaute ihn wütend funkelnd an, als es mir auffiel. »Warum zum Teufel sitzt du da hinten auf dem Stuhl? Du bist mir was schuldig, also beweg deinen anbetungswürdigen Hintern her!« Es war eine Unverschämtheit, dass sein prächtiger Körper so weit entfernt saß und mich mit keiner einzigen Faser berührte.

Er seufzte und schüttelte amüsiert den Kopf. Aber er setzte sich vorsichtig an meinen Bettrand. Ich zog ihn am Kragen zu mir runter. Die Bewegung schmerzte nur ein kleines bisschen, aber seine Nähe war es wert.

»Echt?«, fragte er mit hochgezogener Augenbraue, legte sich aber vorsichtig neben mich. Ich vergrub mein Gesicht an seiner Halsbeuge und atmete tief durch. So war es gut.

»Du weißt, dass du büßen wirst, für das, was du getan hast?«, fragte er leise.

»Das kommt ganz drauf an, wie ich meine Schuld begleichen muss.« Ich versuchte, mich zusammenzureißen und ganz normal weiter mit ihm zu reden, obwohl ich seine Lippen an meiner Schläfe fühlte. Na ja, ich ahnte schon, dass ich einen aussichtslosen Kampf kämpfte. Mit sanften Küssen glitt er an meinem Gesicht hinab.

»Hmmm, mir würden da schon so ein oder zwei Sachen einfallen, wie ich dich büßen lassen könnte«, antwortete er mit seiner verführerischsten Stimme. In dem Moment fiel es mir wieder ein und ich klammerte mich an seinen Kragen.

»Wenn er nicht schon tot wäre, würde ich ihn umbringen!« Luc, der natürlich schon wusste, worauf ich hinauswollte, lachte mich in meiner mörderischen Wut aus.

»Er hat mir mein erstes Mal geklaut!«, beschwerte ich mich bestürzt. Mein allererstes Mal! Es war einfach aus meinem Gedächtnis entschwunden. Aber das Schlimme war ja, dass ich noch genau wusste, dass ich mein schönstes Erlebnis meines Lebens verloren hatte. Seine Küsse wanderten zu meinem Mundwinkel.

»Charline, darf ich dich darauf aufmerksam machen, dass wir meinetwegen jeden Tag so tun können, als wäre es dein erstes Mal? Wir können es Kuss für Kuss rekonstruieren und nachspielen, wenn du dann glücklich bist.«

»Jetzt sei nicht albern!« Mehr konnte ich nicht sagen, weil sein Atem in meinen Mund strömte und einen süßen Geschmack hinterließ. Im Abgang. Wie guter Wein. Und weil er es mit mir wiederholen wollte, jeden Tag.

»Ich bin sehr ernsthaft.« Er strich mit den Lippen ganz leicht über meine. Hin und her.

»Aber wer sagt mir, dass du morgen nicht schon genug von mir hast?«, fragte ich unsicher. Er küsste mich kurz, dann ließ er seine Lippen wieder an meiner Wange entlanggleiten, bis er an meinem Ohr angekommen war. In meinem Kopf drehte sich schon wieder alles, aber ich verstand, was er mir sagte.

»Wenn du willst, heirate ich dich. Oder wir ziehen zusammen oder machen andere menschliche Sachen, die dir beweisen, dass ich nur noch dich will. Bis ich sterbe und darüber hinaus.« Ich musste kichern.

»Ein Teufel vor dem Altar? Vor Gott getraut?« Er lachte leise in mein Ohr und ich erschauerte.

»Na ja, ich glaube nicht, dass er und seine Familie sehr erfreut wären. Aber es gibt ja noch das Standesamt.«

»Luc …« Ich fuhr mit den Fingern in seine Haare und zog sein Gesicht so zu mir, sodass ich ihm ins Ohr flüstern konnte. »Schließen wir einen Pakt.« Er rückte ein Stück von mir ab, um mir ins Gesicht zu sehen. Dann wackelte er mysteriös mit den Augenbrauen.

»Du willst wirklich einen Pakt mit dem Teufel schließen? Weißt du, worauf du dich dabei einlässt?« Er schaffte es, seine Stimme düster, warnend und gleichzeitig wahnsinnig verlockend klingen zu lassen. Seine Augen funkelten.

»Wenn es mir garantiert, dass der Teufel so lange bei mir bleibt, wie ich lebe. Dass ich immer mit ihm schlafen kann, wenn ich will; dass er mich liebt und mit keiner anderen Frau außer mir … Dann ja!« Ich holte Luft, nachdem ich die Worte im Eiltempo runtergerattert hatte.

»Und was ist dein Einsatz?«

»Das weißt du doch schon.« Ich wurde knallrot.

Er gluckste. »Stimmt, und ich muss sagen, der Einsatz ist eine Überlegung wert.«

»Ach echt?« Ich zog die Augenbrauen nach oben und grinste.

Er atmete tief durch, schaute mir sehr ernsthaft in die Augen und legte eine Hand an meine Wange. Die kribbelnde Masse, die in seiner Gegenwart immer in meinem Magen brodelte, bahnte sich ihren Weg in meinen Unterleib.

»Na gut. Ich schwöre feierlich, dass ich bei dir bleiben werde, solange du lebst. Dass du immer mit mir schlafen kannst, wenn du willst, und dass ich sonst keine lieben und auch sicher mit keiner anderen Frau schlafen werde, außer dir.« Er hielt mir seine Hand hin und ich nahm sie glücklich seufzend. Dann schüttelte er meine mit ernster Miene, die ich zu erwidern versuchte.

»Dann gehöre ich jetzt vollkommen dir – mit Leib und Seele«, sagte ich genauso feierlich.

»Danke!«, erwiderte er ganz geschäftsmäßig. Einen Moment hielten wir es noch aus, dann brachen wir in schallendes Gelächter aus.

Er zog mich in seine Arme und küsste mich innig, während ich sein perfektes Gesicht in meinen Händen hielt und wusste, was Glück bedeutete. Er brandmarkte mich mit seinen Lippen und ich war mir sicher, nie wieder etwas anderes zu wollen, als in seinen Armen zu liegen.

Also hatten wir uns trotz unserer Meinungsverschiedenheiten auf das Allerwichtigste geeinigt. Dass wir uns liebten und nichts und niemand uns jemals wieder trennen konnte, zumindest nicht in dieser Welt.

Lucas Black

Kurz darauf wurde die Tür aufgerissen und ich schaute in zwei kleine grüne Augen.

»Luc!«, rief ich vorwurfsvoll, weil er mich nicht gewarnt hatte, dass Edith gleich reinstürmen würde, und schob ihn an der Brust und mit geröteten Wangen von mir, weil sie uns beim Knutschen erwischt hatte.

»Das ist mir noch nie passiert! Du bist schuld!«, stellte er nüchtern fest, stand auf und richtete sich sein Hemd.

»Charline?«, fragte Edith und zog eine Augenbraue hoch, während sie zwischen dem Traummann und mir hin und her sah.

»Äh ja, also …« Ich warf Luc einen hilfesuchenden Blick zu. Doch der grinste mich nur an und strich mir eine Strähne aus dem Gesicht. Meine Wangen färbten sich noch dunkler, was das Ganze noch schlimmer machte. Ich schlug auf seine Finger. Er gluckste und nahm meine Hand. Edith schaute die ganze Zeit fassungslos von mir zu ihm und zurück. Ich atmete tief durch.

»Okay, Edith, das ist Lucas, mein … Freund. Luc, das ist Edith, eine gute Freundin der Familie. Außerdem bedient sie bei uns im Café.« Als ob er das nicht schon wüsste.

Er ging auf sie zu und nahm ihre Hand. »Sehr erfreut, Ihre Bekanntschaft zu machen!« Als er sich runter beugte und ihr einen Handkuss gab, wurde auch die kleine sommersprossige, rundliche und sonst so eiserne Edith knallrot.

»Was machst du hier?«, fragte ich sie. Einen Moment war sie noch verwirrt. Aber sie fing sich wieder, als er sie losließ und sich vorsichtig zu mir auf den Bettrand setzte. »Deine Mutter muss arbeiten, aber sie hat mir befohlen, hier Wache zu stehen, wenn sie keine Zeit hat, damit ich ihr gleich Bescheid sagen kann, wenn es was Neues gibt. Und anscheinend gibt es was Neues!« Sie schaute mich streng aber unterschwellig amüsiert mit hochgezogener Augenbraue an. Ich schloss die Lider.

»Bitte sag ihr nichts. Ich werde es ihr selber sagen!«

»Deine Mutter wird dir schon nicht den Kopf abreißen, du bist 18, auch wenn sie denkt, dass du wirr geredet hast, als sie dich retteten.« Luc gluckste leise. Ich schlug die Augen wieder auf und schaute ihn wütend an. Er strich mir über den Handrücken.

»Sie wird dir wirklich nicht den Kopf abreißen«, bestätigte er ernst.

»Schön, dass ihr zwei euch da so sicher seid!«, antwortete ich ironisch. »Es geht ja hier nur um meinen Kopf und meine Mum hasst Männer. Aber wie und ob ich es ihr sage, das lasst mal meine Sache sein, okay, Edith?« Ich schaute sie eindringlich an.

Sie seufzte. »Wie du willst. Du wirst schon wissen, wie du es ihr am besten beibringst.«

»Sicher nicht so bald. Sie muss sich erst mal von dem Schock erholen, dass ich angegriffen wurde.« Luc atmete erleichtert auf und ich schaute skeptisch zu ihm auf. Er lächelte mich schief an.

»Wie lang geht das schon mit euch beiden?«, fragte Edith von unserem Blickwechsel misstrauisch. Ich biss mir auf die Lippe.

»Seit ein paar Tagen«, antwortete er locker, und ich runzelte die Stirn.

»Ein paar Tage? Natürlich!« Sie nickte, als hätte ich ihr gerade versucht weiszumachen, dass in Wahrheit der Osterhase die Weihnachtsgeschenke verteilte, dann drehte sie sich um.

»Also dann verkünde ich ihr mal die freudige Botschaft« Heftiger Schock! »Dass du wieder wach bist!« Die alte Sadistin grinste mich an.

»Aber nichts anderes!«, schrie ich ihr noch hinterher, als sie die Tür hinter sich zuzog. Ich wollte mich aufsetzen, um was zu trinken, aber meine Glieder schmerzten, als hätte ich am ganzen Körper Muskelkater. Hatte ich sicher auch.

»Warte!« Er fuhr mit der Hand vorsichtig unter meinen Rücken und half mir. Ah, so war es viel einfacher, aber gleichzeitig total peinlich, weil ich so schwach und hilflos war wie eine alte Oma. Er verdrehte die Augen, während er Mineralwasser einschenkte.

»Charline. Du bist meinetwegen so ramponiert. Das ist alles meine Schuld! Mir muss es peinlich sein. Na ja, peinlich ist nicht das richtige Wort. Eher … hm … schuldbewusst? Und wieder ein neues Gefühl in meiner Gefühlswelt. Schuld.«

Ich nahm das Glas aus seiner Hand und trank einen Schluck. »Wir haben doch schon festgestellt, dass Tina mich an der Nase herumgeführt hat und dass ich zu dumm war, um es zu checken. Und wenn du nicht gekommen wärst, dann wäre ich jetzt gar nicht mehr hier, also hör auf mit dem Mist! Luc, echt! Ich will nicht, dass …« Er hielt mir den Mund zu.

»Ist ja gut!« Ich starrte ihn wütend an. Seine Stimme klang amüsiert. »Du bist die Dumme, die nichts gecheckt hat, und ich bin der strahlende Held. Zufrieden?« Ich nickte. Er nahm die Hand wieder weg und zog mich langsam an seine Brust. Seufzend lehnte ich mich mit der Wange an seine Brust und lauschte seinem ruhigem Herzschlag.

»Aber wenn ich der strahlende Held bin, dann musst du auch damit klarkommen, dass ich dich pflegen werde.«

»Pflegen? Das hört sich wirklich an, als wäre ich eine alte Oma!« Er strich mir über die Haare.

»Meine alte Oma«, murmelte er, und ich wollte ihm in die Brustwarze zwicken, aber er erkannte natürlich meine Absichten und hielt lachend meine Hand fest. Ich rückte von ihm ab. »Beherrsch dich!«, mahnte er mich. »Keine körperlichen Angriffe mehr mir gegenüber. Davon habe ich langsam genug!«

»*Gar keine* körperlichen Angriffe mehr?« Ich entzog ihm die Hand und lehnte mich mit nach oben gezogener Augenbraue vorsichtig von ihm weg. »Okay, na dann muss ich mir wohl wen anders dafür suchen.« Seine Augen verengten sich zu Schlitzen.

»Du bist wirklich teuflisch!«, zischte er. Aber dann beruhigte sich sein Gesicht. Er schürzte die vollen Lippen, allein schon deswegen wollte ich mich auf ihn stürzen. »Aber denkst du wirklich, es ist eine gute Idee, sich mit mir anzulegen?« Seine Finger glitten an meinem Arm nach oben. Ich hielt den Atem an, als er an meinem Schlüsselbein entlang strich, während seine Augen immer mehr glühten und mir den Verstand raubten. Er bewegte sich ganz langsam und vorsichtig, als er mich mit seinem Körper in die Kissen zurück drückte und sich vorsichtig über mich schob. Dabei stützte er sich ab, sodass er mich kaum berührte. »Dabei habe ich mir gerade überlegt, dir etwas wiederzugeben.«

Sein Gesicht war meinem so nahe, dass ich ihn nur überwältigt anstarren konnte. Das Herz raste in meiner Brust.

»Was wiedergeben?«, fragte ich schließlich kratzig. Er

lächelte auf seine unschuldige Art und Weise, die nur bedeutete, dass er gerade an etwas alles andere als Unschuldiges dachte.

»Etwas, das dir sehr wichtig ist und mit mir zu tun hat.« Seine Zunge strich hauchzart über meine Unterlippe. Ich fuhr mit allen Fingern in seine Haare und zog ihn zurück, sodass ich ihm ins Gesicht sehen konnte. Und klar denken konnte und mit ihm reden konnte. Wenn er so etwas tat, dann herrschte Chaos.

»Was willst du mir geben?«, fragte ich jetzt gepresst.

»Alles!«, murmelte er und küsste mich. Das Chaos brach komplett in mir aus. Aber auf eine andere Art und Weise. Für einen kurzen Moment gewährte er mir Einblick in seinen Kopf und ich konnte alles sehen … Konnte im Schnelldurchlauf sehen, was er gefühlt und erlebt hatte.

Luc als bezaubernder kleiner Junge – immer geschützt von einem schwarzen Dobermann.

Luc in der dritten Klasse, wie er die Mädchen ärgerte.

Luc in der achten Klasse, als er heimlich das erste Mal mit einem Auto fuhr.

Luc nach seinem Abiturabschluss in einer Londoner Bar.

Luc bei seinen Reisen und Studien in allen möglichen Ländern.

Wundersame Orte, Sprachen, Sitten und Gebräuche, Gerüche und Gesichter. Alles aus seiner scharfsinnigen, kalkulierten Sichtweise. Kühl und distanziert. Er dachte nicht an andere Frauen oder seine Schreckenstaten. Nur an Sachen, die mich staunen ließen.

Dann Luc in der Unterführung.

Das Chaos in seinem Kopf, als er mir das erste Mal in die Augen sah.

Das Chaos, als er mich das erste Mal berührte.

Das Chaos, als er merkte, dass ich ihm nicht sofort erlag.

Das Chaos, als er nicht mehr aufhören konnte, an mich zu denken.

Das Chaos, als er mich in seinem Haus vorfand.

Die Hilflosigkeit, als er dachte, er müsste mich tatsächlich umbringen. Die sich in Wut wandelte. Nichts als Wut.

Die Wut, als er tatsächlich einen Menschen rettete.

Die Wut, als er sich mit diesem Menschen befassen musste.

Die Wut, als ihm dieser Mensch immer wieder die Stirn bot und imponierte.

Die Wut, als ich vor ihm flüchten wollte. Immer und immer wieder.

Die Wut, weil er wütend war, dass ich von ihm wegwollte.

Die Wut, die in Wahrheit nichts als zurückgewiesene Liebe war.

Dann, als ich flüchtete, kam ein großer Sprung.

Sein gesamtes distanziertes, kühles Inneres taute auf. Es kamen neue unbekannte Gefühle dazu.

Das Gefühl, dass sich nicht mal das Atmen ohne mich lohnte – Trauer.

Das Gefühl, das er empfunden hatte, als ich freiwillig zu ihm zurückkehrte – Freude.

Das Gefühl, nicht zu wissen, ob man seiner Liebsten Schaden zufügt, wenn man mit ihr zusammen ist – Zweifel.

Ob man sie womöglich tötet, wenn man sich dem hingibt, was man so dringend braucht – Panik.

Das Gefühl, sich nicht mehr gegen ihr Bitten wehren zu können, weil man ihr immer alles geben will, was sie verlangt – Hingabe.

Das Gefühl, dass einem das Herz aus der Brust springt,

allein, wenn man in die Augen des anderen sieht, dass man alles für den anderen tun und geben würde, dass man keinen einzigen Tag mehr getrennt verbringen will – Liebe.

Meine Haut unter seinen Fingern. Meine Lippen mit seinen verschmolzen. Meine leise Stimme, die seinen Namen seufzt. Unsere verschlungenen Körper – das pure Glück.

***

Ich tauchte keuchend wieder in der Realität auf und hatte es wieder – mein erstes Mal, und noch viel mehr. Mir kamen die Tränen, als ich realisierte, dass unser erstes Mal für ihn auch das Schönste war, was er je erlebt hatte, auch wenn er schon jetzt mehr erlebt hatte als ein hundertjähriger Mann in seinem ganzen Leben. Mein Kopf kribbelte zwar, aber es tat nicht weh. Ich musste das alles, was ich gerade durch seine Augen hautnah erlebt hatte, erst verdauen. Seine Daumen streichelten mir über die Wangen, während er mir in die Augen sah und sich sein aufgebrachter Blick beruhigte.

»*Danke*!«, stieß ich schließlich mit Tränen in den Augen hervor und umarmte ihn so fest es mir möglich war.

»Bitte«, murmelte er und küsste mich auf den Nacken, während ich nun wirklich wusste, dass ich sein Ein und Alles war – schon vom ersten Moment an.

Epilog

»Und du denkst wirklich, wir sollten es ihr so sagen?« Seine Stimme klang ungewohnt unsicher. Ich richtete seinen Kragen, obwohl das im Grunde nicht nötig war. An ihm konnte die Kleidung nicht anders als perfekt sitzen. Ein Ding der Unmöglichkeit war es erst recht, das Kleidung schlecht an ihm aussah. Egal, woraus sie bestand. Er hätte sogar im rosa Hasenkostüm anziehend, männlich und sexy ausgesehen. Aber mir war es nur recht. Denn obwohl seine Anziehungskraft auf andere Frauen nicht nachgelassen hatte, so war nur ich es, die das Privileg genoss, ihn anfassen zu dürfen. Und von ihm angefasst zu werden.

»Charline! Lenk nicht ab«, forderte er mich auf, als meine Gedanken sofort zur letzten Nacht schweiften und was er da alles mit mir gemacht hatte. Als ich in sein Gesicht sah, wusste ich, warum er so ungewohnt nervös wirkte, während er sich die Ärmel zuknöpfte, und musste kichern.

Lucas Black und nervös. Eine Weltpremiere!

Das, was er zwei Monate vor sich hergeschoben hatte, trat jetzt ein.

Seine ganz persönliche Horrorvorstellung.

Die *Schwiegermutter.*

Also natürlich nicht direkt Schwiegermutter. Wir waren nicht verlobt und erst recht nicht verheiratet. Aber verpaktet, und das zählte sowieso mehr.

»Weißt du eigentlich, wie blöd es für mich ist, wenn ich neben meiner Mutter sitze, während sie mit dem neuen … » Bei dem folgenden Wort malte ich Gänsefüßchen in die Luft, »*Vermieter* telefoniert und ihm als Dank für alles Blumensträuße schickt, die dann hier auf diesem Tisch landen? Und ich muss diese winzig kleinen Kärtchen auch noch jedes Mal unterschreiben und so tun, als wüsste ich von nichts!«

Wir schauten beide kurz auf einen Strauß im Schlafzimmer auf dem Nachttisch, den meine dankbare Mutter über mich an meinen Retter weitergeleitet hatte. Die ausschließlich gelben Blumen stanken dermaßen, dass mir davon regelmäßig schlecht wurde. Danke Mama! Ehrlich!

»Sie wird noch arm, wenn sie dir weiter so viele Blumen schickt! Du musst sie endlich persönlich kennenlernen, und bei der Gelegenheit sagen wir ihr, dass du der Besitzer unseres Hauses bist und nicht nur mein Retter, sondern auch mein Freund«, murmelte ich, als ich die gelben Stinke-Blumen beobachtete, die da so unschuldig in der Vase rumstanden.

»Erstens kenne ich sie schon. Ich hab sie schon einmal gesehen, weißt du nicht mehr? Und zweitens habe ich das Haus sowieso schon auf dich überschrieben.« Wie die Ruhe selbst legte er seine Rolex um. Ich starrte ihn mit offenem Mund an und verzog das Gesicht.

»Luc, du bist verrückt! Weißt du das? Richtig verrückt! Ich will *kein Haus. Von. dir*!« Fassungslos schüttelte ich den Kopf.

»Hast du aber schon.« Er zuckte gelangweilt die Schultern und richtete sich noch mal das Hemd an den Ärmeln.

»Ich werde … werde es verbrennen, wenn du es nicht zurücknimmst!«, drohte ich.

»Hmh«, machte er gelangweilt und nickte. »Ganz sicher, während du drin schläfst, oder? Das würde mich so richtig treffen.« Er richtete noch ein paar Strähnen seiner dichten perfekten Haare, als hätten sie das nötig – der eitle Gockel!

»Ja, und dann kannst du meine Asche mit dir rumtragen, als Andenken, oder sie auf deinen Nachttisch zu den Stinkeblumen stellen. Willst du das etwa?«

»Charline?«, fragte er.

»Ja?«

»Sei ruhig!«, sagte er, drehte sich zu mir und küsste mich sanft auf die Lippen. Ich fuhr mit meinen Händen unter sein Hemd und strich über seine Bauchmuskeln – ich konnte einfach nicht genug von ihnen bekommen! Er spannte sie an und lächelte an meinen Lippen, als ich aufkeuchte.

»Mhmmmm, Luc?«, seufzte ich genüsslich an seinen Lippen. Ich musste nichts weiter sagen oder denken. Er hob mich hoch und ich schlang die Beine um seine Hüften. Seine Finger umfassten fest meinen Hintern und ich stöhnte auf. Praktisch, dass ich heute tatsächlich freiwillig ein Kleid angezogen hatte und dass ich nichts darunter trug.

Als er das merkte, war es vorbei. Er drückte mich direkt gegen die Wand im Schlafzimmer, obwohl das Bett nur einen Schritt entfernt stand.

»Wolltest du heute den ganzen Tag so rumlaufen?«, murmelte er heiser und ließ seine Küsse an meinem Hals hinab wandern.

»Ehrlich gesagt, ja!« Ich wühlte mit den Händen in seinen Haaren und ließ stöhnend den Kopf nach hinten fallen.

»Du bringst mich noch um!«, keuchte er, aber eigentlich war es genau umgekehrt.

Luc hatte nichts dagegen, die ganze Nacht, den ganzen Tag oder auch eine ganze Woche, die Zeit damit zu verbringen, mich in Ekstase zu versetzen. Er war sogar sehr angetan davon, meinen Körper zu behandeln, als wäre es jedes Mal eine Premiere, dass er mich fasziniert erkundete.

Aber dieses Mal war eines jener Male, die so schnell vorbei waren, dass mir schwindlig wurde und ich mich fragte, ob wir eigentlich wirklich Sex gehabt hatten. Doch mein dümmliches Grinsen – vollkommen befriedigt und glücklich – war ein unverkennbarer Indikator dafür. Auch dieses Mal sackte ich so in mich zusammen. Das Herz raste in meiner Brust und alles in mir schien leicht zu pochen. Er fuhr mit sanften Küssen über mein Gesicht.

»Dann waren's heute drei«, raunte er amüsiert und hielt mich immer noch problemlos fest. Ich lächelte selig und schmiegte mich enger an ihn.

»Bis jetzt«, erinnerte ich ihn streng. Wenn es nach mir ginge, hätten wir den ganzen Tag nur mit Sex verbringen können, ohne dass mein Verlangen nach ihm jemals gestillt werden würde. Ich würde immer und überall mit ihm schlafen wollen. Er hatte Glück, dass ich genauso unersättlich war wie er. Oder war ich nur so unersättlich, weil er mich ständig reizte, allein mit seinem Aussehen sexuell anzog, ganz ohne es darauf anzulegen?

»Zwei Dumme, ein Gedanke«, murmelte er amüsiert und ging mit mir auf den Hüften aus dem Schlafzimmer. »Ich frage mich auch jeden Tag aufs Neue, wie du es schaffst, mir immer so den Kopf zu verdrehen.« Ich glaubte ihm nicht, denn insgeheim fragte ich mich immer noch, was er nur an mir fand. Anscheinend sehr viel. Er hatte das zerstörte Haus verkauft, weil wir beide so viele schlechte Erinnerungen damit verbanden, und sich ein Penthouse im Zentrum angemietet – damit er mir näher sein konnte. Und ich hatte keine Lust darauf, dass er mich jemals wieder absetzte.

»Deine Mutter wird sich sicher nicht freuen, wenn sie so ihren Schwiegersohn kennenlernt!«

»Luc! Du bist unmöglich!« Ich ließ die Nase an seinem Hals entlangfahren und sog seinen Duft ein. »Und du duftest wie der Sommer.«

»Gut, dass ich das jetzt auch weiß. Willst du dir wirklich kein Höschen anziehen?«, fragte er gequält, während wir im hellen Flur ankamen. Ich hob meinen Kopf wieder an, um in sein Gesicht zu sehen, und schüttelte gespielt empört den Kopf.

»Natürlich zieh ich eine Unterhose an! Jetzt muss ich wieder ins Schlafzimmer zurückgehen. Du hättest mich schon fragen können, wo ich hin will, bevor du mich durch die Weltgeschichte trägst!« Er stellte mich seufzend auf die Beine und ich wich ihm glucksend aus, als er mir einen Klaps auf den Hintern verpassen wollte.

»Freches Stück«, murmelte er belustigt vor sich hin, während er seine Schuhe anzog.

Als ich zurückkam, lehnte er an der Tür und wartete auf mich – das Sinnbild für Schönheit. Neben ihm sah ich aus wie eine kleine hässliche verschrumpelte Pflaume, die sich gegen eine große, majestätische Ananas behaupten wollte. Er lachte über meinen Vergleich, während ich in meine Chucks schlüpfte.

»Und du bist sicher, dass ich das überlebe?«, fragte er skeptisch und hielt mir die Tür auf. Ich schmiegte mich an seinen Arm. »Ich werde dich beschützen!«

»Na dann!« Wir gingen beschwingt durch den Hausflur.

Immer wenn ich mit ihm zusammen war, hätte ich rumhüpfen können wie ein Gummiball vor Freude.

Er wohnte ein Stück von mir entfernt, aber es spielte ohnehin keine Rolle. Die Entfernung bedeutete ihm nichts, weil er sich überallhin teleportieren konnte. Manchmal aßen wir in Hongkong, am nächsten Tag in einem kleinen Dorf im Dschungel. Dann wieder auf Jamaika hoch oben auf der Klippe oder in New York am Times Square. Mit ihm war es immer aufregend. Aber jetzt war ich besonders aufgeregt. Natürlich!

Meine Mutter war nicht erfreut, dass ich jetzt einen Freund hatte. Sie hatte gehofft, ich würde mir mit den Männern Zeit lassen, so wie ich es eigentlich auch vorgehabt hatte. Als ich ihr davon erzählt hatte, war sie aus allen Wolken gefallen. Sie wollte nicht, dass ich auch so enttäuscht wurde wie sie von meinem Vater. Dazu kam, dass sie Luc damals in jener verregneten Nacht nicht richtig gesehen hatte und dementsprechend seiner ganzen Aufreißer-Art noch nicht ausgesetzt gewesen war. Sie würde mir entweder die Hölle heiß machen oder auf ihn abfahren. Ich tippte auf Ersteres. Meine Mutter war immun gegen jede Art von Charme, den das männliche Geschlecht spielen ließ. Weshalb Luc garantiert genau der Schwiegersohn war, den sie nie haben wollte. Wahrscheinlich, weil auch mein Vater ein typischer Casanova gewesen war, wie sie mir nicht nur einmal erzählt hatte. Aber es war mir egal. Weil ich ihn wollte, und nichts außer ihm!

Er war ihr die letzten Wochen standhaft aus dem Weg gegangen und immer verschwunden, wenn er hörte, dass sie sich näherte. Allein schon, weil er ihre tödlichen Gedanken kannte, wenn es um ihn ging. Aber heute Morgen hatte ich ihm die Waffe auf die Brust gesetzt. Beziehungsweise mich.

Ich hatte mich auf seinen Schoß geschwungen, ihn engelsgleich angelächelt und an Katzenbabys gedacht. Woraufhin er mich sofort äußerst misstrauisch beäugt hatte.

»Luc?«, hatte ich unschuldig gefragt.

»Hm?« Das kam sehr vorsichtig.

»Du liebst mich doch oder?«

»Hm!« Das war nur noch ein genervtes Brummen.

»Dann wirst du heute meine Mutter kennenlernen!«, verkündete ich strahlend. Er wollte ansetzen, um zu widersprechen, hielt aber keuchend inne, als ich anfing, genüsslich mit meinen Hüften zu kreisen. Er zog eine Braue nach oben, seine Augen verdunkelten sich merkbar. Ich fuhr mit den Händen über meine Brüste. »Wenn nicht, dann schlafen wir heute nicht mehr miteinander!« Und als Verstärkung meiner Drohung stieg ich sofort von ihm runter. Keine Ahnung, ob ich es geschafft hätte, mich ihm wirklich zu verwehren. Na ja, ehrlich gesagt ganz sicher nicht. Aber es war sowieso egal. Weil er nach zwei Schritten vor mir auftauchte und mich mit seinen Armen einkeilte.

»Wenn es dir so viel bedeutet, dass du sogar auf Sex mit mir verzichten würdest, dann fahren wir heute zu deiner Mutter! Aber mach das nie wieder, Charline, du weißt nicht …«

Ich fiel ihm um den Hals, ehe ich wieder abgelenkt war, weil er mit einem Knurren meinen Kopf zurückzog und mich ziemlich dominant küsste. Schlimm war das! Aber darauf legte er es auch an.

Dieses Mal löste ich mich aber durch enorme Kraftanstrengung von ihm, forderte, dass er sich anziehen solle und genau eine Minute dafür Zeit hätte. Daraufhin drohte er, mir die Haare blond zu färben, wenn ich mir noch einmal einbilden würde, ihn rumkommandieren und mit meinem Körper erpressen zu können.

Ich antwortete: »Ja, ist gut, Luc Skywalker«, wich dem Kissen aus, welches wie eine Kanonenkugel angeflogen kam, und lief sehr schnell ins Bad.

Er schrie mir hinterher: »Spätestens wenn du schläfst, bist du fällig!!«

Und ich fing an, mich kichernd fertigzumachen.

***

Ich fühlte, wie er mir über die Wange strich und kam wieder im Hier und Jetzt an.

Einen Moment schaute ich noch aus dem Fenster – auf die belebte Straße und die bunten Häuserfassaden, die gelben alten Straßenlaternen, die gerade angegangen waren; auf die abgemagerten Bäumchen mit ihren paar tiefroten Blättchen, die noch daran hingen und beim kleinsten Windhauch nachgeben und zur Erde segeln würden. Und plötzlich musste ich an Tina denken.

Ich erschauerte, schlang meinen Mantel fester um meinen Körper und drehte das Gesicht zur Seite, um mich von der Wucht seines Anblicks ablenken zu lassen.

»Warum so melancholisch?«, fragte er ruhig und strich meine Haare zurück, während wir durch das abendliche Berlin fuhren.

»Ich habe ihr gesagt, dass sie alles zurückbekommen wird, was sie in ihrem Leben getan hatte und jetzt …« Ich konnte einfach nicht weitersprechen, denn ihr Schicksal ging mir nah – trotz allem.

»Und jetzt sitzt sie im Rollstuhl. Ja, das ist für sie wirklich verheerend, querschnittsgelähmt zu sein und allein in einem Heim rumzusitzen, weil sie keinen hat, der sich um sie kümmert«, vollendete er meine Gedanken. Ich schluckte, dann nahm ich seine Hand und drückte sie mit geschlossenen Augen an meine Wange. Wenn mir so etwas passieren würde, könnte ich mich immer auf ihn verlassen.

»Ich will sie besuchen.«

»Du willst wen besuchen?« Er schien schon wieder abgelenkt.

»Na TINA!« Ich machte die Augen wieder auf. Er zog seine Hand weg, umklammerte das Lenkrad fester und starrte düster nach draußen.

»Hast du Fieber?« Ich schnappte sie mir wieder und drückte sie erneut gegen mein Gesicht. »Ich denke, das hat keiner verdient. Nicht mal sie. Sie ist wirklich allein, Luc, und sie hat alles verloren.«

»Weißt du, dass du manchmal geradezu gefährlich gutherzig bist?«, fragte er bissig.

Ich runzelte die Stirn. »Was ist denn so schlimm daran? Kannst du dich nicht einfach freuen, dass ich so ein toller, guter Mensch bin, der vergeben kann?«

»Hm!«

Es nervte mich, dass er sich dazu nicht weiter äußerte und mir seine Gedanken vorenthielt. Er wusste, dass ich das hasste. Besonders, weil er jeden Gedanken von mir hörte. Ich schob kämpferisch die Unterlippe vor und kniff bedrohlich die Augen zusammen.

Er lachte. »Na dann besuch Tina doch, wenn es dir Spaß macht. Wenn du etwas willst, kann ich dich ja sowieso nicht davon abhalten.«

Jetzt legte ich seine Hand wieder sorgfältig auf seinem Oberschenkel ab, weil wir da waren, und stieg schnell aus. Er folgte mir – ganz langsam und deutlich unwillig – und stellte sich wie ein kleiner Junge mit hängendem Kopf vor mich. Ich versuchte, seine Haare zu richten. Aber sie waren immer ein einziges Chaos, und egal, wie lange ich an ihnen zupfte und zog, es änderte nichts. Sie sahen aus, als wäre er gerade aus dem Bett gekommen, in dem er mir mindestens drei Orgasmen geschenkt hatte. Aber in Wahrheit waren sie nur Teil seiner anziehenden Ausstrahlung. Diese Mischung zwischen erfahrenem Mann, dem genau klar ist, was er will und wie er eine Frau innerhalb von Sekunden verführt, und verschmitztem Schuljungen, von dem man nicht weiß, was ihm als Nächstes einfällt.

»Luc, jetzt mach dir keinen Kopf. Wir werden uns im Café treffen und sie wird dir Kuchen servieren und schönen starken Kaffee und dich ausfragen, bis du ohnmächtig wirst. Nichts weiter.«

»Was für Kuchen?«, fragte er mit immer noch hängendem Kopf. Ich kicherte, er verkniff es sich und versuchte, sein trotziges Gesicht beizubehalten.

»Apfelkuchen«, erwiderte ich, lachte und zog ihn zu dem kleinen gelben Haus mit der großen beschrifteten Glasscheibe. Aber bevor wir durch die Tür gingen, hielt er mich noch einmal fest.

»Und wenn sie mich nicht mag?«

Ich verdrehte die Augen und nahm sein Gesicht in meine Hände. »Lucas, hast du schon jemals eine Frau getroffen, die dich nicht gemocht hat?«

»Ja! Dich!«

»Außer mir?«

»Sie ist mit dir verwandt«, erinnerte er mich wieder gewohnt trocken.

»Ja, und? Sie wird dich lieben und dir verfallen, und zum Schluss werde ich noch eifersüchtig auf meine eigene Mutter sein, weil sie nicht die Finger von dir lassen kann. Lass einfach nur deine vorigen Frauengeschichten weg. Und dass du schon fast die ganze Welt gesehen hast, das könnte prahlerisch rüberkommen. Ach ja, und dass du schon öfter Frauen entführt hast, auch, das könnte psychopathisch rüberkommen. Und es wäre auch nett, wenn du dich nicht als Überart der Menschen bezeichnen würdest. Mit Überheblichkeit sammelt man keine Pluspunkte. Sag einfach, du bist ein ganz normaler Mensch. Nichts Teuflisches oder so …«

»Charline?« Ich wusste, was kommen würde und wir sagten es zu zweit.

»Halt deine Klappe.«

»Ja, ist ja schon gut. Ich wollte dir nur noch letzte Instruktionen geben.«

»Du machst mich mit deinem Gebrabbel nur noch nervöser.«

Er wollte mich durch die Tür schieben, aber ich drehte mich noch mal zu ihm um.

»Was ist denn jetzt noch?«, fragte er genervt.

»Und du warst noch nie bei mir zu Hause. Verstanden! Und das mit dem Vermieter sagen wir lieber erst später. Nicht sofort mit der Tür ins Haus fallen. Vielleicht sagen wir's ihr auch lieber gar nicht. Ich weiß nicht, wie sie darauf reagieren wird. Vielleicht bekommt sie einen Herzinfarkt.«

»Du machst mich fertig«, grummelte er wütend und schob mich bestimmt durch die Tür.

***

Sobald wir in das mittlerweile fast menschenleere Café traten, ich die Wärme spürte und den vertrauten Geruch tief einatmete, fühlte ich mich schon sicherer und ich drückte seine Hand. Meine Mutter spähte sofort um die Ecke der Küche, als sie das leise Glöckchen hörte, das unser Eintreten verkündete. Sie war schön und fröhlich und total neugierig, wie immer. Ich las genau in ihren Augen, was sie sah, als sie ihren Blick über Luc wandern ließ, während ihr Mund aufklappte.

Sie sah einen Engel, getarnt im schwarzen Mantel.

Sie sah ihn sofort so, wie ich ihn hätte sehen sollen, wie ihn alle beim ersten Treffen sahen, und lächelte ihn an. Ich wusste, sie konnte gar nicht anders. Dann setzte sie sich in Bewegung und kam schwungvoll auf uns zu, während sie sich die Schürze abnahm.

»Hallo, mein Schatz!« Sie schlang die Arme um meinen Hals und zog mich an sich. »Warum hast du ihn mir nicht früher gezeigt? Warum habe ich noch keine Oben-ohne-Fotos bekommen? Warum hast du mir so was vorenthalten«, flüsterte sie in mein Ohr. Ich spürte geradezu, wie er versuchte, nicht zu lachen, und wurde rot, konnte aber nicht anders, als erleichtert aufzuatmen. Ich umarmte sie auch. So fest, wie es ging. Mit einer Hand. Die andere hielt er immer noch, ohne Anzeichen, sie jemals wieder loszulassen.

»Du bist unmöglich!« Diesen Spruch hatte ich von ihm und musste grinsen, als ich ihn sagte.

»Ich weiß!« Sie grinste verschmitzt und löste sich von mir. Dann hielt sie Luc die Hand hin und zog die Augenbraue nach oben.

»Und du bist also der Kerl, der meiner Tochter den Kopf verdreht hat?«, fragte sie pseudostreng. Er lächelte charmant, und ich musste den Atem anhalten, auch wenn das Lächeln nicht für mich gedacht war, als er ihre Hand nahm.

»Ehrlich gesagt bin ich der Kerl, dem sie den Kopf verdreht!« Er zuckte entwaffnend mit den Schultern. Meine Mutter kicherte und ihre Wangen liefen rot an. Ich stieß ihm in die Seite.

»Also dann kommt doch und setzt euch. Trinkt einen Kaffee.« Sie eilte uns voraus – Richtung Tresen –, dabei rannte sie gegen die Kante und keuchte auf.

»Luc, hör auf, meine Mutter zu betören! Sie bringt sich noch um!«, zischte ich ihn leise an.

»Entschuldige bitte. Entweder sie liebt mich oder sie hasst mich, und du lebst ja auch noch«, flüsterte er belustigt zurück. Er hob mich auf einen Hocker und wollte mich küssen, aber in dem Moment fragte meine Mutter nach unserer Bestellung.

»Also was wollt ihr trinken?« Ich seufzte. Sie wusste, was ich trank. Ich trank nie etwas anderes als Latte macchiato Caramel. So durcheinander brachte er sie bereits nach ein paar Sekunden! Meine Güte!

»Er trinkt dasselbe wie ich«, antwortete ich gelangweilt und kürzte die ganze Sache ab.

»Okay, kannst du bitte mal zwei Caramel Macchiato machen?«, fragte sie mich grinsend und verschwand in die Küche. Ich stieß die Luft in einem langen genervten Atemzug aus meinen Wangen. Luc amüsierte sich prächtig, während ich mich vom Hocker gleiten ließ.

»Deine Mutter ist genauso lustig wie du«, flüsterte er, als ich an ihm vorbei in die Küche ging.

»Schön für dich!«, rief ich ihm im Gehen zu.

»Soll ich mir gleich die Schürze umbinden? Hast du mich nur hergeholt, damit ich eine Extraschicht schiebe?«, fragte ich sie, sobald ich in der Küche war. Sie steckte gerade mit dem Kopf in dem großen Kühlschrank links neben dem Durchgang.

»Charline Weiss«, knurrte sie streng, als sie mit einem großen runden Apfelkuchen auf einem Tablett wieder auftauchte.

»Ja?«, fragte ich hektisch, weil sie *den* Ton anwendete. Den Eltern-Predigt-Ton. Den Du-steckst-in-der-Scheiße-Ton. Ich lehnte mich von ihr weg an die Küchentheke und verzog das Gesicht, während sie zwei penibel geschnittene Kuchenstücke auf zwei strahlend weißen rechteckigen Tellern anrichtete.

»Warum hast du mir deinen Freund nicht früher gezeigt? Hattest du Angst, dass ich dich verurteilen könnte?«

»Warum verurteilen?«, fragte ich verwirrt.

»Na weil du dich für Männer interessierst und anscheinend bis über beide Ohren verliebt bist«, stellte sie nüchtern fest und arrangierte die Stückchen so, dass sie symmetrisch waren, ehe sie wieder mit dem Kopf im Kühlschrank verschwand.

»Ja, also ich wusste eher nicht, wie du auf ihn reagieren würdest.«

»Wie sollte ich denn auf ihn reagieren?«, fragte sie zurück, stellte Sahne auf den Tresen und den restlichen Kuchen wieder zurück in den Kühlschrank.

»Ich dachte, du würdest vielleicht zu dem Entschluss kommen, dass er zu der Sorte Männer gehört, die Frauen nur ausnutzen …«

Sie lachte.

»Was?«

»Schatz. Also ich bitte dich! Er sieht dich an, als wärst du eine Göttin!«, stieß sie hervor. Und ich war wieder erleichtert. Und glücklich. Und es freute mich, dass es für sie so aussah.

»Ich habe kein Glück mit den Männern gehabt, aber bei dir scheint das anders zu sein. Gott sei Dank«, erkannte sie fröhlich. Dann sprühte sie zwei riesige Haufen Sahne neben den Kuchen.

»Gib mal her!« Ich sprühte mir eine Ladung in den Mund, wie ich es auch immer gemacht hatte, als ich klein gewesen war, und sie verdrehte die Augen.

»Charli!« Somit entriss sie mir die Flasche und stellte sie wieder in den Kühlschrank. Dann knuffte sie mich in die Wange. »Du bist das wundervollste, geistreichste Mädchen, das mir untergekommen ist. Und du bist die Schönste auf der ganzen Welt. Ich bin froh, dass er dich anscheinend genauso sieht wie ich! Aber du willst doch nicht aufgehen wie ein Hefekloß, oder?«

»Mama, du tust mir weh!« Sie ließ meine Wange wieder los und ich rieb sie schmerzerfüllt.

»Ist klar, dass du mich so siehst. Ich bin ja auch deine Tochter, und die elterliche Wahrnehmung ist immer leicht gestört, wenn es um ihre Kinder geht«, gab ich trocken zurück. »Aber warum sollte ich dir denn jetzt in die Küche folgen?«

»Du solltest mir nicht in die Küche folgen. Du solltest zwei Kaffees machen, aber dann bist du hier mit deiner angsterfüllten Miene reingeschlichen und ich wollte dich nur ein bisschen mit einem Mutter-Tochter-Gespräch auf die Folter spannen.«

»Boah, Mum! Also magst du ihn?«

»Wer könnte ihn nicht mögen? Also der erste Eindruck, der ist … äh mehr als gut!« Sie haderte mit dieser Untertreibung.

»Gut, mehr wollte ich nicht wissen!« Ich ging wieder raus in das Café und wollte endlich den Kaffee zubereiten, doch als ich zu ihm schaute, dachte ich, ich sähe nicht richtig. Dieses kleine dumme Mädchen. Diese Volltussi mit den hochgeschnürten Möpsen und hohen Monstertussentretern von letztens stand schon wieder vor ihm und fragte ihn irgendwas.

Wie konnte jemand nur so hartnäckig sein?

Ich überlegte, ihr sofortiges Hausverbot zu erteilen, aber dann zählte ich bis zehn und stellte mich hinter die Kaffeemaschine, um den Latte macchiato zu machen. Irgendwann musste ich lernen, meine Eifersucht zu beherrschen. Schließlich würde er sein ganzes Leben von Frauen umschwärmt werden. Da konnte ich nicht immer dazwischenfunken. Also überließ ich es ihm, die Trine loszuwerden. Selbst schuld, wenn man so sexy war.

Er warf mir einen wütenden Blick zu.

Ich verkniff mir ein Grinsen.

Dann beugte er sich zu ihr vor und sagte ihr etwas mit frechem Gesichtsausdruck. An der Art, wie sich ihre Hand empört vor ihren Mund legte und sie daraufhin beleidigt davon stakste, erkannte ich, dass es nicht nett gewesen war. Er schüttelte den Kopf und rutschte in einer eleganten Bewegung vom Hocker. Genauso kam er auf mich zu geschlendert.

Oh, oh. Mein Herz schlug schneller.

Er lehnte sich mir gegenüber an den Tresen auf seine Ellbogen, das Kinn auf die Hände gestützt, und beobachtete jede meiner Bewegungen.

»Du kannst mich nicht nervös machen«, sagte ich nach einiger Zeit und versuchte, routiniert zu wirken.

»Ich liebe es, wie du Kaffee machst«, hauchte er schließlich. In dem Moment kam meine Mutter mit dem Kuchen aus der Küche und schlug erst mal die falsche Richtung ein. Dann sah sie, dass wir die Tresenseiten gewechselt hatten, steuerte uns an und stellte die beiden Teller vor uns ab.

»Also, ich könnte jetzt anfangen, alles über dich rauszufinden, indem ich dich löchere, aber ihr wollt sicher allein sein, wie das bei Jugendlichen eben so ist.«

»Mama, Luc ist kein Jugendlicher mehr!«

»Ach echt? Wie alt bist du denn?«, fragte meine Mutter verwundert.

Er grinste breit. »24.«

»Oh, hast du denn schon einen Führerschein?«

Ich verdrehte die Augen und stellte ihm seinen Kaffee hin.

Er schob sich ein Stück Kuchen in den Mund. »Klar!«

»Und ein Auto?«

Jetzt rempelte ich sie in die Seite. »Du hast gesagt, du willst ihn nicht löchern!«

»Er wird schon damit fertig.« Als wäre ich eine lästige Fliege, winkte sie ab, und Luc schob sich grinsend noch ein Stück Apfelkuchen rein. Er wusste natürlich schon, worauf sie hinauswollte.

»Klar hab ich ein Auto. Den schwarzen Mercedes da draußen.« Er zeigte auf seinen spezial angefertigten Mercedes, den jeder Passant, der daran vorbeiging, anstarrte. Manche blieben sogar stehen und fotografierten ihn. Das war mir immer so dermaßen peinlich! Besonders, wenn ich drin saß. Die Kinnlade meiner Mutter klappte ungefähr zwei Etagen nach unten.

»Oh … woher hast du denn das Geld dafür? Das Auto schaut aus wie ein ganz schöner Benzinfresser«, alias: *Wie ein Rennauto, in dem du bald meine Tochter umbringst!* Meine Mum war nicht gerade für ihre Subtilität bekannt. Ich schaute Luc warnend über den Tresen hinweg an und grinste schnell, als der Blick von meiner Mutter zu mir glitt. Sie musste nicht unbedingt erfahren, dass er durch Gedankenmanipulation einiger hoher Manager und Banker an sein Vermögen gekommen war, und nie wieder in seinem Leben arbeiten musste.

»Ich bin in der Immobilienbranche tätig«, antwortete er jedoch völlig locker, und ich erstarrte, denn nun näherten wir uns in rapider Geschwindigkeit einem anderen heiklen Thema. Ich ging um den Tresen herum und schlang von hinten die Arme um seinen Bauch.

»Nicht jetzt«, flüsterte ich in sein Ohr und versuchte, mich nicht von dem Gefühl seines Körpers ablenken zu lassen.

»Immobilienbranche, hm?«, fragte meine Mutter und versuchte, sich auch nicht davon ablenken zu lassen, dass ich ihn umarmte.

»Ja.« Er nahm meine Hand und drückte sie beruhigend. »Ich habe auch ein paar Objekte hier in der Gegend erworben.«

»Echt?« Meine Mutter runzelte die Stirn. Ich kniff ihm in die Seite. Er rührte sich nicht. Aber er konnte schließlich ihre Gedanken hören, also würde er das Thema hoffentlich fallen lassen, wenn es Anzeichen für einen Herzinfarkt gäbe. Ihre Stirn lag immer noch in Falten. Sie kam der Sache immer näher. Ich sah es, ohne ihre Gedanken lesen zu können.

»Mama, Luc ist der Vermieter unseres Hauses!«, platzte es aus mir raus. Beide schauten mich verwundert an.

»Wie bitte?«, fragte sie nach einiger Zeit.

»Ja also, wir haben es dir nicht früher gesagt, weil ich das nicht wollte. Und weil ich nicht wollte, dass er dieses Haus überhaupt besitzt und aus uns ein soziales Projekt macht, als wären wir Assis!« Ich zog Luc auf die Beine und hinter den Tresen.

»Also Mama, wir gehen mal nach oben. Wir sehen uns dann später. Ich koche heute für uns. Aber du musst keine Angst haben, ich mache eine Fertigsuppe, keine Experimente! Ich liebe dich!« Dann zog ich ihn schnell durch die Tür in den Hausflur und die Treppen nach oben.

»Ich hab dich noch nie so schnell laufen sehen«, bemerkte er amüsiert, während er problemlos mit mir Schritt hielt.

»Ich habe Angst«, sagte ich knapp und schloss die Wohnungstür hinter uns ab.

»Warum denn? Sie kann doch froh sein …«

»Weil ich sie angelogen habe! Sie hasst es, wenn ich lüge!«

»Mach dir keine Sorgen, sie wird schon damit fertig. Jetzt gerade steht sie zwar immer noch so da, wie wir sie zurückgelassen haben, aber gleich wird sie wieder anfangen, sich zu bewegen«, berichtete er amüsiert.

»Und sie kommt nicht gleich rauf und reißt mir den Kopf ab?«, fragte ich ängstlich.

Er schüttelte lachend den Kopf und zog mich zu meinem Zimmer.

»Nö, sie ist noch zu perplex, um irgendwelche Köpfe abzureißen.«

»Warum hast du davon angefangen?«, fragte ich ihn wütend, während er mich durch die Tür schob.

»Weil du es ansprechen wolltest.«

»Jetzt weiß sie's ja.«

»Und jetzt liebt sie mich noch mehr«, bemerkte er zufrieden.

»Womit hab ich dich nur verdient?«, fragte ich und schlang die Arme um seinen Hals.

»Mit deiner Art«, antwortete er, während er mich hochhob.

»Deine Mutter wollte übrigens schon immer mal nach

Thailand. Wir machen nächste Woche einen Ausflug!«

»Aber nicht so!« Damit meinte ich teleportationsmäßig.

Er verdrehte die Augen. »Natürlich nicht so.«

»Gut.«

»Ach ja, und ich habe mir überlegt …« Er verstummte, weil ich meine Lippen über seinen Hals gleiten ließ.

Ich schaute ihm grinsend ins Gesicht. »Sorry, was wolltest du sagen, bevor ich die Frechheit besaß, dich abzulenken?«

Er schaute gelangweilt auf mich herab. Ich musste kichern. »Ich wollte sagen, dass ich anfangen werde, bei euch zu arbeiten.«

»*Was*?«

»Ja«, gab er verbissen zurück.

»Warum denn?«

»Ich will euch helfen«, verkündete er mit Engelsmiene, aber das war nicht der Grund.

»Luc, du kannst mich nicht belügen«, antwortete ich nüchtern, ehe ich auf einmal unter ihm auf meinem Bett lag, während er mit seinen Lippen über meinen Hals fuhr.

»Weil ich unter Kontrolle haben will, wer dich wie ansieht, und weil ich nicht will, dass du allein arbeitest und irgendwann überfallen wirst, und damit ihr kein Geld für eine dritte Bedienung ausgeben müsst. Genug Gründe?« Seine Finger glitten an meinem Oberschenkel hoch, was das Denken enorm erschwerte, aber ich hatte ihn sowieso nicht richtig verstanden.

»Ja«, seufzte ich also nur. »Du weißt, wenn du mich so bittest, dann tue ich alles, was du willst.«

Er lächelte mich süß an. »Stimmt, hätte ich gewusst, dass ich dich *damit* manipulieren kann, hätten wir uns einigen Ärger erspart.«

»Ärger nennst du das? Es war die Hölle, was ich mit dir durchgemacht habe!«

»Wie passend«, erwiderte er ironisch – und berührte mich fast mit seinen halb offenen Lippen.

»Aber wenn man die Hölle nicht kennt, kann man den Himmel nicht schätzen«, murmelte ich, versank in seinem Kuss und schätzte es zutiefst, nun im Himmel angekommen zu sein.

Ende

Danksagung

So.

Das war ein etwas anderer Don Both, würde ich mal sagen … Genau genommen war es die erste Geschichte, die ich vor unglaublichen sieben Jahren nach langer Abstinenz wieder schrieb. Denn ich habe ja mit zwölf angefangen zu schreiben, aber als Jugendliche schrieb ich eigentlich nur noch ins Tagebuch, denn wie ihr vielleicht verstehen könnt, hatte ich genug anderen Kram zu tun und dann … kam Twilight. Und das gab mir die Lust aufs Schreiben wieder. Also schrieb ich *Pakt mit dem Teufel* und viele andere Bücher aus dem Teufel-Universum, denn wie ihr vielleicht auch wisst, ist meine große Liebe nicht nur Erotik, sondern auch Fantasy.

ICH LIEBE DIESEN SCHEISS!

Und ich hoffe, es hat euch gefallen! Ehrlich! Denn Charline und Luc sind für mich was ganz Besonderes, sie gaben mir meine Leidenschaft zurück und das hier ist eine der ersten Sexszenen, die ich jemals geschrieben habe. Da war ich noch so klein und unschuldig – und jetzt? □ □

Diese Geschichte hängt mir besonders am Herzen und ich danke jedem einzelnen, der mir geholfen hat, sie mit mir für den großen Buchmarkt auf die Beine zu stellen.

Allen voran meiner Lektorin Bella, denn sie liebt und kennt die beiden schon seit damals bei Fanfiction de. Du bist wirklich die beste Lektorin, die man sich wünschen kann, aber vor allem bist du eine meiner besten Freunde.

Danke auch an Babels für das absolut herausragende Cover.

Und Anke, weil Anke Anke ist – best human in the universe – und Peter Peter und Alex, weil er sich so toll um den Versand und meine Libido kümmert, und weil er Spinnen einfängt, auch wenn er mich damit immer ärgert – selbst nach boah … 16 Jahren noch.

Außerdem danke ich *euch*, wenn ihr diesem Buch auch eine Chance gegeben habt, obwohl es was anderes, als zum Beispiel *UNTER DEINER HAUT* und **The unholy Book of Tristan Wrangler** ist. Und ich hoffe, bete, dass es euch wirklich gefallen hat! Denn … ich hab da noch was für euch … einen zweiten Teil! *Lalalalalala.*

Aber jetzt erst mal möchte ich wissen, WIE EUCH DAS BUCH GEFALLEN HAT und WAS EURE LIEBLINGSSZENE WAR!

Ich freue mich MEGA auf eure Rezis, den Lohn für jeden Autor und knutsche und knuddel euch eine Runde, denn Ihr seid die fucking besten Leser dieser Welt!

DANKE für eure Zeit und Treue! Danke für jede Rezension und jede Empfehlung, die ihr aussprecht! Danke, für alles!

Eure Bethy <3

Leseprobe

Sehnsucht.

Kann man sich nach etwas sehnen, ohne zu wissen, wonach?

Kann man etwas hassen, ohne zu wissen, was?

Kann man etwas lieben, ohne zu wissen, wen?

Wie kann es sein, dass es sich anfühlt, als *würde* ich lieben, hassen, mich sehnen?

Wie kann es sein, dass ich ihn nur für mich möchte. Diesen unsagbar schönen Fremden. Und wie kann es sein, dass ich überhaupt jemandem gehören will? Mit Haut und Haaren. Mit meinem Körper und meiner Seele. Mit allem, was ich bin und was mich ausmacht?

Ist es das, was ich für die Liebe opfern muss? *Mich?*

Die Ruhe vor dem Sturm

»Charline Weiss beweg sofort deinen kleinen knackigen Arsch aus meinem Bett!« Nein, es war diesmal nicht meine Mutter, deren Stimme in mein verschlafenes Bewusstsein drang, so wie sonst, wenn meine Geschichte anfängt. Zuallererst, so eine melodische, vollkommene Stimme konnte kein normaler Mensch haben.

»Geh weg!« Ich zog die Decke über mein Gesicht, aber sie wurde sofort wieder weggerissen und ich kniff die Augen zusammen.

»Darf ich dich daran erinnern, dass es sechs Uhr ist?«, fragte er förmlich.

»Nein, darfst du nicht. Das ist streng verboten!« Ich zog die Decke erneut über mein Gesicht und wog mich einen Moment in falscher Sicherheit. Wie töricht. Vor ihm war man nie in Sicherheit. Schon fühlte ich eine Hand, die über meinen Bauch strich, und hielt den Atem an.

»Du kannst deinen Geburtstag nicht ungeschehen machen, nur weil du dich den ganzen Tag im Bett verkriechst«, flüsterte diese weiche unmenschliche Stimme in mein Ohr.

»Ich bleibe nicht im Bett, weil heute der 26. November ist, sondern weil du mich um zwölf in der Nacht geweckt hast, und du weißt selber, wie lange wir dann wach waren. Und außerdem schneit es! Warum!? Ich *hasse* Schnee, Luc. *Ich hasse ihn*!« Er lachte leise und anziehend; sein Atem kitzelte mich am Nacken.

»Hey, bei mir musst du dich nicht beschweren. Fürs Wetter bin ich nicht zuständig.« Ich konnte einfach nicht mehr widerstehen, denn ich war schon viel zu munter, und es grenzte an Körperverletzung, sein Gesicht nicht anzusehen. Also drehte ich mich zu ihm um und strich mit den Fingern forschend über die glatte Oberfläche seiner Wange.

Er zog die Decke zurück, unter die er zu mir geschlüpft war, und das grelle Licht blendete mich ein bisschen. Oder war es sein perfekter Anblick?

Waren es seine eisblauen faszinierenden Augen mit den endlos langen tiefschwarzen Wimpern?

Oder seine vollen Lippen mit dem sanften Rosaton?

Oder seine hohen Wangenknochen mit der fast goldbraunen Haut, die sich darüber spannte?

Oder waren es seine tiefbraunen Haare, die im Moment noch mehr in alle Richtungen abstanden als sowieso schon?

War es sein markantes Kinn, mit dem kleinen Grübchen?

Oder war es das bezaubernde, schelmische Lächeln, das er mir schenkte?

Ich wusste es nicht genau, fühlte nur das Herz schnell und stark in meiner Brust schlagen, als er sich zu mir beugte und ich mich komplett auf den Rücken drehte. Eins war völlig klar, wenn mich diese perfekten formvollendeten Lippen küssten, dann würde mein Herz eine Millisekunde stehenbleiben vor Schock, weil so etwas Schönes meinen Mund berührte.

»Jetzt wirst du gleich mit dem Duft anfangen«, flüsterte er leise, als er nur noch Millimeter von meinen halb offenen, schon jetzt zitternden Lippen entfernt war, und so war es auch. Sein Sommer-Duft strömte in meine Nase und ich atmete tief durch, damit ich so viel wie möglich in meinen Lungenflügeln bunkern konnte, wie ein kleiner gieriger Hamster.

Er lächelte, als er mich weich und sanft küsste.

Meine Lippen öffneten sich automatisch, wie immer süchtig nach seinem Geschmack, der noch besser war als sein Duft. Ich schlang die Arme um seinen Hals und wusste, mein Delirium, in dem ich jetzt schon knietief steckte, würde nur verwirrender werden, wenn ich an ihn ran rückte und seinen Körper fühlte. Seinen bis ins kleinste Detail perfekten Körper.

Aber nichts konnte mich davon abhalten.

Also rückte ich an ihn heran, während er wissend mit meiner Zunge spielte, und ließ meine Hand an seinem Hals hinab wandern. Ich sog scharf den Atem ein, als ich spürte, dass sein Oberkörper unbekleidet war, während ich bei seinen breiten Schultern ankam. Je weiter ich mit meinen Fingern über seine makellose Haut glitt, desto mehr zitterten sie. Diese glatten Brustmuskeln waren unglaublich. Ich hatte ihn nie trainieren sehen, trotzdem war er athletisch, groß und durchtrainiert, ohne dafür etwas tun zu müssen. Und dabei konnte er auch noch essen, was er wollte. Das Schwein!

Er lachte leise und ließ seine erfahrenen Lippen an meinem Hals hinab wandern. Luc wusste, was Frauen wollten und wie er sie zu berühren hatte. Genug Übungspartnerinnen hatte er gehabt – so um die 9.000, nebenbei gesagt. Und ja, ich war echt schockiert gewesen, als ich das erfahren hatte. Aber jetzt gehörte dieser unglaubliche Mann mit dem heißen Namen Lucas Black nur noch mir.

Meine Finger wanderten weiter über seinen Eightpack –

jawohl! ACHT – und ich seufzte, als ich am Bund seiner Jeans ankam. Mit Genugtuung merkte ich, dass diese schon spannte, und wollte ihm Erleichterung verschaffen, aber er hielt meine Hand fest und löste sich etwas atemlos von mir.

»Hä?« Ich dachte, darüber wären wir schon längst hinaus. »Luc?«, fragte ich verwirrt, als er mich verschmitzt angrinste. »Denk an unseren Pakt!«, erinnerte ich ihn streng, ebenfalls etwas atemlos. Er zog meine Hand zu seinem Mund und küsste jede einzelne Fingerspitze von mir, während er mich anlächelte. Ich versuchte, ruhig ein und aus zu atmen. Ein und aus. Ein und aus. Er war einfach zu göttlich, wenn er lächelte.

»Ich weiß, und unter normalen Umständen würde ich mich dir auch nicht vorenthalten oder mich von dir abhalten lassen. Allerdings treffen wir uns in einer halben Stunde im *Café* und du siehst zwar mit deinem zerzausten Out-of-Bed-Look wahnsinnig heiß aus, aber der ist ganz sicher nur für meine Augen gedacht und nicht für die Öffentlichkeit.« Mit diesen Worten ließ er seine Zunge über meinen Hals, bis zu meinem Schlüsselbein wandern, und ich erschauerte.

»Vielen Dank!« Und das, nachdem er meine ganzen schmachtenden Gedanken die letzten Minuten über ihn mitbekommen hatte. Denn mein Freund war nicht nur überdurchschnittlich sexy und gut aussehend. Er konnte zu allem Überfluss auch noch Gedanken lesen. Ach ja und hatte ich schon erwähnt, dass er ein Teufel war? Ja, er war ein Teufel. Übrigens, Teufel waren keineswegs rot und hatten Hörner. Teufel waren im Grunde genommen eine Überart der Menschen, deren Lieblingshobbys daraus bestanden, Sex zu haben und sich die besten Eigenschaften und das Wissen von den Leuten anzueignen, mit denen sie schliefen. Unsereins zog dabei den

Kürzeren und blieb entweder psychisch krank zurück oder überlebte gar nicht. Aber Luc hatte dem entsagt und den Mord an Menschen schon vor Jahren sowie den vielen Frauen abgeschworen, als er mich kennen und lieben gelernt hatte. Nur dem Sex blieb er treu – mit mir. Zum Glück. Teufel waren sozusagen zum Verführen geschaffen und dementsprechend sahen sie natürlich aus. Kein Mensch konnte einem Teufel widerstehen. Außer ich. Denn ich *hatte* Luc widerstanden. Zumindest am Anfang.

Jetzt konnte davon allerdings nicht mehr die Rede sein.

Den ganzen Tag hätte ich an seinen Lippen hängen können und das auch nach vier Monaten und sicher auch nach vier Jahren. Oder vierhundert. Ich würde NIE, nie, nie genug von ihm bekommen.

NEVER EVER!

»Okay, dann haben wir das auch geklärt. Ziehst du dich jetzt an?« Er setzte sich auf und zog mit einem Ruck die Decke zurück. Knallhart wie immer.

»Du bist ein Arsch«, stieß ich hervor und stand auf. Mir war eiskalt.

»Ich weiß, Baby!« Er legte sich quer über das Bett und lehnte seine Wange auf eine Hand, während er seinen spitzbübischen Blick offensichtlich und genüsslich über meine Rundungen wandern ließ. »Aber das macht dich doch nur mehr an.« Hm, wenn er so was sagte und mich dermaßen intensiv ansah, dann sammelte sich sofort die warme glibberige Masse in meinem Bauch!

»Träum weiter«, entgegnete ich dennoch, lief aus dem Raum und schloss die Badtür hinter mir.

Lucas Black *war* Luxus. Also lebte Luc auch im Luxus. Ich hatte nichts dagegen, dass in seiner Wohnung alles zusammenpasste, aufeinander abgestimmt und vor allem genauso perfekt war wie er. Nur wenn er mich in teure Kleider und Klunker stecken wollte, fochten wir immer noch die heißesten Kämpfe aus. Ich war nach wie vor eher so der Jeans-und-Chuck-Typ.

Kurz überlegte ich, ob ich mich nur schnell waschen oder duschen sollte, aber dann dachte ich daran, was wir letzte Nacht getrieben hatten und kam schon bei dem Gedanken daran ins Schwitzen. Also zog ich meine Unterwäsche aus und stieg unter die Dusche. Wir würden so oder so zu spät kommen, also war es sowieso egal. Obwohl ich am liebsten im Bett geblieben wäre. Den ganzen Tag. Ach, am besten den ganzen verdammten Winter! Unabhängig davon, dass ich heute Geburtstag hatte und 19 wurde. Wen scherte das denn bitte schön? Die meisten machten um diesen Tag ein viel zu großes Trara, dabei war das völlig überflüssig. Wieder mal ein Jahr näher am Tod – juhu, juhu. Nee, das war nichts für mich!

Ich ließ mir Zeit und seifte mich gründlich ein. Das Shampoo massierte ich mir bestimmt fünf Minuten in die Haare, und rasierte mich am ganzen Körper, obwohl ich das erst gestern getan hatte. Kurzum, ich versuchte alles, um das Verlassen der Wohnung hinauszuschieben, was Luc natürlich merkte.

Irgendwann wurde es ihm wohl zu blöd.

Luc war nicht gerade … ähm … sagen wir mal … geduldig.

Peinlicherweise sang ich gerade aus vollem Halse »Heavy Cross« von Gossip mit, das aus dem Radio dudelte, und wusch mir mit geschlossenen Augen den Schaum aus den Haaren, als er sich dazu entschied, dass es genug war.

»Charline!«, hörte ich seine Stimme plötzlich hinter mir. Ohne dass die Tür der Dusche aufgegangen oder ich irgendwie anders darauf vorbereitet gewesen wäre.

»AHHH!«, schrie ich und drehte mich zu ihm um. Eigentlich hätte ich es schon gewohnt sein sollen, dass er immer irgendwo auftauchte, weil er nämlich mit seinem starken Geist auch über seinen Körper herrschen und sich somit überall hin teleportieren konnte, wohin er wollte, dennoch jagte er mir einen gehörigen Schrecken ein.

»Bist du verrückt?«, schrie ich ihn an und fasste an mein rasendes Herz. »Irgendwann krieg ich noch ›nen Herzinfarkt!«

Er verdrehte die Augen. »Du immer mit deinem Herzinfarkt.«

Dann sickerte in mein Bewusstsein, dass er auch nackt war, und ich schluckte. Er lächelte breiter und entblößte seine Reihe strahlend weißer Zähne.

»Nein«, meinte er sanft, als ich auf ihn zugehen und ihm die Arme um den Hals legen wollte. Ich blieb mit geschürzten Lippen stehen und schaute ihn trotzig an. »Ich bin nur nackt, weil ich meine Kleidung nicht nass machen wollte.«

»Ach echt? Dann hättest du auch einfach *vor* der Dusche bleiben können? Da wirst du nicht nass!«

»Nein, hätte ich nicht!« Ich fühlte, wie seine Finger um eine meiner Brustwarzen kreisten, die sich sofort aufstellte. »Dann hätte ich dich nicht nackt gesehen, wegen der beschlagenen Scheibe.« Er grinste frech.

»Mann, Luc!« Ich konnte nicht zusammenhängend denken, wenn er mich so berührte. Das war einfach zu ärgerlich. Also schlug ich seine Finger weg. Er lachte über meine Rebellion. Eigentlich war es für einen normalen Menschen unmöglich, ihn zurückzuweisen. Aber ich war eben alles andere als normal.

Seine Haare wurden immer nasser und dunkler. Das Wasser prasselte auf seine Muskeln herab. Ich war zwar von seinem Anblick so was von abgelenkt, nahm aber trotzdem am Rande meines Bewusstseins wahr, dass er zu mir sprach. Das wusste er auch.

»Ich gebe dir jetzt noch genau fünf Minuten. Wenn du bis dahin nicht fertig bist, dann kommst du so mit, wie du bist«, kündigte er gelangweilt an, und mir war klar, dass es sein voller Ernst war. Luc machte keine halben Sachen. Dann beugte er sich schnell vor, gab mir einen leichten Kuss auf die Lippen und war schon wieder verschwunden, bevor ich die Arme um ihn schlingen und ihn an mich ziehen konnte.

»Mistkerl!«, rief ich ihm hinterher und hörte ihn aus dem Wohnzimmer lachen.

»Ich liebe dich auch!«, rief er amüsiert.

»Ja ja», grummelte ich vor mich hin, während ich weiter das Shampoo auswusch. Irgendwann würde ich noch sterben bei seinen nervenaufreibenden, hormonaufwühlenden kleinen Spielchen.

***

Natürlich hatte ich länger gebraucht als fünf Minuten. Aber ich hatte mich wirklich beeilt und er war gnädig gewesen. Ich trug eine enge schwarze, an einigen Stellen zerrissene Jeans und ein knallrotes Oberteil, dazu ein rot schwarz kariertes Buttondown-Hemd und dunkle Stiefel, für Chucks war es einfach zu kalt! Meine Haare fielen, immer noch schwarz und glatt, über meine Schultern. Meine hellgrünen Augen waren wie immer schwarz geschminkt. Ich schlang meinen schwarzen Mantel fester um meinen Körper und ging nach draußen.

Der Schnee hatte hier in Berlin keine Chance, weiß und rein zu bleiben. Kaum gefallen, war er schon grau und dreckig. Wenn es denn überhaupt welchen gab. Normalerweise nieselte es nur und war ätzend kalt. Aber heute musste es natürlich schneien.

Kaum hatte ich meinen Fuß vor die Tür gesetzt, rutschte ich schon auf dem glatten Eis aus. Luc konnte mich gerade noch am Arm festhalten.

»Noch höhere Stiefel hättest du wohl nicht anziehen können?«, murmelte er in seinen nicht vorhandenen Bart, während er mich zu der Garage führte. Natürlich besaß er eine Garage. Neben mir war sein Auto sein Ein und Alles. Es wäre undenkbar, dass sein pechschwarzer Sportflitzer der Marke Mercedes kein Dach über dem Kopf hatte.

»Ich hab eben meine Leidenschaft für hohe Absätze entdeckt, und außerdem bin ich so viel größer! Ich gehe dir sogar bis zum Kinn, da kann ich dich besser küssen«, erwiderte ich grinsend. Er verdrehte die Augen und drückte auf das Knöpfchen der Garagen-Fernbedienung. Ich blieb draußen stehen, während er den surrenden Motor anschmiss, ehe er rausfuhr. Luc konnte sehr charmant sein und ein richtiger Gentleman. Wie zum Beispiel jetzt, als er extra wieder ausstieg, um mir – dem Geburtstagskind – die Tür seines Mercedes‹ aufzuhalten und sicher zu gehen, dass ich nicht erneut ausrutschte und mir noch den Kopf aufschlug oder so was Unpassendes. Genau genommen war er immer höflich, äußerst wohlerzogen und gleichzeitig so unsagbar männlich. Damit hatte er mich ja süchtig nach sich gemacht!

Wie immer bahnte er sich viel zu schnell seinen Weg durch die Straßen.

»Und du willst heute Abend wirklich in den Club gehen?«, fragte ich ihn.

»Jepp!« Er nickte und legte seine Hand auf meinen Oberschenkel.

»Wozu?«, wollte ich mit zusammengekniffenen Augen wissen. War er meiner etwa schon überdrüssig? Vielleicht verlangte die teuflische Seite in ihm nach anderem willigen Fleisch? Ein Club wäre das perfekte Jagdgebiet.

Er seufzte. »Deswegen doch nicht, du eifersüchtiges Ding! Charline, du bist 19, du hast Geburtstag! Du musst auch mal ausgehen. Außerdem liegt mir Nicole schon seit Wochen in den Ohren, dass sie mal mit uns feiern gehen will, und dein Geburtstag ist doch perfekt dafür geeignet.« Ich verschränkte die Arme vor der Brust.

»Sollte nicht das Geburtstagskind bestimmen, was es an seinem Geburtstag macht und nicht die Schwester des Freundes?«

Er lachte. »Was würdest *du* denn vorschlagen?« Ich strich ihm mit dem Zeigefinger über den Handrücken.

»Hmmm … Zum Beispiel, meinen Kuchen von dir essen und dann … hmmmm … mit dir schlafen?«, schlug ich unschuldig vor.

Er pustete die Luft aus den Wangen. »Vielleicht etwas, das wir nicht die ganze Nacht gemacht haben? Vielleicht etwas, das wir nicht tagtäglich ein paar Mal machen? Hast du eigentlich immer noch nichts anderes im Kopf als Sex?«

»Nö«, antwortete ich leichthin. Wie sollte es bitte auch anders sein?

Er schüttelte den Kopf. »Du bist sogar noch sexsüchtiger als ich, obwohl du gar kein Teufel bist. Das würde mir zu denken geben. Schon mal an eine Therapie gedacht?«, zog er mich auf.

»Ja und. *Du* bist schuld daran. *Du* und deine ganze perfekte anziehende Art!«

»Ja, ich weiß. Ich bin immer schuld«, pflichtete er mir bei, damit ich Ruhe gab. Und ich gab Ruhe.

Wir bogen in die Hauptstraße, in der meine Mutter in einem gelben Haus *Das Café* (ja, sehr einfallsreicher Name ...) führte und darüber ein Zwei-Zimmer-Appartement bewohnte, das wir uns teilten.

»Deine Mutter hat dir was zu beichten«, verkündete er unheilvoll, sobald wir im Matsch neben dem Bordstein stehengeblieben waren. Schnell stieg er aus und öffnete mir wieder die Tür.

»Was will meine Mutter *mir* denn beichten?«, fragte ich etwas verwirrt, während er mich ins Café führte. Sein teuflisches Grinsen machte mich misstrauisch. »Das wirst du schon sehen.«

»Lucas Bl...«, wollte ich ansetzen, aber er schob mich erbarmungslos weiter.

»Alles Gute zum Geburtstag!«, schrien meine Mutter, Edith, unsere Bedienung, und Nicole, Lucs Schwester, sobald ich den warmen Raum betreten hatte und von Luftschlangen attackiert wurde. Meine Mutter – die genauso klein wie ich und außerdem noch hübscher war, mit ihrer blonden Mähne, den wenigen Falten und den blauen Augen – zog mich als Erste in ihre Arme.

»Jetzt bist du schon 19. Das ist so toll!«

Sagten Eltern normalerweise nicht so was wie: *Du bist schon so groß. Ich wünschte, du wärst noch mein kleines Baby?*

»Toll?«, fragte ich verwirrt und erwiderte ihre Umarmung.

Edith, die kleine, braunhaarige, sommerprossige, leicht rundliche Frau folgte als Nächstes. Sie drückte mich an ihren großen Busen und ich tätschelte ihren Rücken. »Du bist schon so groß und so hübsch«, flüsterte sie in mein Ohr.

»Danke«, meinte ich leicht beschämt. Dann umhüllte mich ein bekannter Duft, als mich Nicole Black in ihre langen Arme zog. Sie war die weibliche Ausgabe ihres Bruders. Blauäugig. Braunhaarig. Unsagbar schön und wohlriechend. Ein Supermodel. In den letzten Monaten war eine Freundschaft zwischen uns entstanden. Besonders, als sie sich Lucs Lebensweise angeschlossen hatte und keine Menschen mehr tötete. Ich hatte zuvor noch nie eine richtige Freundin gehabt. Okay, manchmal war Nicole ein bisschen irre, doch damit kam ich gut zurecht. Und dass sie mich irgendwann hatte umbringen wollen, hatte ich ihr bereits verziehen, denn ihr Herz saß am rechten Fleck.

»Ich gratuliere dir jetzt nicht. Ich finde, es ist eine Unverschämtheit, dass man den Frauen auch noch gratuliert, wenn sie alt und hässlich werden. Also du wirst natürlich nicht hässlich …«, versuchte sie sich zu retten, während sie mich auf die Wangen küsste.

»Äh, gut. Dann nicht danke!« Schmunzelnd zog ich sie an mich. Dann wandte ich mich um Luc und schlang ganz automatisch meinen Arm um seine Mitte. Er zog mich an sich, küsste mich aufs Haar und führte mich zu dem schwarzen glänzenden Tresen, auf dem ein bombastischer Kuchen thronte.

Das Café war heute geschlossen. Wie jedes Jahr an meinem Geburtstag. Nicht nur deshalb wurde ich ein wenig sentimental.

Es war der einzige Tag im Jahr, an dem ich an meinen Vater dachte – sehr viel.

Es war der einzige Tag im Jahr, an dem ich heulen wollte, weil er uns verlassen hatte, als ich acht Jahre alt gewesen war. Ohne ein Wort des Abschieds. Ohne ein *Ich liebe dich* und *Pass auf dich auf*. Ohne gar nichts. Als hätte ich für ihn nie existiert.

Luc strich mir über den Rücken und versuchte, mit einem Zeigefinger meinen Mundwinkel anzuheben, während er mich traurig anlächelte. Auch Nicole wirkte betroffen, denn sie konnte wie ihr Bruder meine Gedanken lesen und sogar mitfühlen! Eine wirklich seltene Gefühlsregung bei ihrer … ähm Spezies.

Ich lächelte schwach, als ich tief Luft holte, und sah Luc in die Augen. *Ich will immer mit ihm zusammen bleiben. Nichts soll uns jemals trennen*!, wünschte ich mir ganz schnell, während ich alle Kerzen auf einmal ausblies, wobei alle klatschten.

Es fiel mir nicht schwer, die traurigen Gedanken zu verdrängen, als Luc und ich uns gegenseitig mit dem Geburtstagskuchen fütterten. Das lag wahrscheinlich auch daran, dass seine Augen einen Tick dunkler waren und ein wenig glühten. So sahen sie immer aus, wenn er meine Gedanken manipulierte. Oftmals bemerkte ich es überhaupt nicht. Erst, wenn ich auf einmal nicht mehr traurig war oder mich aus dem Nichts beruhigte, fiel es mir auf. Eigentlich mochte ich es nicht, wenn er meinen Geist beeinflusste, aber in solchen Momenten war ich ihm dankbar dafür.

***

Meine Mutter war sogar noch aufgedrehter als sonst. Und ihr sonstiger Zustand war nur schwer zu toppen. Obwohl sie regelmäßig kiffte, war sie eine aktive Frau. Wir saßen in der gemütlichen Sitzecke, tranken Prosecco und sahen dem Schnee beim Fallen zu, während sie peinliche Kindheitsgeschichten von mir erzählte. Eine nach der anderen. Je mehr sie in die Details ging, wie nackte Hintern auf der Familienfeier oder Nasenbrüche meiner Cousins, die ich ihnen zugefügt hatte, umso misstrauischer wurde ich. Sie wollte von etwas ablenken. Von etwas, das sie beschäftigte. Je mehr ich grübelte, umso mehr musste sich Luc ein Lachen verkneifen. Klar, er wusste es ja schon und hatte mich sogar vorgewarnt. Wie hatte ich das nur vergessen können? Trotzdem hoffte ich auf mehr Zeit, um mich noch eine Weile vor dieser Club-Sache drücken zu können. Natürlich wurde sie nicht gewährt und wir mussten bald los. Obwohl ich Erdbeer-Maulwurfkuchen mit einem Riesenhaufen Sahne gegessen sowie drei Gläschen Prosecco getrunken hatte – zu denen war ich aber von meiner Mutter und Nicole genötigt worden –, war ich aufgeregt. Ich wollte nur noch ins Bett und schlafen. Lange schlafen. Am besten den ganzen blöden Winter lang.

Ich brachte mit meiner Mutter die Gläser und Teller in die Küche, während die anderen draußen eine rauchten, und half ihr noch beim Abwaschen, unter anderem um ihr Gelegenheit zum Reden zu geben. Stattdessen sagte sie überhaupt nichts mehr. Die Stille war noch auffälliger als ihr Geplapper. Meine Mutter und still? Das war nicht normal!

»Mama, rück mit der Sprache raus!«, fing ich an, als das Wasser eingelaufen war und ich anfing, die Teller mit einem Schwamm zu schrubben. Sie stand mit dem Geschirrtuch in der Hand da und schluckte laut.

»Also… ich habe mir überlegt …« Sie redete viel zu langsam und vorsichtig und vermied Blickkontakt.

»Was?«, fragte ich, als sie wieder schwieg.

Sie holte tief Luft. »Ich habe mir überlegt, wenn es dir nichts ausmacht… dass du dir eine eigene Wohnung suchst.«

»Was?« Damit hatte ich nicht gerechnet. Also nicht, dass ich es alleine nicht hinkriegen würde, aber ich hatte immer gedacht, meine Mutter wäre froh, dass ich da war. Zumindest wenn ich nicht bei Luc war. Sie wollte sogar manchmal, dass ich mit ihr auf der Couch schlief, weil sie sich allein fühlte.

Was war denn jetzt los?

»Schatz, es ist nicht, weil du mich störst, also eigentlich störst du mich schon … wenn ich ehrlich bin«, erklärte sie mehr schlecht als recht.

»Was?« Nicht sehr einfallsreich, aber was anderes fiel mir beim besten Willen nicht ein. Ich wollte nicht verletzt sein, aber natürlich war ich es. »Warum störe ich dich denn? Ich bin doch so gut wie nie da! Entweder ich bin bei Luc oder im Café, und wenn ich da bin, dann liege ich in meinem Bett und schlafe. Ich höre meine Musik nur mit dem MP3-Player. Ich lasse mein Zeug nicht in deinen Räumen liegen. Ich wasche sogar ab! Ich putze das Bad. Ich putze die Wohnung.«

Jetzt wurde sie rot. »Du bist die perfekte Tochter, aber … ich…« Sie wurde noch dunkler im Gesicht, dann platzte es aus ihr raus wie eine Kanonenkugel. »Ich habe jemanden kennengelernt und wir wollen zusammenziehen!« Der Teller rutschte aus meiner Hand in die Spüle und Schaum spritzte überallhin.

Einen Moment war ich wie versteinert, dann schluckte ich.

»Zusammenziehen? Wie lange geht das denn schon?«, fragte ich, sobald ich mich wieder einigermaßen gefasst hatte. Ich hatte gedacht meine Mutter – als typische Männerhasserin und absolute Emanze – würde sich nie wieder auf einen Mann einlassen. Mit Ausnahme von Luc. Den liebte sie geradezu. Aber das Thema mit Luc und seine Wirkung auf Frauen hatten wir ja schon.

»Ein Jahr«, antwortete sie knapp und trocknete den Teller ab.

»*Ein Jahr*?«, schrie ich empört. »Warum sagst du mir nichts? Ein Jahr? 365 Tage?«

Ich schüttelte den Kopf und schaute sie an, als wäre sie geistesgestört, woraufhin sie beschämt auf ihre Füße sah.

»Na weil es nichts Festes war, und weil ich … nicht wollte, dass du Angst hast, dass ich wieder verletzt werden könnte.«

»Okaaaaay.« Dann war es einen Moment still. Man hörte nur das leise Ticken der Uhr über der Tür und das Reiben des Schwammes auf dem Teller.

»Und wann lerne ich ihn kennen, den Glücklichen?«, fragte ich jetzt streng. Irgendwie waren unsere Rollen vertauscht.

»Es ist kein er, wenn ich ehrlich bin.« Sie klang, als wäre sie am Ersticken.

»*Was*?«, brüllte ich jetzt und ließ den Teller wieder fallen. Jetzt konnte ich nicht mehr weiter abwaschen, stattdessen nahm ich sie an den Schultern.

»Es ist kein Mann? Es ist eine Frau? Du ziehst mit einer Frau zusammen? Reicht es nicht, dass du eine durchgeknallte Kifferin bist? Jetzt bist du auch noch lesbisch?« Es war unmöglich, mich zu beruhigen, obwohl ich mich im Grunde nicht so weit aus dem Fenster lehnen durfte. Wie hieß es so schön: Wer im Glashaus sitzt, sollte nicht mit Steinen werfen. Ich liebte einen Teufel. Dagegen war es ja geradezu peinlich, wie ich mich hier aufführte, weil sie anscheinend lesbisch war. Sie liebte immerhin einen Menschen. Dennoch war es ein kleiner Schock.

»Aber sie ist scharf, verstehst du? Und verdammt toll und so lieb und … ich kann mich bei ihr fallen lassen …«, rechtfertigte sie sich. Oh, wir waren uns wirklich ähnlich! Ich lachte und zog sie in meine Arme.

»Ist okay, Mama. Ich freue mich für dich. Egal ob Mann oder Frau. Hauptsache, du bist glücklich.«

Sie umarmte mich auch. »Echt?«, fragte sie ungläubig und klang genauso erleichtert wie ich, als sie Luc akzeptiert hatte.

»Klar!« Ich rückte ab und gab ihr ein Küsschen auf den Mund. Dann machten wir uns wieder daran, abzuwaschen. Wir unterhielten uns jetzt ganz locker und entspannt, mieden aber erst mal das Thema. Sie fragte mich, was ich von Luc geschenkt bekommen hatte – noch nichts, wohlgemerkt, außer Hammersex genau um Mitternacht. Was ich noch vorhatte und meinem Grauen davor wegzugehen mit Luc und Nicole. Besonders wegen der ganzen notgeilen Frauen, die meinen Freund überfallen würden, sobald wir eine Tanzfläche betraten.

Es war schon neun Uhr, als wir uns von Edith und meiner Mutter verabschiedeten.

»Also wir gehen jetzt zu mir und machen uns fertig«, fing Nicole an zu brabbeln, während sie hinten in Lucs Auto einstieg. Dabei war ich doch schon aufgetakelt bis zum *Gehtnichtmehr*. Sie hielt sich an unseren Sitzen fest und lehnte sich kichernd vor.

»*Aufgetakelt*, nennst du das?«, keuchte sie schockiert und riss ihre ohnehin schon großen blauen Puppenaugen weit auf.

Luc zog leicht an einer ihrer langen glänzenden Strähnen. »Sei ruhig!« Dann nahm er grinsend meine Hand und fuhr los.

»Und wir glühen vor, mit Champagner!«

»Eine ganze Flasche Champagner? Wir drei?«, japste ich, denn ich fühlte mich schon jetzt leicht betüddelt. Sie verdrehte die Augen und ähnelte ihm so sehr, dass ich nicht anders konnte, als sie anzugrinsen.

»Nein, nicht wir drei. Wir zwei!« Sie zeigte auf mich und sie. Ich runzelte die Stirn.

»Luc, der Spielverderber, trinkt nicht. Ist dir das noch nicht aufgefallen?«, fragte sie genervt.

»Ach ja«, sagte ich schnell. »Dann trinken wir den Champagner zusammen und du kannst mich gleich auf der Couch sitzen lassen.«

»Du kriegst noch was zu essen, dann geht das schon.« Ich nickte.

»Hmh, dann hab ich noch mehr im Magen, was ich auskotzen kann.« Luc lachte. Nicole auch. Ich seufzte genervt, musste aber selber kichern.

»Deine Schwester will mich fertigmachen. An meinem Geburtstag!«, beschwerte ich mich jammernd bei ihm. Er lachte noch lauter und strich mir über die Schläfe.

»Ich bewahre dich vor den schlimmsten Peinlichkeiten, wie auf die Tanzfläche kotzen oder nackt an der Stange tanzen. Keine Sorge.«

Ich schob wütend die Unterlippe vor. »Na danke! Da bin ich ja beruhigt. Es ist wirklich ein beruhigendes Gefühl zu wissen, dass du so gut auf mich achtgibst, Lucas.«

»Als ob du das nicht selber könntest. Miss Ich-habe-einen-schwarzen-Gürtel-und-bin-in-Berlin-Kreuzberg-aufgewachsen«, äffte er mich mit hoher Stimme nach.

Jetzt lachte ich auch und schaute nach zu Nicole. Sie lehnte mich verschränkten Armen da und schaute mich grinsend an. Ihr Grinsen war unheilvoll – richtig teuflisch. Und ich freute mich noch weniger auf den Clubbesuch, während eine unheilvolle Vorahnung mich beschlich …

Lesetipp

Wer mehr Fantasy von mir will – die Dangerzone – Reihe!:

Dangerzone: http://amzn.to/2cqbQlB

Desirezone: http://amzn.to/2bVv67Y

Dragonfire: http://amzn.to/2c3VLQV

Unter deiner Haut – Reihe!

Unter deiner Haut: http://amzn.to/2kvnPBv

In deinem Bann: http://amzn.to/2sUzvOR

Immer wieder – Reihe (The unholy Book of Tristan Wrangler)

Lesetipp, wenn man mehr über Tristan, Mia und Robbies Vorgeschichte erfahren will.

»Die Geschichte wurde schon tausendmal erzählt – er, jung, sexy, knackig und reich. Sie klug, mollig, unsicher, aus armen Verhältnissen … Eigentlich habe ich nicht wirklich damit gerechnet, dass es mich packt - aber wir reden hier von Tristan Wrangler … und der ist wirklich heiß! Und man merkt schnell, dass hinter seiner perfekten äußeren Fassade ein wundervoller Mensch steckt.

Ich mag den Schreibstil von Don Both sehr gerne. Sie kann so dreckig schreiben, wie Tristan grinst!«

(The unholy Book of Tristan Wrangler zum Sonderpreis): http://amzn.to/2c3VpKd

(Immer wieder Verführung Sammelband zum Sonderpreis: https://www.amazon.de/Immer-wieder-Verf%C3%BChrung-Sammelband-ebook/dp/B01C63HCWC/ref=asap_bc?ie=UTF8

(Immer wieder Tristan und Mia: https://www.amazon.de/Immer-wieder-Tristan-Mia-ebook/dp/B012AQ6FPK/ref=asap_bc?ie=UTF8

(Immer wieder ist nicht genug): http://amzn.to/2cq2tT6

(Travel zum Glück): https://www.amazon.de/Tristans-Travel-Gl%C3%BCck-kuschelige-Weihnacht-ebook/dp/B01MYSERYR/ref=pd_sim_351_1?_encoding=UTF8&psc=1&refRID=VDKYHM3BY7S1TJGTR2WW

Über die Autorin

Die 30-jährige Tschechin, die in Bayern lebt, fing im Alter von zwölf Jahren an Geschichten zu schreiben, weil sie die beste Kurzgeschichte in der Schule abliefern wollte. Der Plan gelang und sie entdeckte dadurch ihr Talent, Geschichten erzählen zu können.

Während ihrer Schulzeit und ihrer Berufsausbildung als Kinderpflegerin ließ sie ihrer Fantasie als Hobbyautorin freien Lauf. Der Schwerpunkt ihrer Erzählungen lag anfangs meist bei Liebesromanen, und humorvollen Komödien. Jedoch kam auch das Drama, die Fantasy und der Horror nicht zu kurz. Im späteren Verlauf floss auch immer mehr Erotik ein und diese Kategorie entwickelte sich schnell zu einer ihrer liebsten.

Im Jahr 2010 wagte sie den großen Schritt und stellte einige ihrer Erzählungen auf einer Fanfiktion- Seite einer breiteren Leserschaft zu Verfügung. Ihre Angst Spott und Häme dafür einzustreichen, war mehr als unbegründet. Sie hatte durch ihre provokanten aber ehrlichen Geschichten schnell eine große, begeisterte Leserschaft und gewann einige Wettbewerbe und Preise.

Durch diese Erfolge ermutigt veröffentlichte sie im Jahr 2013 ihren ersten erfolgreichen Roman „Immer wieder Samstags“ und gehört seit dem zu einer der meistgelesenen Autoren auf dem ebook- Markt.

Privat engagiert sie sich für den Tierschutz und lebt mit ihren Katzen, ihrem Mann und ihrem Sohn im kleinsten Kuhkaff der Welt.

25918808R00204

Printed in Poland
by Amazon Fulfillment
Poland Sp. z o.o., Wrocław